中國學術思想 研究輯刊

四 編

林 慶 彰 主編

第 13 冊

歐陽修《詩本義》探究

趙 明 媛 著

王船山《詩廣傳》義理疏解

陳 章 錫 著

花木蘭文化出版社

國家圖書館出版品預行編目資料

歐陽修《詩本義》探究　趙明媛　著／王船山《詩廣傳》義理
疏解　陳章錫　著 — 初版 — 台北縣永和市：花木蘭文化出版
社，2009〔民 98〕
目 2+128 面／目 2+110 面；19×26 公分
（中國學術思想研究輯刊　四編：第 13 冊）
ISBN：978-986-6449-12-3（精裝）
1. 詩經　2. 注釋　3. 研究考訂
831.18　　　　　　　　　　　　　　　　　　　98001859

ISBN - 978-986-6449-12-3

9 789866 449123

中國學術思想研究輯刊
四　編　第十三冊　　　　　　　ISBN：978-986-6449-12-3

歐陽修《詩本義》探究
王船山《詩廣傳》義理疏解

作　　　者　趙明媛／陳章錫
主　　　編　林慶彰
總 編 輯　杜潔祥
出　　　版　花木蘭文化出版社
發 行 所　花木蘭文化出版社
發 行 人　高小娟
聯 絡 地 址　台北縣永和市中正路五九五號七樓之三
　　　　　　電話：02-2923-1455／傳真：02-2923-1452
網　　　址　http://www.huamulan.tw 信箱 sut81518@ms59.hinet.net
印　　　刷　普羅文化出版廣告事業
封 面 設 計　劉開工作室
初　　　版　2009 年 3 月
定　　　價　四編 28 冊（精裝）新台幣 46,000 元　　　版權所有·請勿翻印

歐陽修《詩本義》探究

趙明媛　著

作者簡介

趙明媛，中央大學中文所畢業。碩、博士論文為「歐陽修《詩本義》探究」、「姚際恆《詩經通論》研究」。另有單篇論文〈莊子德充符析論〉、〈釋朱熹詩集傳之賦比興〉、〈姚際恆詩經通論之詮釋觀念——意會與言傳〉、〈淫詩之辨——朱熹淫詩說與姚際恆的批評〉、〈荀子天道思想〉（合撰）等。

作者執教於國立勤益科技大學，96年參與執行「教育部獎勵教學卓越計畫」，開發中文教材，與江亞玉、張福政、童宏民、劉淑爾共同編著《大學文選—語文的詮釋與應用》一書。

提　　要

　　歐陽修撰寫《詩本義》，消極目的在於批評《毛傳》、《鄭箋》以及《詩序》的妄說，釐清理解詩義時的障礙；積極目的則在彰顯詩歌本義，進而實現聖人以《詩》垂訓後世的教育理想。就形式定義而言，本義指的是詩人創作的原意；就實質定義而論，本義則是富有美刺諷諭意旨的詩義。

　　《詩本義》一書兼含理論、解釋與批評三種性質，因此本文由《詩》觀、詮釋觀、詩義論三方面對《詩本義》進行分析。《詩本義》的《詩》觀係以發揚《詩》的諷諭功能，實行《詩》教為中心理論，以「刪詩說」為理論之支撐。《詩本義》的詮釋觀以詮釋標準（詩文、情理、聖人之志、《詩序》）的提出，以及詮釋方法的建立為主幹。《詩本義》的詩義論則以作者、本義之區分為基礎觀念，以詩義解釋與批評傳統《詩》說為觀念之實踐；在此歐陽修區分主角與詩人、文意與本義，首度重視到作品的語文意義，實為後世各家新義出現的先聲。

　　《詩本義》的價值不在新理論、新方法的提出，而在於能反省傳統《詩》說，並在舊有的解釋上，抉發新的意義，為傳統《詩》說注入活力。不論對於中國說《詩》傳統的承繼，或者後世新義的出現，《詩本義》都有著重要的地位與影響。

目次

第一章　導　論

引　言

在中國說《詩》的論著中，從被引用稱述的情況來看，歐陽修《詩本義》似乎並沒有太大的重要性或影響力。然而，若由中國整個說《詩》的傳統上來看，《詩本義》的理論正是新舊觀念的過渡的關鍵。在歐氏的《詩本義》之前，《詩序》、《毛傳》、《鄭箋》佔了一個絕對的主導地位；歐氏之後，局面就有所轉變。紀昀《四庫全書總目提要》說：

> 自唐定五經正義以來，說《詩》者莫敢議毛、鄭，雖老師宿儒，亦
> 僅守《小序》。至宋而新義日增，舊說俱廢。推原所始，實發於修。

皮錫瑞《經學歷史》亦云：

> 自漢以後，說《詩》皆宗毛、鄭；宋歐陽修《詩本義》始辨毛、鄭
> 之失而斷以己意。〔註1〕

由於《詩本義》居於說《詩》傳統的關鍵地位，即使不是一本十分成熟的作品，無論是對於說《詩》傳統的歷史性理解，或對於說《詩》方式的理論性理解，《詩本義》都有一定的參考價值。這正是本文選擇這本著作為研究對象的原因。

《詩本義》是宋代大文學家歐陽修解釋《詩》義之作。書中包含「批評」、「解釋」、「理論」三大方面：對傳統《詩》說，如《毛傳》、《鄭箋》以至於《詩序》的批評，歐氏本身對詩義的解釋，以及歐氏對於自己的《詩》觀與詮釋觀的理論說明。

〔註1〕皮錫瑞：《經學歷史》（台北：漢京文化事業有限公司，1983年），頁244。

歐氏談到自己撰寫《詩本義》的動機與目的說：

> 先儒之論，苟非詳其終始而牴牾，質諸聖人而悖理，害經之甚，有不得已而後改易者，何以徒爲異論以相訾也？（《詩本義》卷末〈詩譜補亡後序〉）

> 若詩之所載事之善惡，言之美刺，所謂詩人之意，幸其具在也。然頗爲眾說汩之，使其義不明。今去其汩亂之說，則本義粲然而出矣。（《詩本義》卷十四〈本末論〉）

> 今夫學者，知前事之善惡，知詩人之美刺，知聖人之勸戒，是謂知學之本而得其要。（《詩本義》卷十四〈本末論〉）

他宣稱撰寫《詩本義》並非標新立異，「徒爲異論」，也沒有將《詩經》重新詮釋的野心，實因傳統《詩》說常常「牴牾」、「悖理」、「害經之甚」，不符詩的「本義」，所以「不得已而後改易」。歐氏對《毛傳》、《鄭箋》、以至於《詩序》的批評，便是在這個前提下而提出的。不過，「批評」只是一個消極目的，歐氏寫作《詩本義》的積極目的，則是在「去其汩亂之說」之後，使得「本義粲然而出」。歐氏所以提出「本義」，目的是要使世人學者「知前事善惡」、「知詩人美刺」以至於「知聖人勸戒」。這種經世致用的教育理想是歐氏撰寫《詩本義》的目標，也是歐氏所謂「本義」的眞實意義，也才是歐氏心目中的詩人的創作原意。因此，歐氏認爲，讀詩最重要的即在於「得詩之本義」，換言之，掌握作者寫作該作品的原意本衷，便是讀詩、學詩的目標。

相應於《詩本義》的內容，以下的研究將包含《詩本義》的《詩》觀、《詩本義》的詮釋觀、《詩本義》的詩義論三方面。因此，在第二章將先討論《詩本義》的《詩》觀，探求歐氏對《詩經》的認識，揭示歐氏《詩》論的理論根源。第三章將討論《詩本義》的詮釋觀，從分析歐氏的詮釋觀念，進而具體勾勒出《詩本義》的詮釋方法。第四章將陳述《詩本義》對傳統《詩》說的批評，分析歐氏對詩的具體解釋，進而說明歐氏有關於詩義方面的基本理論。

《詩本義》一書，歷來有十四卷、十五卷、十六卷等三種版本。這三種版本間的差別，主要並非在於分卷上的不同，而是在於內容上的差異。如果只是文字上有差異，而這些差異尚不致造成後人理解時的困難，也許可以略過。然而，這些內容上的差異，卻使得《詩本義》對《詩》義的論斷，出現彼此矛盾的情形；因此，關於《詩本義》的版本，以及各版本內容的差異，必須在探究《詩本義》的《詩》觀、詮釋觀、詩義論等問題之前，先行釐清。

第一節 《詩本義》及其版本

《詩本義》共有十四卷、十五卷、十六卷本之分,分別述之如下:

一、十四卷本

下列各項資料的記載,皆言《詩本義》爲十四卷:

〈神宗實錄本傳〉（墨本）

〈重修神宗實錄本傳〉（朱本）

〈神宗舊史本傳〉

吳充〈歐陽修行狀〉

韓琦〈歐陽修墓誌銘〉

蘇轍〈歐陽文忠公神道碑〉

歐陽發〈先公事迹〉

以上記載,皆作「《詩本義》十四卷」,〔註2〕故《居士外集》卷二周必大〔註3〕按語總括之云:

公墓誌等皆云《詩本義》十四卷,江、浙、閩本亦然。仍以〈詩圖
總序〉、〈詩譜補亡〉附卷末。

由此可知,《詩本義》原爲十四卷;獨立印行時,卷末又附錄了〈詩圖總序〉、〈詩譜補亡〉兩部分。附錄的部分不另稱一卷,所以仍作十四卷。卷末附錄中,唯有〈詩譜補亡後序〉收錄在《居士集》中,其餘則不見於文集。

二、十五卷本

下列各項資料的記載,則稱《詩本義》爲十五卷:

晁公武《郡齋讀書志》

《通志堂經解》本

《四部叢刊》影印宋本

〔註 2〕 所引諸文均見於《歐陽修全集》:〈神宗實錄本傳〉見於頁 215,〈重修神宗實錄本傳〉見於頁 219,〈神宗舊史本傳〉見於頁 223,〈行狀〉見於頁 197,〈墓誌銘〉見於頁 203,〈歐陽文忠公神道碑〉見於頁 209,〈事迹〉見於頁 239。《歐陽修全集》,（台北:河洛出版社,1975 年）。

〔註 3〕 周必大,南宋人。周氏編集歐陽修《居士集》中未收錄之作品,因稱之爲《居士外集》。

以上記載，皆稱《詩本義》爲十五卷，卷末附錄〈詩圖總序〉、〈詩譜補亡〉。十五卷本較十四卷本多出〈詩解統序〉及〈詩解〉八篇，並立此九篇爲第十五卷。這多出的九篇作品，原本並不收在《詩本義》裡，也不見於《居士集》，而是附於《居士外集》中。

三、十六卷本

下次資料的記載，則作「《詩本義》十六卷」：

《宋史·藝文志》

《四庫全書·毛詩本義·提要》〔註4〕

陳振孫《直齋書錄解題》

在內容上，十六卷與十五卷本相同；不過，十六卷本將卷末附錄之〈詩圖總序〉、〈詩譜補亡〉另立爲一卷，故在卷數上多出一卷。《居士外集》卷二周必大按語云：

惟蜀本增〈詩解統序〉並〈詩解〉，凡九篇，共爲一卷；又移〈詩圖總序〉、〈詩譜補亡〉自爲一卷，總十六卷。故綿州於集本收此九篇，它本則無之。今附此卷中。

紀昀《四庫全書·毛詩本義·提要》則云：

《詩本義》十六卷，宋歐陽修撰。是書凡爲說一百十有四篇，〈統解〉十篇，〈時世〉、〈本末〉二論，〈豳〉、〈魯〉、〈序〉三問，而補亡《鄭譜》及〈詩圖總序〉，附於卷末。〔註5〕

〔註4〕《四庫全書》書目雖標識爲「《毛詩本義》十六卷」，但是書前紀昀《提要》仍稱作《詩本義》。紀氏云：「臣等謹案：《詩本義》十六卷，宋·歐陽修撰。」

〔註5〕《提要》所以作「〈統解〉十篇」，係因〈詩解統序〉中云：「予欲志鄭學之妄，益毛氏疏略而不至者，合之於經，故先明其統要十篇，庶不爲之燕泥云爾。」此處雖云「統要十篇」，然據《四庫全書》及其餘書籍所錄，《詩本義》卷十五唯有〈詩解統序〉、〈二南爲正風解〉、〈周召分聖賢解〉、〈王國風解〉、〈十五國次解〉、〈定風雅頌解〉、〈十月之交解〉、〈魯頌解〉、〈商頌解〉等 9 篇而已。此外，紀昀《提要》在此遺漏了卷十三的〈一義解〉和〈取舍義〉，並且順序也與《四庫全書》之編排不同，依《四庫全書》之編排次序，應爲：

卷一至卷十二：〈論〉、〈本義〉，凡 114 篇。

卷十三：〈一義解〉、〈取舍義〉。

卷十四：〈時世論〉、〈本末論〉。

卷十五：〈詩解〉9 篇。

由此可見，十六卷本與十五卷本在內容上是相同的。並且，據周必大所言可知，第十五卷的〈詩解〉九篇乃蜀本《詩本義》所增載，並非原初歐氏《詩本義》本有。因此，這九篇是否能與其他部分等量齊觀，作爲探析《詩本義》《詩》論的資料，就有待進一步的考察。

第二節　各版本內容之比較

〈詩解〉九篇是造成各版本間內容差異的主要因素。裴普賢先生《歐陽修詩本義研究》〈廢而不用的統解九篇〉〔註6〕一文中曾提出三點疑問，說明此九篇立論與前十四卷有重複、矛盾之處，而認爲此九篇係歐氏早年所撰，後來棄而不用。裴氏提出的三點疑問爲：

1. 〈十月之交解〉問題的重複
2. 〈二南爲正風解〉與〈關雎篇〉及〈時世篇〉立論的矛盾
3. 〈十五國風次解〉與〈詩譜補亡後序〉持論態度的改變

由於裴氏旨在論證〈詩解〉九篇乃歐陽修棄而不用的早年之作，所以裴氏在第一點中論述了〈詩解〉中〈十月之交解〉與《詩本義》卷七〈十月、雨無正、小旻、小宛本義〉處理的問題重複，而認爲後者係重寫以代前〈詩解〉一文。裴氏云：

> 卷十五〈統解九篇〉，均非解一篇義，此〈十月之交解〉，實亦〈十月之交〉、〈雨無正〉、〈小旻〉、〈小宛〉四篇之統解。……但卷一至卷十二之一一四篇本義，本爲一文解一詩者，……惟亦有一文解四詩者，則卷七〈十月〉、〈雨無正〉、〈小旻〉、〈小宛〉四篇合解是也。四詩一文合解，此爲特例。蓋所以代〈統解〉八篇之〈十月之交解〉也。故其撰寫目的相同，其問題爲重複。但卷十五〈統解〉一文，文字甚短，不滿一頁，而卷七〈本義〉之一文，文字甚長，長及五倍。其辨鄭氏之失，羅列極細，議論亦精密。以此觀之，其爲重寫以代〈統解〉一文者可知。

裴氏所言頗爲入理，而以「撰寫目的相同，其問題爲重複」斷言《詩本義》卷七〈十月、雨無正、小旻、小宛本義〉爲代〈十月之交解〉之作，亦合乎

卷十六：〈詩圖總序〉、〈詩譜補亡〉。

〔註6〕裴普賢：《歐陽修詩本義研究》（台北：東大圖書公司，1981年），頁138～140。

創作著書的一般情況。不過,在此處所欲討論的是:〈詩解〉九篇和十四卷本《詩本義》之間內容及觀念上的差異;而〈十月之交〉一詩的重複處理,並不足以表示這兩者間內容或觀念的不同。因此,以下便參酌裴氏提出的第二、三點疑問,以及裴氏未論及之處,探討〈詩解〉九篇與十四卷本《詩本義》間內容與觀念上的差別。

一、〈二南爲正風解〉、〈周召分聖賢解〉之於〈關雎本義〉、〈時世論〉

《詩本義》卷十五〈詩解〉有言:

> 二南之詩作於事紂之時,號令征伐,不止於受命之後爾。豈所謂周室衰而〈關雎〉始作乎?史氏之失也。(〈二南爲正風解〉)

> 二南之作,當紂之中世,而文王之初,是文王受命之前也。(〈周召分聖賢解〉)

〈詩解〉中將二南的創作時代,定於商中世以後、文王之初。不過,《詩本義》〈關雎本義〉和〈時世論〉中卻出現另一種看法,其云:

> 〈關雎〉,周衰之作也。太史公曰:「周道缺而〈關雎〉作。」蓋思古以刺今之詩也。……其思古以刺今,故曰哀而不傷。(卷一〈關雎本義〉)

> 昔孔子嘗言〈關雎〉矣!曰:「哀而不傷。」太史公又曰:「周道缺,詩人本之衽席而〈關雎〉作。」而齊、魯、韓三家,皆以爲康王政衰之詩。……由是言之,謂〈關雎〉爲周衰之作者,近是矣!(卷十四〈時世論〉)

> 司馬遷之於學也,雖博而無所擇;然去周秦未遠,其爲說必有老師宿儒之所傳。其曰:「周道缺而〈關雎〉作。」不知自何而得此言也?吾有取焉!(卷十四〈時世論〉)

此處歐氏認爲,〈關雎〉稱美的對象雖是古時的文王,但是創作時代卻在周衰之世,因此他同意太史公「周道缺而〈關雎〉作」之說。

由此可見,對於〈關雎〉、以至於二〈南〉的創作時世,第十五卷的〈詩解〉和十四卷本《詩本義》有不同的見解;所以對太史公之言,也有反對與贊成的相反態度。

二、〈十五國次解〉之於〈詩譜補亡後序〉

對於十五國風之前後次序是否別具深意的問題，〈詩解〉云：

> 國風之號，起周終豳，皆有所次，聖人豈徒云哉？……大抵國風之次，以兩兩合之。分其次以爲比，則賢善者著而醜惡者明矣。……周召以淺深比也，衛王以世爵比也，鄭齊以族氏比也，魏唐以土地比也，秦陳以祖裔比也，檜曹以美惡比也，豳能終之以正，故居末焉。（〈十五國次解〉）

其後繼而說明「淺深」、「世爵」、「族氏」、「土地」、「祖裔」等判分的理由：

> 淺深云者，周得之深，故先於召。世爵云者，衛爲紂都而紂不能有之，周幽東遷，無異是也。居衛於先，明幽紂之惡同而不得近於正焉。姓族云者，周法尊其同姓而異姓者爲後。鄭先於齊，其理然也。土地云者，魏本舜地，唐爲堯封，以舜先堯，明晉之亂非魏禍偷之等也。祖裔云者，陳不能興舜，而襄公能大於秦，子孫之功不如陳矣！

此處暢論十五國風編次的意義，極想像之能事，不知理由根據爲何。不過，關於十五國次的問題，《詩本義》卷末附錄〈詩譜補亡後序〉中只以一句話概括：

> 凡《詩》〈雅〉、〈頌〉兼列商魯，其正變之風十有四國，而其次比莫詳其義。

〈十五國次解〉中認爲十五國風的排列順序，含有聖人美善醜惡的深意，而〈補亡後序〉中卻認爲「其次比莫詳其義」；這之間觀念的改變，是相當明顯的。

三、〈周召分聖賢解〉之於〈時世論〉

對於《詩經》中二南之詩，〈詩解〉云：

> 然孔子以周、召爲別者，蓋上下不得兼而民之化有淺深爾。文王之心則一也，無異也。而說者以爲由周、召聖賢之異而分之，何哉？大抵周南之民得之者深，故因周公之治而繫之。豈謂周公能行聖人之化乎？召南之民得之者淺，故因召公之治而繫之。豈謂召公能行賢人之化乎？……蓋民之得者深，故其心厚；心之感者厚，故其詩切。感之薄者，亦猶其深，故其心淺；心之淺者，故其詩略。是以有異焉。（〈周召分聖賢解〉）

此處指出，〈周南〉、〈召南〉的分別，並非在於周公能對周南人民施行聖人的教

化，召公能對召南人民施行賢者的教化，而是借聖人周公與賢者召公來表示周、召人民蒙受教化之深淺高下的區別。由於人民所蒙受的教化有深淺差異，反映於詩歌上，於是也有切、略之分。所謂的「得深、心厚、詩切」與「感薄、心淺、詩略」，很明顯地含有優劣評價的意味。此處認爲「得深、心厚、詩切」爲優，「感薄、心淺、詩略」則劣，故而借周公之聖代表前者，借召公之賢代表後者。聖賢、深薄、厚淺、切略等辭語，都有比較及評價的意思。

　　《詩本義》卷十四〈時世論〉則與〈周召分聖賢解〉有不同的見解。〈時世論〉云：

> 今詩所述，既非先公（指大王、王季）之德教〔註7〕，而南皆文王、大姒之事，無所優劣，不可分其聖賢。

〈周南分聖賢解〉中不認爲〈周南〉、〈召南〉的分別是在周公能行聖人之化而召公能行賢者之化，但是卻認爲二南之詩有高下優劣之別。然而，在〈時世論〉中，歐氏不僅否認二南有聖賢之分，同時也不認爲二南應有優劣之別。由此可見，〈詩解〉與〈時世論〉對二〈南〉之詩分別抱持不同的解釋及評價。

四、〈魯頌解〉之於〈魯問〉

　　〈詩解〉中的〈魯頌解〉與《詩本義》卷十四的〈魯問〉都以《詩經‧魯頌》爲研究的對象。不過，〈魯頌解〉討論的課題是〈魯頌〉何以稱爲「頌」，不稱「風」；而〈魯問〉則旨在質問〈魯頌〉內容的歷史眞實性。在這兩篇同樣以〈魯頌〉爲研究對象的文章裡，對魯國卻分別持有兩種不同的觀感。〈詩解〉云：

> 然聖人所以列爲頌者，其說有二：貶魯之彊，一也；勸諸侯之不及，二也。……大抵不列於風，而與其爲頌者，所謂憫周之失、貶魯之彊是矣。（〈魯頌解〉）

〈魯頌解〉在此認爲魯國爲強國，爲當時諸侯所不及，並提到稱魯詩爲〈魯頌〉的原因，在於「憫周之失」、「貶魯之彊」。但是，考察《春秋》、《左傳》、《史記》等史籍記載，《詩本義》卷十四〈魯問〉則提出魯非強國的說法。〈魯

〔註7〕《詩本義》卷十四〈時世論〉云：「案：鄭氏《譜》〈周南〉、〈召南〉，言文王受命作邑於豐，乃分岐邦周、召之邑爲周公旦、召公奭之采地，使施先公大王、王季之教於已所職六州之國，其民被二公之德教尤純。」所謂「二公」，即指大王、王季而言。

問〉云：

> 其（魯）武功之盛，威德所加，如詩所陳，五霸不及也。然魯在春
> 秋時常爲弱國，其與諸侯會盟征伐見於《春秋》、《史記》者，可數
> 也，皆無詩人所頌之事。〔註8〕……由是言之，魯非強國可知也，
> 烏有詩人所頌威武之功乎？

此處不但對春秋時魯國國勢的強弱全盤改觀，甚且還因此懷疑到〈魯頌〉的
眞實性；這與前面所引之〈魯頌解〉的說法大相徑庭。

　　綜觀上述四項可知，在《詩》義的解釋上，〈詩解〉九篇與《詩本義》其
他部分（一至十四卷及卷末附錄）有明顯的差異。但是，在基本觀念或詮釋
觀點上，〈詩解〉九篇和《詩本義》其他部分並無不同。例如：在第一項中，

〔註8〕其下則引《春秋》記載爲證，説明無〈魯頌〉所言之史實，云：「而淮夷、戎
狄、荊舒、徐人之事，有見於《春秋》者，又皆與〈頌〉不合者，何也？
案：《春秋》僖公在位三十三年，其伐邾者四，敗莒、滅項者各一；此魯自用
兵也。其四年，伐楚侵陳。六年，伐鄭。是時齊桓公方稱伯主，兵率諸侯之
師，而魯亦與焉爾。二十八年，圍許。是時晉文公方稱伯主，兵率諸侯，而
魯亦與焉爾。十五年，楚伐徐。魯救徐而徐敗。十八年，宋伐齊。魯救齊而
齊敗。二十六年，齊人侵伐魯鄙。魯乞師于楚，楚爲伐齊取穀。《春秋》所記
僖公之兵止於是矣！其自主兵所伐邾、莒、項，皆小國；雖能滅項，反見執
于齊。其所伐大國者，皆齊、晉王兵；其所救者，又力不能勝而輒敗。由是
言之，魯非強國可知也。烏有詩人所頌威武之功乎？其所侵伐小國，《春秋》
必書。烏有所謂『克服淮夷』之事乎？惟其十六年一會齊侯于淮爾。是會也，
淮夷侵鄫，齊侯來會，謀救鄫爾。由是言之，淮夷未嘗服于魯也。其曰『戎
狄是膺，荊舒是懲』者，鄭氏以謂僖公與齊桓舉義兵北當戎與狄，南艾荊及
群舒。
案：僖公即位之元年，齊桓二十七年也。齊桓十七年，伐山戎，遠在僖公未
即位之前。至僖公十年，齊侯許男伐北戎，魯又不與。鄭氏之説既繆，而詩
所謂『戎狄是膺』者，孟子又曰：『周公方且膺之。』如孟子所說，豈僖公事
也？荊，楚也。僖公之元年，楚成王之十三年也。是時楚方強盛，非魯所能
制。僖之四年，從齊桓伐楚，而齊以楚強不敢速進，乃次于陘，而楚遂與齊
盟于召陵。此豈魯僖得以爲功哉？六年，楚伐許，又從齊桓救許，而力不能
勝；許男牽面縛銜璧降于楚。十五年，楚伐徐，又從齊桓救徐，而力又不能
勝；楚牽敗徐，取其婁林之邑。舒在僖公之世未嘗與魯通。惟三年，徐人取
舒，一見爾。蓋舒爲徐取之矣！然則鄭氏謂僖公與齊桓南艾荊及群舒者，亦
繆矣！由是言之，詩所謂『戎狄是膺，荊舒是懲』者，皆與《春秋》不合矣！
楚之伐徐取婁林，齊人、徐人伐楚英氏以報之。蓋徐人之有楚伐也，不求助
於魯而求助於齊以報之，以此見徐非魯之與國也。則所謂『遂荒徐宅』者，
亦不合於《春秋》矣！」
以上長篇論述，足爲歐陽修以史説詩法之最佳説明。

〈二南爲正風解〉與〈關雎本義〉、〈時世論〉對〈關雎〉的創作時世雖持有不同的解釋，但是均重視詩歌創作時世的問題；這源於一種詩歌反映現實的觀念。第二項中，〈十五國次解〉與〈補亡後序〉對十五國風次序之意義雖有確知與不知的不同論調，但是均不否認聖人編錄《詩經》別有深意；這源於歐氏對聖人錄詩、聖人之志的信念。第三項中，〈周召分聖賢解〉與〈時世論〉對二南是否有優劣雖持異說，但是均同意詩歌反映現實。第四項中，〈魯頌解〉與〈魯問〉對魯國強弱、聖人錄〈魯頌〉之意雖有不同的見解，但是均相信聖人錄詩、聖人之志，並且都不否認以史證詩法的可行性；這也源於刪詩說及詩歌反映現實的觀念。總之，〈詩解〉九篇與《詩本義》其他部分間的差異，主要在於對《詩經》中某些詩歌意義的解釋上有出入；至於在對《詩經》的根本認識及所採取的詮釋觀點上，〈詩解〉九篇與《詩本義》其他部分基本上是一致的。《詩本義》卷十五〈詩解統序〉云：

> 予欲志鄭學之妄，益毛氏之疏略而不至者，合之於經，故先明其統
> 要十篇〔註9〕，庶不爲之蕪泥云爾。

由其中「故先明其統要十篇」之語來看，也許正如裴普賢先生所說，〈詩解〉九篇係歐氏早年之作，後撰寫《詩本義》時廢而不用。此外，其中提到很重要一點，作者作此九篇的用心乃在於「志鄭學之妄，益毛氏之疏略而不至者」，亦即糾正《鄭箋》的妄說與補充《毛傳》之不足的意思；這主要關係著詩義解釋的方面，由此亦可見〈詩解〉九篇撰寫的宗旨。總而言之，討論《詩本義》的詩義論時，對〈詩解〉九篇應予以保留，不列入參考對象中，以免與其他部分的解釋發生矛盾、衝突。若是討論《詩本義》的《詩》觀或者詮釋觀時，〈詩解〉九篇未嘗不可作爲參考的資料。

歐陽修的著作，除有《詩本義》之外，復有《居士集》、《居士外集》兩種。若欲探討歐氏《詩本義》整體的觀念及理論，也應該參考後兩者的資料。前面曾經談過，對《詩》義的解釋上，〈詩解〉九篇和《詩本義》其他部分有矛盾之處，因此，討論《詩本義》的詩義論時，應擱置〈詩解〉九篇不談，而以《詩本義》前十四卷、卷末附錄，《居士內、外集》等爲參考的資料。至於討論《詩本義》的《詩》觀、《詩本義》的詮釋觀等，則當全面考量歐氏所有的著作，以尋求較合理而客觀的結論。

〔註9〕此處雖言「統要十篇」，然就現所見《詩本義》之記載，實僅9篇；詳請參本章註5。

第二章　《詩本義》的《詩》觀

　　亞伯拉姆斯在《鏡與燈》〔註1〕一書中設計四要素，即：作品、藝術家、宇宙、觀眾，代表與藝術作品的整體情況有關的四個階段，並且以圖式表示這四者間的關係。劉若愚先生《中國文學理論》針對中國文學理論的性質，將亞氏原初的圖式重新作了一番排列，並以作家與讀者代替亞氏提出的藝術家、觀眾。〔註2〕姑且不論亞氏與劉氏分別以何種名稱或圖式來代表藝術作品的四個方面，基本上，他們都由世界（包括精神和物質的存在）、作者、作品、讀者四方面討論藝術作品的問題；換言之，他們都同意完整的藝術作品是由世界、作者、作品、讀者四個階段所組成。由此可知，不分中外，討論某項藝術形式或文學體類，「世界——作者——作品——讀者」（循環）〔註3〕都是可用的討論程序。

　　歐陽修解釋《詩經》時，也曾就《詩》之創作、本質及功能等方面提出見解，因此，探討《詩本義》的《詩》觀，也可以援用「世界——作者——作品——讀者」（循環）的討論方式，分就《詩》之創作、本質與功能三方面

〔註1〕 M. H. Abrams，*The Mirror and the Lamp—Romantic Theory and Critical Tradition*（Oxford University Press, 1981）。

〔註2〕 劉若愚著、杜國清譯：《中國文學理論》（台北：聯經出版社，1985 年），頁13～14。

〔註3〕 所謂「循環」，是指「世界——作者——作品——讀者」這四個因素的關係是「世界——作者——作品——讀者——世界——作者——作品——讀者……」（第一序的世界、作者、作品、讀者不必同於第二序的世界、作者、作品、讀者）；亦即，這四個因素所呈現的關係型態是一個迴環的關係圓，而不是直向或者斷續的關係線。這樣的關係型態可用以說明藝術作品的生命史或成長史。可以看得出來，這個生命史或成長史是沒有終點的；換言之，藝術作品具有永恆的存在意義。

進行分析與研究。討論之前，有一點應該先行釐清。一般所謂的詩，多指概念上的詩，指一種文學體類，而非某個特定存在物。本文所討論的詩，不是泛指一般的詩歌，而是《詩經》或其中的作品；所討論的詩觀，也不是對於一般詩的觀念，而是特指對《詩經》或其中作品所持的看法。在以下各節討論中，除了以《詩經》爲主要討論對象之外，也將探討歐氏對一般詩歌的看法，以求對照《詩經》相對的特殊意義。

第一節　《詩》之創作

　　詩歌之創作，不僅包含作品爲作者所表現的過程，其他如創作背景、創作緣起、創作動機等問題，在發生次序上先在於詩歌的表現過程，均應包括此範圍中。歐陽修在說明《詩》之創作時清楚意識到這點，並且也談到這幾個方面的問題。因此，以下探究歐氏對《詩》之創作所持的見解與理解態度，便由創作背景與創作過程爲主要討論課題，分析及說明歐氏的觀念。

一、創作背景

　　作品的創作背景，可分爲外在的創作背景和內在的創作背景。外在的創作背景指作者〔註4〕創作時所處的時、空環境；內在的創作背景指作者自身的生活經驗、經歷等。在探討《詩》的本義時，歐陽修十分重視作品創作的外在背景。歐氏稱作品創作的外在背景爲「時世」，如《詩本義》卷十四有〈時世論〉，是歐氏專論《詩經》時世的文章。〈時世論〉中有言：

> 二〈南〉之事一文王爾，何以爲王者？何以爲諸侯？則《序》皆不
> 通也；又不言作詩之時世。〔註5〕

《詩序》因爲未說明〈周南〉、〈召南〉的時世，而遭到歐氏的批評。由此可見，歐氏認爲說《詩》必須討論詩的時世。至於「時世」是什麼？歐氏云：

> 蓋頌作於成王之時而已。其年數早晚不可知，亦不必知。(《詩本義》
> 卷十二〈維天之命論〉)

〔註4〕對於「作者」的定義，除了一般常用以指作品的實際創作者之外，作品（本文）中的第一人稱也可稱爲作者。此處所謂的作者，係指前者而言。

〔註5〕《詩大序》云：「然則〈關雎〉、〈麟趾〉之化，王者之風，故繫之周公。南，言化自北而南也。〈鵲巢〉、〈騶虞〉之德，諸侯之風也，先王之所以教，故繫之召公。〈周南〉、〈召南〉，正始之道，王化之基。」

由此則中可以看出，歐氏對「時」的判斷大致以君王在位的時間作為劃分的單位，而不是確指創作的年分。又如：

> 當紂之世，淫風大行，彊暴之男侵陵貞女，淫泆之女犯禮求男；此大夫之妻能以禮義自防，不為淫風所化。(《詩本義》卷二〈草蟲本義〉)

> 衛宣公既與二夫人烝淫，為鳥獸之行。衛俗化之，禮義壞而淫風大行，男女務以色相誘悅，務誇自道而不知為惡，雖幽靜難誘之女亦然。(《詩本義》卷三〈靜女本義〉)

第一則中指出，商紂統治天下的時期是〈草蟲〉的創作時世；第二則指出，衛宣公之時和衛地是〈靜女〉的創作時世。由此可知，就〈國風〉而言，歐氏以周南、召南、邶、鄘、衛、王、鄭、齊、魏、唐、秦、陳、檜、曹、豳等地的在位君主為劃分單位，如第二則中的衛宣公；就〈雅〉、〈頌〉而言，歐氏以商、周在位天子為劃分單位，如第一則中的紂及前一則〈維天之命論〉中的周成王。至於「世」，就〈國風〉來說，歐氏大致以一地、一諸侯國為劃分的單位；周南、召南、邶、鄘、衛、王、鄭、齊、魏、唐、秦、陳、檜、曹、豳等地，便代表十五〈國風〉中作品創作之世，例如第二則中的衛（地）。就〈雅〉、〈頌〉來說，歐氏則以全天下為作品創作之世，例如第一則中的紂之世。總而言之，歐氏所謂的時是指作詩的時間，所謂的世是指作詩的空間；二者合指《詩經》中作品創作所面對的時空環境。時、世的劃分單位，〈國風〉以在位諸侯及諸侯國為單位，〈雅〉、〈頌〉以在位天子及天下為單位；簡言之，就是以某一在位君主及其所轄之地為一首作品的創作時世。〔註6〕

〔註6〕歐氏為何以在位君主及其所轄之地為一詩的創作時、世？原因可能與「詩譜」的觀念有密切的關係。東漢鄭玄曾作《詩譜》，說明《詩經》中作品個別的創作年代。鄭玄《詩譜・序》云：「夷、厲已上，歲數不明，太史《年表》，自『共和』始。歷宣、幽、平王，而得《春秋》次第，以立斯譜。欲知源流清濁之所處，則循其上下而省之；欲知風化芳臭氣澤之所及，則旁行而觀之：此詩之大綱也。舉一綱而萬目張，解一卷而眾篇明，於力則鮮，於思則寡。」鄭玄《詩譜》的製作，是以年代時間為經，以各國地域為緯，將《詩經》中的作品安置在這個時間與空間的網絡中，以瞭解該詩詩義。就此作法來看，歐氏基本上與鄭玄是一致的。此外，《詩本義》卷末附錄了〈詩譜補亡〉，這是歐氏修整補闕鄭玄《詩譜》的成果，這部分歐氏大致上尊重鄭玄的看法。雖然《詩本義》卷十四〈時世論〉中歐氏對〈周南〉、〈召南〉兩部分之《詩譜》存有異議，不過，從作法上以及〈詩譜補亡〉所代表的意義上來看，歐氏都肯定《詩譜》的價值。他之以在位君主及其所轄之地為一詩的創作時、

　　《詩經》的創作時世與作品間存在什麼樣的關係？關於這方面的討論，以《詩大序》的說法影響最大。《詩大序》云：

> 治世之音安以樂，其政和；亂世之音怨以怒，其政乖；亡國之音哀
> 以思，其民困。

《詩大序》中指出，《詩經》所載反映著當時代政治、民生的情況，詩歌中呈現出的感情情調，如安、樂、哀、思等，與當時社會、政治所呈現的氣氛一致。基本上，歐陽修也抱持同樣的觀點。歐氏《詩本義》云：

> 〈關雎〉周衰之作也。太史公曰：「周道缺而〈關雎〉作。」蓋思古
> 刺今之詩也……先勤其職而後樂，故曰：「〈關雎〉樂而不淫」；其思
> 古以刺今而言不迫切，故曰：「哀而不傷」。（卷一〈關雎本義〉）
>
> 因其所以衰，思其所以興，此〈關雎〉之所以作也。（卷十四〈本末
> 論〉）

對〈關雎〉的討論中，歐氏除了談到作品的美刺功能之外，也提及作品內容與現實間的關聯性。歐氏認為，〈關雎〉是以「樂而不淫」的思古的方式，達到刺今的目的，故稱之「哀而不傷」；實則刺今才是此詩本義。因此，歐氏同意〈關雎〉是周衰之作，所謂「思古以刺今」、「因其所以衰，思其所以興」，也就是《詩大序》中所謂「亡國之音哀以思」的意思。

　　若如歐氏所言，〈關雎〉為思古（內容）刺今（意旨）之詩，那麼這似乎與作品內容直接反映現實的說法有出入。然而，觀歐氏所謂思古刺今之詩，其實是以思古、頌古的消極方式，達到刺今、惡今的積極目的。所以，歐氏所謂的思古刺今，實則也是詩歌反映現實的另一種間接的表現方式。其次，歐氏以思古刺今為作者表現的手法之一，可見他認為作者賦予作品的內容並非被動地受當時環境所決定，作者是自覺地、主動地在作品中表現對當時環境的感覺與希望，所以詩人能以思古的消極方式，在詩中寄寓刺今的積極意義。總之，歐氏抱持著與《詩大序》相同的看法，那就是：作品反映外在現實環境。《詩本義》卷二〈擊鼓本義〉云：

> 州吁以弒君之惡自立，內興工役，外興兵而伐鄭國，數月之間，兵
> 出者再，國人不堪，所以怨刺；故於其詩載其士卒將行與其室家訣
> 別之語，以見其情。

世，應該受到「詩譜」觀念不小的影響。今人李辰冬《詩經通釋》繫聯《詩
經》各詩，解釋為尹吉甫一生遭遇的記錄，則為詩譜觀念最極端的發揮。

文中「國人不堪，所以怨刺；故於其詩載其士卒將行與其室家訣別之語」中的「故」字，表示上下句間的因果關係；由此可見歐氏說《詩》重視時世的原因是爲了探討創作的外在背景，進而明瞭作者的意圖，因爲他認爲詩歌創作的時空背景，直接影響作品的內容。

若針對〈擊鼓〉一詩而論，事實上，以州吁及衞爲〈擊鼓〉的創作時世，當以《詩序》之說爲最早。《詩序》云：

> 〈擊鼓〉，怨州吁也。衞州吁用兵暴亂，使公孫文仲將，而平陳與宋，
> 國人怨其勇而無禮也。

《鄭箋》、歐氏《詩本義》、屈萬里《詩經詮釋》均大致同意《詩序》之說。持不同看法者有：

> 朱熹《詩集傳》云：「衞人從軍者自言其所爲。」

> 姚際恆《詩經通論》云：「此乃衞穆公背清丘之盟救陳，爲宋所伐，
> 平陳、宋之難，數興軍旅，其下怨之而作此詩也。」

> 崔述《讀風偶識》卷二〈邶鄘衞風〉云：「細觀此詩，其非州吁伐鄭
> 之事明甚。」

> 王靜芝《詩經通釋》云：「此詩極明顯爲戍卒思歸之詩：固不必爲州
> 吁而作，更不必在州吁其時也。」

由此可見，反對《詩序》說法者，除姚際恆另持一時世之說外，其餘學者多半不明言此詩的時世。實因明指一詩時世，不僅困難，同時也易有武斷之嫌。

由上述的討論可以瞭解，歐氏認爲《詩經》反映著創作的時世，也就是反映著當時的外在背景。不過，他是否認爲《詩經》一定反映創作的外在背景？如果《詩經》不反映外在背景是否就違反其本質？關於這點，歐氏沒有明確的指陳，不過分析歐氏所言，答案應該是肯定的。歐氏云：

> 宣王之詩凡二十篇：其興衰撥亂，南征北伐，則〈六月〉、〈采芑〉、
> 〈江漢〉、〈常武〉是也；恢復文武之業，萬民安集，國富人眾，廢
> 職皆修，則〈車攻〉、〈鴻雁〉、〈斯干〉、〈無羊〉是也；慎微接下，
> 任賢使能，則〈吉日〉、〈烝民〉是也；親禮諸侯，賞功褒德，則〈崧
> 高〉、〈韓奕〉是也；夙興勤政，則〈庭燎〉是也；遇災而懼，側身
> 修行，則〈雲漢〉是也。其爲功德盛矣，其所稱美者眾矣。(《詩本
> 義》卷六〈黃鳥論〉)

> 今周、召之詩二十五篇：〈關雎〉、〈葛覃〉、〈卷耳〉、〈樛木〉、〈螽斯〉、
> 〈桃夭〉、〈兔罝〉、〈芣苢〉皆后妃之事；〈鵲巢〉、〈采蘩〉、〈小星〉
> 皆夫人之事，夫人乃大姒也；〈麟趾〉、〈騶虞〉皆后妃夫人德化之應；
> 〈草蟲〉、〈采蘋〉、〈殷其雷〉皆大夫妻之事；〈漢廣〉、〈汝墳〉、〈羔
> 羊〉、〈摽有梅〉、〈江有汜〉、〈野有死麕〉皆言文王之化；蓋此二十
> 二篇之詩，皆述文王、大姒之事。其餘三篇：〈甘棠〉、〈行露〉言召
> 伯聽訟，〈何彼襛矣〉乃武王時之詩。(《詩本義》卷十四〈時世論〉)

這兩則引文雖只見歐氏論及 45 篇詩的時世，但是由歐氏的作法可以看出他有
心將《詩經》中的作品分別安置在所屬的時空背景裡。更重要的是，由〈黃
鳥論〉中可見，歐氏明顯的將作品的外在背景與作品的意旨結合而論，這表
示他認為作品的外在背景與作品意旨存在著關聯。

　　歐氏又云：

> 所謂文王、大姒之事，其德教自家刑國，皆其夫婦身自行之以化其
> 下，久而變紂之惡俗，成周王之道，而著於歌頌（指〈周南〉、〈召
> 南〉之詩）爾。(《詩本義》卷十四〈本末論〉)

> 然學者捨簡而從迂，捨直而從曲，捨易通而從難通，或信焉而不知
> 其非，或疑焉而不敢辨者，以去《詩》時世遠，茫昧而難明也。(《詩
> 本義》卷十四〈本末論〉)

歐氏認為，周南、召南人民蒙文王、大姒德教，因而作詩以歌頌之。由此可
見，他認為外在背景與作品的創作之間，有著因果關係。在第二則中，歐氏
指出，令學《詩》者陷於錯誤或疑惑之境的原因，是因為遠離了作詩的時世，
以致難明詩義。他認為，《詩經》的創作雖然反映當時外在環境，但是單就作
品來看，卻無法斷知創作的時世；換言之，若將作品抽離當時時空，將導致
難以掌握作品的意義。歐氏云：

> 州吁以弒君之惡自立，內興工役，外興兵而伐鄭國。數月之間，兵
> 出者再，國人不堪，所以怨刺，故其詩載其士卒將行與其室家訣別
> 之語，以見其情。(《詩本義》卷二〈擊鼓本義〉)

> 詩人刺衛君暴虐、衛人逃散之事，述其百姓相招而去之辭。(《詩本
> 義》卷三〈北風本義〉)

> 但國人憐而哀其不幸，故詩人述其事以譬夫乘舟者，汎汎然無所維

制，至於覆溺。（《詩本義》卷三〈二子乘舟論〉）

據《序》本爲譚人遭幽王之時，因於役重而財竭，大夫作詩以告病爾。（《詩本義》卷八〈大東論〉）

鄭公子五爭，兵革不息，男女相棄，思保其室家焉。（《詩本義》卷十三〈取舍義·出其東門〉）

詩人以檜國政亂，憂及禍難，而思天子治其國政，以安其人民。（《詩本義》卷五〈檜風本義〉）

作詩者見時兄弟失道，乃取常棣之木花萼相承，韡韡然可愛者，以比兄弟之相親宜如此。（《詩本義》卷六〈常棣本義〉）

在第1～5則中，歐氏都是以大多數人（國人、衞人、譚人）所共同面對的外在環境爲創作的背景；第6、7則中，詩人固然以自己觀點去觀察世界，但是詩人係針對現實環境，由關懷民生的觀點出發，從事於詩歌的創作。

《詩經》中也不乏以個人悲喜爲出發點的作品。歐陽修云：

周南大夫之妻出，見循汝水之墳以伐薪者爲勞役之事，念己君子以國事奔走於外者，其勤勞亦可知。（《詩本義》卷一〈汝墳本義〉）

周公攝政之初，四國流言於外，成王見疑於內。公於此時，進退之難譬彼狼者，進則躓其胡，退則跋其尾。……蓋以見周公遭讒疑之際而無惶懼之色，身體充盈，心志安定，故能履危守正而不失爾。（《詩本義》卷五〈狼跋本義〉）

幽王信惑讒言以敗政，大夫傷己遭此亂世而被讒毀，乃呼天而訴。（《詩本義》卷八〈巧言本義〉）

衞武公之作是詩也。本以幽王荒廢，飲酒無度，天下化之，君臣沈湎，所以刺也。（《詩本義》卷九〈賓之初筵論〉）

召穆公見厲王無道，而傷周室將由王而隳壞。（《詩本義》卷十一〈蕩本義〉）

〈日月〉，衞莊姜遭州吁之難，傷己不見荅於先君也。（《詩本義》卷十三〈一義解·日月〉）

由以上例子可見，詩中記載的雖然屬於個人的悲喜，但是基本上這些悲喜的情緒仍由外在背景觸發的。歐氏認爲，詩人的種種情緒，與當時創作的外在背景有必然的關聯。因此，當時的外在環境，可謂創作最重要且幾乎是唯一

的創作背景。總而言之，他認為外在背景與《詩經》的創作有因果關係，而且外在背景是瞭解作品意義的必要條件。不能掌握作品的外在背景，就不可能瞭解作品的意義。如《詩本義》卷八〈鼓鐘論〉云：

> 若據詩文，則作樂淮上矣。然旁攷《詩》、《書》、《史記》，無幽王東巡之事，無由遠至淮上而作樂，不知此詩安得為刺幽王也？……皆當闕其所未詳。

歐氏由詩文得知此詩描述地點為淮水，不過由於歷史上沒有幽王東巡之事，也就是說缺乏一個「幽王‧淮上」的時空背景作為解釋此詩的線索，所以歐氏唯有將詩義從闕。就形式上來說，歐氏無法否認〈鼓鐘〉為《詩經》中一篇，但是，他使用闕字的意思，正意味著無法瞭解該詩的意義，所以只好採取存而不論的處理方式。由此可知，他認為《詩經》中的作品必定反映外在背景，作品如不反映外在背景，便是違反了《詩經》的本質。至於《詩經》中外在背景不明的作品，歐氏以「闕」為標示，留待他人提出該詩真正的外在背景。

對於一般詩歌，歐陽修是否也採同樣的看法，認為作品必然反映創作的外在背景？就現存資料來看，他很少論及一般詩歌創作的外在背景，反而比較重視創作的內在背景，對內在背景方面的談論也較多。歐氏很重要的一項主張，就是詩窮益工論。歐氏《居士集》卷四十四〈薛簡肅公文集序〉云：

> 蓋遭時之士，功烈顯於朝廷，名譽光於竹帛，故其常視文章為末事，而又有不暇與不能者焉。至於失志之人，窮居隱約，苦心危慮，而極於精思與其有所感激發憤：惟無所施於世者，皆一寓於文辭，故曰窮者之言易工也。

歐氏在此以遭時之士和失志之人的對比，解釋文窮益工的道理。歐氏談到，遭時得意的人，首先，在遭遇上，這類人政途亨通，所以欠缺創作的動機。其次，在心態上，這類人常以創作為餘事，所以缺乏創作的熱誠。第三，在時間上，有些人不暇及於創作活動，欠缺創作的精力。第四，在才力上，有些人能力不足，以致缺乏創作力。至於失志不遇之人，窮居隱約，苦心危慮，有充分的創作動機；對創作上極其精思，有充分的創作熱誠；無所施於世，故有充分的創作時間。總之，失志之人將所有感憤、熱情、時間、精力，全都寓寄於創作，所以，歐氏認為，「窮者之言易工」。進而，他還提出「詩窮益工」的說法，《居士集》卷四十二〈梅聖俞詩集序〉云：

> 予聞世謂：「詩人少達而多窮。」夫豈然哉？蓋世所傳詩者，多出於

> 古窮人之辭也。凡士之蘊其所有而不得施於世者，多喜自放於山巔
> 水涯，外見蟲魚草木風雲鳥獸之狀類，往往探其奇怪；內有憂思感
> 憤之鬱積，其興於怨刺，以道羈臣寡婦之所歎，而寫人情之難言；
> 蓋愈窮則愈工。然則非詩之能窮人，殆窮者而後工也。

歐氏解釋，窮者不見用於世，自放於山水，外見物類種種奇異之狀，內有憂思感憤之情，所以能在詩中表達出常人難言的感受。歐氏認爲，窮者工於詩的前提是「蘊其所有而不得施於世」，而窮者工於詩則關係兩方面的因素：一是見聞歷練，一是憂思感憤；也就是說，他認爲作者在不得志的條件下，個人的見聞、感憤等內在背景，是決定作品技巧性的因素。歐氏對一般詩歌普遍抱持這種看法。

不過，以上歐氏所言，只能說明窮者擁有較適宜的內在創作背景，具有較多從事創作的條件，可能創作較多的作品。至於「窮者之言易工」的「工」，屬於創作技巧上的評價問題，基本上跟作者構思與駕馭文字的表現能力有關，而跟作者的內在背景沒有必然的關係。換言之，歐氏所言只足解釋現存作品以「古窮人之辭」爲多，若是由此即證明所謂「窮者而後工」，未免滑過問題的關鍵，而有武斷之嫌。

對於《詩經》，歐陽修是否也持詩窮益工論？從歐氏的言論中，似乎很難找到支持的說法。在歐氏的觀念中，詩人大多並非不遇於世的「窮人」。歐氏認爲，〈卷耳〉爲后妃之作，〈汝墳〉爲大夫之妻所作，〈鴟鴞〉爲周公作，小、大〈雅〉多爲諸侯、大夫作，這些都與「失志之人」、「不得施於世」的條件不合。至於《詩經》中許多以大眾心理爲創作背景的詩，如稍前所引的〈擊鼓〉、〈北風〉、〈二子乘舟〉、〈出其東門〉、〈大東〉、〈匪風〉、〈常棣〉等詩，亦難於其中見到詩人個人背景與作品間的關係。〈考槃〉似乎是例外，如《詩本義》卷三〈考槃論〉云：

> 〈考槃〉本述賢者退而窮處。……如鄭之說，進則喜樂，退則怨懟，
> 乃不知命之很人爾，安得爲賢者也？孔孟常不遇矣，所居之國，其
> 君召之以禮，無不往也；顏子常窮處矣，人不堪其憂，而不改其樂
> 也。使詩人之意果如鄭說，孔子錄詩必不取也。

此處的「退而窮處」，雖然類似前面所謂的「窮居隱約」、「不得施於世」，然而，前面所謂的「苦心危慮」、「憂思感憤之鬱積」，在不改其樂的〈考槃〉詩人心中是找不到的。總之，歐氏認爲，《詩經》的創作主要在反映外在環境背

景，作者本身內在背景介入的成分甚微；至於一般詩歌的創作則主要與作者本身內在背景有關，外在背景參與的成分或左右的力量較輕。

從詩歌的發展史來看，《詩經》是最早的一部詩歌總集。年代湮遠，又是一由多位作者的詩作合成的總集，因此，在外在背景的資料上，有關後世詩歌的照道理應該比有關《詩經》的要多，〔註7〕所以論後世詩歌的時世，應該比論《詩》的時世要容易。爲何歐氏多遠談《詩》的外在背景，而少論及後世一般詩歌的外在背景？由於歐氏不曾針對這個問題直接說明，而能夠用以推論的間接資料又十分缺乏，所以回答這個問題可能不太容易。在此只能就歐氏言論著作呈現出的現象作初步的歸納：《詩經》的創作反映當時外在背景，而後世一般詩歌的創作與外在背景間的關係不明顯。在全面討論過歐氏對《詩經》的本質、功能的解釋之後，再回頭看這個現象，或許會有較深入的瞭解。其次，如前所談，歐氏認爲《詩經》中的作品如果不反映外在背景便違反其本質，那麼，歐氏是否認爲《詩經》的本質即在於反映現實？抑或反映現實是由其本質所衍生出的結果？對於這個問題，也在討論歐陽修對《詩經》本質的認定之後，再作進一步的解答。

在歐陽修之前《詩大序》、鄭玄即有「《詩經》反映現實」的說法。《詩大序》云：

> 治世之音安以樂，其政和；亂世之音怨以怒，其政乖；亡國之音哀以思，其民困。

鄭玄《詩譜序》云：

> 至於大王、王季，克堪顧天。文、武之德，光熙前緒，以集大命於厥身，遂爲天下父母；使民有政有居。其時詩：風有〈周南〉、〈召南〉，雅有〈鹿鳴〉、〈文王〉之屬。及成王，周公致太平，制禮作樂，而有頌聲焉，盛之至也。……後王稍更陵遲，懿王始受譖亨齊哀公，夷身失禮之後，邶不尊賢。自是而下，厲也、幽也，政教尤衰，周室大壞。〈十月之交〉、〈民勞〉、〈板〉、〈蕩〉，勃爾俱作。眾國紛然，刺怨相尋。

〔註7〕 屈萬里先生認爲《詩經》蘊含社會史的資料。《詩經詮釋》〈敍論·一、引言〉云：「《詩經》，是我國最早的一部詩歌總集，也是我國純文學的鼻祖。它包含著民國紀元前兩千五百年左右到三千年左右那四、五百年間的民間歌謠、士大夫作品，以及祭神的頌辭；它蘊藏著豐富的語言學和社會史的資料。」屈萬里：《詩經詮釋》（台北：聯經出版社，1984年）

由此可見，「《詩經》反映外在背景」是沿《詩大序》以下傳統的《詩》說，歐陽修大致繼承了這種觀念傳統，並沒有提出相異的意見。

二、創作過程

所謂創作過程，一般多指由創作緣起至作品完成的這一個階段，討論的問題基本上屬於「作者──作品」間的部分。以下便就創作緣起、表現過程兩方面，探討歐陽修對《詩經》的創作過程的見解。

（一）創作緣起

《禮記・樂記》云：

> 凡音之起，由人心生也。人心之動，物使之然也。感於物而動，故形於聲；聲相應，故生變；變成方，謂之意；比音而樂之，及干戚羽旄，謂之樂。樂者，音之所由生也，其本在人心之感於物也。

〈樂記〉以「感物」說明音樂的緣起，雖然主在論樂，但可視爲後世感物說〔註8〕的濫觴。《詩大序》：「情動於中而形於言」，基本上與〈樂記〉的看法一致。歐陽修對《詩經》的創作，也持感物的說法。《詩本義》卷十四〈本末論〉云：

> 詩之作也，觸事感物，文之以言。

「觸事」、「感物」，總歸而言都不外是感物。人感物或者物感人的當下，作者心中升起的所感，即是詩思萌生的端倪，也可說是作品的創作緣起。由上可見，歐氏對《詩經》創作緣起的看法，與沿〈樂記〉、《詩序》而下的感物說，其間並沒有太大的差異。

對於一般詩歌的創作緣起，歐陽修並沒有提出明白的說明。不過，歐氏《居士外集》卷二十五〈國學試策三道・第二道〉有言：

> 物所以感乎目，情所以動乎心。

由此可以推知，對於人類一切凡是根源於情的藝術創作，歐氏都不致反對以「感

〔註8〕「感物說」未始不可作「物感說」。由字面意義來看，感物和物感似乎正相反：前者以能感之「情」爲主動，以被感之「物」爲被動；後者以能使情感之「物」爲主動，以爲物所感的「情」爲被動。然而，不論情感物或物感情，在情物相遇交感的當下，其實並無所謂誰主誰從。情物之間的，是一種不斷的靈思之往來交流，而非單向的感、或者被感。此處爲尊重〈樂記〉、歐陽修等前人之言，故以「感物」爲該說之名稱。

物」爲其創作緣起的說法。他認爲，《詩經》以及一般詩歌的創作，都根源於人心中的情，〔註9〕所以感物說可以普遍用以解釋《詩經》與一般詩歌的創作緣起。

不過，一概以「感物」作爲《詩經》與一般詩歌的創作緣起，是一個較外部、粗略的說法。事實上，所謂「感物」的「物」，將會因《詩經》與一般詩歌之間性質的差異，而有意義上的不同。前面討論創作背景時曾談到，在歐氏的觀念裡，《詩經》的創作主要受外在背景的影響，因而此時所謂的物，指的是作者面對的外在環境，所以〈本末論〉說「觸事感物，文之以言」，詩文所載的，就是詩人所感所觸的。至於一般詩歌的創作，歐氏認爲它們主要受作者內在背景影響，此時所謂的物，指的是作者偶遇的外界事物，所以《居士集》卷四十二〈梅聖俞詩集序〉說「外見蟲魚草木風雲鳥獸之狀類，往往探其奇怪」；對於作者而言，這樣的物只是引發創作的一個觸媒，對創作的意義止於此，而且，這個物也未必會反映在作品內容當中。總之，感物說可用以統括《詩經》與一般詩歌的創作緣起，不過，對於此二者而言，「感物」之「物」各具有不同的價值意義。

（二）表現過程

詩歌的表現過程，主要指作者構思至作品完成表現的這個階段。關於《詩經》的表現過程，《詩大序》曾云：

> 詩者，志之所之也。在心爲志，發言爲詩。情動於中而形於言；言
> 之不足，故嗟歎之；嗟歎之不足，故永歌之；永歌之不足，不知手
> 之、舞之、足之、蹈之也。情發於聲，聲成文謂之音。

《詩序》指出，詩是「志」、「情」的顯發與呈現。心中有「志」、「情」，表現於語言文字即成爲詩。由此可見，《詩序》認爲《詩》的表現過程是一個自然流露與呈現的過程，其間不需要太多雕琢經營。歐陽修也抱持著與《詩序》相同的見解，歐氏云：

> 夫喜怒哀樂之動乎中，必見乎外。（《居士外集》卷十〈辨左氏〉）
>
> 詩之作也，觸事感物，文之以言。（《詩本義》卷十四〈本末論〉）

歐氏認爲，感情發自於內，自然會流露於外，詩人也不例外。詩人是從事寫作的人，所以，詩人由「觸事感物」至「文之以言」，是個自然發展的過程。其中「文之以言」的「文」，看似有修飾的意思；但是，在此「文」表示文飾、

〔註9〕詳見本章下一節中論《詩經》的根源部分。

文字化，也就是將作者的感情現諸於文字的意思。以此看來，歐氏認為《詩》
的產生並不需要刻意的推敲、琢磨等修辭工夫，一切都是詩人感情自然流露
所成就的。

在歐陽修之前而以「自然呈現」解釋《詩》之表現過程的，除《詩大序》
外，較重要的還有劉勰《文心雕龍》。《文心雕龍・明詩第六》云：

> 大舜云：「詩言志，歌永言。」聖謨所析，義已明矣。是以在心為志，
> 發言為詩，舒文載實，其在茲乎？……人稟七情，應物斯感，感物
> 吟志，莫非自然。

以「自然」解釋《詩經》的創作過程的，是自《書・堯典》、《詩序》一脈而
下的說法，贊成的學者大致以「詩歌的創作是人類心靈自然的要求」作為說
明。持這種說法的學長，多半也以感物解釋《詩經》的創作緣起。然而，由
上述諸家之說可以發現，各家認為之感物的主體未必相同：《詩序》認為是
「情」，《文心雕龍》認為是「七情」，歐陽修認為是「情」或「七情」。這些
差異，與各家對《詩經》本質的認定以及對人性觀的看法有關。

對於一般詩歌的表現過程，歐陽修並沒有直接的說明。不過，由歐氏論
一般詩歌的言論中，可以嘗試分析他的看法。歐氏云：

> 唐之晚年詩人，無復李、杜之豪放之格，然亦務以精意相高。如周
> 朴者，構思尤艱，每有所得，必極其雕琢；故時人稱朴詩月鍛季煉，
> 未及成篇，已播人口。其名重當時如此，而今不復傳矣。（《詩話》）

〔註10〕

又云：

> 唐之詩人，類多窮士。孟郊、賈島之徒，尤能刻篆窮苦之言以自喜。
> （《試筆・郊島詩窮》）

這兩則中提到了「構思」、「雕琢」、「刻篆」，顯示歐氏留意一般詩歌表現過程
中作者謀畫構思以及撰文修辭方面的工夫。由此可見，他認為一般詩歌與《詩
經》在表現過程的特性上有所不同，前者重在作者人力的構思及修辭，後者
重在詩人「觸事感物，文之以言」的自然呈現。

〔註10〕歐陽修《全集》中收錄《詩話》一卷，此書原名即為「詩話」。後人為求辨別
　　　及方便稱引，故多稱歐氏《詩話》為《六一詩話》。郭紹虞《中國文學批評史》
　　　云：「《六一詩話》、一卷。……案：是書原稱『詩話』，故司馬光所撰亦只云
　　　『續詩話』。其稱『六一詩話』或『歐氏詩話』、『永叔詩話』云云者，皆出後
　　　人所加，取便稱引而已。」（頁373）

　　以上討論主要分析歐陽修對《詩》的創作過程（包含創作緣起、表現過程）的看法，以及他對一般詩歌創作過程的解釋，以便藉著兩者間的對照，進一步說明《詩》的創作過程。歐氏認為，《詩經》的創作過程起於作者對外在環境的感觸，終於作者將感觸抒發於文字；這之間的發展與推進，完全是一個自然呈現的過程。至於一般詩歌的創作過程，歐氏認為其始於外物對作者本身深厚蘊積感情之引動，迄於作者將感情訴之文字並加以修辭鍛鍊；這之間的發展，是一個偏重作者人力經營的過程。總之，歐氏論《詩經》與一般詩歌的創作過程，一重作者對外界環境的直接反應以及表現時之自然抒發，一重作者內在感情受外物之牽引以及表現時之人力經營。

　　由上述討論中可以明瞭歐陽修對《詩經》以及一般詩歌之創作背景、創作過程等分持的觀念。以《詩經》來說，歐氏認為，詩人處身於當時環境，在外在背景的直接影響下，詩人心中升起某種感情，繼而自然的以詩歌語言文字表現出來，於是便產生了詩。在歐氏的觀念中，《詩經》裡每一首詩的完成，都是自然呈現、不假雕飾的結果。就一般詩歌來說，歐氏認為，詩人創作的動力多半來自個人積蘊的內在深情，當詩人接觸到外界某個足以引發其詩興的事物，便會將滿懷的感情經由構思、鍛鍊、琢磨而流洩於文字。由上「世界──作者──作品」這階段的討論中可以發現，就《詩經》而言，歐氏較重視的是「世界──作者」間的關聯；就一般詩歌而言，歐氏比較重視「作者──作品」間的關聯。某些時候，歐氏之所以對《詩經》與一般詩歌持有不同的解釋，原因即在於他對此兩者的著眼點和關心處有別。

　　從以上分析，可以看出歐氏對《詩》之創作背景、創作過程等方面所作的描述，主要針對的是詮釋的問題，並未涉及評價的問題。而歐氏對於《詩經》的創作背景，創作緣起、表現過程等方面的看法，與自〈樂記〉、《詩序》、《毛傳》、《鄭箋》而下的傳統《詩》說是一致的。

第二節　《詩》的根源與本質

　　事物的根源和本質間雖然經常有密切關聯，或者可以幫助說明彼此，但是，基本上根源與本質是兩個方面的問題。在本小節中，主要針對《詩經》的根源與本質這兩點，討論歐陽修的觀念，同時也說明歐氏對一般詩歌之根源與本質的看法。

一、《詩》的根源

《詩本義》卷十四〈本末論〉云：

> 詩之作也，觸事感物，文之以言。……以發其愉揚怨憤於口，道其
> 哀樂喜怒於心；此詩人之意也。

歐陽修認為，在形式上，《詩經》是由語言記錄而成的文字。詩人創作《詩》
的動機，在於抒發觸事感物而形成的哀樂喜怒的情緒。歐氏說：「詩之作也，
觸事感物」，可見他認為觸事感物的主體便是《詩經》的根源。觸事感物的主
體是什麼？《居士外集》卷二十五〈國學試策三道・第二道〉云：

> 物所以感乎目，情所以動乎心。

所謂「物所以感乎目」，也就是觸事感物的意思。但是，這與「情所以動乎心」
存在著什麼樣的關聯？首先，由「情所以動乎心」一句可知，情存在於人心
中，並且，情有能動的特性。其次，情的動是受物感所引起的，這分所感基
本上屬於視覺的，正所謂「物所以感乎目」。由此可知，歐氏認為，能夠觸事
感物的是人心中的情，而且，情感觸的是視覺對象；換言之，歐氏認為人心
中的情是《詩經》的根源，而且情能因所見之視覺對象而感動。歐氏的觀念
與《詩序》：「詩者，志之所之也」、「情動於中而形於言」、「情發於聲，聲成
文謂之音」的說法可謂一致。

　　至於一般詩歌，同樣的，歐陽修也認為其根源於「情」。《居士外集》卷
二十〈問進士策題五道・第一〉云：

> 問：古之人作詩，亦因時之得失，鬱其情於中而發之於詠歌而已。
> 一人之為詠歌，歡樂悲瘁，宜若所繫者未為重矣。然子夏序《詩》，
> 以謂「動天地、感鬼神，莫近於《詩》」者。《詩》之言，果足以動
> 天地、感鬼神乎？

由全段上下文看來，可知此處歐氏討論的對象是《詩經》。不過，本段開始有
言：「古之人作詩，亦因時之得失，鬱其情於中而發之於詠歌而已」，其中歐
氏使用了「亦」字，表示這是一種普通情形，就「因時之得失，鬱其情於中
而發之於詠歌」這一點而言，《詩經》和一般詩歌是相同的。由此可知，歐氏
認為一般詩歌的產生也是「鬱其情於中而發之於詠歌」；換言之，他認為一般
詩歌也根源於「情」。《居士集》卷三十一〈湖州長史蘇君墓誌銘・并序〉云：

> 君攜妻子居蘇州，買水石，作滄浪亭。日益讀書，大涵肆於六經，
> 而時發其憤悶於歌詩。

所謂的「憤悶」，屬於人類感情、情緒的一種，此處「發其憤悶於歌詩」與前面的「鬱其情於中而發之於詠歌」基本上是一致的。

　　歐陽修認為，人內心的情，即是詩歌產生的根源；《詩經》中的作品如此，後世的詩歌也是如此。「情」具有哪些內容與特性呢？關於情，《居士外集》卷二十五〈國學試策三道・第二道〉云：

> 人肖天地之貌，故有血氣仁智之靈；生稟陰陽之和，故形喜怒哀樂之變。物所以感乎目，情所以動乎心，合之為大中，發之為至和。誘以非物，則邪僻之將入；感以非理，則流蕩而忘歸。蓋七情不能自節，待樂而節之；至性不能自和，待樂而和之。聖人由是照天命以窮根，哀生民之多欲，順導其性，大為之防。

此處提到，人取貌於天地，所以有血氣仁智；人生來稟具陰陽二氣之和，所以心中會產生喜怒哀樂等感情的變化。歐氏說：「情所以動乎心」，可見情存在於人心中，情有能感、能動的特質。歐氏又說：「誘以非物，則邪僻之將入；感以非理，則流蕩而忘歸。蓋七情不能自節」，由之可見，「情」又可稱為「七情」，其內容就是「喜怒哀樂」等種種感情。〔註11〕又據歐氏之言可知，情無法檢別所感之物的善惡，因此「誘以非物」、「感以非理」，情將致「流蕩而忘歸」。情是否能止於大中至和，或者流蕩而忘歸，需賴樂的調節制約的力量，所謂「蓋七情不能自節，待樂而節之」。在歐氏的觀念裡，情本身無所謂善惡，情最後會達到大中至和的善，或是墮入流蕩忘歸的惡，誘因都來自外物；由於情有「感」的特性而無擇善惡的功能，所以會因外物的影響，而染上善或惡的成份。

　　歐氏認為，喜怒哀樂之情是《詩經》以及一般詩歌的創作根源。情以心為活動的處所，本身並無善惡，而是其「感」的特性提供了善惡得以入駐的機會。在此產生一些問題：如果《詩經》的根源在於情，而情又有墮入惡的可能，那麼，歐氏倡言《詩》教的根據在哪裡？究竟他認為《詩經》的教化

〔註11〕在歐陽修的觀念中，情、七情、人情三者間有一貫的關聯。情與七情係指人心產生之喜怒哀樂的感情或情緒，人情則指因情之影響而形成的心理模式與行為習慣。情可能流蕩忘歸，需賴樂的調節，就同人情有惡習，需賴禮的節制。另一方面，情與性有重要的關聯，種種感情的發生，其根源即在於性。性有「習」的特性，因而促使聖人制禮加以引導，然而同時，聖人制禮也是因應人情的需要；對於性、情的發展，禮都有重要的貢獻。因此在歐氏的觀念中，不論由性、情根本上的關聯來論禮之於情的意義，或是由性、情後來的發展上來看禮的作用，對於情而言，禮都是不可或缺的。

功能是從何得來？在下一節論《詩經》的本質中將探討這兩個問題。

二、《詩》的本質

　　討論《詩經》的本質，可分別由形式定義及實質定義兩方面進行。首先，關於歐陽修對《詩經》形式上的定義。《詩本義》卷十四〈魯問〉云：

　　　　《詩》，孔子所刪正也。

就形式的定義來說，歐氏認為《詩經》是指經由孔子刪正的詩歌。既然歐氏以「孔子所刪正」為《詩經》的形式定義，那麼在他的觀念中，刪詩與《詩經》的本質有密切的關聯。

　　討論《詩經》的本質之前，應該先瞭解歐氏對刪詩的看法。歐氏如何理解刪詩這件事呢？《詩本義》卷末〈詩圖總序〉云：

　　　　司馬遷謂古詩三千餘篇，孔子刪之，存者三百。……以于考之，遷
　　　　說然也。何以知之？今書傳所載逸詩，何可數焉？以圖〔註12〕推之，
　　　　有更十君而取其一篇者，又有二十餘君而取其一篇者：由是言之，
　　　　何嘗乎三千詩？三百一十一篇，亡者六篇，存者三百五篇云。

歐氏以太史公司馬遷所言為考察對象，復根據其他古書傳所載之逸詩的數量，以及鄭玄《詩譜》加以推理，而後同意太史公的說法，認為孔子確實曾經將古代詩歌由三千餘篇刪整為三百餘篇的《詩經》。同意「孔子刪詩」的前提下，歐氏對「刪詩」提出解釋，歐氏《崇文總目敍釋・詩類》云：

　　　　孔子刪古詩三千餘篇，取其三百一十一篇著於經。

歐氏明言，孔子刪周末時古詩三千餘篇，錄取其中三百一十一篇，成為《詩經》。歐氏認為，刪詩所錄的詩必有可錄的價值，如《詩本義》卷十〈生民論〉云：

　　　　然則〈生民〉之詩，孔子之所錄也，必有其義。

由此可見，歐氏相信刪詩是項有目的的活動。

　　孔子刪詩的動機或目的何在？《詩本義》卷十四〈本末論〉云：

　　　　孔子生於周末，方修禮樂之壞；於是正其雅頌，刪其繁重，列於六
　　　　經，著其善惡，以為勸戒。……察其美刺，知其善惡，以為勸戒；
　　　　所謂聖人之志者，本也。

〔註12〕圖，指鄭玄所作的《詩譜》。歐陽修《詩本義》中對《鄭箋》多有指摘，時見
　　　嚴厲的批評。對於鄭玄《詩譜》，歐氏參照不同版本加以補闕修整，作〈鄭氏
　　　詩譜補亡〉，卻未對鄭譜內容提出嚴格的質疑。

卷六〈黃鳥論〉又云：

> 孔子刪《詩》，並錄其功過者，[註13] 所以為勸戒也。

由「方修禮樂之壞，於是正其雅頌，刪其繁重，列於六經」其中「於是」一詞可知，歐氏認為周末禮樂之壞與孔子刪詩之間有因果關係。所謂「著其善惡，以為勸戒」、「察其美刺，知其善惡，以為勸戒」、「並錄其功過者，所以為勸戒」，指孔子面對禮壞樂崩的大環境，見禮樂已無法發揮節制的作用，故刪錄當時的詩歌而成《詩經》，俾使《詩經》成為維繫時代人心的新力量，代替從前禮樂的功能。以此看來，歐氏認為，刪詩的目的在於藉《詩經》而發揮諷諭教化的功能。

歐氏指出，孔子刪詩，以《詩經》為勸戒的教本。聖人勸戒的對象不僅包括當世之人，同時遍及後代世人，並不限一時、一地。歐氏云：

> 幽厲之詩，極陳怨刺之言，以揚君之惡。孔子錄之者，非取其暴揚主過也：以其君心難格，非規誨可入，而其臣下猶有愛上之忠，極盡下情之所苦而指切其惡，尚冀其警懼而改悔也。至其不改而敗亡，則錄以為後王之戒。（《詩本義》卷七〈正月論〉）

又云：

> 夫仲尼述堯舜，刪《詩》、《書》，著為不刊，以示來葉。（《居士外集》卷二十五〈國學試策三道・第一道〉）

孔子選錄《詩經》，在當時可以昭顯詩人們忠愛之情、警惕時主；對於後世，

[註13] 由字面意義來看，刪與錄的意思適正相反，不過，在歐陽修的使用下，刪詩與錄詩指涉同一個事件，均指周末孔子刪去古詩 3000 餘篇而選錄 311 篇以為《詩經》之事。歐氏《詩本義》卷八〈四月論〉云：「今此大夫不幸而遭此亂世，反深責其先祖以人情不及之事，詩人之意決不如此；就使如此，不可垂訓，聖人刪詩必棄而不錄也。」由所謂「聖人刪詩必棄而不錄」一語可知，刪和錄的對象相反。在歐氏的觀念裡，刪詩指聖人刪古詩 3000 餘篇，錄詩指聖人錄取未刪的 311 篇。總之，刪詩和錄詩是同一事件不同的稱法。

至於〈四月論〉中所言的「反深責其先祖以人情不及之事」，係針對《鄭箋》而發。《詩經》〈小雅・四月〉第一章詩云：「先祖匪人，胡寧忍予？」《鄭箋》注云：「匪，非也。寧，猶曾也。我先祖非人乎？人，則當知患難，何為曾使我當此亂世乎？」《鄭箋》此處所釋頗遭歐氏議評，《詩本義》卷八〈四月論〉云：「毛、鄭〈四月〉之義，小小得失，皆不足論；惟以『先祖匪人』為作詩之大夫斥其先祖，此失之大者也。且大夫作詩，本刺幽王任用小人，而在位貪殘爾。何事自罪其先祖？推於人情，決無此理！凡為人之先祖者，積善流慶於子孫而已，安知後世所遭者亂君歟？治君歟？」

《詩經》可爲後王之戒，並且可作爲將來萬世奉行的圭臬。由此可見，歐氏認爲《詩經》原本即有勸戒當世的價值，經至聖孔子刪錄之後，不僅肯定了這個價值，並且進而使這個價值超越了當時時空而具永恆性。

歐氏認爲，《詩經》經孔子刪錄而成，擔負著垂教萬世的重任，詩義內容必然富有道德意涵。在歐氏的觀念裡，刪詩說確保了詩義的道德性，並且賦予《詩經》永久的、教化的實用價值。《居士外集》卷十七〈代人上王樞密求先集序書〉云：

> 夫文之行，雖繫其所載，猶有待焉。《詩》、《書》、《易》、《春秋》，
> 待仲尼之刪正。

如歐氏所言：「夫文之行，雖繫其所載，猶有待焉」，若欲行《詩》教於天下後世，孔子刪詩是必然要通過的關鍵。在歐氏的觀念中，刪詩與《詩經》有著本質上必然的關聯。《詩本義》卷八〈四月論〉云：

> 毛、鄭於〈四月〉之義，小小得失，皆不足論；惟以「先祖匪人」
> 爲作詩之大夫斥其先祖，〔註14〕此失之大者也。且大夫作詩本刺幽
> 王任用小人而在位貪殘爾。何事自罪其先祖？推於人情，決無此理。
> 凡爲人之先祖者，積善流慶於子孫而已。安知後世所遭者亂君歟？
> 治君歟？今此大夫不幸而遭亂世，反深責其先祖以人情不及之事，
> 詩人之意決不如此；就使如此，不可垂訓，聖人刪詩必棄而不錄也。

歐氏說：「今此大夫不幸而遭亂世，反深責其先祖以人情不及之事，詩人之意決不如此」，在此肯定了詩人之意必相合於人情。接著，歐氏說：「就使如此」，可見他對詩人之意是否符合人情還不能百分之百確定，也不否定有例外的可能；但是，歐氏又說：「不可垂訓」，可見歐氏認爲《詩經》製作的目的即在於垂訓。歐氏進而說：「聖人刪詩必棄而不錄也」，可見他認爲聖人刪詩是以垂訓爲標準，如果詩歌不能符合「垂訓」的條件，便不可能列入《詩經》之中；換言之，詩歌若不具備垂訓的性質，便不能稱爲《詩經》。由上可知，就實質定義上說，歐氏認爲足以垂訓的特質即是《詩經》的本質，而《詩經》的本質是由刪詩所加以規範與確定的。所謂足以垂訓的特質，也就是前面所談的詩義的道德性；《詩》這種道德性的本質，可以發揮教化萬世的功能。歐氏認爲，《詩經》就是：「孔子刪錄」且「具有道德性意涵」的詩歌；「孔子刪錄」屬於《詩經》的形式定義，「具有道德性意涵」屬於《詩經》的實質定義。

〔註14〕參見本章註13後半所引之〈小雅・四月〉第一章詩及《鄭箋》。

刪詩的說法首見於《史記‧孔子世家》，其說如下：

> 古者詩三千餘篇。及至孔子，去其重，取可施於禮義；上采契、后
> 稷，中述殷、周之盛，至幽、厲之缺，始於衽席，故曰：「〈關雎〉
> 之亂以爲〈風〉始，〈鹿鳴〉爲〈小雅〉始，〈文王〉爲〈大雅〉始，
> 〈清廟〉爲〈頌〉始。」三百五篇，孔子皆弦歌之，以求合於〈韶〉、
> 〈武〉、〈雅〉、〈頌〉之音。

自此之後，「刪詩」便成爲歷來許多通儒碩學關心的議題。贊成「孔子刪詩」
一說的有：班固《漢書‧藝文志》、鄭玄《六藝論》、陸璣《毛詩草木鳥獸蟲
魚疏》、陸德明《經典釋文》、孔穎達《毛詩正義‧序》、歐陽修《詩本義》、
朱熹《詩集傳》、顧炎武《日知錄》、劉大白《中國文學史》等。反對「孔子
刪詩」一說的有：鄭樵《六經奧論‧刪詩辯》、葉適《習學記言》、朱彝尊《曝
書亭集》卷五十九〈詩論一〉、趙翼《陔餘叢考》卷二〈古詩三千之非〉、崔
述《洙泗考信錄》、李惇《群經識小》、方玉潤《詩經原始》、梁啓超《詩經解
題及其讀法》等。此外，還有折衷於兩派之間的，如王崧《說緯》、梁紹壬《兩
般秋雨庵筆記》等。歐氏對「刪詩」的看法，上繼鄭玄、孔穎達之說，而下
同於朱子《詩集傳》，屬於傳統《詩》說的一員。不過，以刪詩來規定《詩經》
本質的，卻爲歐氏獨見。《詩序》、《毛傳》、《鄭箋》，以及後來的朱子《詩集
傳》，雖然都同意《詩經》具有諷諭教化的意義，但是例如《詩序》：「詩者，
志之所之也」，《詩集傳‧序》：「詩者，人心之感物而形於言之餘也」，都並非
以孔子刪詩來規範《詩經》的本質。《詩本義》《詩》觀的重心與特色，便在
於以刪詩作爲《詩經》本質的形式定義。

不過，孔子刪詩與否事實上並無法得到證實或證僞。因爲，從種種資料
（如逸詩、淫詩、《論語》之言等）來看，其實並沒有直接有力的證據證實或
推翻孔子刪詩這件事。所以，「孔子刪詩」與《詩經》的詩義、功能等未必有
必然關聯，但是也無法證實絕對毫無關聯。總之，孔子刪詩與否以及孔子刪
詩的取捨標準，是很難以得到定論的；不過，在歐氏的觀念中，孔子確實曾
經刪詩，而且是以詩義的道德性爲取捨的標準。《詩本義》《詩》觀的根基，
就正建立在這無法被證實或否定的刪詩說上。

以上討論之《詩》的本質，屬於描述性的問題。若由評價方面來看，歐
陽修是否對《詩經》中的作品持同一評價？他認爲《詩經》中的詩都是成功
的作品嗎？試觀《詩本義》所言：

> 然則刺者其意淺，故其言切；而傷者其意深，故其言緩而遠。作詩
> 之人不一，其用心未必皆同，然考詩之意如此者多，蓋人之常情也。
> （卷十一〈蕩論〉）

> 古詩之體，意深則言緩，理勝則文簡。（卷八〈何人斯論〉）

歐氏在第一則中提出「意淺、言切」與「意深、言緩而遠」為對比，說明詩
人之意與詩之言之間的關聯。就「言切」和「言緩而遠」這兩者來看，似乎
很難斷定何者為優；然而，若就「意淺」和「意深」這兩者來看，優劣評價
的意味就比較清楚了。由第二則「意深則言緩，理勝則文簡」也可看出，意
深和理勝互見成文，其中勝字很明顯是一個評價性的詞，所以，深和勝應該
都是正面評價語。舉例來看，歐氏《詩本義》云：

> 因其所以衰，思其所以興，此〈關雎〉之所以作也。其思彼之辭甚
> 美，則哀此之意亦深，其言緩，其意遠。孔子曰：「哀而不傷」，謂
> 此也。（卷十四〈時世論〉）

> 先勤其職而後樂，故曰：「〈關雎〉樂而不淫」；其思古以刺今，而言
> 不迫切，故曰：「哀而不傷」。（卷一〈關雎本義〉）

> 〈相鼠〉之義不多，直刺衛之群臣無禮儀爾。……詩言鼠有皮毛，
> 以成其體，而人反無威儀容止以自飭其身，曾鼠之不如也！人不如
> 鼠，則何不死爾？此甚嫉之之辭也。三章之意皆然，更無他意也。（卷
> 三〈相鼠論〉）

由第一則可以看出，歐氏認為〈關雎〉是首辭美、意深、言緩、意遠的詩。
由第二則可以看出，歐氏認為〈關雎〉詩「言不迫切」，沒有「言切」的缺
點；換言之，也就是第一則中所說的「言緩」。因此，〈關雎〉在《詩經》中
可稱為一首好詩。第三則引文論及〈相鼠〉詩，歐氏認為此詩為「甚嫉之之
辭」，也就是所謂的「言切」，又說此詩「三章之意皆然，更無他意」，也就
是所謂的「意淺」，若是依照前面評價的標準而論，〈相鼠〉在《詩經》中稱
不上佳作，故歐氏在〈相鼠論〉之首云：「〈相鼠〉之意不多，直刺衛之群臣
無禮儀爾。」由歐氏的言論或其對《詩經》作品的詮釋及批評來看，歐氏是
由「詩人之意」與「詩之言」來論《詩經》作品的優劣。歐氏認為，《詩經》
中意深、意遠而言緩、言遠的詩，便是好詩；而《詩經》中意淺而言切的詩，
便是劣詩。至於何謂深、淺，何謂緩、遠、切，歐氏並未提出明確說明。

對於一般詩歌之本質與評價問題，歐氏《居士外集》卷二十三〈書梅聖俞稿後〉云：

> 凡樂，達天地之和，而與人氣相接；故其疾徐奮動可以感於心，歡欣惻愴可以察於聲。五聲單出於金石，不能自和也，而工者和之。然抱其器，知其聲，節其廉肉而調其律呂，如此者工之善也。……又語其聲以問之曰：「彼清者、濁者，剛而奮，柔而曼衍者，或在郊，或在廟堂之下而羅者，何也？」彼必曰：「八音五聲，六代之曲，上者歌而下者舞也。其聲器名物，皆可以數而對也。然至乎動盪血脈，流通精神，使人可以喜，可以悲，或歌或泣，不知手足鼓舞之所然，問其何以感之者，則雖有善工，猶不知其所以然焉。蓋不可得而言也。
>
> 樂之道深矣！故工之善者，必得於心而應於手而不可述之言也；聽之善，亦必得於心而會以意，不可得而言也。……周衰官失，樂器淪亡，散之河海。逾千百歲間，未聞得之者。其天地人之和氣相接者，既不得泄於金石，疑其遂獨鍾於人：故其人之得者雖不可和於樂，尚能歌之為詩。古者登歌清廟，大師掌之。而諸侯之國亦各有詩，以道其風土性情。至於投壺饗射，必使工歌，以達其意而為賓樂。蓋詩者，樂之苗裔與！
>
> 漢之蘇、李，魏之曹、劉，得其正始。宋齊而下，得其浮淫流佚。唐之時，子昂、李、杜、沈、宋、王維之徒，或得其淳古淡泊之聲，或得其舒和高暢之節；而孟郊、賈島之徒，又得其悲愁鬱堙之氣。由是而下，得者時有而不純焉。今聖俞亦得之，然其體長於本人情，狀風物，英革雅正，變態百出。哆兮其似春，淒兮其似秋。使人讀之，可以喜，可以悲，陶暢酣適，不知手足之將鼓舞也。斯固得深者邪！其感人之至，所謂與樂同其苗裔者邪！余嘗問詩於聖俞，其聲律之高下，文語之疵病，可以指而告余也：至其心之得者，不可以言而告也，余亦將以心得意會而未能至之者也。

此處論及的，包含周秦古詩、漢魏古詩、六朝詩、唐詩、宋詩等，可知此篇詩論是一般詩歌的普遍情形。首先，歐氏說：「蓋詩者，樂之苗裔與！」使用的雖是疑問句式，但句義卻是肯定的。「詩者，樂之苗裔」，意謂詩歌由樂所衍生，因此歐氏對一般詩歌的形式定義即為：由樂所衍生者。至於一般詩歌的實質定義，由上述引文可見，歐氏由論樂而論一般詩歌，所談的主要關於

兩方面：一是音律，所謂「律呂」、「八音五聲」；一是感染力，所謂「動盪血脈，流通精神，使人可以喜，可以悲，或歌或泣，不知手足鼓舞之所然」。歐氏提出樂與詩在音律與感染力兩方面的相同點，可視爲對「詩者，樂之苗裔」的實質意義之說明。第二段由「周衰官失」至「尙能歌之爲詩」，主要討論一般詩歌的音律問題。第三段由「漢之蘇、李」至「所謂與樂同其苗裔者邪」一段，則在探討一般詩歌感染力的問題。所謂「正始」、「浮淫流佚」、「淳古淡泊」、「舒和高暢」、「悲愁鬱堙」，都是感染力表現的型態之一；所以歐氏說：「今聖俞亦得之」、「哆兮其似春，凄兮其似秋，使人讀之可以喜，可以悲，陶暢酣適，不知手足之將鼓舞也。斯固得深者邪！其感人之至，所謂與樂同其苗裔者邪」。由文意可見，「斯固得深者邪」中所「得」的，是使人可以喜、可以悲、感人之至的感染力。歐氏說「今聖俞亦得之」，即指梅聖俞的詩也具有這種感染力；由於「亦」字是用以表示前後文的對等關係，因此可以明瞭，之前歐氏所謂的「正始」、「浮淫流佚」、「淳古淡泊」、「舒和高暢」、「悲愁鬱堙」等等，皆爲感染力之表現的一型。感染力所表現出的型態，歐氏稱之爲「格」。歐氏《詩話》云：

> 唐之晚年詩人，無復李、杜之豪放之格，然亦務以精意相高。

「豪放之格」，也就是上文「舒和高暢」之感染力的表現型態。在歐氏的觀念中，詩歌或者詩人所具的「格」，即是感染力呈現出的型態。歐氏對各詩家的「格」，有優劣高低不同的評價，但是不論格高或格低，基本上歐氏都承認它們具有感染力。歸結之前對一般詩歌本質的討論，歐氏認爲，一般詩是由樂所衍生，而以音律、感染力爲其本質。

關於一般詩歌的評價問題，歐氏云：

> 聖俞常語子：「詩家雖率意，而造語亦難。若意新語工，得前人所未道者，斯爲善也。必能狀難寫之景，如在目前，含不盡之意，見於言外，然後爲至矣。」（《詩話》）

> 詩人貪求好句而理有不通，亦語病也。……唐人有云：「姑蘇臺下寒山寺，半夜鐘聲到客船。」說者亦云句佳矣，其如三更不是打鐘時。（《詩話》）

第一則中歐氏引用梅聖俞之言，談到了好詩所具備的三項條件：意新、語工、意在言外。意新，指所表現的思想或意象具有原創性，能「得前人所未道」；語工，指用字遣辭準確工巧，「狀難寫之景，如在目前」即是語工的一例；意在言

外，指在語文意義之外，能夠提供豐富的思想或意象。第二則中歐氏提出了理，作為評價一般詩歌的標準。歐氏所謂的理，就是常道、常理。歐氏認為，一首詩所言若與事實真象不符，此詩便有「語病」，縱有好句，仍稱不上好詩。總而言之，歐氏認為好詩必須具備四項條件：合理、意新、語工、意在言外。

經過以上的討論，可以大致歸納歐氏的觀念：就根源方面來說，歐氏認為，《詩經》與一般詩歌都以人心中的情為根源。所謂的情，指人心中喜怒哀樂等的感情。情本身並無善惡可言，但是由於情有可感、能動的特性，所以外界的善與惡得以藉此入駐。其次，就本質方面來說，歐氏認為，孔子刪詩不僅規範了《詩經》的形式，同時也確定了《詩經》能產生勸戒功能的道德性本質。至於一般詩歌的本質，歐氏認為則在於詩歌的音律與感染力。就《詩》的評價方面來說，歐氏以「詩人之意」與「詩之言」作為考察的兩方面，歐氏認為，意深、意遠而言遠、言緩的詩，即為《詩經》中之上選；意淺而言切的詩，即是下等之作。至於一般詩歌，歐氏認為凡能具備合理、意新、語工、意在言外四項條件的詩，便是好詩；反之，則為劣詩。

從上述歸納可知，歐氏同意，《詩》與一般詩歌皆根源於情。由於音律和感染力與情有密切的關聯〔註15〕，所以不難理解歐氏對一般詩歌的本質（音律和感染力）之認定的理由。然而，從理論上來說，「垂訓的道德性」與「情」似乎沒有太大的關聯，所以《詩經》的本質無法在其「情」的創作根源處找到答案。正是這種情形下，方才突顯出孔子刪詩的必要性及意義；因為歐氏是以孔子刪詩這個活動，確定了《詩經》道德性的本質。至於評價上的問題，基本上歐氏都是由意、言兩方面判斷《詩經》及一般詩歌的優劣。不同的是，

〔註15〕歐陽修對音律、感染力與情之間的關聯的看法，可參見《居士外集》卷二十三〈梅聖俞稿後〉，云：「凡樂，達天地之和，而與人氣相接：故其疾徐奮動可以感於心，歡欣惻愴可以察於聲。五聲單出於金石，不能自和也，而工者和之。然抱其器，知其聲，節其廉肉而調其律呂，如此者工之善也。……又語其聲以問之曰：『彼清者、濁者，剛而奮，柔而曼衍者，或在郊，或在廟堂之下而羅者，何也？』彼必曰：『八音五聲，六代之曲，上者歌而下者舞也。其聲器名物，皆可以數而對也。然至乎動盪血脈，流通精神，使人可以喜，可以悲，或歌或泣，不知手足鼓舞之所然。』問其何以感之者？則雖有善工，猶不知其所以然焉，蓋不可得而言也。」其中所言的「故其疾徐奮動可以感於心，歡欣惻愴可以察於聲」，主要為申述音律與感情之間的相互關係。其次，「然至乎動盪血脈，流通精神，使人可喜，可以悲，或歌或泣，不知手足鼓舞之所然。問其何以感之者」，主要在描述樂的感染力；而能蒙受這分感染力並為之影響的，就是人心中的情。

對於《詩經》，歐氏重視的是言意之間表達方式的問題；對於一般詩歌，歐氏較偏重言、意的原則性及技巧性的問題。

歐陽修認為，人類心中的情是《詩經》的創作根源。情本身沒有選善擇惡的功能，詩歌如果純粹僅是感情的抒發，那麼正面的教育價值並沒有絕對成立的根據。不過，由於《詩歌》乃孔子刪錄所成，確保了這些詩歌的道德性以至於教化功能，而能擔負起垂訓萬世的任務無疑。因此，歐氏認為，從事《詩經》的詮釋，必須在「垂訓萬世」這項指導原則下進行。以〈小雅・四月〉為例，由於《鄭箋》的解說不能符合垂訓萬世的原則，歐氏批評鄭說非該詩的本義，並且說道：「詩人之意決不如此；就使如此，不可垂訓，聖人刪詩必棄而不錄也。」（《詩本義》卷八〈四月論〉）由此可知，在「《詩經》為孔子所刪錄」的前提下，歐氏認為，詩義必能符合道德與垂訓的標準，後人也應該朝這個方向去詮釋《詩經》中的每一首作品。就表面上看，孔子刪詩這件事似乎是偶然的；然而，實質上，對於《詩經》的本質與存在而言，孔子刪詩卻是必然的。在歐氏的觀念裡，沒有孔子的刪詩，就沒有《詩經》的產生，當然更不會有《詩》教一說的出現。歐氏《詩》觀係以《詩經》的教化功能、實用價值為重心，而《詩經》的這種功能與價值是孔子刪詩所賦予的。對歐氏《詩》觀而言，刪詩有絕對的存在意義。

由以上的分析看來，歐氏對《詩經》的根源、實質定義等的看法，仍舊沿襲傳統《詩》說，並沒有太多獨特的見解。歐氏《詩本義》之後，這種傳統的觀念依然普遍存在於說《詩》的活動中。

第三節　《詩》的功能

若以「世界——作者——作品——讀者」（循環）的模式來看，前兩節中對《詩》的創作過程、《詩》的根源與本質的討論，大致上論及「世界——作者——作品」這部分的問題。在這一節中，將進而討論《詩經》的功能，也就是「作品——讀者——世界」這部分的問題。上一節探討《詩經》的本質曾談到，歐氏認為垂訓的道德性就是《詩經》的本質，因此，本節理當就《詩經》垂訓的功能作一番分析，以便明瞭在歐氏的觀念中，《詩經》是否還有其他方面的功能。

理論上，《詩經》的功能可以是多方面、多層次的。但是事實上，由於受

到儒家的贊許，以《詩經》教化勵俗的信念自古以來深植人們的心裡，《詩經》
的功能也幾乎被定於這一點上。在歐氏的觀念裡，《詩經》最主要且重要的功
能，便是諷諭的功能；除此之外，歐氏認爲，《詩經》還有增加知識的功能。
所以，以下便就《詩經》的諷諭以及增加知識的功能，說明歐氏的看法。

一、諷諭的功能

清魏源《詩古微》曾經提到，關於《詩經》中的作品，有所謂作詩者之意、
編詩者之意、說詩者之意、賦詩者之意、引詩者之意等等；〔註16〕這是由於詮
釋主體的不同，而對詩歌作出了不同的解釋。關於《詩經》的諷諭功能，歐陽
修也同樣的曾分由作詩者、觀詩者、錄詩者、學詩者等方面從事探討，儘管歐
氏並未在言論對上述數者作過明確的對比，但是在歐氏的觀念中，作詩者、觀
詩者、錄詩者、學詩者對於《詩經》諷諭功能確實各有不同的發揮。因此，以
下討論《詩經》的諷諭功能，便由這幾方面著手分析歐氏的看法。

（一）作詩者

《詩本義》卷十四〈本末論〉云：

作此詩，述此事，善則美，惡則刺；所謂詩人之意者，本也。

詩之作也，觸事感物，文之以言。美者善之，惡者刺之。以發其愉
揚怨憤於口，道其哀樂喜怒於心：此詩人之意也。

歐氏認爲，作者創作作品之時，發展了詩歌諷諭的功能，並運用此諷諭功能
以期發揮美刺當時外在環境的目的。這種美刺諷諭功能的特性有二：第一、

〔註16〕魏源《詩古微》卷二〈毛詩義例篇中〉云：「若如諸家說果以邪者當刺，無邪
者當美，其美其刺皆好惡與聖人同，則〈唐風·無衣〉《序》云：『美晉武公
也！』宜與美衛武、衛文、齊桓、鄭武、秦襄一例矣。豈聖人美亂臣賊子乎？
若謂武公本無可美，特其臣美之，則大夫黨奸助逆爲有邪之思乎？無邪之思
乎？繩以毛例，宜美宜刺，宜刪宜存乎？如謂存以示戒，又作詩有邪，編詩
無邪之切證。是《毛詩》又并未嘗以詩皆無邪而必出於刺邪也。」其中「又
作詩有邪，編詩無邪之切證」一語，可見魏氏將詩義區分有作詩之意、編詩
之意。同篇云：「自國史諷詩述志，於是列國大夫有賦詩之事；自夫子錄詩正
樂，於是齊、魯學者有說《詩》之學。然說詩者旨因詩起，即旁通觸類，亦
止依文引申。蓋詩爲主而義從之，所謂『以意逆志』也。賦詩與引詩者詩因
情及，雖取義微妙，亦止借詞證明。蓋以情爲主而詩從之，所謂興之所之也。」
其中「說詩者旨因詩起」、「賦詩與引詩者詩因情及」之文，可見魏氏將詩義
區分有說詩者之意、賦詩者之意、引詩者之意。

富道德性；歐氏云：「善則美，惡則刺」、「美者善之，惡者刺之」，詩人或美或刺，必須先經過善惡的價值判斷，可知此美刺諷諭功能是在道德範疇裡展開與被運用。第二、限於特定時空條件；稍前討論《詩經》的創作背景時曾提到，《詩》的創作與當時外在背景有絕對關聯，作品乃針對當時的時、空背景而作，所以，此美刺諷諭功能是在特定時空下發揮，時空條件是必須考慮的重要因素。

　　「詩爲美刺」的說法，可以在《詩經》的作品中找到一些證據，如：

　　　　吉甫作誦，其詩孔碩，其風肆好，以贈申伯。（〈大雅・崧高〉）

　　　　吉甫作誦，穆如清風。仲山甫永懷，以慰其心。（〈大雅・烝民〉）

　　　　作此好歌，以極反側。（〈小雅・巷伯〉）

　　　　家父作誦，以究王詾；式訛爾心，以畜萬邦。（〈小雅・節南山〉）

不過，由這少數的作品，是否即能證實「詩爲美刺」爲《詩經》中普遍情形，這之間恐怕還存有很多疑問；而且，以上所引詩中的「誦」、「好歌」，是否即用以自指所作的詩，也是一個不易證實的問題。

（二）觀詩者

　　對觀詩者而言，《詩經》的諷諭功能有不同的作用與特性。歐氏云：

　　　　古者國有采詩之官，得而錄之，以屬太師，播之於樂。於是考其義類而別之，以爲〈風〉、〈雅〉、〈頌〉而比次之，以藏於有司，而用之宗廟朝廷，下至鄉人聚會：此太師之職也。（《詩本義》卷十四〈本末論〉）

　　　　古者懼下情之壅於上聞，故每歲孟春以木鐸徇於路，採其風謠而觀之。（《崇文總目敘釋・小説類》）

采詩的說法由來既久〔註17〕，由第一則引文中可見，歐氏相信采詩一事確實

〔註17〕《左傳》襄公十四年引《夏書》云：「遒人以木鐸徇于路。」但並無采詩之文。采詩一說見於《漢書・藝文志》，其云：「《書》曰：『詩言志，歌詠言。』故哀樂之心感，而歌詠之聲發。誦其言謂之詩，詠其聲謂之歌。故古有采詩之官，王者所以觀風俗，知得失，自考正也。」又云：「自孝武立樂府而采歌謠，於是有代、趙之謳，秦、楚之風：皆感於哀樂，緣事而發；亦可以觀風俗，知薄厚云。」《漢書》二十四上〈食貨志〉則云：「孟春之月，群居者將散，行人振木鐸，徇于路以采詩：獻之大師，比其音律，以聞於天子。」歐氏此處所言的「采詩」、「採其風謠而觀之」、「厚風俗、察盛衰」，殆從〈藝文志〉、〈食貨志〉之說。

存在。第二則引文中，歐氏說到，古時在上位者由於「懼下情之壅於上聞」，故而命人「採其風謠而觀之」。這裡「採其風謠而觀之」的「之」，指前「懼下情之壅於上聞」的「下情」，可見采詩的目的即在於由詩歌風謠中觀察民情民隱。對於觀詩者來說，憑藉著詩歌諷諭功能所傳達出的訊息，使作品具有考察民情風俗的作用。

　　由歐氏所言看來，這種可察民情的諷諭功能有兩項特色：第一、使詩歌具有史料的性質；觀詩者是由作品去觀察時代現象，以作品之諷諭作為瞭解那個時代民情的參考。第二、獨屬周朝一代；如果「采詩以觀風俗民情」這件事曾經存在，亦只發生在周朝時期，後世縱有這種觀念，卻也不復見這種事實。不論對團體或個人來說，這種可察民情的諷諭功能僅在周朝時期發揮著作用。

　　由上第一則引文來看，歐氏認為這些自民間采集而來的詩歌，在古代還另有祭祀宴饗時伴樂歌唱的功用。不過，這一點與詩歌的諷諭功能沒有太大關係，歐氏也不重視這方面的用途。歐氏云：

> 正其名，別其類，或繫於此，或繫於彼：所謂太師之職者，末也。……
> 今夫學者得其本而通其末，斯盡善矣；得其本而不通其末，闕其所疑可也。……太師之職有所不知，何害乎學《詩》也！

歐氏認為，詩歌伴樂歌唱的用途只是《詩》學之末，即使不明白這項作用，對學《詩》也沒有妨害。嚴格說來，在歐氏的觀念中，「伴樂歌唱」這項用途並不足以列為《詩經》的功能之一。

（三）錄詩者

　　錄詩者孔子如何運用《詩經》的諷諭功能呢？歐氏云：

> 夫述四始之要，明五際之變：始之以〈風〉，終之以〈頌〉：以厚風俗，以察盛衰：此《詩》之所以作也。（《居士外集》卷二十五〈國學試策三道・并問目〉）

> 孔子生於周末，方修禮樂之壞。於是正其〈雅〉、〈頌〉，刪其繁重，列於六經，著其善惡，以為勸戒：此聖人之志也。（《詩本義》卷十四〈本末論〉）

引文第一則中，歐氏說：「以厚風俗；以察盛衰：此《詩》之所以作也」，這裡談到孔子刪錄《詩經》有兩個目的：一、厚風俗，這與第二則中「著其善惡以為勸戒：此聖人之志也」一致。二、察盛衰，意謂從詩歌中去觀察該時、

該地政治民風的興衰，作爲從政行事的鑑鏡；這一點與上一小節中討論的「采詩以觀風俗民情」相承。歐氏以上言論中雖然提到孔子刪錄《詩經》的目的有厚風俗、察盛衰兩項，但在歐氏的觀念中，厚風俗才是孔子錄詩最主要的目的，所以他說「著其善惡，以爲勸戒」是聖人之志。歐氏認爲，聖人藉《詩》發揮教化性的諷諭功能，勸戒善惡，以期達到厚風俗的目的。關於錄詩者方面，《詩》的諷諭功能之特色亦有二：第一、富道德性；由「著其善惡，以爲勸戒」一語可知，聖人以《詩經》而行勸戒、教化，乃立足於善惡的價值判斷上，亦即於道德的範疇中。第二、具恆常性；孔子以《詩經》作爲教化的根據，但施教對象並不限於一時一地，實而是包涵後世時空。歐氏云：

> 昔者孔子仕於魯。不用，去之諸侯；又不用，困而歸。且老，始著書。得詩，自〈關雎〉至於〈魯頌〉；得書，自〈堯典〉至於〈費誓〉；得魯《史記》，自隱公至於獲麟；遂刪修之。其前遠矣！聖人著書，足以法世而已，不窮遠之難明也，故據其所得而修之。（《居士集》卷十八〈春秋或問〉）

> 昔孔子當衰周之際，患眾說紛紜以惑亂當世，於是退而修六經，以爲後世法。（《居士集》卷十八〈泰誓論〉）

歐氏認爲，孔子刪錄《詩經》，列之於六經，使《詩經》諷諭功能超越原初創作的時、空環境，而富有警戒後人、垂訓萬世的新使命，具有爲後世法則的教化意義。在歐氏的觀念裡，孔子的錄詩，使《詩經》的諷諭功能得以伸向無限延伸的時空，並且富有教化垂訓的性質。

中國儒家傳統思想中，素有《詩》教的說法。就上述討論中看來，歐氏也同意《詩》教之說。歐氏論《詩》教，主要就錄詩者孔子對《詩經》諷諭功能作教化性的發揮這一點立論。歐氏認爲，《詩》教的規模是由聖人孔子建立，《詩》教的內容、特色與目標也是孔子所釐定。《詩本義》卷十四〈本末論〉云：

> 察其美刺，知其善惡，以爲勸戒，所謂聖人之志者，本也。

歐氏認爲，以《詩》垂教萬世是《詩經》諷諭功能最有意義的發揮，聖人以《詩》垂教萬世的職志是學者研習《詩經》所當重視的根本。

《詩》教的觀念，首見《禮記・經解》，云：

> 孔子曰：「入其國，其教可知也。其爲人也，溫柔敦厚，《詩》教也。……故《詩》之失愚……其爲人也，溫柔敦厚而不愚，則深於《詩》者也。」

《禮記・經解》所載可能出自漢儒假託，未必眞是孔子之言，但是文中所表

達的觀念卻足以代表傳統儒家思想。所謂「溫柔敦厚」，乃形容施行《詩》教時施教者所採用之表達方式，意謂施教者採用溫和含蓄的語言，委婉的方式，對施教對象進行教育或感化。大致而論，在中國傳統思想中，《詩》教指一種以《詩》為媒介，婉轉諷諫的教育方法。《詩序》云：

> 故正得失，動天地，感鬼神，莫近於詩。先王以是經夫婦、成孝敬、厚人倫、美教化、移風俗。……上以風化下，下以風刺上，……吟詠情性以風其上，達於事變而懷其舊俗者也。

唐孔穎達《正義》釋「溫柔敦厚」句云：

> 《詩》依違諷諫，不指切事情，故云溫柔敦厚是《詩》教也。

以及歐氏「《詩》以垂訓」的觀念，都可包容於《詩》教的傳統中。

（四）學詩者

《詩本義》卷十四〈本末論〉：

> 今夫學者〔註18〕知前事之善惡，知詩人之美刺，知聖人之勸戒，是謂知學之本而得其要，其學足矣！又何求焉？其末之可疑者，闕其不知可也。

歐氏指出，藉著《詩經》作品的諷諭功能，後世學詩者可以「知前事善惡」、「知詩人美刺」、「知聖人勸戒」。由此可見，歐氏認為《詩經》對學詩者所能提供的主要是「可以知」的用途；換言之，對於學詩者而言，《詩經》是一個可以獲得某種知識訊息的來源。就學詩者而論，《詩》的諷諭功能，使得詩歌提供了某種性質的知識訊息。這種知識有下列兩項特色：第一、富道德性；歐氏認為，學詩者由《詩經》中獲得的並不是一般知性的知識，而是所謂前事善惡、詩人美刺、聖人勸戒等道德性的知識。前面討論過，歐氏認為詩人對當時政治、社會的美刺，聖人對後代萬世的勸戒，皆著眼於道德範疇；而所謂「前事之善惡」，明顯易見是關乎善惡的價值判斷，故也立論於道德範疇。第二、具恆常性；歐氏所謂的學詩者，非指某個特定對象，而是泛指所有過去存在以及未來可能存在的學詩人，因此，詩的諷諭功能及所提供的道德性知識，也有永恆的價值。

〔註18〕歐氏在此所說的「學者」，係指一切學《詩經》者而言。《詩本義》卷十四〈本末論〉云：「惟是詩人之意也、太師之職也、聖人之志也、經師之業也，今之學《詩》也，不出於此四者，而罕有得焉者。」歐氏在〈本末論〉中所說的「學者」，是指學《詩》者，而學《詩》者所學的項目，歐氏指出凡有詩人之意、太師之職、聖人之志、經師之業等四項。

　　由以上討論得知，歐氏認為，對作詩者而言，詩歌可以發揮美刺的功用；對觀詩者而言，詩歌有觀民情風俗的功用；對錄詩者而言，詩歌有教化萬世的功用；對學詩者而言，詩歌有提供道德性知識的功用。從以上幾種情形來看，由於作詩者、觀詩者、錄詩者、學詩者立場的不同，使得詩歌在用途上似乎產生某些差異。然而，在歐氏的觀念中，這些不盡相同的用途，其實都不外是詩歌諷諭功能的不同運用或發揮。他認為，在這幾種性質不盡相同的用途之中，以作詩者、錄詩者、學詩者三方面較重要，而其中又以錄詩者、學詩者兩方面為最重要。《詩本義》卷十四〈本末論〉云：

　　　　今夫學《詩》者，求詩人之意而已。……是已知詩人之意，則得聖
　　　　人之志矣！

歐氏認為，學《詩》應重求詩人之意，並由知詩人之意進而得聖人之志。由此可知，歐氏以聖人之志（錄詩者之志）為學《詩》最重要且最終的目標，學詩者的重要任務即在於求得聖人之志。前面提到，對錄詩者而言，《詩》有教化萬世的功用；這種教化的功用，主要針後世學詩者而發。對於學詩者而言，《詩》有提供道德性知識的功用；這種提供道德性知識的功用，來自孔子以《詩》教化萬世的志願。總之，《詩》的諷諭功能，錄詩者能以之教化後世學詩者，學詩者能以之學習錄詩者之志。

　　分析歐氏言論可知，在他的觀念中，錄詩者與學詩者分別立於《詩》道德性、教化性諷諭功能之兩端，由於《詩》的諷諭功能，聖人與讀者之間形成了一種對話式的存在關係，這可視為歐氏《詩》教觀念的基本結構。此外，在歐氏《詩》教的觀念中，詩人之意也佔有相當重要的地位。之前討論談到，作詩者之美刺固然含有道德批判，但只針對當時的時、空環境而發，並沒有恆久的意義。不過，在歐氏的觀念裡，詩人之意是錄詩者與學詩者溝通的必經關鍵，錄詩者必須憑藉詩人之意以達到教化萬世的目的，學詩者必須經由詩人之意以獲知種種道德性知識。錄詩者和學詩者須通過詩人之意，進而使侷限於一時一地的道德批判超越原有的時、空背景，具有恆常永久的價值。簡言之，歐氏所謂的《詩》教，係以錄詩者（孔子）與學詩者為始終兩端，以作詩者為中介；前二者皆通過並且超越了作詩者侷限性的美刺意旨，發展了《詩》道德性諷諭功能的恆常意義。觀詩者方面，由於未曾積極發展《詩》道德性的諷諭功能，而對《詩》之運用也只是短期的，所以歐氏僅在描述《詩》之歷史發展時稍稍論及，實際上並不太重視。

二、增加知識的功能

自古以來，許多學者認為《詩》具有拓展讀者的知識領域，增加讀者知識的功能。如《論語・陽貨》云：

> 小子何莫學夫《詩》？《詩》可以興，可以觀，可以群，可以怨。
> 邇之事父，遠之事君，多識於鳥獸草木之名。

其中「多識於鳥獸草木之名」，是指《詩》在客觀知識層面上所能提供的用途。歐陽修也認同詩歌這方面的功能，歐氏《筆說》〈博物說〉云：

> 草木蟲魚，詩家自為一學。博物尤難；然非學者本務，以其多不專意，所通者少，苟有一焉，遂以名世。

歐氏同意，詩歌內容所關涉的草木蟲魚等記載也是詩之一學。「草木蟲魚」只是概舉，以《詩經》的記載而言，包括的資料記錄十分廣泛。《詩本義》卷末〈詩譜補亡後序〉云：

> 蓋《詩》述商周，自〈生民〉、〈玄鳥〉，上陳稷契，下迄陳靈公千五六百歲之間；旁及列國君臣、世次、國地、山川、封域、圖牒、鳥獸、草木、蟲魚之名，與其風俗善惡、方言訓詁、盛衰治亂美刺之由，無所不載。

在此談到，《詩經》除了載錄了古時「風俗善惡」、「盛衰治亂美刺之由」以外，還包含許多古代的客觀記錄，如君王譜系、山川地理、文物、動植物，以及各地方言等，涉及譜系學、文物學、釋名學、方言學等方面的資料。《詩經》提供了博學徵物的素材，故而有增加後人知識的功能。

分析歐氏的觀念可以發現，這種增加知識的功能有下列幾項特性：第一、僅與觀詩者、學詩者方面有關；歐氏認為，作詩者或錄詩者重視的是《詩經》道德性諷諭功能的發揮，而不重視增加知識的功能，因此，《詩經》之增加知識的功能，唯對觀詩者與學詩者方面始有意義可言。第二、所增加的屬於知性知識；以上所謂的譜系學、文物學、方言學等方面的資料，屬於知性知識，其中不含道德或其他意涵。第三、具有一定程度的恆常意義；前述《詩經》中包含的知性知識，有些逐漸淹沒在歷史的變遷中，至今唯餘考古或考據的研究價值，無法在實際生活中產生助益；若純以實用觀點來看，今日它們似乎已失去原有的價值。由此看來，《詩》之增加知識的功能只具有一定程度的恆常意義。此外，必須明瞭的是：以《詩經》而言，歐氏並不認為這種增加知識的功能十分重要，因為這終非詩歌最重要的功能，故歐氏曰「非學者本務」。

三、《詩經》與一般詩歌之功能比較

　　在歐陽修的觀念裡，《詩》之諷諭及增加知識兩項功能中，以前者最重要。事實上，自《論語・陽貨》中的「興、觀、群、怨、事父、事君」，《禮記・經解》的「溫柔敦厚」，以至於《詩大序》的「經夫婦，成孝敬，厚人倫，美教化，移風俗」，無一不著眼於《詩》的諷諭功能，希望藉此功能達到成德敦化以至於改善社會的目的。歐氏即以此一貫的思想觀念為基礎，去理解以及說明《詩》的功能。歐氏認為，無論對國家政教或社會民風，對團體或個人，《詩》的諷諭功能都有重要的意義。尤其在錄詩者、學詩者的運用下，更將此功能朝向道德範疇積極發展，並且賦予恆久的存在價值。其次，歐氏論及《詩》亦有增加知識的功能，可以幫助讀者拓展本身的知識界域；不過，他只是承認《詩》有這層功能，但卻並不推崇與重視此功能。歐氏認為，《詩》有諷諭和增加知識兩項功能，前項才是《詩》最主要、最具價值的功能。

　　關於一般詩歌的功能或實用價值，歐陽修談論的並不多。就所見資料，約有下列數則：

> 至於失志的人，窮居隱約，苦心危慮，而極於精思，與其有所感激發憤，惟無所施於世者，皆一寓於文辭。(《居士集》卷四十四〈薛簡肅公文集序〉)

> 退之筆力，無施不可，而嘗以詩為文章末事。故其詩曰：「多情懷酒伴，餘事作詩人」也。然其資談笑，助諧謔，敍人情，狀物態，一寓於詩，而曲盡其妙。(《詩話》)

第一則中歐氏提到，失志之人將其「感激發憤」都寄寓於文辭，可見單就後世一般詩歌而論，應該不外是失志之人寄寓感激發憤的作品。在此歐氏所謂的感激發憤，純指作者個人的感情經驗而言，在實際內容上不見特定的意涵。歐氏同意，對於作者而言，一般詩歌有寄寓情志的作用，這種寄寓情志的功能，可供作者抒放個人情懷。其次，第二則中歐氏提到，韓愈以詩「資談笑，助諧謔，敍人情，狀物態」，這也可視為一般詩歌對作者方面所能提供的用途之一，不過這些功用屬於工具性用途，因為作品成為作者藉以傳遞某種訊息的工具，故而作品所有的是作為傳遞工具的存在價值。基本上，就作者方面而論，上述一般詩歌所提供的兩項功能，都不具道德性或知性意義。

　　關於讀者方面，一般詩歌所能提供的功能，可分析這兩則引文而獲知歐氏的看法：

> 今聖俞亦得之〔註19〕，然其體長於本人情，狀風物，英華雅正，變
> 態百出。哆兮其似春，淒兮其似秋。使人讀之，可以喜，可以悲，
> 陶暢酣適，不知手足之將鼓舞也。斯固得深者邪！其感人之至，所
> 謂與樂同其曲裔者邪！（《居士外集》卷二十三〈書梅聖俞稿後〉）

> 謂此四句〔註20〕，可以坐變寒暑；詩之為巧，猶畫工小筆爾。以此
> 知文章與造化爭巧，可也。（《試筆·溫庭筠嚴維詩》）

在第一則中，歐氏提到梅聖俞的詩有「使人可以喜，可以悲，陶暢酣適，不
知手足之將鼓舞也」這種感動人心的力量。儘管梅詩並不足以總括所有的詩
歌，不過，由梅詩對讀者的影響，可見一般詩歌的功能。就讀者方面而言，
一般詩歌有感動人心的功能，讀者可以經由作品，感動自我，體驗各種感情
經驗。第二則中歐氏談到詩歌「可以坐變寒暑」，同樣從讀者方面立論。「坐
變寒暑」意謂讀者可以超越現實環境，經由詩歌體會截然不同的生活感受。
對讀者來說，一般詩歌有提供感情經驗、生活感受之體會功能，亦即有提供
各種經驗體會的功能。

　　綜觀歐陽修對《詩經》及一般詩歌之功能的看法，他認為，《詩經》有諷
論及增加知識兩大功能，一般詩歌則有寄寓情志、記談工具及體會經驗的功
能。大致而言，《詩經》的功能重在對實際人生的幫助，對個人修養、思想的
提昇以及國家社會的改善；一般詩歌的功能專於文學創作與欣賞，重視美感
經驗的傳遞、接受及體會。在歐氏的觀念裡，《詩經》的功能是屬於實用性的，
而一般詩歌的功能則屬於美感的。

第四節　結　語

　　經過以上的討論，作品創作方面，歐氏認為，《詩》主要與外在背景（時
世）有關，一般詩歌主要與作者內在背景有關；前者重於詩人感情的自然表
現，後者重在作者構思撰辭的刻意經營。根源與本質方面，歐氏指出，《詩》

〔註19〕此處所謂的「得之」，是指梅聖俞的作品得到具有某種特性或型態的感染力。
　　　　詳論參見本章第二節第二小節後半部論「一般詩歌的本質」部份。
〔註20〕同篇，之前有言：「余嘗愛唐人詩云：『雞聲茅店月，人迹板橋霜。』則天寒
　　　　歲暮，風淒木落，羈旅之愁，如身履之。至其曰：『野塘春水漫，花塢夕陽遲。』
　　　　則風酣日煦，萬物駘蕩，天人之意，相與融怡，讀之便覺欣然感覺。」所謂
　　　　「此四句」，指文中所引唐人詩句。

和一般詩歌都根源於人心中的情，不過，《詩》的本質在於垂訓的道德性，一般詩歌的本質則在於音律和感染力。功能方面，歐氏認為，《詩》有諷諭及增加知識的功能，而以前者最重要，這點與《詩》的本質有密切關聯；一般詩歌則提供寄寓情志、記談工具、體會經驗等功能。在歐氏的觀念中，《詩》與一般詩歌在創作、本質以及功能等方面各有特色。就《詩經》而言，係以道德性、實用性為特色；就一般詩歌而論，則以美感的、非實用性之特色為著。

　　由《詩經》的本質或功能方面來看，都將發現《詩本義》之《詩》觀以實用論為立論重心。若依本章開頭提及的亞伯拉姆斯或劉若愚的說法，則歐氏《詩》觀著重於「作品──觀眾──宇宙」（亞氏）或者說是「作品──讀者──宇宙」（劉氏）這部分的討論，顯示歐氏的用心，主要在於藉《詩》教育後世讀者，以求重整與改善人類道德生活，提升精神世界的目標。比照歐氏對《詩》與一般詩歌分持的觀念，可以明顯看出他的深心用意。歐氏雖然也論及《詩》其他層面的問題，如《詩》之創作、《詩》的根源等，但是這些討論多半為申明《詩》實用意義之合理性而發。歐氏論《詩》存有儒家式道德文章、教化經世的思想，這種思想影響了他詮釋《詩》的觀點。在《詩本義》裡，可以明顯地看出作者的這些思想及觀點。

　　如果援用「世界、作者、作品、讀者」的模式看歐氏《詩》觀的特色，將會發現，歐氏《詩》觀中「聖人」這項特殊的因素無法包含於這四階段之任一者。歐氏所謂的聖人，並非指一個概念性的人物，而是指孔子這位歷史上真實的人物。歐氏認為，聖人對《詩》最大的貢獻，在於刪詩、錄詩。未刪詩之前，所見的詩歌是正淫參半的作品；經由聖人的刪錄，於是產生了垂訓後世的《詩經》。《詩》之所以能列為經書，居於教育後人的崇高地位，聖人刪詩有著提昇淨化的功勞。前面討論中提到，在歐氏的觀念中，詩歌之產生源自人心中的情，而情本身卻是非善非惡的；為了賦予《詩》之實用性以存在理由，以及為行《詩》教於天下建立實踐根據，歐氏因而在作者、作品、讀者、世界之外，提出聖人錄（刪）詩。歐氏以「聖人所錄之詩」規定了《詩》的道德性本質，確定了《詩》的教化意義；復以「錄（刪）錄乃聖人所為」保障了《詩》的諷諭功能，說明行《詩》教於天下萬世的必然性。

　　以刪詩規定《詩》的形式定義，這是歐氏《詩》觀較獨特的見解。不過，就歐氏對《詩》之創作、根源、實質定義、功能等的說明而言，實則與沿《禮記》、《詩序》、《毛傳》、《鄭箋》一脈而下的傳統《詩》說一致。

第三章　《詩本義》的詮釋觀

　　關於歐陽修《詩本義》對《詩經》的詮釋，紀昀《四庫全書·毛詩本義·提要》云：

> 是修作是書，本出於和氣平心，以意逆志。故其立論，未嘗輕議二家，而亦不曲徇二家。其所訓釋，往往得詩人之本志。

裴普賢先生〈詩本義研求詩人本志的方法的探討〉一文，亦大致同意紀氏說法。裴氏云：

> 歐公的辨毛、鄭得失，常以小序為證，是因為與孟子說詩多合。所以歐公研究詩本義的方法，其實不是據《詩序》為說，而是依孟子說詩的方法，……平心靜氣客觀地從《詩經》各篇原文，依文解辭，依辭去推求詩人作詩的本志，就是他撰寫這一一四篇詩本義的方法。但是這樣「以意逆志」地去推詩本義，要怎樣才可以做到「不以文害辭，不以辭害志」呢？那是憑「情理」兩字，若憑情理去推求詩本義而不符，寧可從闕。歐公也是憑這「情理」兩字去辨別毛、鄭的得失。〔註1〕

紀、裴二人皆同意「以意逆志」是歐陽修讀詩、說詩的方法；裴氏復標舉「情理」二字，認為是歐氏衡定詩本義的標準。不過，就所見《詩本義》一書，卻可以思考下列幾個問題：首先，歐陽修詮釋《詩經》的方法，是否就是《詩序》的方法？或不同的方法同樣可以達致相似的詮釋？否則，何以《詩本義》所說之本義多與《詩序》同？其次，既然《詩》原文具在，歐陽修復能憑據

〔註 1〕　裴普賢：《歐陽修詩本義研究》，頁 99～100。

「情理」，善用「以意逆志」的讀詩方法，那麼，「從闕」的情形是如何產生的？問題的癥結是在於《詩》，抑或是歐氏本身的詮釋觀點？

要解決以上的疑問，應當先檢討歐陽修的詮釋觀點、詮釋標準及詮釋方法。因此，以下先分就詩人、詩、讀詩者三方面，探討歐氏《詩本義》的論釋觀點，並嘗試說明這些詮釋觀點對詮釋方向的影響；其次，分析歐氏詮釋《詩經》所持的標準，以及歐氏運用這些標準詮釋《詩經》的情形；再次，討論歐氏詮釋《詩經》的方法；最後，回頭試著解決前述《詩本義》詮釋方面的問題。

第一節　詩人與詮釋

歐陽修對於《詩》的作者，也就是詩人，不論在人格思想或者文學創作方面，都一併給予正面的評價。歐氏認為，《詩》有著垂訓後世的道德意義，同時《詩經》也是古代詩人情感的自然呈現，所以詩人們的人格思想與《詩經》「道德性」的本質的是一致的。其次，歐氏雖不否認《詩經》中作品有高下之分，但是基本上，歐氏認為詩人們均為表達能力良好的文學創作者。有鑑於歐氏對詩人們人格思想與文學創作上的肯定，因此，此節便分由詩人為賢者、詩人為文學創作家兩方面，討論歐氏的詮釋觀點。

一、詩人為賢者

歐陽修相信，創作《詩經》的詩人們均為古代的賢者，所以，不管在人格修養、理性態度或思辨能力上，詩人們都是優秀的。首先，關於詩人的人格修養方面，歐氏云：

> 追思前王之美以刺今詩多矣：若追刺前王之惡，則未之有也。蓋刺者欲其改過，非欲暴君惡於後世也。若追刺前王，則改過無及而追暴其惡，此古人之不為也。故言平王時作詩刺幽王者，亦不通也。(《詩本義》卷七〈節南山論〉)

在這段話裡，歐氏指出，詩人作詩諷刺君主，不論採取的是直接刺今或者借思古以刺今的方式，用心皆在於希望當政者改過向善；至於揭露前人過惡的不道德行徑，詩人必不肯為。歐氏對詩人的人格、道德修養深具信心，故將〈節南山〉的創作時世定在幽王之際，將此詩解釋為諷刺幽王王政敗亂。歐氏有言：

使宣公口面不柔邪，詩人刺其大惡，何故委曲取此小疾以斥之？（《詩本義》卷三〈新臺論〉）

由此可知，歐氏認爲詩人的諷刺乃針對「大惡」而發，對於小疾瑕疵，詩人不致作詩譏斥。

歐陽修之所以肯定詩人的人格品德，與孔子刪詩之說、或可謂與歐氏對《詩經》本質之認定有絕對的關聯。例如歐氏云：

今此大夫不幸而遭亂世，反深責其先祖以人情不及之事，詩人之意決不如此。就使如此，不可垂訓，聖人刪詩必棄而不錄也。（《詩本義》卷八〈四月論〉）

〈考槃〉本述賢者退而窮處。鄭解「永矢弗諼」，以謂誓不忘君之惡；「永矢弗過」，謂誓不復入君之朝；「永矢弗告」，謂誓不告君以善道。如鄭之說，進則喜樂，退則怨懟，乃不知命之很人爾，安得爲賢者也？……使詩人之意果如鄭說，孔子錄詩必不取也。（《詩本義》卷三〈考槃論〉）

詩云：「嗟爾君子，無恒安處」，乃是大夫自相勞苦之辭。……鄭乃以「嗟爾君子」爲其友之未仕者……蓋鄭謂大夫勉未仕之友去之他國，無安處於周邦也，故引鳥則擇木之說。夫悔仕者，悔不退而窮處爾。如鄭之說，則周之大夫皆懷貳心，教其友以叛周而去，此豈足以垂訓也！（《詩本義》卷八〈小明論〉）

歐氏認爲，《詩經》既爲孔子刪錄以垂訓後世的經典，詩義必然能符合道德的要求；另一方面，在歐氏的心目中，所謂的詩義其實也即是詩人之意；因此，歐氏相信詩人之意是合乎道德的，詩人的人格由此可以確知。例如以上引言，第一則歐氏指出詩人不會「責其先祖以人情不及之事」，第二則指出詩人不是「不知命之很人」，第三則指出詩人不致懷二心，「教其友以叛周而去」；總之，歐氏爲詩人的人格是不容懷疑的，而孔子刪詩說，正是詩人高尚人格的有力保證。

即使我們都承認詩人有高尚的人格與品德是無庸置疑的，還是可以追問所謂「詩人的人格品德」到底包含哪些具體內容。對於這方面，歐陽修並未一一說明，總之，不外乎儒家所說的「孝悌節義」、「憂國傷時」。歐陽修既然肯定詩人的人格修養，所以在面對《詩經》各詩篇時，便主張以成全詩人的道德人格爲詮釋的理想。

其次，歐陽修認為，詩人對於外界環境的觀察與領會必定正確無誤。詩人將所見所聞抒發於詩歌，關於詩歌內容所述，後人必然能據理推求而得知。於是，歐氏相信，詩義（亦可謂詩人之意）定能符合於一般理性的判斷。如歐氏云：

> 詩人述作周之業，歸功於其父，而言國之興也，有命自天。此古今之常理，初無怪妄之說也。（《詩本義》卷十〈文王論〉）

這是說，詩人必不會故作怪說以求譁眾，詩人之言係出於理性思考後所得。又云：

> 二子舉非合理，死不得其所，聖人之所不取。但國人憐而哀其不幸，故詩人述其事，以譬夫乘舟者汎汎然無所維制，至於覆溺，可哀而不足尚。亦猶語謂暴虎馮河，死而無悔也，詩人之意如此而已。（《詩本義》卷三〈二子乘舟論〉）

這是說，詩人面對寫作對象（包括人、事、物），能夠站在一個合乎理性的觀點去加以審視、記述，至於逞一時之氣，猶如暴虎馮河的行為，詩人認為這是「可哀而不足尚」的事情。歐氏又云：

> 且詩人本義，直謂鵲有成巢，鳩來居爾，初無配義。況鵲鳩異類，不能作配也。鳩之種類最多，此居鵲巢之鳩，詩人直謂之鳩。以今鳩考之，詩人不繆，但《序》與《箋》、《傳》誤爾。（《詩本義》卷二〈鵲巢論〉）

這是說，鵲、鳩是兩種不同類的禽鳥，常理上說不可能作配。歐氏肯定詩人必能瞭解這一點，所以他說「詩人不繆」，而是《詩序》與《毛傳》、《鄭箋》誤解了詩人之意。歐氏深信詩人的觀察正確，詩人之意、詩義必然合理。〈二子乘舟論〉中歐氏說：「二子舉非合理，死不得其所，聖人之所不取」，由此可見，歐氏之所以認為詩人之意符合於理性的判斷，根本上也與孔子刪詩之說有關，因為一旦詩人所言違反了理性，歐氏相信孔子將不會錄存該詩作為垂訓後世的典範。

　　歐氏相信，詩人以理性的態度去思考與觀察眾事萬物，而後將所觀所感表現於創作中。因此，後人說解詩義時，不應該摻入任何違反理性的臆辭妄語。他認為，凡是經不起理性思辨、分析，而致扭曲詩人之意的詮釋，都是不正確而待批判的。然而，所謂詩人的理性態度、思辨能力等，其具體內容為何？關於這一點，歐氏著作中並沒有明確的言論指陳，但大致上不外於儒家所謂賢者

所當具備之合理行爲，換言之，也就是能符合一般理性要求的思想言行。

　　由於有孔子刪詩的保證，因此歐氏認爲，詩人們在道德修養以及理性態度、思辨能力等方面必定十分優秀。歐氏深信詩人們是兼具道德與理性的古代賢者，這是後人詮釋《詩經》時所不能輕忽的一個要點。

二、詩人爲文學創作家

　　《詩經》是上古時代詩歌的不朽傑作，詩人們文學創作的成就，有目可睹。歐陽修認爲，詩人作爲一個文學創作家，有幾項特色：首先，歐氏提到詩人創作善用譬喻的方法。《詩本義》有言：

> 詩人引類比物，長於譬喻。（卷五〈破斧論〉）

> 引譬不類，非詩人之意也。（卷三〈二子乘舟論〉）

歐氏指出，詩人善用比喻手法，比喻物與被比喻物在某個意義上必然十分類似。因此，後人說詩若有「引譬不類」的解釋，必然是詮釋者錯解了詩人之意。在《詩本義》的一些篇章裡，他批評《毛傳》和《鄭箋》，就是以此爲據。如：

> 毛言居尊位爲闇昧之行……鼠穴處，詩人不以譬高位也。（卷三〈相鼠論〉）

此處認爲「鼠」居於穴中，不居於高處，所以《毛傳》將「鼠」解釋爲詩人譬喻居高位者，這是錯誤的說法。歐氏對《毛傳》批評，理由相當明確。又如：

> 青蠅之汙黑白，不獨鄭氏之說，前世儒者，亦見於文字。〔註2〕……
> 今之青蠅所汙甚微，以黑點白，猶或有之；然其微細，不能變物之色。
> 詩人惡讒言變亂善惡，其害爲大，必不引以爲喻。（卷九〈青蠅論〉）

歐氏認爲《鄭箋》以「青蠅汙黑白」作爲詩人譬喻讒言的解釋，是項錯誤的說明，也是基於與上同樣的理由。可是既云「不獨鄭氏之說，前世儒者，亦見於文字」，那麼歐氏這種主張，便有進一步說明的必要。

　　對於〈青蠅〉詩首句「營營青蠅」的詩義，歷來較爲著名的解釋有：

> 《毛傳》云：「興也。營營，往來貌。」

> 《鄭箋》云：「興者，蠅之爲蟲，汙白使黑，汙黑使白，喻佞人變亂

〔註2〕青蠅變黑白的說法，實出於王逸。《楚辭・九歌》云：「若青蠅之僞質兮！晉驪姬之反情。」王逸注云：「僞，變也。青蠅變白使黑，變黑成白，以喻讒佞。」

善惡也。」

《詩本義》卷九〈青蠅本義〉云：「至變黑爲白，則未嘗有之。……
青蠅之爲物甚微，至其積聚而多也，營營然往來飛聲，可以亂人之
聽，故詩人引以喻讒言漸漬之多，能致惑爾。」

《詩集傳》卷十四〈青蠅〉云：「營營，往來飛聲，亂人聽也。青蠅，
汙穢能變白黑。」

馬瑞辰《毛詩傳箋通釋》卷二十二〈青蠅〉云：「瑞辰按：《廣雅》：
『營營，往來也。』義本《毛傳》。《說文》樊字注引《詩》：『營營
青蠅。』從毛《詩》。又云：『營，小聲。』引《詩》：『營營青蠅』
蓋本三家《詩》，以營營喻蠅聲之小。……凡蠅飛則有聲，止則聲息。」

各家對「營營」的解釋約分兩派：一派以營營爲往來貌，屬於狀態副詞；一派
以營營爲往來飛聲，屬於狀聲詞；前者爲毛《詩》的說法，後者爲三家《詩》
的說法。歐氏對〈青蠅〉的解釋，與三家《詩》之說相同。各家對「青蠅」的
解釋也可分兩派，一派認爲青蠅能變黑白，一派則持反對意見；歐氏屬於後者。
由此可見，在詩義的解釋上，歐氏與《毛傳》、《鄭箋》等傳統的說法時有出入。
至於歐氏與毛、鄭在詩義解釋上的異同，在本書第四章中再進一步討論。

其次，歐氏提到，面對寫作對象時，詩人會擇取此對象具代表性的特點
加以稱述。歐氏云：

詩人稱頌成湯之功德，當舉其大者。……詩人欲歌頌之，亦必舉其
大者。（《詩本義》卷十二〈那論〉）

又云：

詩人刺其（衛宣公）大惡，何故委曲取此小疾以斥之？（《詩本義》
卷三〈新臺論〉）

歐陽修談到，詩人善於運用譬喻的方法；同時，詩人寫詩，不論稱頌或諷刺，
都將「舉其大者」，亦即選擇事物的重點作爲描寫的對象，以求能明確傳達創
作的主旨。在歐氏的觀念中，以上是詩人作爲一個文學創作家所具備的特色。
基於這些特色，歐陽修認爲，後人詮釋《詩經》時，不論反對他說，發表批
評，或者自行詮釋，都應該以詩人們人格思想及文學創作上的特點爲參考的
依據；換句話說，歐氏認爲必須重視詩人們之作爲賢者與文學創作家的雙重
身分，才可能對詩有正確的瞭解以及詮釋。

第二節　詩與詮釋

　　對於詩歌本身與詮釋間的關聯，歐氏曾就詩的表現方法、語言風格加以
檢討，因此，以下便就這兩方面分別討論。

一、詩的表現方法

　　長久以來，賦比興已成爲說《詩》傳統中一個重要的研究課題。不過，
學者間對賦比興的界說，是否存在著範疇及層次上的差異，一直是個引起爭
議的問題。一般而言，大多數的解釋仍將賦比興定義於文學範疇中，其中以
視賦比興爲作品的表現方法者爲多。歐陽修的看法如何？事實上，歐陽修並
未對賦比興提出明確說明，然而，在《詩本義》各篇〈本義〉中，確實見到
他運用了賦比興的概念去說解詩義，而且跟多數的學者一樣，他也將賦比興
定位於文學範疇中，視賦比興爲《詩》的表現方法。《詩本義》中顯示，歐氏
常指出詩中比興之處，說明其義；未曾特別標指的詩句，則大多可視之爲賦。
例如〈靜女〉、〈考槃〉、〈竹竿〉、〈皇皇者華〉之類的詩中，都有賦的表現方
法。〔註3〕《詩本義》卷三〈采葛論〉云：

> 詩人取物爲比，比所刺美之事爾。至於陳己事，可以直述，不假曲
> 取他物以爲辭。

由此可見，所謂的賦，即直接鋪敍法，是指對所欲表現的對象直接進行描述，
不假借他物比況的一種方法。

　　至於比和興，歐氏並未明確區分。《詩本義》中常見比興聯言，將比興總
歸爲一種譬喻的表現方法。例如：

> 〈竹竿〉之詩，據文求義，終篇無比興之言。……其言多述衛國風
> 俗所安之樂，以見己志思歸而不得爾。（卷三〈竹竿論〉）

> 然則上言雎鳩，方取物以爲比興。（卷一〈關雎論〉）

> 古之詩人取物比興，但取其一義以喻意爾。（卷二〈鵲巢論〉）

〔註3〕　《詩本義》所論諸詩義，其曰「詩述某某」者，意謂歐氏視之爲賦詩一類，如：
　　　　　卷三〈靜女本義〉云：「故其詩述衛人之言。」
　　　　　卷三〈考槃論〉云：「〈考槃〉本述賢者退而窮處。」
　　　　　卷三〈竹竿本義〉云：「衛女之思歸者，述其國俗之樂云。」
　　　　　卷六〈皇皇者華本義〉云：「詩人述此，見周之興國之初，君臣勤勞於事如此
　　　　　爾。」

且詩人取物比興，本以意有難明，假物見意爾。（卷三〈牆有茨論〉）

且詩之比興必須上下成文，以相發明，乃可推據。（卷七〈斯干論〉）

歐氏視比興為譬喻一類的表現方法，在解釋喻者與被喻者間的關係時，他常使用「如」、「譬」、「喻」、「猶」等的字眼。例如：

因取水鳥以比小人，……如彼小人竊祿於高位而不稱其服也。（卷五〈候人本義〉）

「裳裳者華，其葉湑兮」者，言其葉華並茂，喻材美眾盛也。（卷八〈裳裳者華本義〉）

「彼童而角，實虹小子」云者，言失所望也。……譬猶當童而反角，使小人惑亂而不知所從也。（卷十一〈抑本義〉）

使用比興的條件或背景是什麼呢？以《詩本義》卷一〈螽斯論〉為例，其云：

蟄螽，多子之蟲也。大率蟲子皆多，詩偶取其一以為比爾。

歐氏指出，昆蟲皆多子，「詩人偶取其一以為比」，詩人取螽斯為喻，只是偶然的選擇；換句話說，凡是能合乎「多子」這個前提的，都可以作為譬喻，只不過此詩以「螽斯」為喻。如果姑且以喻者與被喻者二詞代表作品中的設喻與被譬喻的事物，那麼，在歐氏的觀念裡，比興為「選擇喻者的某種特性，以比況被喻者的某種特性」的一種表現方法。運用比興的先決條件是「喻者與被喻者間有某些共通的性質」，因而能以喻者說明被喻者。

《詩本義》卷十三〈一義解‧魚藻〉云：

詩之言，有述事者，有比物者，一句之中，不能兼此兩義也。

歐氏認為，述事、比物是詩歌的兩種表現方法。所謂「一句之中，不能兼此兩義」，可見歐氏是以句為考量單位，在一個完足的意義單位上論賦比興。在此他並不否認一首詩可以兼存賦與比興兩種表現方法，不過歐氏指出，一句之中，只能存在一種表現方法。由此可知，在歐氏的觀念中，區別《詩經》的表現方法應以「句」為單位，亦即以一個完足的意義為判斷的對象，而且，一個完足的意義只能以或賦或比興其中之一來表現。因此，一詩的詩義與該詩的表現方法便有絕對的關聯，明辨該詩的表現方法，才可能提出正確的詮釋。例如〈邶風‧北風〉云：「北風其涼，雨雪其雱。」毛、鄭、歐的解釋為：

《毛傳》云：「興也。北風，寒涼之風。雱，盛貌。」

《鄭箋》云：「寒涼之風，病害萬物。興者，喻君政教酷暴，使民散

亂。」

　　《詩本義》卷三〈北風論〉云：「鄭謂『北風其涼，雨雪其雰』、『喻
　　君政教暴酷』者，非也。……民言雖風雪如此，有與我相惠好者，
　　當與相攜手衝風冒雪而去爾。」

由於《毛傳》、《鄭箋》視「北風其涼」爲比興，所以解釋爲「喻君政教酷暴」，
而歐氏《詩本義》視此句爲賦，所以解釋爲「風雪如此」。由此可見，對詩歌
表現方法之觀感不同，對作品所作的詮釋也將有差異。對一詩之賦比興的判
定，歐氏或許與《毛傳》、《鄭箋》有出入；不過，歐氏對賦比興的基本認識，
以及以賦比興標示詩歌表現方法的作法，大致上循毛、鄭一脈而下。

　　歐陽修認爲，賦和比興是《詩經》的兩大表現方法，能善辨一詩的表現
方法，才能提出正確的解釋，掌握眞正的詩義。若是以賦爲比興，自然容易
歧生臆辭；若是以比興爲賦，則不免忽略了詩歌豐富的意涵。歐氏既以比興
爲同類作法，指一種譬喻的表現方法，這是否意味著他認爲比興毫無不同，
只有名號上的差異？答案似乎不然！從以下的例證，便可發覺歐氏觀念中
比、興間的細微差距。

　　首先，關於「比」的意義，《詩本義》有言：

　　蓋〈關雎〉之作，本以雎鳩「比」后妃之德。（卷一〈關雎論〉）

　　凡蟲鳥皆於種類同者相匹偶，惟此二物（鵲鳩）異類而相合。合其
　　所不當合，故詩人引以比男女之不當合而合者爾。（卷二〈草蟲論〉）

　　凡涉水者，淺則徒行，深則舟渡；而腰匏以涉者，水深而無舟，蓋
　　急遽而蹈險者也，故詩人引以爲比。〔註4〕（卷二〈匏有苦葉本義〉）

　　蒹葭，水草；蒼蒼然茂盛，必待霜降以成其質，然後堅實而可用。
　　以比秦雖彊盛，必用周禮以變其夷狄之俗，然後可列於諸侯。（卷四
　　〈蒹葭本義〉）

　　作詩者見時兄弟失道，乃取常棣之木花萼相承，韡韡然可愛者，以
　　比兄弟之相親宜如此。（卷六〈常棣本義〉）

〔註4〕《詩本義》卷二〈匏有苦葉本義〉云：「詩人以腰匏葉以涉濟者，不問水深
　　　淺，惟意所往，期於必濟；如宣公烝淫二姜，不問可否，惟意所欲，期於必
　　　得，不懼滅亡之罪，如涉濟者不思及溺之禍也。……凡涉水者，淺則徒行，
　　　深者舟渡；而腰匏以涉者，水深而無舟，蓋急遽而蹈險者也，故詩人引以爲
　　　比。」

其五章「躍躍毚兔，遇犬獲之」〔註5〕云者，以狡兔比狡惡之人，王所當誅也。「荏染柔木，君子樹之」〔註6〕云者，以柔木比柔善之人，王宜愛護使得樹立，勿縱讒邪傷害之也。（卷八〈巧言本義〉）

詩人刺其斥遠君子……因取水鳥以比小人……此鵜當居泥水中以自求魚而食，今乃邈然高處漁梁之上，竊人之魚以食，而得不濡其翼味；如彼小人竊祿於高位，而不稱其服也。（卷五〈候人本義〉）

歐氏所謂的「比」，係指取某人事物的某性質為喻者，以比況某人事物的某性質（被喻者）。如以雎鳩之摯而有別，比后妃之德；以鵲鳩之異類相合，比男女不當合而合；以急遽蹈險之人，比烝淫亂德之宣公、二姜；以蒹葭之待霜，比秦之待施周禮；以常棣之花蕚相承，比兄弟之相親；以兔之狡猾，比人之狡惡；以木之柔荏，比人之柔善；以水鳥之高處魚梁，比小人之竊居高祿等，皆如此。以上各則引文中，不論喻者或被喻者，若非有固定形象，即為某種狀態或情況（可稱之為抽象物），偏向於靜態的形象。因此，歐氏所謂的「比」的特性為：喻者與被喻者間的取喻處，具有較靜態的形象。

關於「興」的意義，可從下列的例子得到說明：

捕兔之人布其網罟於道路林木之下，肅肅然嚴整，使兔不能越逸。以興周南之君列其武夫為國守禦，赳赳然勇力，使姦夫不敢竊發爾（卷一〈兔罝本義〉）

蓋詩人取此拙鳥（鳩）不能自營巢，而有取鵲之成巢者以為興爾，……以興夫人來居其位，當思周室創業積累之艱難，宜輔佐君子共守而不失也。（卷二〈鵲巢論〉）

「誰謂雀無角，何以穿我屋」者，以興事有非意而相干者也。（卷二〈行露本義〉）

梅之盛時，其實落者少而在者七；已而落者多而在者三；已而遂盡落矣。詩人引此以興物之盛時不可久。（卷二〈摽有梅本義〉）

激揚之水，其力弱不能流移白石。以興昭公微弱，不能制曲沃。（卷四〈揚之水本義〉）

〔註5〕《詩經·小雅·巧言》第五章詩云：「奕奕寢廟，君子作之。秩秩大猷，聖人莫之。他人有心，予忖度之。躍躍毚兔，遇犬獲之。」

〔註6〕《詩經·小雅·巧言》第六章詩云：「荏染柔木，君子樹之。往來行言，心焉數之。蛇蛇碩言，出自口矣。巧言如簧，顏之厚矣。」

歐氏認爲興是取一事件（連續發生、動態）爲喻者，以比況事物的情狀或說明一種道理。如以捕兔者布網罟於道路，興國君列武夫爲國守禦；以鳩取鵲巢而居，興夫人來居周室；以雀之穿毀屋室，興事之有非意而相干者；以梅之落，興物之盛不可久；以水之力弱不能流移白石，興昭公之微弱等等，率皆此類。興所取譬的喻者，爲一動態的事件，而被喻者的意象、旨趣，必須由這整個事件中去推思，方可獲得。

據上所見，在歐陽修的觀念裡，比興雖然同屬譬喻一類的作法，但是比興取譬之喻者的性質不同。比所取的喻者，偏向靜態形象；興所取的喻者，偏向動態，較無具體形象。然而，就賦、比、興三者間的關聯性及相似程度來看，比興大致可以合爲一類，與賦並列爲《詩經》的兩大表現方法。仔細分析歐氏對賦比興的看法，不難發現他個人的一些創見。不過，歐氏似乎並未意識到或者特別標榜己說與傳統《詩》說間的不同，仍然對傳統的許多觀念與理論表示認同。

二、詩的語言風格

關於《詩經》的語言風格，歐陽修談到兩點個人閱讀的心得。《詩本義》卷八〈何人斯論〉云：

> 古詩之體，意深則言緩，理勝則文簡。

歐陽修指出，「言緩」、「文簡」可以代表《詩經》的語言風格。以下便就「言緩」、「文簡」兩部分，逐一說明歐氏的看法。

首先，關於「言緩」的部分，歐氏云：

> 然則刺者其意淺，故其言切；而傷者其意深，故其言緩而遠。（《詩本義》卷十一〈蕩論〉）

歐氏認爲，詩旨爲刺爲傷，詩義或淺或深，表現在語言文字上，便有切與緩遠之別。由此可見，他認爲《詩經》中的刺詩主要有切、緩遠兩種風貌；而不同的風貌，正表示出各詩詩義的不同深度及內涵。歐氏以切、緩遠形容詩歌之「言意」中的言，可見切、緩遠與詩歌語言的風格有關。歐氏所謂的言切，蓋指使用的語言較尖銳迫切；言緩，則指使用的語言較和緩。他又說：

> 詩人之意，責之愈切，則其言愈緩，〈君子偕老〉是也。……其語愈緩，其意愈切，詩人之義也。（《居士外集》卷二十三〈論尹師魯墓誌〉）

歐氏認為〈鄘風・君子偕老〉便是一首意切言緩的作品。〔註7〕由以上討論可見，歐氏以「言緩（包括言切）」為說明作品語言風格的第一個觀念。

其次，關於「文簡」的部分，《詩本義》有言：

> 詩人之意明白，固不使後人須轉釋而後知也。（卷四〈采苓論〉）

> 詩人不必二三其意，雜亂以惑人也。（卷三〈竹竿論〉）

> 古人之簡直，不如是之迂也。（卷一〈關雎論〉）

> 經義固常簡直明白，而未嘗不為說者迂回汨亂而失之彌遠也。（卷三〈相鼠論〉）

歐氏認為，古人簡直，從事詩歌的創作，便也將這種「簡直明白」的風格融入了詩歌語言的表達中。所以，後人詮釋《詩經》時，若是不明瞭《詩經》簡直明白的表達方式，而作曲折委婉的解說，反而容易錯失詩義。

關於《詩》的語言風格，歐陽修以言緩（包括言切）、文簡兩方面來總括。言緩、文簡同為《詩經》語言風格，不過，前者偏指文字語言所呈顯出的風貌，後者偏指文字語言的表達方式，兩者間並不衝突。歐氏對《詩》的語言風格的認識，也許不能構成詮釋的具體根據，但是卻是可資參考的重要概念。不過，對於如何塑造言緩或文簡的語言風格，歐氏並沒有提出討論或看法；而詮釋者該根據哪些因素以判斷作品的語言風格，歐氏也沒有進一步的說明。

歐陽修對「簡」字的使用，約分二義：一指表達方式上的簡直，一指文字上的簡要。前面的討論中談到，《詩》的「簡」是指語言文字之表達方式上的簡直明白；此外，歐氏認為《春秋》也可謂「簡」，歐氏云：

> 述其（尹師魯）文，則曰簡而有法。此一句，在孔子六經惟《春秋》可當之。其他經，非孔子自作文章，故雖有法而不簡也。（《居士外

〔註7〕在此可以〈君子偕老〉為例，試著分析歐氏的觀念。〈鄘風・君子偕老〉詩云：
「君子偕老，副笄六珈。委委佗佗，如山如河，象服是宜。子之不淑，云如之何？玼兮玼兮！其之翟也。鬒髮如雲，不屑髢也。玉之瑱也，象之揥也。揚且之晳也。胡然而天也，故然而帝也。瑳兮瑳兮！其之展也。蒙彼縐絺，是紲袢也。子之清揚，揚且之顏也。展如之人兮！邦之媛也。」
《詩序》云：「〈君子偕老〉，刺衛夫人也。夫人淫亂，失事君子之道，故陳人君之德，服飾之盛，宜與君子偕老也。」
《鄭箋》於詩末章云：「疾宣姜有此盛服，而以淫昏亂國，故云然。」
《詩本義》中並未論及〈君子偕老〉，可見歐氏大致上同意《詩序》、《鄭箋》對此詩的解釋。歐氏認為此詩「意切言緩」，推究歐氏之意，「意切」蓋指刺衛夫人「失事君子之道」，「言緩」殆指作品的語言文字不尖刻。

集》卷二十三〈論尹師魯墓誌〉）

　　孔子之文章，《易》與《春秋》是已。其言愈簡，其義愈深。（《易童
　　子問》卷三）

歐氏稱《春秋》爲「簡」，是就其文字的簡要謹約而言。在第二則中歐氏說《春秋》「其言愈簡，其義愈深」，可知他認爲《春秋》是以簡要的文字，表達出了深刻的思想。

　　本節探究的主題，在於歐陽修對作品與詮釋間關聯的看法。依歐氏言論所及，於是分就表現方法、語言風格兩方面進行討論。關於作品的表現方法方面，歐氏認爲，《詩》有賦與比興兩種表現方法；賦就是直述法，比興是譬喻法。歐氏的觀念，大致上承襲自《毛傳》、《鄭箋》之說。關於作品的語言風格方面，歐氏認爲，《詩》的語言風格可以言緩（包含言切）與文簡兩者代表；前者屬於作品語言所呈現出的風貌，後者屬於作品語言的表達方式。關於《詩》的語言風格這部分，是歐氏詮釋《詩經》的心得，只不過他並未作更進一步的探討，或者提出較詳盡的說明。

　　平心而言，以歐氏探討的深度及廣度來看，許多重要的問題未曾付諸討論；諸如賦比興的異同與作法、作品語言風格的區分與塑造等，歐氏只提出概略性的說明，甚至不加以重視。推究原因，實由於歐氏說《詩》重在闡揚作品的道德意涵，提倡《詩》的教化功能，因此較不重視作品本身的表現方法及語言風格。

第三節　讀詩者的詮釋態度

　　所謂詮釋，本即偏重讀者方面，是以探討歐陽修對讀者與詮釋間關聯的看法，就顯得格外重要。對於《詩經》來說，所謂讀者，其實也可稱爲《詩經》的詮釋者。每一位研讀《詩經》的人，皆可稱爲《詩經》的詮釋者，但卻非唯一的詮釋者。本節討論的主題是：歐氏認爲，作爲一個《詩經》的詮釋者應抱持怎樣的態度？在稍後第四、五兩節中，再進而討論歐氏提出的詮釋標準及詮釋方法。

　　當讀者面對《詩經》，從事詮釋活動時，應該抱持什麼態度或觀念，才是一個適當無偏的詮釋起點？關於這點，歐氏提出三項意見：

一、不應曲成己說，汩亂經義

《詩本義》卷十四〈本末論〉云：

> 及漢承秦焚書之後，諸儒講說者整齊殘缺以爲之義訓，恥於不知而
> 人人各自爲說，至或遷就其事以曲成其己學。

這段文字中，敍述了《詩經》由先秦至兩漢的歷史命運。歐陽修認爲，漢代諸儒整齊《詩經》的殘缺，爲詩義提出說解，固爲有功；不過，由於漢儒的出發點是「以曲成其己學」，並非求詩義的眞象，所以心態上即有謬誤。《詩本義》云：

> 先儒各用其意爲解，以就成己說，豈是詩人本意也！（卷十二〈烈
> 祖論〉）

又云：

> 講太師之職，因其失傳而妄自爲說者，經師之末也。（卷十四〈本末
> 論〉）

爲了成就己說，而致曲解詩人本意、汩亂經義的經師，由於心態的偏執，所以遭歐氏斥爲「經師之末」，墮入詮釋的末流。事實上，不僅漢儒，凡爲曲成己說而自出臆辭的學者，歐氏都加以批判。《居士外集》卷十八〈答徐無黨第一書〉云：

> 凡今治經者，莫不患聖人之意不明，而爲諸儒以自出之說汩之也。
> 今於經外又自爲說，則是患沙渾水而投土益之也。不若沙土盡去，
> 則水清而明矣。

此處指出，只要去除種種淆混經義的汩說，詩義自然可以重見於世。歐氏撰寫《詩本義》一書的旨趣，正可由此推尋。

二、不應穿鑿附會

歐氏認爲，作爲《詩經》的詮釋者都應明白，作品語言文字之組織結構爲詮釋的基礎，一切的詮釋必須根植於此。因此，舉凡穿鑿附會、逸出詩義應有的範圍的無根之談，便成爲歐氏廓清的對象。《詩本義》有言：

> 經義固常簡直明白，而未嘗不爲說者迂回汩亂而失之彌遠也。（卷三
> 〈相鼠論〉）

歐氏指出，一些不肖的說《詩》者，或爲炫耀學識淵博，或爲藉古人之言以恣其想像，常故作迂回穿鑿之論，導致詩義的汩亂不彰。這些學者借說《詩》

以滿足個人想像力的心態及作法，爲詩義罩上了一層迷霧，添加了非必要的
雜質。因此，《詩本義》云：

> 應之曰：經有其文，猶有不可知者；經無其事，吾可逆意而謂然乎？
> （卷十四〈齒問〉）

此即強調，若「經無其事」，詮釋者就不該任意臆測。關於這點，歐氏在《詩
本義》卷十二〈列祖論〉中說得最爲清楚明白：

> 詩無明文，乃是臆說也。

這是歐氏反對穿鑿附會之論的明確宣言。

　　前一小節提到，一些學者爲曲成己說，建立一套說辭，提出許多汩亂經
義的說法。抱持這種心態的學者，其目的是在眾多《詩》說中另樹一幟。本
小節討論的是，部分學者爲肆其想像力，故作穿鑿迂回之語。有此種心態的
學者，目的或在驕矜示人，或在放縱一己想像力，用心未必在於自成一說。
這兩種錯誤心態可能同時聚集在一人身上，不過，討論時仍應將這兩種心態
區分而論。

三、不應好奇喜怪

　　在中國思想發展史上，漢代是一個重視陰陽五行觀念的時代，當時社會
風尚便籠罩在這種思想空氣下。影響所及，許多說《詩》的學者也沿用了這
樣的觀念。這種將陰陽五行、甚至神怪思想帶入說《詩》活動中的作法，歐
陽修甚表排斥。歐氏云：

> 妄儒不知所守而無所擇，惟所傳則信而從焉。而曲學之士好奇，得
> 怪事則喜，附而爲說，前世以此爲六經患者非一也。（《詩本義》卷
> 十〈生民論〉）
> 鄭惑讖緯其不經之說，汩亂六經者，不可勝數。學者稍知正道，自
> 能識爲非聖之言。（《詩本義》卷十二〈長發論〉）

歐氏談到，由於學者們喜奇、好讖緯的心態，使得原本合情合理的詩義，附麗
上神祕怪誕的色彩，而他撰寫《詩本義》的用心之一，便在於去此「非聖之言」。
《居士集》卷十八〈易或問・之二〉裡，歐氏說到學者喜作異說的原因：

> 曲學之士喜爲奇說以取勝也。

歐氏指出，學者善爲奇說異辭，主要爲了逢迎人們好奇的心理，以便達到勝
人的目的。歐氏不語怪、力、亂、神的儒家性格，面對學者這種心態及行爲，

自然要大力抨擊了。

　　歐氏認為，在探求詩義的過程中，學者若能不求曲成己說，便容易把握正確的詮釋方向；若能免除穿鑿附會，不為讖緯異說，便易於把握正確的詮釋範圍。總之，讀者應該有正確的詮釋態度，才能掌握《詩》的意義。

第四節　《詩本義》的詮釋標準

　　所謂詮釋標準，指詮釋作品時所持的根據。歐氏詮釋《詩經》共提出四項標準，作為詮釋為批評的根據。以下便就這四項詮釋標準的內容與性質逐一分析。

一、詩　文

　　在歐陽修的觀念裡，小至詩歌的一字一言，大至一詩整體的語言文字，基本上都屬於詩文的範圍；換言之，歐氏以詩文一詞總括詩歌語文的整體結構。詩文即是歐氏說《詩》十分重視的一項詮釋標準。歐氏云：

　　　　然詩既無文，則為衍說。（《詩本義》卷六〈天保論〉）

歐氏指出，一切詮釋活動，應該由詩文起始，否則即為衍說。故其又云：

　　　　然求其義者，務推其意理；及其得也，必因其言，據其文以為說。

　　　　舍此則為臆說矣！（《詩本義》卷八〈何人斯論〉）

這是說，探求詩之本義，必須推究該詩的文意以及文理，[註8]不過得知詩本義的先決條件，則在於「因其言，據其文以為說」；換言之，在歐氏的觀念裡，概括了言、文、文意、文理的「詩文」，正代表著詩義存在與發展的基礎。歐氏所謂的言、文，依今日的解釋，是指作品的文字語言；所謂的文意、文理，是指作品的語文意義。歐氏所說的言、文、文意、文理，實則涵括了作品語文意義的各項組成成分。

　　歐氏不僅由詩文說《詩》，並且以詩文為批判《毛傳》或《鄭箋》的根據。例如《詩本義》所言：

　　　　詩曰：「靜女其姝，俟我於城隅。愛而不見，搔首踟躕。」據文求義，

　　　　是言靜女有所待於城隅，不見而徬徨爾。其文顯而義明，灼然易見。

　　　　（卷三〈靜女論〉）

――――――――――――――――
〔註 8〕請參見本書第四章「《詩本義》的詩義論」中論《詩經》之詩文的部分。

鄭氏乃以宜人爲能官人。成王德甚眾，不應獨言其官人。……況考
文求義，理不然也。（卷十〈假樂論〉）

鄭以命爲道，謂天道動而不止，行而不已者，以詩下文考之，非詩
人之本義也。而鄭謂，……皆詩文所無，以惑後人者，不可不正也。
（卷十二〈維天之命論〉）

第一則是歐氏據詩文而解說詩義的例子，第二、三則是歐氏據詩文辨駁《鄭
箋》的例子。有一點應該加以說明，引文中所謂「據文求義」（〈靜女論〉）、「考
文求義」（〈假樂論〉）中的據與考字，意義有別。據，根據、憑據也；考，推
究、考求也。「據文」意謂以詩文爲詮釋或批評其他對象的依據；「考文」意
謂視詩文爲詮釋或推究的直接對象。儘管歐氏在各篇中使用的詞語有據與考
的不同，致使詩文的地位有詮釋依據與詮釋對象之異，但是無論何者，詩文
在詮釋活動中確實佔有重要地位。

　　詩文是具體的客觀物，《詩經》311 篇作品中，除〈南陔〉、〈白華〉、〈華
黍〉、〈由庚〉、〈崇丘〉、〈由儀〉6 篇有篇名而無詩，〔註9〕其餘 305 篇，詩文
皆傳世。歐氏認爲，在詮釋過程中，詩文具有客觀性及決定性，詮釋者必須
要絕對服從。歐氏堅信，詮釋者一旦脫離詩文而論詩義，其言不啻是無稽臆
辭；即便所說僥倖暗合詩義，也是經不起考證的囈語冥想。在歐氏的觀念中，
詩文是索尋詩義的基礎，也是詮釋活動的起點，因此是一項重要的詮釋標準。

二、情　理

　　歐陽修藉之以批評及詮釋的「情理」，內容包含頗廣，舉凡人類普遍的感
情、一般的常理，都可包含在歐氏所謂的情理中。情理看似可區分爲情與理
兩項，不過，在歐氏的使用下，情理共同代表了人類感情活動以及外界事物
的本性或行爲。以下爲易於辨明，仍分就常情、常理兩者進行討論，但是事

〔註9〕　關於〈南陔〉、〈白華〉、〈華黍〉、〈由庚〉、〈崇丘〉、〈由儀〉六詩，《詩序》之說
　　　　爲：「有其義而亡其辭。」意謂六詩原有文辭，後亡失，唯存詩義大旨。朱熹《詩
　　　　序辨說・卷下・華黍》評論《序》之言，云：「然所謂有其義者，非真有所謂：
　　　　亡其辭者，乃本無也。」朱子《詩集傳・華黍》所言較詳，其云：「〈南陔〉以
　　　　下，今無以考其名篇之義，然曰笙、曰樂、曰奏、而不言歌，則有聲無詞明矣。
　　　　所以知其篇第在此者，意古經篇題之下必有譜焉，如投壺魯薛鼓之節而亡之耳。」
　　　　意謂六詩本無文辭，唯有樂譜；後亡其譜，僅存篇名。後世討論此六詩者頗多，
　　　　然可以《詩序》與《朱傳》之說爲代表。唯孰是孰非，尚無定論。

實上情理可歸爲一類，總括人事物的本性或合於常道的行爲活動。

（一）常　情

　　歐陽修所謂的常情，內容上包括人類的共通感情、好惡情緒等，統稱爲人之常情。例如：

> 作詩之人不一，其用心未必皆同，然考詩之意如此者多，蓋人之常
> 情也。（《詩本義》卷十一〈蕩論〉）

在歐氏的觀念中，「人之常情」的範圍廣含了全體人類共有共享的感情、思想、行爲等。後世詮釋者之所以可能瞭解詩人之意、詩義，人之常情就是重要的憑藉之一。歐氏云：

> 求詩義者以人情求之，則不遠矣。（《詩本義》卷六〈出車論〉）

> 蘇、暴二公事迹前史不見，今直以詩言文義首卒參考，以求古人之
> 意，於人情不遠，則得之矣。（《詩本義》卷八〈何人斯論〉）

由此可見，常情爲歐氏尋求詩義的一項重要標準。

（二）常　理

　　歐陽修用以批評與詮釋的「理」，並沒有艱深的內容。歐氏所謂的理，指凡有條理、可以被理解的道理，亦可稱之爲常理。所謂合理（或合常理）即指合乎人們日常所接受與承認的普遍道理。在歐氏的觀念中，常理又可分爲人理與物理。首先，關於人理，歐氏云：

> 夫（毛、鄭）以不近人情、無稽臆出、異同紛亂之說，遠解數千歲
> 前神怪、人理並無之事，後世其必信乎？（《詩本義》卷十〈生民論〉）
> 佛之徒曰無生者，是畏死之論；老之徒曰不死者，是貪生之說也。
> 彼其所以貪畏之意篤，則棄絕萬事，絕人理而爲之。（《集古錄·跋
> 尾》卷六〈唐華陽頌〉）

上二例可見，對於神奇怪誕之事，不合邏輯之說，歐氏以「人理必無之事」斥之；對於佛、老之學所謂無生、不死的說法，違反生死定理的詭辭，歐氏以「絕人理」駁之。歐氏認爲，任何說法的提出，都不應該違反爲人的道理。從事《詩經》的詮釋，也不可忽視了這點。

　　其次，關於物理，歐氏云：

> 蠅之爲物，古今理無不同。（《詩本義》卷九〈青蠅論〉）

> 筋骸者，物理之有盛衰，不能無乏。（《表奏書啓四六集》卷三〈表、

荀子·第二表〉）

善爲物理之論者曰：「天地任物之自然，物生有常理，斯之謂至神。」

（《居士外集》卷二十三〈雜題跋〉）

困極而後亨，物之常理也。（《易童子問》卷二·第四則）

物理損益相因，固不能窮，至於如此。（《試筆·琴枕説》）

歐氏所謂的物，泛指一切存在之物質性個體，範圍包含動物、植物、無生命物體。蟲蠅固然爲物之一，但是，由第二則引文看來，歐氏將人類的物質生命如筋骸等，也包括在物之中。由第三則可知，歐氏認爲物理就是物體天生自然的本性，所謂「物生有常理」。在第四、五則中，歐氏則提到物理有「困極後亨」、「損益相因」等的特性。歐氏《筆説·博物説》有言：

草木蟲魚，詩家自爲一學。

「草木蟲魚」概指《詩經》中出現的各種名物。由於《詩經》中時見假物爲喻之作，因此詮釋作品時需要參考該物之物理，才能正確明瞭詩義。凡不合物理的解釋，便不能視爲該詩本義。例如：

據詩但言「維鳩居之」，而《序》言德如鳲鳩，乃可以配，鄭氏因謂

鳲鳩有均一之德。以今物理考之，失自《序》始，而鄭氏又增之爾。

（《詩本義》卷二〈鵲巢論〉）

在這則引文中，除可見歐氏批評《鄭箋》不合物理之外，由「以今物理考之」一句，也可看出歐氏以物理爲詮釋的標準。不過，歐氏對物理的探求，並不是漫無止境的。歐氏《筆説·物有常理説》云：

凡物有常理，而推之不可知者，聖人之所不言也。〔註10〕

歐氏認爲，人們雖然可以經由觀察而獲知物理的存在，但是根本上，物理不是人類主觀意識所構擬的產物，而是存在於外界的客觀之理，因此物理可能超乎人類理解能力之外，無法爲人所瞭解。一旦面對這種情形，連聖人也將置而勿論。因此，應以理性、客觀的態度去推求物理，而非憑空臆想即可得。

在歐陽修的觀念裡，情理是非具象、無具體外觀的一種存在，它並非現實存在的物質，也缺乏具體可供掌握的形象或樣態。雖然情理是非具象的，但是它們確實普存於人類心中，並且影響著人們的生活。儘管情理一旦落在

〔註10〕　《筆説》，凡一卷。計有〈老氏説〉、〈富貴貧賤説〉、〈鐘莛説〉等 19 説；〈物
　　　　有常理説〉爲其中之一。所引文字見於《歐陽修全集》，頁 1045。

個體身上，不免被渲染上個人主觀的色彩，以致產生或多或少的差異；但是歐氏相信，每個人對情理的看法基本上是相同的。由於歐氏相信詩義必然合情合理，因此，對歐氏而言，情理是一項非具體而必須完全遵守的詮釋標準。

歐陽修認爲，《詩》是人類性情的產物，詩歌所表現的一切，符合人之常情；同時，《詩》符合常理的標準，這點則與孔子刪《詩》有密切關聯。情理一項中，物理關涉的對象是物質性個體，人情、人理關涉的對象是人類的精神主體。在歐氏的觀念中，人情、人理都以人類的精神主體爲發展核心，此爲二者近似之處。不盡相同的是，人情指人類精神生命的自然要求，著重於主體對外界的單向發展；人理指人類精神生命在人類世界中發展的軌跡，著重於主體與主體彼此間雙向的往來、互動，所謂理，即表示著溝通或道路的意思。常情、常理（簡稱情理）性質近似而各有所偏重，但是基本上可以合而並論，視爲歐氏詮釋觀中一項重要的詮釋標準。

三、聖人之志

歐陽修具有儒家性格，提倡尊聖的觀念。歐氏云：

> 予非敢曰不惑，然信於孔子而篤者也。（《居士集》卷十八〈春秋論上〉）

歐氏認爲，孔子爲眞理的表徵，就《詩經》而言，歐氏倡言「聖人之志」。所謂聖人之志，歐氏云：

> 察其美刺，知其善惡，以爲勸戒；所謂聖人之志者，本也。（《詩本義》卷十四〈本末論〉）

> 孔子刪《詩》，並錄其功過者，所以爲勸戒也。（《詩本義》卷六〈黃鳥論〉）

這裡指出，讀者研讀《詩經》最重要的目的，應爲徹底明瞭聖人之志。歐氏相信，《詩經》是由孔子刪錄而成，錄詩的目的是爲了勸戒後人，垂訓萬世，這便是所謂的聖人之志。

歐氏認爲，「聖人之志」是詮釋《詩經》的重要標準。歐氏云：

> 今此大夫不幸而遭亂世，反責其先祖以人情不及之事，詩人之意決不如此；就使如此，不可垂訓，聖人刪詩必棄而不錄也。（《詩本義》卷八〈四月論〉）

> 如鄭之說，則周之大夫皆懷貳心，教其友以叛周而去。此豈足以垂
> 訓？（《詩本義》卷八〈小明論〉）

> 然則〈生民〉之詩，孔子之所錄也，必有其義。（《詩本義》卷十〈生
> 民論〉）

由上例可見，第一、二則中，歐氏以「聖人刪詩必棄而不錄」、「豈足以垂訓」
作爲批評他說的理據，第三則中，歐氏以「孔子之所錄」作爲〈生民〉詩義
的保障。在歐氏的觀念裡，聖人之志是說《詩》的重要詮釋標準。

　　聖人之志在型態上屬於觀念產物，而非具體物質；性質上，則具有垂訓
後世的道德性。在歐氏的觀念中，聖人之志是必須絕對遵守的詮釋標準，因
爲這與《詩經》垂訓的存在本質有根本上的關聯。詩義一旦違反了聖人之志
這項標準，其實就等於違反自身存在的本質。

四、孟子說詩與《詩序》

　　歐陽修十分推崇孟子說《詩》的成果與方法。歐氏云：

> 孟子去詩世近而最善言《詩》。（《詩本義》卷一〈麟之趾論〉）

> 孟子曰：「不以文害辭，不以辭害志。」（《詩本義》卷一〈關雎本義〉）

歐氏認爲，孟子最善於說《詩》，「不以文害辭，不以辭害志」、以意逆志，就
是孟子說《詩》的方法。歐陽修雖然極推崇孟子《詩》說與說《詩》方法，
但是《詩本義》並未以孟子之說爲詮釋時的參考，反而時以《詩序》爲詮釋
標準。歐氏指出，由於《詩序》常與孟子之說相符合，因此歐氏連帶對《詩
序》懷有頗高的敬意。歐氏云：

> 今考《毛詩》諸〈序〉與孟子說《詩》多合，故吾於《詩》常以《序》
> 爲證也。（《詩本義》卷十四〈序問〉）

> 《詩》三百五篇，皆據《序》以爲義。（《詩本義》卷五〈鴟鴞論〉）

> 《序》當見詩人之意。（《詩本義》卷十〈假樂論〉）

> 孟子去詩世近而最善言《詩》，推其所說詩義與今《序》意多同，故
> 後儒異說爲《詩》害者，常賴《序》文以爲證。（《詩本義》卷一〈麟
> 之趾論〉）

在第一則中，歐氏指出，由於《詩序》論《詩》多同於孟子之說，因此他時
常採取《詩序》的解釋；「以《序》爲證」，意謂歐氏以《詩序》爲一項詮釋

的標準。由第二、三則引文所言，可見歐氏對《詩序》的信任與推崇。不過，在第四則中歐氏談到，如果只因見《詩序》多與孟子《詩》說相同，遂一味苟同於《詩序》，也是不正確的。在《詩本義》中，歐氏便指出了《詩序》錯誤的地方。例如：

> 至於二〈南〉，其《序》多失，而〈麟趾〉、〈騶虞〉所失尤甚，特不
> 可以爲信。……此篇《序》既全乖，不可引據。（卷一〈麟之趾論〉）

綜合以上分析可知，歐氏認爲，由於《詩序》之說多與孟子《詩》說相符，所以大致上《詩序》可以作爲詮釋《詩》的依據；但是在某些情況下，歐氏則未必同意《詩序》之說。在歐氏的觀念中，《詩序》是有待取捨、不可完全採信的。

歐氏之言引發了一個問題：究竟孟子如何說《詩》，解釋詩義的情形又如何？以下便由孟子說《詩》的方法，以及《孟子》中論及之詩爲例，探討歐氏所謂「最善言《詩》」的問題。

關於孟子提出的說《詩》方法，《孟子・萬章上》云：

> 故說《詩》者不以文害辭，不以辭害志；以意逆志，是爲得之。如
> 以辭而已矣，〈雲漢〉之詩曰：「周餘黎民，靡有孑遺。」信斯言也，
> 是周無遺民也。

這就是孟子所提出的「以意逆志」法。不過，「以意逆志」不免有流於主觀偏見的可能。如郭紹虞云：

> 以意逆志的方法，是由主觀的體會，直探到詩人的心志裡。……照
> 他這樣以意逆志，用之得當，對於純文學的瞭解，確是更能深切而
> 不流於固陋。可是他這種以意逆志，全憑主觀的體會，終究不是客
> 觀研究的方法。所謂「以意」的意，本是漫無定準的，偶一不當，
> 便不免穿鑿附會，成爲過分的深求。孟子論《詩》所以時多亂斷的
> 地方者以此。〔註11〕

「以意逆志」只是爲詮釋活動的進行指示了一個大方向，事實上並非具體的詮釋方法。

關於《孟子》說《詩》的情形，今考察《孟子》一書，其中論《詩》計有：

〈梁惠王〉6篇：

〔註11〕郭紹虞：《中國文學批評史》，頁22～23。

1. 〈大雅・靈臺〉
2. 〈大雅・思齊〉
3. 〈周頌・我將〉
4. 〈小雅・正月〉
5. 〈大雅・公劉〉
6. 〈大雅・緜〉

〈公孫丑〉1篇：〈大雅・文王〉

〈滕文公〉3篇：

1. 〈豳風・七月〉
2. 〈小雅・伐木〉
3. 〈魯頌・閟宮〉

〈離婁〉5篇：

1. 〈大雅・假樂〉
2. 〈大雅・板〉
3. 〈大雅・蕩〉
4. 〈大雅・文王〉
5. 〈大雅・桑柔〉

〈萬章〉4篇：

1. 〈齊風・南山〉
2. 〈小雅・北山〉
3. 〈大雅・雲漢〉
4. 〈大雅・下武〉

〈告子〉2篇：

1. 〈小雅・小弁〉
2. 〈邶風・凱風〉

〈盡心〉2篇：

1. 〈邶風・柏舟〉
2. 〈大雅・緜〉

其餘非自孟子親論者，則有：

〈梁惠王〉1篇：〈小雅・巧言〉

〈公孫丑〉1篇：〈豳風・鴟鴞〉

〈滕文公〉1篇：〈小雅·車攻〉

〈告子〉1篇：〈大雅·烝民〉

〈盡心〉1篇：〈魏風·伐檀〉

　　若僅就孟子親論之詩篇來看，其中不乏所言非該詩本義的例子。如：

　　　　以德服人者，中心悅而誠服也，如七十子之服孔子也。詩云：「自西
　　　　自東，自南自北，無思不服。」此之謂也。（〈公孫丑上〉）

　　　　滕文公問爲國。孟子曰：「民事不可緩也。詩云：『晝爾于茅，宵爾
　　　　索綯。亟其乘屋，其始播百穀。』民之爲道也，有恆產者有恆心，
　　　　無恆產者無恆心。」（〈滕文公上〉）

　　　　陳相見許行而大悅，盡棄其學而學焉。……孟子曰：「……今也南蠻鴃
　　　　舌之人，非先王之道，子倍子之師而學之，亦異於曾子矣。吾聞『出
　　　　於幽谷，遷於喬木』者，未聞下喬木而入於幽谷者。」（〈滕文公下〉）

　　　　暴其民甚，則身弑國亡；不甚，則身危國削，名之曰幽屬。雖孝子
　　　　慈孫，百世不能改也。詩云：「殷鑑不遠，在夏后之世。」此之謂也。
　　　　（〈離婁上〉）

在第一則中，孟子借稱頌文王的詩以稱讚孔子；第二則中，孟子借記述農事生
活的〈七月〉，說明爲政的道理；第三則中，孟子以描寫鳥兒遷居情形的詩句，
譬喻陳相的取櫝還珠；第四則中，孟子則借詩人警周之語，說明爲國治民之道。
由以上的例子可知，孟子有時只在借詩說明一種類似的道理，用意並非說解詩
義。孟子說詩雖然不致違反詩歌本義，然而孟子所說之義，已是突破原有詩義
的一種新義。孟子說《詩》之法，可說是一種「斷章取義」式〔註12〕的引詩、
說詩法。

　　在《詩本義》的詮釋中，就詩文、情理、聖人之志、《詩序》這四者的地
位而言，歐氏認爲，前三者是必須完全遵守的標準，在此可以姑且名之爲「基
本標準」；至於《詩序》，則有待檢視考核，不可一徑盲從，故可名之爲「次
要標準」。不過值得注意是：《詩序》一旦爲歐氏所接受，便將在歐氏詮釋活
動中進居極重要的地位，甚至足以左右其對詩的解釋。

　　以上大致討論過詩文、情理、聖人之志、《詩序》等幾項詮釋標準的內容、

〔註12〕後世常視「斷章取義」爲負面的評語，指不明白眞象，妄生揣測的意思。不
　　　過，此處「斷章取義」所取的是該成語的原始意義，指選擇一詩之部分爲取
　　　義的對象，而不完全拘守原義；在此並沒有評價優劣的意味。

型態及性質。這幾項標準，不僅爲歐氏批判《毛傳》、《鄭箋》謬誤的根據，同時也是《詩本義》詮釋《詩經》的準則。歐氏提出的這幾項標準，不論妥當或完備與否，但最低限度它們是歐氏詮釋《詩經》的依據，在《詩本義》的詮釋活動中有關鍵性的地位。歐氏提出聖人之志、《詩序》爲詮釋的標準，基本上還是傳統《詩》說的主張；不過，歐氏同時也提出了詩文、情理作爲詮釋標準，此爲歐氏獨特的見解，也是引出後世新義的關鍵。

第五節　《詩本義》的詮釋方法

由以上的討論，可以大致掌握歐陽修對詮釋方面的種種觀點。這節將探討《詩本義》進行詮釋的實際情形，以回應本章對歐氏觀念所作的種種剖析設論。在說明《詩本義》的詮釋方法之同時，也一併探討出闕情形的發生原因。

以下首先引一則《詩本義》中的例子，並分段標示，以便說明歐氏所採取的詮釋模式。《詩本義》卷六〈黃鳥論〉云：

《序》言〈黃鳥〉刺宣王，而不言所刺之事。

毛、鄭以爲室家相去之詩，考文求義，近是矣。

其曰：「宣王之末，天下室家離散」者，〔註13〕則非也。宣王承厲王之亂，內修政事，外攘夷狄，征伐所向有功，故能恢復境土，安集人民，內用賢臣，外撫諸侯。其功德之大，蓋中興之盛王。然其詩有箴有規，有誨有刺者，蓋雖聖人不能無過也。……蓋有大功者，不能無小失也。如〈黃鳥〉所刺云：「此邦之人，不可與處」，則他邦可處矣。是所刺者，一邦之事爾，非舉天下皆然也。

孔子刪詩，並錄其功過者，所以爲勸戒也。俾後世知大功盛德之君，雖小過，不免刺譏爾。而毛、鄭於〈白駒〉注云：「宣王之末，不能用賢」，〔註14〕於〈黃鳥〉又云：「宣王之末，天下室家離散」，如此

〔註13〕 〈小雅‧黃鳥〉「黃鳥黃鳥，無集于穀，無啄我粟」數句，《毛傳》云：「興也。黃鳥宜集林啄粟者，喻天下室家不以其道而相去，是失其性。」〈小雅‧黃鳥〉「言旋言歸，復我邦族」兩句，《毛傳》則云「宣王之末，天下室家離散。妃匹相去，有不以禮者。」

〔註14〕 〈小雅‧白駒〉首家詩云：「皎皎白駒，食我場苗。縶之維之，以永今朝。」《毛傳》云：「宣王之末，不能用賢。賢者有乘白駒而去者。」《鄭箋》云：「願

則宣王者，有始無卒，終爲昏亂之王矣。異乎聖人錄詩之意也。

在第一段中，歐氏大致上採信《詩序》，同意此詩爲刺宣王。在第二段中，歐氏認爲毛、鄭之說符合該詩的詩文，所謂「考文求義，近是矣」。在第三段中，歐氏認爲，宣王是「中興之盛王」，即使有小過，也不致使天下人流離失散，而《毛傳》卻說「宣王之末，天下室家離散」，顯見《毛傳》之說與情理不合。在第四段中，歐氏指出，如果依照毛、鄭對〈白駒〉、〈黃鳥〉的箋注來看，宣王成了有始無終的「昏亂之王」，如此則與「聖人錄詩之意」不合；換言之，歐氏認爲《毛傳》、《鄭箋》的說法違背了聖人之志。由歐氏論〈黃鳥〉一例可見，歐氏批評《毛傳》、《鄭箋》，說訓詩義，所運用的是《詩序》、詩文、情理、聖人之志這四項標準。不過，問題在於：歐氏詮釋《詩》的過程中，如何運用這四項標準？也就是說，歐氏如何運用這四項詮釋標準以建立《詩本義》的詮釋方法？由歐氏〈黃鳥論〉來看，所採取的方法是：一、採信《詩序》；二、推求詩文之意；三、以情理衡量；四、歸止於聖人之志。稍前討論歐氏對《詩序》的看法時曾提到，歐氏並不完全遵從《序》說，故第一項「採信《詩序》」需要深入討論。因此，以下便依詩文、情理、聖人之志的順序，逐一說明歐氏的詮釋方法，關於《詩序》的地位，於最後再作分析；並且在說明《詩本義》的詮釋方法的同時，也一併探討「闕」的出現原因。

一、詩文的瞭解

歐陽修認爲，一詩的詩文，亦即是一詩的語文意義，是全詩意義的基礎。詮釋活動的進行，必須以此爲起點。歐氏云：

詩既無文，皆爲衍說。（《詩本義》卷六〈湛露論〉）

瞭解《詩經》之詩文並不太難，詮釋者若能克服章句訓詁方面的問題，便大致可以掌握該詩的語文意義。歐陽修在《詩本義》中常以《爾雅》的解詁，作爲說解詩文的工具。〔註15〕歐氏若對詩的語文意義瞭然於胸，便可進一步探求詩義、詩人本意，或者即以詩文所道爲詩義、詩人本意。在歐氏的觀念

此去者，乘其白駒而來，使食我場中之苗。我則絆之繫之，以久今朝。愛之欲留之。」

〔註15〕《詩本義》有言：「案：《爾雅》阜螽謂之蠜，草蟲謂之負。」（卷二〈草蟲論〉）、「案：《爾雅・釋草》載《詩》所有諸穀之名，黍稷稻梁之類甚多，而獨無來謂之來牟。」（卷十二〈思文・臣工論〉）由此可知，歐氏說《詩》常參考《爾雅》之訓詁。

中，詩文是開展詮釋活動的首要基準，詮釋活動必須在詩文能爲詮釋者所瞭解的情況下方能進行。

　　不過，此處將面臨一個問題：詩文是否一定能爲歐氏所瞭解？尤其以《詩》這類上古之作，對後世讀者而言，會不會產生解讀上的困難？若在訓詁字句方面出現困難，如〈周頌・思文〉、〈臣工〉二詩，歐氏不解詩中「來牟」〔註16〕之義，此時歐氏的處理方式爲：

　　　　來牟之義既未詳，則二篇之義亦當闕其所未詳。(《詩本義》卷十二
　　　　〈思文、臣工本義〉)

一旦發生這種情況，歐氏便出闕以示疑；此爲詩義從闕的情形之一。其次，當歐氏能瞭解該詩詩文，但是顯然詩意前後不暢，以致無法全篇貫說時，歐氏也出闕以示。如：

　　　　考詩之意，……則是此詩主以鳥鳴求友爲喻爾。至其下章，則了不
　　　　及鳥鳴之意……與首章意殊不類，蓋失其本義矣，故闕其所未詳。
　　　　(《詩本義》卷六〈伐木論〉)

　　一詩的言、文、意、理，均可包含在詩文的範圍之內。如果歐陽修在瞭解詩文上遭遇困境，那代表第一個基本標準缺乏成立的條件，歐氏唯有出闕表示，終止詮釋該詩的努力。

二、以情理權衡詩文

　　歐陽修對一詩詩文有基本的掌握之後，進一步，便從事詩文與情理間的會通及權衡。在歐氏的觀念中，詩文與情理間如無牴觸，則對該詩而言，情理這項基本標準可謂成立。詩文與情理結合，即可由此以求取詩義。

　　一詩的詩文、情理如能相互容融，則可以之爲詮釋詩義的藉資；不過，《詩

〔註16〕〈周頌・思文〉詩云：「思文后稷，克配彼天。立我烝民，莫匪爾極。貽我來牟，帝命率育，無此疆爾界，陳常于時夏。」〈周頌・臣工〉詩云：「亦又何求？如何新畬？於皇來牟，將受厥明，明昭上帝，迄用康年。」「來牟」一詞，各家一般都解釋爲麥。例如：
《毛傳》云：「牟，麥也。」
朱子《詩集傳》云：「來，小麥；牟，大麥也。」
唯獨歐陽修認爲其義當闕，《詩本義》卷十二〈思文・臣工論〉云：「牟者，百穀中一穀爾。自漢以前已有此名，故孟子亦言麰麥；然言麰又言麥，則明非一物，蓋麥類也。……若謂來牟爲麥，則非爾。……然來牟既不爲麥，而《爾雅》亦無他解詁；旁考六經，牟無義訓，多是人名、地名爾；然則闕其不知可也。」

本義》裡可見一種情形：一詩的詩文俱明，但是語文意義卻與情理不符；換言之，歐氏心目中的兩項基本標準間產生了衝突。面對這種情形，歐氏難以抉擇，唯有終止詮釋，出闕表示。如：

> 若據詩文，則作樂淮上矣。然旁考《詩》《書》《史記》，無幽王東巡之事，無由遠至淮上而作樂，不知此詩安得爲刺幽王也？……皆當闕其未詳。〔註17〕（卷八〈鼓鐘論〉）

〈鼓鐘〉詩載幽王作樂淮上之事，〔註18〕與史實（情理）不符；此時詩文、情理兩項基本標準無法相容於一詩，歐氏只有放棄對此詩的詮釋，出闕以示。

三、以聖人之志爲依歸

《詩本義》卷十四〈本末論〉云：

> 今夫學者知前事之善惡，知詩人之美刺，知聖人之勸戒，是謂知學之本而得其要，其學足矣，又何求焉！……是已知詩人之意，則得聖人之志矣。

歐氏認爲，「知聖人之勸戒」是學《詩》的根本大要。瞭解一詩的詩文，以情理衡量詩文之後，則應以聖人之志爲最後的歸止。不過，如果一詩的詩文與聖人之志相違的時候，歐氏唯能將詩義從闕。如《詩本義》卷十〈生民論〉云：

> 然則〈生民〉之詩，孔子所錄也，必有其義。蓋君子之學也，不窮遠以爲能，闕所不知，慎其傳以惑世也。闕焉而有待，可矣！毛、鄭之說，余能破之不疑；〈生民〉之義，余所不知也，故闕其所未詳。

歐氏一方面雖然深信孔子選錄〈生民〉必有深意，但是另一方面他又認爲〈生

〔註17〕所謂「皆當闕其所未詳」，除指詩文所述幽王至淮上作樂一事當闕外，尚包含：「又疑非刺也。……然則此所謂『以雅以南』者，不知南爲何樂也。」詳請見《詩本義》卷八〈鼓鐘論〉。

〔註18〕《詩・小雅・鼓鐘》詩云：「鼓鐘將將，淮水湯湯。憂心且傷。淑人君子，懷允不忘。鼓鐘喈喈，淮水湝湝。憂心且悲。淑人君子，其德不回。鼓鐘伐鼛，淮有三洲。憂心且妯。淑人君子，其德不猶。鼓鐘欽欽，鼓瑟鼓琴，笙磬同音。以雅以南，以籥不僭。」歷來學者論〈鼓鐘〉之詩旨，說法頗見出入。例如：
《詩序》云：「刺幽王。」
《詩本義》、朱子《集傳》以爲此詩詩義未詳。
方玉潤《詩經原始》云：「淮徐詩人重視周樂以誌欣慕之作。」
屈萬里《詩經詮釋》云：「疑悼南國某君之詩。」
由於〈鼓鐘〉詩文中有「淮水」一詞，是故以淮水爲其創作之空間背景，大致不離；唯此詩創作之時間背景、創作動機、寫作對象等，則不易知。

民〉記載著后稷誕生神異之事，〔註19〕與聖人垂訓勸戒之志實不相合；因此，對於〈生民〉的詩義，《詩本義》中只宜付諸闕如。又如《詩本義》卷十四〈魯問〉云：

> 其（魯僖公）武功之盛，威德所加，如詩所陳，五霸不及也。然魯在春秋時，常爲弱國，其與諸侯會盟征伐，見於《春秋》、《史記》者，可數也，皆無詩人所頌之事。……《詩》，孔子所刪正也，《春秋》，孔子所修也。《詩》之言不妄，則《春秋》繆矣；《春秋》可信，則《詩》妄作也。其將奈何？……惟闕其不知以俟焉，可也。

在這段話裡，歐氏指出，〈魯頌〉中對魯君功績的記述，在歷史上找不到根據。歐氏說：「《詩》，孔子所刪正也。」，意謂《詩經》寄託著聖人勸戒後世的心志；同時，歐氏無法否認聖人之志不應該寄託在與事實不合的詩歌上，所以唯有將〈魯頌〉的詩義付闕，留待後人提出適切的解說。

由以上兩個例子可知，一旦詩文所載不符於聖人之志，歐氏便出闕表示，聲明自己不詳該詩詩義的立場。

四、對《詩序》的取捨

《詩本義》運用的詮釋標準中，《詩序》屬於次要標準，必須在不違反基本標準的條件下，方爲歐氏採信。經由歐氏的判斷，如果《詩序》與基本標準間沒有衝突，《詩序》則可予接受，其說就爲歐氏採用；但是，《詩序》萬一違背任一項基本標準，其說便將遭棄置。歐氏不採信違反詩文標準之《序》說，如《詩本義》卷三〈氓論〉云：

> 〈氓〉據《序》是衛國淫奔之女色衰而爲其男子所棄，因而自悔之

〔註19〕《詩·大雅·生民》首章詩云：「厥初生民，時維姜嫄。生民如何？克禋克祀，以弗無子。履帝武敏歆，攸介攸止：載震載夙，載生載育，時維后稷。」關於〈生民〉一詩大旨，較重要之說法如下：
《詩序》云：「尊祖也。后稷生於姜嫄，文武之功起於后稷，故推以配天焉。」
朱子《詩集傳》云：「賦。周公制禮，尊后稷以配天，故作此詩。」
姚際恆《詩經通論》：「周公述始祖后稷誕生之異，以及其播種百穀之功而肇修祀典也。」
方玉潤《詩經原始》：「述后稷誕生之異，爲周家農業之始。」
王靜芝《詩經通釋》：「此述后稷誕生之異，並其稼穡之功，以見周先祖之德，當受天命也。」
各家之說大致同於《詩序》，唯獨歐陽修《詩本義》認爲此詩詩義當闕。

辭。今考其詩一篇，始終皆是女責其男之語。

又如《詩本義》卷四〈有女同車、山有扶蘇論〉云：

〈有女同車〉，《序》言刺忽不昏於齊，卒以無大國之助，至於見逐。

今考本篇，了無此語。

又如《詩本義》卷八〈鴛鴦論〉云：

若其（〈鴛鴦〉）上二章之義，了不涉及《序》意。

其次，《詩序》立說荒誕不經的，歐氏不會採納，如《詩本義》卷一〈麟之趾論〉云：

然至於二〈南〉，其《序》多失。……不惟怪妄不經，且與《詩》意不類。

《詩序》不近人情，違反情理的，歐氏也不接受，如《詩本義》卷七〈節南山論〉云：

作《詩序》者見其卒章有「家父作誦」之言，遂以為此詩家父所作，此其失也。……豈有作詩之人極斥其君臣過惡，極陳其亂亡之狀，而自道其名字？……此不近人情之甚者！

再者，歐氏提過，二〈南〉之《序》不得《詩》大旨，可知《詩序》並非親承於孔子。此處所謂「《詩經》之大旨」，其實就是《詩經》垂訓後世的宗旨，也就是聖人之志的寄託所在。歐氏既然認為二〈南〉之《序》多不符合聖人之志這項詮釋標準，所以他論〈周南〉、〈召南〉詩時，較少採取《詩序》的解釋。《詩本義》卷十四〈序問〉云：

或問：《詩》之《序》，卜商作乎？衛宏作乎？非二人之作，則作者誰乎？應之曰：……《詩》之《序》不著其名氏，安得而知之乎？雖然，非子夏之作，則可知也。……子夏親受於孔子，宜其得《詩》之大旨，其言〈風〉、〈雅〉有變正，而論〈關雎〉、〈鵲巢〉繫之周公、召公。使子夏而序《詩》，不為此言也。

歐氏認為，由於《詩序》時有不依詩文、不近情理、不合聖人之志的解釋，所以《序》說並不完全可從。在歐氏的觀念中，《詩序》必須在符合詩文、情理、聖人之志的前提下，方可取信。

綜合以上的分析，《詩本義》的詮釋方法可用下列幾句話簡述：

暸解詩文，權衡以情理，歸依於聖人之志，參酌以《詩序》。

歐氏詮釋《詩經》的過程中，若有無法應用上述詮釋方法的情形出現，歐氏

便出闕表示，以示慎重。由於歐氏以詩文、情理為詮釋標準之一，將部分詮釋重心轉移到作品本身與人類情感上，所以在某方面確實能夠突破傳統《詩》說的限制。不過另一方面，由《詩本義》呈顯的結果而論，不為歐陽修採信之《序》說，其實不多。《詩序》如能符合詩文、情理及聖人之志，歐氏也樂於接受《詩序》之說，因為《詩序》的基本精神與歐氏之「詩為美刺、《詩》以經世致用、重視詩人之志」觀念一致。就這點而言，歐氏的詮釋觀念仍不脫傳統《詩》說一脈。後來有些研究《詩經》的學者批評歐氏說詩步《詩序》蹊徑〔註 20〕，就是針對這點而發。就各方面的表現來看，我們當然可以說：歐氏詮釋詩義以聖人之志為歸趨、以《詩序》為參考的作法，仍舊屬於傳統說《詩》的途徑；可是，就其以瞭解作品為起點，並以情、理為權衡依據的詮釋方法來看，確實很有創見。

第六節 結 語

本章探討歐陽修《詩本義》的詮釋觀，分別以作者、作品、讀者三方面作為討論的範圍。對於作者、作品、讀者與詮釋間的關聯，歐氏大多作概念上的敘述；這部分所表現出的是歐氏說《詩》的詮釋觀點，並非直接參與詮釋的因素。詮釋標準方面，歐氏是以詩文、情理、聖人之志、《詩序》為標準。詮釋方法方面，歐氏則運用了由詮釋標準組合成的一貫方法，由此也可見歐氏詮釋作品的過程。大致而言，關於詮釋的觀念、標準及方法上，歐氏仍屬於傳統《詩》說一路。雖然歐氏在傳統的說法上，也提出了個人創新的見解，並且在後世獲得了進一步的發展，不過，歐氏本身似乎並不重視或是不曾意識到這些。

最後，回頭解答本章開始提出的問題：

一、歐陽修的詮釋方法是否即是《詩序》說《詩》的方法，否則何以歐氏之說多與《序》同？

二、《詩本義》中詩義從闕情形之發生原因何在？

〔註 20〕 姚際恆《詩經通論》卷前〈詩經論旨〉云：「歐陽永叔首起而辨《大序》及鄭之非，其詆鄭尤甚，在當時可謂有識；然仍囿于《小序》，拘牽墨守。……其自作《本義》，頗未能善，時有與鄭在伯仲之間者，又足哂也。」事實上，若《詩序》之說可信，則「囿于小《序》、拘牽墨守」並不足為歐陽修《詩本義》之失。《詩本義》真正的缺失，在於時而盲隨《詩序》謬說之後，脫離詩文而自申其臆辭。此臆說雖本自《詩序》，然歐氏亦難於自脫妄臆之過。

事實上，這些問題都可在本章中一一找到答案，以下簡要總結。

首先，歐氏解說《詩經》，運用了詩文、情理、聖人之志、《詩序》等四項詮釋標準，其中《詩序》屬於次要標準。基本上歐氏對《詩序》確實存有某種程度的依賴，若說歐氏不曾據《詩序》為說，未免於事實不合；應該說；歐氏參酌《詩序》，但非全從《序》說。由此可知，《詩本義》的詮釋方法與《詩序》說《詩》之法的確有不同之處。

其次，《詩本義》中「闕」的產生，大致有下列幾項原因：

一、詩文不得

二、詩文與情理衝突

三、詩文與聖人之志相違

值得一提的是：歐氏採用詩義從「闕」的處理方式，一方面固然足以表示其人慎重的態度，同時這也是一種執著於真知的表現。

第四章 《詩本義》的詩義論

　　大致而言，《詩本義》卷一至卷十二的 114 篇〈論〉與〈本義〉，以對《毛傳》、《鄭箋》的評論及對《詩經》的解釋爲主要內容。歐陽修在各篇〈論〉中對《毛傳》、《鄭箋》或《詩序》提出質詢與批評，接著在〈本義〉中提出對該詩的解釋；關於這部分，歐氏使用的是先評議他說，而後發抒己見的安排方式。卷十二〈一義解〉與〈取舍義〉、卷十四的〈豳問〉與〈魯問〉，雖然在外觀形式上和前十二卷有出入，但是處理手法基本上相同。卷十三〈時世論〉、〈本末論〉及〈序問〉，則記述對《詩經》的看法、詮釋觀念，以及對《詩》義的基本認識等。以下討論《詩本義》的詩義論，章節安排大致依循上述順序；首先，說明歐氏對《毛傳》、《鄭箋》以及《詩序》的批評；其次，探討歐氏對《詩》的解釋；最後，分析歐氏對《詩》義的基本認識及其提出的種種概念。

第一節 　《詩本義》對《毛傳》、《鄭箋》以及《詩序》的批評

　　《毛傳》和《鄭箋》是《詩本義》批評的主要對象。在歐陽修的觀念裡，《毛傳》、《鄭箋》是漢儒說《詩》的代表，深深影響著後人。《毛傳》、《鄭箋》的謬辭，促使歐氏產生了寫作《詩本義》的動機。至於《詩序》，原非歐氏預定批評的對象，甚且時常引以爲《詩本義》批判毛、鄭的根據；不過，《詩本義》中不乏一種情形：爲數不少的詩〈論〉中，歐氏對《詩序》表現出懷疑、甚至否決的態度。因此，在某種意義上來說，《詩序》也可列入《詩本義》所批評的對象之一。

　　對於《毛傳》與《鄭箋》，《詩本義》中習慣聯名並稱之為毛、鄭；歐氏討論詩義時，也常兩者兼評。有鑑於此，故而以下將歐氏對《毛傳》、《鄭箋》的批評列為一項，合併討論，其次再探討歐氏對《詩序》的批評。

一、對《毛傳》、《鄭箋》的批評

　　由《詩本義》對毛、鄭的評語看來，歐氏認為《毛傳》、《鄭箋》說詩約有下列幾種謬誤的情形：

（一）不明詩文

　　歐氏所謂的「詩文」，涵括了詩歌的語言文字、文理文意等；換言之，舉凡詩歌的語文意義所涵蓋的範圍，大都可以納入歐氏所謂「詩文」之中。〔註1〕歐陽修發現，在《毛傳》、《鄭箋》的解說中，時而可見無視一詩詩文的解釋。小至改易詩中文字，誤斷章句；大至不顧詩義的發展脈絡，以至於脫離詩文，漫無根據的空談詩義等等，都是由於毛、鄭不明詩文所致。例如〈邶風・靜女〉詩云：

>　　彤管有煒，說懌女美。

《鄭箋》云：

>　　說懌，當作說釋。赤管煒煒然，女史以之說釋妃妾之德，美之！

《鄭箋》將詩中「說懌」一詞改作「說釋」，歐氏對這種改讀經文的作法極為反對。《詩本義》卷三〈靜女論〉云：

>　　鄭既不能為說，遂改為「說釋」，以曲就己義。改經就注，先儒固已
>　　非之矣！

更改詩文，不僅扭曲作品本來的面貌，並且難以令人信服。正如歐氏所說：

>　　若改字以就己說，則何人不能為說？何字不可改也？（《詩本義》卷
>　　十三〈取舍義・綠衣〉）

　　又如：〈小雅・巧言〉詩云：

>　　奕奕寢廟，君子作之；秩秩大猷，聖人莫之；他人有心，予忖度之；
>　　躍躍毚兔，遇犬獲之。

《鄭箋》斷此八句為一章，而歐氏反對。《詩本義》卷八〈巧言論〉云：

鄭又以「寢廟」、「大猷」、「他人有心」與「毚兔」共爲一章，言四
事各有所能，乃以田犬之能擬聖人之能；不惟四事不類，又殊無旨
歸。蓋由誤分章句，失詩本義，故其說不通也。

歐氏認爲，「奕奕寢廟」至「予忖度之」應爲一章，而「躍躍毚兔，遇犬獲之」
則屬於下一章；如此，歐氏自然要批評《鄭箋》「誤分章句，失詩本義」了。
《詩本義》卷八〈大東論〉也提到《毛傳》、《鄭箋》斷章方面的錯誤，其云：

今毛、鄭所分章次，以義類求之，當離者合之，當合者離之，使章
句錯亂。

由於分章之不同，對該處詩句的解釋，自然會產生某種程度的差距。歐氏有
時之所以不能苟同於《毛傳》、《鄭箋》的解釋，往往因爲彼此對詩句之分章
各持一說。

在此一提，關於〈巧言〉詩中這八句詩文，歷來說《詩》者多斷爲一章。
如朱熹《詩集傳》、姚際恆《詩經通論》、方玉潤《詩經原始》、竹添光鴻《毛
詩會箋》、屈萬里《詩經詮釋》、王靜芝《詩經通釋》等，皆同《鄭箋》之斷
章。唯獨歐氏《詩本義》將此八句分斷爲上下兩章。

歐陽修認爲，解釋一詩意義時，應重視前後文義的通順貫暢。歐氏指出，
毛、鄭說詩的缺點之一，即是忽略了文義的連貫性。《詩本義》卷七〈正月論〉
云：

〈正月〉之詩，十三章九十四句。其辭固已多矣，然皆有次序。而
毛、鄭之說，繁衍迂闊，而俾文義散斷，前後錯離。今推著詩之本
義，則二家之失，不論可知。

由於《毛傳》、《鄭箋》說詩不時疏於文義首尾的關照，故而常常造成「文義
散斷，前後錯離」的錯誤結果。

歐氏還提及，《毛傳》、《鄭箋》中時見脫離詩文，妄自爲說的情形。如〈陳
風・衡門〉詩云：

泌之洋洋，可以樂飢。

《鄭箋》云：

飢者，不足於食也。泌水之流洋洋然，飢者見之，可以飲以療飢。
以喻人君慤愿，任用賢臣，則政教成，亦猶是也。

歐氏認爲，《鄭箋》之說無法在詩文中找到根據，有穿鑿之嫌。歐氏云：

自「泌之洋洋」以下，鄭解爲任用賢人，則詩無明文。大抵毛、鄭

之失，在於穿鑿，皆此類也。(《詩本義》卷五〈衡門論〉)

鄭玄所言既非詩文原有，自然不免要遭歐氏斥爲臆辭、衍說了。

總而言之，在歐氏的觀念中，《毛傳》、《鄭箋》中舉凡改易詩歌文字、誤斷一詩章句、所言文義不暢、妄臆詩義等等的弊病，皆是不明詩文的表現。

（二）不合情理

歐陽修認爲，人心的情是詩歌的創作根源，所以詩歌的內容必定合乎人情；此外，歐氏相信，《詩經》由孔子刪錄而成，負有垂訓萬世的使命，所以詩歌的內容必定合乎常理。因此，《毛傳》、《鄭箋》中若有不合人情、不符常理的說法，歐氏便會加以指責。如〈王風・丘中有麻〉詩云：

> 丘中有麻，彼留子嗟。……丘中有麥，彼留子國。……丘中有李，
> 彼留之子。

《毛傳》、《鄭箋》云：

> 留，大夫氏。子嗟，字也。丘中墝埆之處，盡有麻麥草木，乃彼子
> 嗟之所治。……子國，子嗟父。(《毛傳》)
>
> 子嗟放逐於朝，去治卑賤之職而有功，所在皆治理，所以爲賢。……
> 言子國使丘中有麥，著其世賢。……丘中而有李，又留氏之子所治。
> (《鄭箋》)

歐氏認爲《毛傳》、《鄭箋》所云俱是無稽之談。《詩本義》卷三〈丘中有麻論〉云：

> 詩人但以莊王不明，賢人多被放逐，所以刺爾，必不專主留氏一家。
> 及其云子國，則毛公又以爲子嗟之父，前世諸儒皆無考據，不知毛
> 公何從得之？若以子國爲父，則下章云「彼留之子」，復是何人？父
> 子皆賢而並被放逐，在理已無；若汎言留氏舉族皆賢而皆被棄，則
> 愈不近人情矣。況如毛、鄭之說，留氏所以稱其賢者，能治麻麥種
> 樹而已矣。夫周人眾矣，能此者豈一留氏乎？況能之未足爲賢矣。
> 此詩失自毛公，而鄭又從之。

此處歐氏批評毛、鄭的說法「在理已無」、「不近人情」，由此可知，歐氏認爲不合情理是《毛傳》、《鄭箋》說詩的弊端之一。

又如〈鄭風・女曰雞鳴〉詩云：

> 宜言飲酒，與子偕老。

《鄭箋》申言此詩之詩義云：

> 宜乎我燕樂賓客而飲酒，與之俱至老。親愛之言也。

《鄭箋》將〈女曰雞鳴〉視爲燕飲之歌，而將詩中「知子之來之」的「子」解釋爲異國賓客。歐陽修懷疑主人是否有與異國賓客偕老的道理。歐氏云：

> 其終篇皆是夫婦相語之事。……而鄭氏於其卒章「知子之來之」，以爲「子」者是異國之賓客。……徧考《詩》諸風，言「偕老」者多矣，皆爲夫婦之言也；且賓客一時相接，豈有「偕老」之理？，是殊不近人情！（《詩本義》卷四〈女曰雞鳴論〉）

歐氏歸納《詩經‧國風》中「偕老」一詞的使用意義，認爲凡所謂偕老者「皆爲夫婦之言也」，並非形容主客間親近友愛的用語。歐氏在此批評《鄭箋》「豈有『偕老』之理」、「殊不近人情」，他認爲《鄭箋》的解釋違背了常理與常理。

再如〈小雅‧出車〉詩云：

> 我出我車，于彼牧矣。自天子所，謂我來矣。

《毛傳》、《鄭箋》云：

> 出車，就馬於牧地。（《毛傳》）
>
> 上我，我殷王也；下我，將率自謂也。西伯以天子之命出我戎車於所牧之地，將使我出征伐。自，從也。有人從王所來。「謂我來矣」，謂以王命召己，將使爲將率也。先出戎軍，乃召將率，將率尊也。（《鄭箋》）

歐氏反對《毛傳》、《鄭箋》的解釋。歐氏云：

> 毛、鄭謂出車于牧以就馬。且一、二車邪，自可馬駕而出；若眾車邪，乃不以馬就車而使人挽車遠就馬于牧，此豈近人情哉？又言先出車於野，然後召將率，亦於理豈然？（《詩本義》卷六〈出車論〉）

在此歐氏對毛、鄭之說感到懷疑，歐氏說《毛傳》、《鄭箋》「豈近人情」、「於理豈然」，意謂著歐氏認爲毛、鄭的解釋「不近人情」、「於理不然」；簡言之，即謂《毛傳》、《鄭箋》不合情理。

在此應當一提的是：事實上，〈出車〉詩「就馬于牧地」乃《毛傳》的說法，或許有不盡合理之處；不過《鄭箋》謂「出我戎車於所牧之地」，卻未必有違背情理的地方，並且與歐氏〈出車本義〉所云：「其首章言南仲爲將，始駕戎車出至于郊」，意相彷彿。歐氏混同毛、鄭的解釋，不細辨異同即直下斷語的作法，頗待商榷。對於〈出車〉首章詩義，《鄭箋》之意爲：「西伯奉天

子之命出車於牧地；而後天子另派將率統領車師。」《鄭箋》所說的這種情形是否完全不可能，係見仁見智的問題，此處且不細論。基本上，此處《鄭箋》與《詩本義》兩說間主要的歧異點，在於《鄭箋》將詩文中「我出我車」的「我」和「謂我來矣」的「我」分釋為西伯與南仲二人，歐氏則一概釋作南仲一人；其間孰是孰非，孰優孰劣，實不易有定論。

　　歐氏相信，《詩經》所言合乎常情常理。《毛傳》、《鄭箋》說《詩》若違反人情、常理，無疑地將錯失作品的本義。

（三）不符史實

　　歐陽修認為，《詩經》是反映現實之作，詩歌內容所述，應與歷史事實一致。歐氏論《詩》時非常重視時世的問題，並且常引史實說詩。因此，當《毛傳》、《鄭箋》之說與史籍記載不符時，歐氏便提出反駁與批評。例如〈邶風·二子乘舟〉詩云：

> 二子乘舟，汎汎其景。

《毛傳》云：

> 二子，伋、壽也。宣公為伋取於齊女而美，公奪之，生壽及朔。朔
> 與其母愬伋於公，公令伋之齊，使賊先待於隘而殺之。壽知之，以
> 告伋，使去之。伋曰：「君命也，不可以逃。」壽竊其節而先往，賊
> 殺之。伋至曰：「君命殺我，壽有何罪？」賊又殺之。國人傷其涉危
> 遂往，如乘舟而無所薄，汎汎然迅疾不礙。

歐氏也認為〈二子乘舟〉是國人哀伋、壽之作，不過他並不滿意《毛傳》的解釋。歐氏云：

> 據《傳》言壽、伋相繼而往，皆見殺。豈謂汎汎然不礙？引譬不類，
> 非詩人之意也。……詩人述其事以譬夫乘舟者，汎汎然無所維制，
> 至於覆溺。（《詩本義》卷三〈二子乘舟論〉）

歐氏根據《左傳》「壽、伋相繼而往，皆見殺」的記載，認為《毛傳》解釋「汎汎」為「汎汎然不礙」，與事發當時的情境不類；當然，歐氏更不相信詩人使用「汎汎」一詞有「引譬不類」的可能。因此，詩人、《左傳》、《毛傳》這三者中，詩人的遣辭能力不容懷疑，《左傳》的記載也不致有差訛，唯一可能發生錯誤的，便在於《毛傳》。

　　關於〈二子乘舟〉是否為哀伋、壽之作，歷來各說頗有爭議。伋、壽之事首見於《左傳·桓公十六年》云：

衛宣公烝於夷姜，生伋子，屬諸右公子。爲之取于齊而美，公取之，是爲宣姜。生壽及朔，屬壽于左公子。夷姜縊，宣姜與公子朔搆伋子。公使諸齊，使盜待諸莘，將殺之。壽子告之，使行；不可，曰：「棄父之命，惡用子矣！有無父之國則可也。」及行飲以酒，壽子載其旌以先，盜殺之。伋子至，曰：「我之求也，此何罪？」又殺之。

認爲〈二子乘舟〉乃緣伋、壽之事而作，除《詩序》、《毛傳》、《詩本義》外，還有劉向《新序・節士篇》及方玉潤《詩經原始》；認爲〈二子乘舟〉並非因伋、壽之事而作，則有姚際恆《詩經通論》。姚氏據《左傳》所載，斷言此詩與伋、壽之事無涉，其理有三，姚氏云：

> 人殺二子子莘，當乘車往，不當乘舟：且壽先行，伋後至，二子亦未嘗並行也：又衛未渡河，莘爲衛地，渡河則齊地矣；皆不相合。

崔述《讀風偶識》（卷二〈邶風衛風〉）也大致同意姚氏之說。總而言之，以上兩派爭議的關鍵在於：認爲〈二子乘舟〉乃因伋、壽之事而作的，以此詩爲比；認爲〈二子乘舟〉非因伋、壽之事而作的，以此詩爲賦。至於朱熹《詩集傳》，既以此詩爲賦，又以此詩爲哀伋、壽之作，則兩皆無著。

其次，〈大雅・桑柔〉詩云：

> 四牡騤騤，旟旐有翩。亂生不夷，靡國不泯。

《鄭箋》云：

> 軍旅久出征伐，而亂日生不平，無國而不見殘滅也。言王之用兵不得其所，適長寇虐。

歐氏反駁此說，云：

> 其於兵役，亦是暴政之一事，宜或有之。然考厲王事蹟〔註2〕，據《國語》、《史記》及《詩》大、小〈雅〉，皆無用兵征伐之事，在此〈桑柔〉語文亦無王所征伐之國。凡鄭氏所謂軍旅久出征伐，士卒勞苦等事，皆非詩義也。（《詩本義》卷十一〈桑柔論〉）

歐氏認爲，「軍旅久出征伐，士卒勞苦」，可見是大舉出兵，屬於朝廷之事，不應該史籍裡不見任何記載；因此，歐氏推知此爲《鄭箋》一己臆度之辭。歐氏云：

> 旁稽史傳，皆無其事。不知鄭氏何據而爲說也？（《詩本義》卷十一

〔註2〕 〈大雅・桑柔〉《詩序》云：「〈桑柔〉，芮伯刺厲王也。」歐氏《詩本義》卷十一〈桑柔本義〉採《序》說，認爲〈桑柔〉爲刺厲王之作。

〈桑柔論〉）

歸納《詩本義》中論及的經、史，計有：《尚書》、《春秋》、《左傳》、《國語》、《史記》等。歐氏認爲，它們都具有記錄史實的性質，只不過可信度並不完全相同。就《詩本義》中顯示的現象來看，歐氏完全信任《尚書》與《春秋》；對於《左傳》、《史記》，歐氏存有某種程度的懷疑，何者可信，何者爲誣，必須經過判斷之後，方能論定。至於《國語》，由於在《詩本義》中被引用率甚低，且多爲附帶提及，故不易見出歐氏對此書的取信程度。

（四）違背聖人之志

歐氏解釋詩歌本義，最後都將本義歸止於聖人垂訓之志。在歐氏的觀念中，聖人之志就是衡定詩本義的最高標準。歐氏認爲，《毛傳》、《鄭箋》的說法時見違背聖人之志的言論。關於毛、鄭對〈白駒〉、〈黃鳥〉的解釋，歐氏云：

> 毛、鄭於〈白駒〉注云：「宣王之末，不能用賢」，於〈黃鳥〉又云：
> 「宣王之末，天下室家離散」，如此則宣王者，有始無卒，終爲昏亂
> 之主矣。異乎聖人錄詩之意也。（《詩本義》卷六〈黃鳥論〉）

歐氏指出，《毛傳》、《鄭箋》對此二詩解釋「異乎聖人錄詩之意」，若二詩本義眞如毛、鄭之說，未免違反聖人以《詩》垂訓之志。由此可見，歐氏認爲毛、鄭說《詩》有違背聖人之志的弊病。

歐氏曾談到撰寫《詩本義》的動機與旨趣，云：

> 先儒之論，苟非詳其終始而牴牾，質諸聖人而悖理，害經之甚，有
> 不得已而後改易者，何以徒爲異論以相訾也？（《詩本義》卷末〈詩
> 譜補亡後序〉）

> 《易》、《書》、《禮》、《樂》、《春秋》，道之所存也。《詩》關此五者，
> 而明聖人之用。（《詩本義》卷十五〈詩解統序〉）

> 予欲志鄭學之妄益、毛氏疏略而不至者，合之於經。（《詩本義》卷
> 十五〈詩解統序〉）

第一則中歐氏談到，他之所以對先儒的說法提出批評，是因爲先儒之說「質諸聖人而悖理」；其中著一「質」也，有以聖人爲批評根據的意思。歐氏批評《毛傳》、《鄭箋》，部分的原因即是因爲毛、鄭之說違背聖人之志。第二則引文中歐氏提出自己的看法，他認爲，《易》、《書》、《禮》、《樂》、《春秋》寓存了孔子之道，《詩》與此五經有關，《詩》並且彰明了孔子積極用世的心志。

第三則中所謂的「合之於經」，即指釐除毛、鄭謬說，闡明詩歌本義，使之合於寓寄《詩》中的孔子之道、聖人之志；這就是《詩本義》的撰作宗旨。歐氏認為，學《詩》、說《詩》的理想是得聖人之志，行孔子之道。因此，《毛傳》、《鄭箋》之說一旦違背聖人之志，將遭到歐氏嚴厲的指責。

（五）不知參酌《詩序》

大致而言，歐陽修承認《詩序》所言符合《詩》義，可以作為《詩》的一項根據。當《毛傳》、《鄭箋》之說與《序》言不合時，歐氏便會提出批評。例如〈召南・草蟲〉詩云：

> 喓喓草蟲，趯趯阜螽。未見君子，憂心忡忡。

《詩序》云：

> 〈草蟲〉，大夫妻能以禮自防也。

《毛傳》、《鄭箋》則云：

> 卿大夫之妻待禮而行，隨從君子，……婦人雖適人，有歸宗之義。（《毛傳》）

> 草蟲鳴，阜螽躍而從之。異種同類，猶男女嘉時，以禮相求呼。「未見君子」者，謂在塗時也。在塗而憂，憂不當君子，無以寧父母，故心衝衝然。是其不自絕於其族之情。（《鄭箋》）

歐氏認為，《毛傳》、《鄭箋》不以《詩序》作為探求討義的根據，所以不得〈草蟲〉本義。《詩本義》卷二〈草蟲論〉云：

> 草蟲、阜螽異類而交合。詩人取以為戒，而毛、鄭以為同類相求，取以自比。大夫妻，實已嫁之婦，而毛、鄭以為在塗之女。其於大義既乖，是以終篇而失也。蓋由毛、鄭不以《序》意求詩義。既失其本，故枝辭衍說，文義散離，而與《序》意不合也。

由〈草蟲論〉「蓋由毛、鄭不以《序》意求詩義」一語可知，歐氏認為《詩序》可以作為尋求《詩》義的依據。在歐氏的觀念裡，毛、鄭說《詩》若與《詩序》不合，錯誤自然在於《毛傳》與《鄭箋》。

在此應該一提的是，歐氏〈草蟲論〉對《毛傳》、《鄭箋》的批評有兩處失允；其一，所謂「在塗之女」，是《鄭箋》一家之辭；《毛傳》說「卿大夫之妻」、「婦人雖適人」，實則與《鄭箋》不同。歐氏逕道：「毛、鄭以為在塗之女」，一概而論之，其語失當。其二，〈草蟲〉同章詩云：

亦既見止，亦既覯止，我心則降。

《鄭箋》云：

> 既見，謂已同牢而食也。既覯，謂已昏也。始者憂於不當，今君子
> 待己以禮，庶自此可以寧父母，故心下也。

由此可見，《鄭箋》所謂「『未見君子』者，謂在塗時也」，是一位已婚女子回思未嫁時之語。說此話、作此詩時，已嫁爲人婦，這與《詩序》所言的大夫妻並沒有衝突。未婚時爲在塗之女，已婚則爲大夫妻；大夫妻無理不可追憶在塗之時。由此可見，歐氏未曾完全理解《鄭箋》之意，便已遽下斷語。

　　除〈草蟲〉詩外，歐氏明言以《詩序》爲據而辯駁《毛傳》、《鄭箋》者，尚有不少處。依照其在《詩本義》中出現的次序，臚列如下：

卷二：〈行露論〉（毛、鄭）、〈摽有梅論〉（毛、鄭）

卷三：〈靜女論〉（毛、鄭）、〈相鼠論〉（毛、鄭）

卷四：〈子衿論〉（毛、鄭）、〈東方之日論〉（毛、鄭）、〈揚之水論〉（毛、鄭）

卷五：〈鳲鳩論〉（毛、鄭）、〈破斧論〉（毛）、〈狼跋論〉（鄭）

卷八：〈巧言論〉（鄭）、〈大東論〉（鄭）、〈車舝論〉（鄭）

卷九：〈采菽論〉（鄭）、〈白華論〉（毛、鄭）

卷十：〈假樂論〉（鄭）

卷十一：〈桑柔論〉（鄭）

（註：括弧中爲歐氏據《詩序》所批評之對象）

　　綜合以上討論可知，《毛傳》、《鄭箋》不依據《詩序》而說《詩》，將遭受歐氏的指責。然而，是否毛、鄭盡數採信《序》說，即能博得歐氏的贊同與稱許？事實上亦未必然。例如〈小雅・漸漸之石〉一詩，《詩序》云：

> 〈漸漸之石〉，下國刺幽王也。戎狄叛之，荊舒不至，乃命將率東征。
> 役久病於外，故作詩也。

關於此詩首章之義〔註3〕，《鄭箋》云：

> 山石漸漸然高峻，不可登而上，喻戎狄眾彊而無禮義，不可得而伐
> 也。山川者，荊舒之國所處也。其道里長遠，邦域又勞勞廣闊，言
> 不可卒服。……將率受王命東行而征伐，役人罷病，必不能正荊舒

───────────

〔註3〕〈小雅・漸漸之石〉首章詩云：「漸漸之石，維其高矣。山川悠遠，維其勞矣。武人東征，不皇朝矣。」

使之朝於王。

《鄭箋》的說法承自《詩序》，但是歐氏反不苟同。歐氏云：

> 蓋序詩者幽王暴虐，致天下離心。因言戎狄已叛，而荊舒又不至爾。
> 然考詩之文，惟言東征，則是此詩但述征荊舒也。鄭氏泥於序文，
> 遂以「漸漸之石」比戎狄不可伐，「山川悠遠」爲荊舒之所。且戎狄
> 無不可伐之理，……但幽王自不伐爾。……何國無山川？豈獨荊舒
> 有之？此又不通之論也。「維其勞矣」者，詩人述東征者自訴之辭也。
> 鄭以爲荊舒之國勞勞廣闊，何其舍簡易而就迂回也！（《詩本義》卷
> 九〈漸漸之石論〉）

歐氏認爲，《鄭箋》不明白《序》言中何者是詩義，何者爲詩義之外、作序者「因言」（附帶論及）者，只知一味盲從，拘泥於《詩序》的文字，反而錯失詩的本義。

　　關於〈漸漸之石〉，此處有兩個問題值得一談：首先，《序》言：「戎狄叛之，荊舒不至，乃命將率東征」，戎狄在北，荊舒在東南，若是排除《詩序》本身自相矛盾的可能性，合理的說法是此詩非述征伐戎狄。《序》文中有「乃」一連接詞，應該上承因，下接果，可知作序者認爲〈漸漸之石〉是敘述東征荊舒之詩；「戎狄叛之」，則非詩義本有。也許事實像歐氏所說的，這是序詩者因言之語；然而，如就《詩序》的性質而言，實應以標舉及說明詩義爲其宗旨，《詩序》中若涉及超乎詩義之外的意思，便不符合作爲《詩》之序的意義與功能。歐氏之語看似爲《詩序》辯護，其實正暴露《詩序》之短。其次，就〈漸漸之石〉詩文來看，誠如歐氏所見：「惟言東征」；然而，東征是否即表示「征伐荊舒」？恐難斷言。因此，關於〈漸漸之石〉之義，《詩序》、《鄭箋》以及《詩本義》所說皆應置疑。

　　歐氏認爲，《詩序》有得有失，《毛傳》、《鄭箋》不論完全從《序》，或是一徑反《序》，都是錯誤的。對於《詩序》之言，應該仔細考察後再斟酌參用，可信者應採取其說，可疑者應棄而不從。可惜的是，《詩本義》論及的各詩中，歐氏發現《毛傳》、《鄭箋》往往作了錯誤的選擇。

　　總體而言，《毛傳》簡短，且多爲字辭之訓詁，論及詩義處不多，因而較少遭受到歐氏的批判。《鄭箋》則不然，由於論詩時有錯誤及臆測之處，所以蒙受歐氏頗多的指責。雖然歐氏批評毛、鄭的理由未必爲所有人接受，但是《詩本義》首開批評《毛傳》、《鄭箋》之風，在說《詩》傳統中實有重要的地位。

二、對《詩序》的批評

歐陽修對《詩序》的評價，可謂稱譽恆逾於貶抑。歐氏云：

《詩》三百五篇，皆據《序》以爲義。(《詩本義》卷五〈鴟鴞論〉)

此處歐氏幾乎在《詩序》與詩義間畫上等號，認爲《詩序》所言即是詩的本義。《詩本義》卷十〈假樂論〉云：

〈假樂〉《序》所以但言嘉成王，而不列所嘉之事者，〔註4〕以詩文意顯，更無他事可陳。大意止於臣民嘉美成王之德爾，而鄭氏乃以宜人爲能官人！〔註5〕成王德美甚眾，不應獨言其官人。若專爲官人而作，則《序》當見詩人之意。

歐氏說「《序》當見詩人之意」，由此可見，他相信《詩序》能洞燭詩人本意，並且能恰如其分的傳達詩人創作的本衷。

《詩本義》卷十三〈一義解〉及〈取舍義〉下每則詩論開始都會先標舉該詩的詩義，現舉數例，並與《序》說對照如下：

〈甘棠〉，美召伯也。(〈一義解〉)

(〈召南·甘棠〉《詩序》：「〈甘棠〉，美召伯也。召伯之教明於南國。」)

〈簡兮〉，刺不用賢也。衛之賢者仕於伶官也。(〈一義解〉)

(〈邶風·簡兮〉《詩序》：「〈簡兮〉，刺不用賢也。衛之賢者仕於伶官皆可以承事王者也。」)

〈揚兮〉，刺忽也。君弱臣強，不倡而和也。(〈一義解〉)

(〈王風·揚兮〉《詩序》：「〈揚兮〉，刺忽也。君弱臣強，不倡而和也。」)

〈出其東門〉，閔亂也。鄭公子五爭，兵革不息，男女相棄，思保其室家焉。(〈取舍義〉)

(〈鄭風·出其東門〉《詩序》：「〈出其東門〉，閔亂也。公子五爭，兵革不息，男女相棄，民人思保其室家焉。」)

〈綢繆〉，刺晉亂也。國亂則昏姻不得其時。(〈取舍義〉)

(〈唐風·綢繆〉《詩序》：「〈綢繆〉，刺晉亂也。國亂則昏姻不得其

〔註4〕〈大雅·假樂〉《詩序》云：「〈假樂〉，嘉成王也。」

〔註5〕〈大雅·假樂〉詩云：「假樂君子，顯顯令德。宜民宜人，受祿于天。」《鄭箋》云：「顯，光也。天嘉樂成王有光光之善德，安民官人皆得其宜，以受祿於天。」

時焉。」

　　〈玄鳥〉，祀高宗也。（〈取舍義〉）

　　　　（〈商頌・玄鳥〉《詩序》：「〈玄鳥〉，祀高宗也。」）

比對《詩本義》中〈一義解〉、〈取舍義〉與《詩序》之說，可以看出，〈一義解〉20則及〈取舍義〉12則詩論中標舉的詩義，大致爲採錄或節錄《詩序》而來。雖然歐氏在節錄《詩序》時，也透露出一些異議，如〈大雅・板〉《詩序》云：

　　凡伯刺厲王也。

歐氏則云：

　　刺厲王也。

表示歐氏不確定〈板〉詩是否爲凡伯所作。又如〈魯頌・閟宮〉《詩序》云：

　　頌僖公能復周公之宇也。

歐氏則云：

　　頌僖公也。

表示歐氏不認爲詩中有「僖公能復周公之宇」的意思。不過，大致上說，歐氏〈一義解〉、〈取舍義〉對詩的解釋，係採自《詩序》之說。

　　在某些情況下，歐陽修卻懷疑《詩序》、甚或否定《序》說。如〈周南・螽斯〉一詩，《詩序》云：

　　〈螽斯〉，后妃子孫眾多也。言若螽斯不妒忌，則子孫眾多也。

歐氏認爲此詩《序》文有誤，歐氏云：

　　〈螽斯〉大義甚明而易得，惟其《序》文顛倒。……據《序》宜言不
　　妒忌，則子孫眾多如螽斯也。今其文倒。（《詩本義》卷一〈螽斯論〉）

歐氏雖然仍舊站在維護《詩序》的立場，但是卻指出《詩序》有語文顛倒的情形，可說已初步動搖了現存《詩序》的權威性。至於〈小雅・節南山〉一詩，歐氏便直陳《詩序》之失。《詩序》云：

　　〈節南山〉，家父刺幽王也。

歐氏反對《詩序》之說，歐氏云：

　　作《詩序》者見其卒章有「家父作誦」之言〔註6〕，遂以爲此詩家
　　父所作，此其失也。……然則作〈節南山〉詩者，不知何人也，家

〔註6〕　〈小雅・節南山〉末章詩云：「家父作誦，以究王訩。式訛爾心，以畜萬邦。」

父爲作詩者所述爾。(《詩本義》卷十〈節南山論〉)

歐氏不贊成《詩序》以家父爲〈節南山〉作者之說，並且對於詩中「家父作誦」一句，歐氏也有不同的解釋。〔註7〕

　　歐氏對《詩序》所發出最強烈的抨擊，在於〈麟之趾〉、〈騶虞〉二詩。此二詩之《序》云：

　　〈麟趾〉，〈關雎〉之應也。〈關雎〉之化行，則天下無犯非禮。雖衰世之公子，皆信厚如麟趾之時也。

　　〈騶虞〉，〈鵲巢〉之應也。〈鵲巢〉之化行，人倫既正，朝廷既治，天下純被文王之化，則庶類蕃殖；蒐田以時，仁如騶虞，則王道成也。

歐氏絲毫不相信《詩序》所謂的符瑞感感之說，歐氏云：

　　孟子去《詩》世近而最善言《詩》。推其所說詩義與今《序》意多同，故後儒異說爲《詩》害者，常賴《序》文以爲證。然至於二〈南〉，其《序》多失。而〈麟趾〉、〈騶虞〉所失尤甚，特不可以爲信。……此篇《序》既全乖，不可引據。(《詩本義》卷一〈麟之趾論〉)

在此歐氏全盤推翻〈麟之趾〉、〈騶虞〉二詩之《序》〔註8〕，認爲《詩序》「全乖」、「不可引據」。

　　就《詩本義》一書來看，歐陽修對《詩序》的評論並不一致。有時歐氏給予《詩序》負面的評價，認爲其說不足採信；後人之所以稱歐氏首開疑《序》之風〔註9〕，就是針對此情形而言。不過，綜括而論，歐氏仍舊十分推重《詩序》的說法，並且時常爲《序》說辯解。

〔註7〕　《詩本義》卷七〈節南山論〉云：「案：《詩》三百五篇，惟寺人孟子自著其名。而〈崧高〉、〈烝民〉所謂『吉甫作誦』者，皆非吉甫自作之詩。夫所謂誦者，豈得以爲詩乎？訓詁未嘗以誦爲詩也。詩云『誦言如醉』，蓋誦前言而已。然則作〈節南山〉詩者，不知何人也；『家父』爲作詩者所述爾。」

〔註8〕　《詩本義》卷二〈騶虞論〉下文闕，唯存「論曰……以時發矢射犯，下句直嘆騶虞不食生物。若此乃是刺文王曾騶虞之不若也，故知毛、鄭爲失」等38字；《通志堂經解》本、《四庫全書》本皆如此。朱熹《詩序辨說》卷上〈騶虞〉條下云：歐陽公曰：「賈誼《新書》曰：『騶者，文王之圃名；虞者，圃之司獸也。』」若朱子之說可信，則歐陽修對「騶虞」的解釋與《詩序》、《毛傳》、《鄭箋》均不同。至於歐氏評論〈騶虞〉之《詩序》、《毛傳》、《鄭箋》說法的詳細內容，則無由得知。

〔註9〕　紀昀《四庫全書·毛詩本義·提要》認爲《詩本義》首開疑《序》之風，紀氏云：「自唐以來，說《詩》者莫敢議毛、鄭；雖老師宿儒，亦僅守《小序》。至宋而新義日增，舊說幾廢。惟原所始，實發於修。」

如僅觀察《詩本義》中對《毛傳》、《鄭箋》、《詩序》的批評，那麼，在對詩的解釋上，歐氏認為《毛傳》、《鄭箋》幾謂一無可取。歐氏不否認某些時候《毛傳》、《鄭箋》在章句訓詁上有參考的價值，如《詩本義》卷五〈鳲鳩本義〉云：

> 其他訓詁則如毛、鄭。

儘管歐氏承認《毛傳》、《鄭箋》對《詩經》文句的訓解有不小的貢獻，然而歐氏又云：

> 章句之學，儒家小之。（《詩本義》卷七〈斯干論〉）

可見在歐氏的心目中，章句訓詁的知識是無關宏旨的；由此也可以得知，歐氏似乎認為《毛傳》、《鄭箋》的解釋缺乏重要性可言。關於《詩序》，大部分的《序》說為歐氏所採信，而少數的《序》說遭到懷疑；可見歐氏對《詩序》雖有所取捨，但是基本上頗信賴《詩序》之說。不過，以上討論的範圍，只是就《詩本義》論及的百餘篇詩歌而言；若以整部《詩經》為詩論範圍，則《毛傳》、《鄭箋》、《詩序》之於《詩本義》的意義，又應該重新評估與衡量。以《詩經》305篇作品來看，在詩的解釋上，歐氏認為《毛傳》、《鄭箋》所言有半數左右是正確的；至於《詩序》之說，歐氏絕大部分認同。可以如此說；在詩義解釋上，歐氏大致不離傳統《詩》說。儘管如此，但歐氏對某些詩確實提出了新的解釋，因此從某個角度上來看，《詩本義》在詩義解釋上有一定的貢獻與價值。

第二節 《詩本義》對詩的解釋

進入討論之前，有兩點關於《詩本義》論詩體例的問題應該在此先作說明：首先，《詩本義》前 12 卷中，並非每則詩論皆具備〈論〉與〈本義〉兩部分，部分詩論只有〈論〉，而不具〈本義〉的部份；例如《詩本義》卷二〈柏舟〉、卷三〈牆有茨〉、卷四〈子衿〉、卷六〈黃鳥〉、卷八〈小明〉、卷十一〈卷阿〉等。出現上述情形的原因有二：其一，當歐陽修已將該詩詩義一併論述於〈論〉中時，便不更作該詩之〈本義〉；例如〈柏舟〉、〈子衿〉等篇即是如此。其二，當歐氏辯駁《毛傳》、《鄭箋》、《詩序》之說後，卻無法為該詩詩義提出一個合理解釋時，便將此詩〈本義〉從闕不論，於是唯餘〈論〉的部分；例如《詩本義》卷六〈伐木〉、卷十〈生民〉等篇即如此。

其次，《詩本義》卷十三〈一義解〉與〈取舍義〉論詩不分〈論〉、〈本義〉

兩部分，論一詩爲一則，各詩詩義一概題於該篇篇名之下；例如：

〈一義解·甘棠〉云：「〈甘棠〉，美召伯也。」

〈取舍義·綠衣〉云：「〈綠衣〉，衛莊姜傷己也。言妾上僭，夫人失位也。」

明瞭《詩本義》論詩體例，方能從中抽繹、以至於分析出歐氏對一詩的解釋。

以下討論歐陽修《詩本義》對詩的解釋，首先，將歸納《詩本義》所論諸詩的內容、意旨，加以分類說明。其次，將歸納分類所得的數據，觀察《詩本義》所論各類詩之比率。最後，擬就歸納分析的結果，探討詩義的幾個基本型態，並以此爲印證歐氏《詩》觀、詮釋觀具體的根據。

一、詩歌內容種類

《詩本義》前 12 卷論詩共 114 篇，〈一義解〉論詩共 20 篇，〈取舍義〉論詩共 12 篇，凡論及《詩經》中 146 篇的作品。由歐陽修對詩歌內容的解釋來看，《詩本義》論及的 140、150 首詩歌中，以控訴在位者失政的詩最多，近 40 篇。如〈擊鼓〉、〈北風〉、〈山有扶蘇〉、〈揚之水〉(〈唐風〉)、〈伐柯〉、〈九罭〉、〈簡兮〉、〈七月〉、〈椒聊〉、〈十月〉、〈雨無正〉、〈小旻〉、〈小宛〉、〈大東〉、〈四月〉、〈抑〉、〈瞻卬〉、〈采芑〉、〈閟宮〉等等；這些詩歌中以〈雅〉居多，約 20 篇。在此暫且將以上刺在位者失政的詩區分爲「第一類詩」。

《詩本義》所釋諸詩中，以稱譽對方美德懿行之詩爲數居次，有 20 餘篇。如〈葛覃〉、〈樛木〉、〈騶虞〉、〈考槃〉、〈丘中有麻〉、〈羔裘〉、〈女曰雞鳴〉、〈有女同車〉、〈狼跋〉、〈甘棠〉、〈行露〉、〈摽有梅〉、〈采蘩〉、〈思齊〉、〈皇矣〉、〈維天之命〉、〈菁菁者莪〉等等；這些詩歌中以〈風〉詩爲多，約有 15、16 篇。在此暫將這類稱譽對方美德懿行的詩區分爲「第二類詩」。

《詩本義》所釋各詩中，以斥責對方失德無行的詩爲數居三，近 20 篇。這些詩歌中，有的由正面譏刺，如〈相鼠〉、〈蟋蟀〉、〈東方之日〉、〈蒹葭〉、〈野有蔓草〉、〈采葛〉、〈采苓〉、〈防有鵲巢〉等等刺無禮、刺讒之詩；有的不從正面諷刺，只就創作對象進行描述，而將譏刺之意隱於詩文之後，如〈靜女〉、〈東門之枌〉、〈載驅〉等所謂刺淫之詩。這些詩歌中以〈風〉詩居絕大多數，佔 90%以上。在此暫將這類刺對方失德無行的詩區分爲「第三類詩」。

《詩本義》所釋眾詩中，以稱頌在位德政之詩爲數居四，有 15、16 篇。如〈兔罝〉、〈鵲巢〉、〈木瓜〉、〈七月〉、〈皇皇者華〉、〈鴻雁〉、〈棫樸〉、〈酌〉、

〈有駜〉、〈那〉、〈長發〉、〈南山有臺〉等等；這些詩歌中，〈風〉、〈雅〉、〈頌〉各佔約 1/3。在此暫將這類稱頌在位者德政的詩區分爲「第四類詩」。

先不論《詩本義》中其他無法歸入上述四類的詩歌，只就以上四類詩而言，則第一類詩又可與第四類詩合併爲一大類，爲「論政治類」。其理有二：首先，第一、四類詩雖然一主諷刺，一主稱頌，但是詩歌談論的內容都以政治爲主，均以在位者爲刺、美的對象。其次，第一類詩中有部分是思古以刺今之作，如〈鳲鳩〉一詩，歐氏認爲是「思古淑人君子」以「刺曹臣之在位者」之作；〔註10〕又如〈賓之初筵〉一詩，歐氏認爲詩人在前二章「陳古如彼」，在後三章「刺時如此」。〔註11〕這類思古刺之的詩，如單就語文意義來看，有的純粹爲稱頌古代賢人君子，有的則兼列古人之善與今人之惡以爲對比；然而，就全詩詩義而論，歐氏都將它們視爲刺今政之詩。基於以上兩點理由，故可以「政治」爲第一類詩、第四類詩詩義共同關涉的主題，將此類詩合併爲「論政治類」詩。

與上述情況類似，第二、三類也可合併爲一大類，爲「論道德類」。其理亦有二：首先，第二類詩、第三類詩雖有美、刺之不同的創作目的，但是基本上詩歌談論的內容以道德爲主。其次，與第一類詩情況相同的，第三類詩中也有部分思古刺今之作，例如〈卷耳〉一詩，歐氏認爲係借稱述周南君后而「疾時之不然」之作；〔註12〕又如〈女曰雞鳴〉一詩，歐氏認爲是「陳古賢夫婦相警勵之語」以「刺時好色而不說德」之詩。〔註13〕基於以上兩點理由，故可以「道德」爲第二類詩、第三類詩詩義共同關涉的主題，將此兩類詩合併爲「論道德類」詩。

《詩本義》中其餘無法歸入「論政治類」與「論道德類」的詩歌，共有40 餘篇。其中以警語性質的詩最多；這些上對下、或者平輩間往來的詩，如〈鳲鴞〉、〈沔水〉、〈文王〉、〈抑〉、〈烈文〉、〈敬之〉、〈衡門〉、〈常棣〉、〈卷

〔註10〕《詩本義》卷五〈鳲鳩本義〉云：「故詩人以此刺曹臣之在位者，因思古淑人君子其心一者，其衣服儼然，可以外正四國，內正國人，歎其何不長壽萬年而在位。以此刺今在位之不然也。」

〔註11〕《詩本義》卷九〈賓之初筵論〉云：「今詩五章，其前二章陳古如彼，其後三章刺時如此，而鄭氏不分別之，此其所以爲大失也。」

〔註12〕《詩本義》卷一〈卷耳本義〉云：「詩人述后妃此意以爲言，以見周南君后皆賢，其宮中相語者如是而已，非有私謁之言也。蓋疾時之不然。」

〔註13〕《詩本義》卷四〈女曰雞鳴本義〉云：「詩人刺好色而不說德，乃陳古賢夫婦相警勵以勤生之語。」

阿〉等，有近 10 篇。其次，以記述征行勞苦及憂傷世亂的詩稍多；前者如〈揚之水〉（〈王風〉）、〈破斧〉、〈出車〉、〈小明〉、〈漸漸之石〉、〈采芑〉等，後者如〈兔爰〉、〈匪風〉、〈正月〉、〈蕩〉、〈出其東門〉等，各有 5～6 篇。其三，則是抒一己怨情或描寫祭祀宴飲情形之詩，約各有 5 首；前者如〈氓〉、〈褰裳〉、〈何人斯〉、〈日月〉、〈綠衣〉等，後者如〈鳧鷖〉、〈天作〉、〈烈祖〉、〈鹿鳴〉、〈湛露〉等。其中抒己怨情一類的詩歌，雖也有諷刺對方無德背義的意思，但在《詩本義》的解釋中，它們的詩義偏向自我抒情，而減低了積極諷諭的意味。其四，則為祝福之詩；如〈螽斯〉、〈麟之趾〉、〈天保〉、〈斯干〉等，約 4 首。其餘的詩篇，尚有思人詩（如〈汝墳〉、〈子衿〉），思歸詩（如〈竹竿〉），哀悼詩（如〈二子乘舟〉、〈蓼莪〉），傷己不遇之詩（如〈柏舟〉）等，各有 1 或 2 首。以上共 40 餘篇的詩歌，既不屬於論政治類或論道德類，而且品類零散，各類下所繫詩數不多，因此姑且將它們合併稱為「其他類」詩。其他類詩大多旨在宣洩詩人自身的感情，或針對一事件作純客觀的記述，較之於論政治類、論道德類的詩歌，似乎缺少那分強烈而直接的美刺意旨。

最後一談的是，《詩本義》中有 7 首詩的本義付闕，即〈伐木〉、〈雨無正〉、〈鼓鐘〉、〈鴛鴦〉、〈生民〉、〈思文〉、〈臣工〉等 7 詩。歐氏認為，這些詩歌的本義無從得知，故出「闕」以示疑。這些詩義從闕的詩歌可合稱為「從闕類」詩。

若以詩義的美刺意旨而論，論政治類詩和論道德類詩皆有贊美詩、諷刺詩。其他類詩中表祝福、述宴飲、記祭祀的詩，多含有贊美的意思；記征行、憂世亂、抒怨情、昭警戒的詩，多含有諷刺的意思。以上這些詩歌，若依詩的美刺意旨，則可分為美詩與刺詩兩類，可以名之為「頌美類」與「諷刺類」。至於其他類詩中關於思人、思歸、哀悼、傷己不遇等寥寥數篇之作，與頌美類、諷刺類詩歌相較之下，作品美刺的意思甚微，可以名之為「微美刺類」。至於經歐氏認定為詩義從闕的詩，既無從衡定其為頌美類、諷刺類，或者微美刺類，故仍名之為「從闕類」。

由以上的分析得知，《詩本義》對詩歌內容的解釋，可分為論政治類、論道德類、其他類、從闕類等四大類。這四大類詩中，前兩類的詩都具有強烈的美刺意旨；其他類詩也帶有美刺意旨，但是詩義主旨偏重於個人抒情，諷諭的色彩較淡；至於從闕類詩，詩義付闕，亦即無所謂詩義可言。此外，若由詩義的美刺意旨來看，《詩本義》所論諸詩也可分為四類，即頌美類、諷刺

類、微美刺類、從闕類。《詩本義》論及的詩，絕大部分屬於前兩類；換言之，《詩本義》解釋的各詩，絕大部分具有美刺的意旨。

二、各類詩義的比率

上節談到，若依詩歌內容關涉之範疇加以區分《詩本義》所論各詩，可分為論政治類、論道德類、其他類、從闕類等四類詩。如依詩歌的美刺意旨加以區分，則可分為頌美類、諷刺類、微美刺類、從闕類等四類詩。以下便統計這兩方面、各類詩所佔的比率，以說明《詩本義》解釋詩義的情形。

首先，就詩義內容關涉之範圍來看，其比率分別為：

論政治類：佔《詩本義》論詩總數的37%。

論道德類：佔《詩本義》論詩總數的31%。

其他類：佔《詩本義》論詩總數的27%。

從闕類：：佔《詩本義》論詩總數的5%。

其次，就詩歌的美刺意旨來看，其比率分別為：

頌美類：佔《詩本義》論詩總數的35%。

諷刺類：佔《詩本義》論詩總數的56%。

微美刺類：佔《詩本義》論詩總數的4%。

從闕類：：佔《詩本義》論詩總數的5%。

綜觀《詩本義》標示的詩義，在內容關涉之範疇方面，以論政治類詩較多，論道德類詩居次。在美刺意旨方面，以諷刺類詩最多，佔《詩本義》論詩總數 1/2 以上，頌美類詩居次，佔總數 1/3 左右；諷刺類與頌美類詩合佔了《詩本義》論詩總數的90%上下。由此現象可以得到兩點結論：

一、《詩本義》解釋的詩義，大多以政治、道德為論述的範疇。

二、《詩本義》解釋的詩義，絕大多數具有強烈明顯的美刺意旨。

這兩點關於《詩本義》解釋詩義方面的結論，可作為印證歐氏諷諭教化的《詩》觀、求聖人之志的詮釋觀之具體證據。正由於歐氏秉持著《詩》教的基本信念，以聖人勸戒之志為最高詮釋標準，所以對詩的解釋上，著重於申張詩的美刺意旨，並且多在政治、道德的範疇裡論詩義。就以上結論來看，歐氏說《詩》仍屬於《詩序》、《毛傳》、《鄭箋》傳統一系。歐氏在詩義解釋上也非毫無創見，不過這些創見，並不存在於那些論政治、道德，具有強烈美刺意旨的詩，反而表現在較少數非關政治、道德，美刺意旨不明顯的詩上；《詩本

義》說《詩》的貢獻，就在對這些詩歌的解釋上。

《詩本義》共論及 146 篇詩歌，亦即論及約半數《詩經》之作。那麼，《詩本義》對詩的解釋是否足以全面的反映出歐氏對《詩經》的理解？對於這個問題，不妨從事一番數字上的考察之後再作回答。除去 6 首逸詩之外，《詩經》305 篇中，〈國風〉、〈小雅〉、〈大雅〉、〈頌〉分別有 160 首、74 首、31 首、40 首。《詩本義》論詩凡 146 首，其中〈國風〉、〈小雅〉、〈大雅〉、〈頌〉詩分別有 74 首、41 首、15 首、15 首，各佔《詩經》中原〈國風〉、〈小雅〉、〈大雅〉、〈頌〉詩數的 46%、56%、48%、38%。表之如下：

	總詩數	國風	小雅	大雅	頌	
《詩本義》	146	74	41	15	15	（首）
《詩經》	305	160	74	31	40	（首）
百分比	48%	46%	56%	48%	38%	

由此表看來，《詩本義》自《詩經》之〈國風〉、大、小〈雅〉、〈頌〉取論的詩歌雖以〈頌〉詩較少，〈小雅〉詩較多，但是大致而論，比例尚稱相當。不過，比例的均衡，並不足以保證選擇過程的客觀。論詩之前，是否可能歐氏已先作了刻意選擇？照道理說，並沒有證據可以支持這種推測。歐氏撰寫《詩本義》，旨在論《毛傳》、《鄭箋》之謬，彰顯詩歌本義，進而施行《詩》教於天下後世，而非以《詩經》半數之作附和一己的成見。萬一《詩本義》所論諸詩，在詩歌內容上果真曾經歐氏蓄意挑選，以便能達成某種目的的話，那麼，分析歐氏對詩的解釋，將更能突顯其人所欲傳達的訊息。總之，探討歐氏對詩的解釋是有必要的，因為種種關於詩義解釋上的結論，將可作為說明《詩本義》各項理論的具體憑據。

第三節　《詩本義》詩義基礎理論

前兩節中討論的是《詩本義》對詩歌的實際批評與內容解釋。本節的處理方式及討論重點，將是由歐陽修對 146 篇詩義的評釋中，抽繹出《詩本義》詩義論的原則理論。「詩義基礎理論」雖然亦稱理論，但是只屬於基礎性理論，尚不足形成完整的理論，並且限於本身性質的發展空間，實亦不易自成一系統理論，是故置於本章章末討論。從事從基礎性詩義理論的探討，不僅有助

於統貫掌握《詩本義》所論各篇詩義，同時也爲《詩本義》整體的觀念理論奠立另一方重要的基石。

由於歐陽修是由詩歌的作者及本義兩方面說《詩》，所以「作者」與「本義」是《詩本義》詩義理論中兩個重要觀念。此外，歐氏認爲一詩的「本義」之外，還有「文意」的存在。因此，詩論《詩本義》的詩義理論，應該重視下列兩項課題：第一、在歐陽修的觀念裡，作者和本義分別有著怎樣的意涵，兩者間關係如何？第二、歐氏認爲一首詩可能包含幾層意義，這些意義間的層次如何，何者方爲詩的旨歸？對於這兩項課題，以下便一一討論。

一、作者與本義

討論歐陽修對作者與詩義的看法之前，擬先分析作者與本義這兩個概念的可能意義，以便在底下的討論中，能夠清楚地掌握歐氏的觀念或理論。

一般所謂的作者，大多指創造某個藝術作品的人。不過，以一件文學作品而言，有時可以不是寫己之作，換言之，創作者可以在作品中以另一種身分進行敍述或抒寫；此時的作者，究竟該判予寫作者，抑或作品中發言的主角？這種情況下，如果寫作者爲人所知曉，一般都認爲寫作者才是作者，主角則是由作者創造之存在於作品中的人物。然而，萬一寫作者不爲人知，如《詩經》這部無名氏之作，寫作者究竟爲誰？是一個人？還是一群人？今日都已無緣知曉，那麼此時作者該從何得知？應當以作品的主角爲作者，抑或由作品內容所載中推演出一位合情合理的寫作者？除了像〈豳風・鴟鴞〉一類的禽言詩〔註14〕，可以明白看出主角（鳥）不可能是寫作者外，至於其他作品又該根據什麼判定它們究竟是不是寫作者的自白？

其次，所謂一詩的本義，應該指一首詩的語文意義、詩人創作的本意，

〔註14〕〈豳風・鴟鴞〉詩云：「鴟鴞鴟鴞！既取我子，無毀我室！恩斯勤斯，鬻子之閔斯。迨天之未陰雨，徹彼桑土，綢繆牖戶。今女下民，或敢侮予。予手拮据，予所捋荼，予所蓄租，予口卒瘏：曰予未有室家。予羽譙譙，予尾翛翛，予室翹翹，風雨所漂搖。予唯音曉曉。」

《朱傳》云：「比也。爲鳥言以自比也。」屈萬里《詩經詮釋》云：「此詩皆作爲鳥語以自比：疊言鴟鴞者，呼其名而告之也。」顧頡剛〈詩經的厄運與幸運〉一文中以此詩爲「民間禽言詩」。裴普賢《詩經研讀指導》云：「詩中所詠，的確和國家大事有關，而不是一篇普通的禽言詩。」（頁43）

不論各家對〈鴟鴞〉的詩旨持有何種看法，就此詩語文意義而論，基本上各家都同意此詩爲「鳥語」、「禽言詩」。

還是詩人寄託在詩中而隱於文字後的寓意？如果一詩的本義指詩的語文意義，那麼借助訓詁、工具書籍的幫助，每個人理解的本義應該不會有太大的差距。如果本義指作者創作的原意，那麼，除非得自作者的自供，否則讀者究竟能否瞭解本義，尚是一大問題。如果本義指詩人寄託於詩中的隱意，那麼讀者該如何分析出詩中寓寄的本義？此時讀者如不滿止於該詩的語文意義，往往便會借助於外來資料以找尋作品的深意；而這些外來的資料有哪些？可信度如何？上述種種問題都是討論時應當列入考慮的，只不過，探討《詩本義》詩義基礎理論時，未必每種情況都會碰觸到。因此，以下便由作者與本義兩方面，針對面臨到的問題，分析歐氏提出的觀念及理論。

（一）作 者

對於《詩經》的寫作者，歐陽修一概稱之爲詩人。歐氏認爲，《詩經》不是某一位詩人的作品，而是許多詩人的作品總集。歐氏云：

> 詩非一人之作，體各不同。（《詩本義》卷六〈鴻雁論〉）

> 《詩》三百篇作非一人，所作非一國，先後非一時，而世久失其傳。（《詩本義》卷十四〈時世論〉）

> 作此詩，述此事，善則美，惡則刺，所謂詩人之意者，本也。（《詩本義》卷十四〈本末論〉）

在第一、二則引文中，歐氏提到，《詩經》並非一人、一地、一時之作，可見他認爲《詩經》乃集結眾人之作所成。寫作每一首詩的人，歐氏稱之爲詩人，指遠古時「作此詩，述此事」的寫作者。

在《詩本義》的解釋下，有時詩人與作品的主角爲同一人。例如：

> 據詩三章，周人以出戍不得更代而怨思爾。（《詩本義》卷三〈揚之水論〉）

> 宣王既成宮寢，詩人作爲考室之辭。（《詩本義》卷七〈斯干本義〉）

歐氏認爲，〈揚之水〉是首自述怨思的詩，「周人」既是寫作〈揚之水〉的詩人，同時是詩中主角，亦即那位「戍申、戍甫、戍許」而心有怨思的「我」。〔註15〕〈小雅・斯干〉一詩，歐氏也認爲此詩詩人與詩中那位祝頌宣王的發

〔註15〕〈王風・揚之水〉詩云：「揚之水，不流束薪。彼其之子，不與我戍申。懷哉懷哉，曷月予還歸哉！揚之水，不流束楚。彼其之子，不與我戍甫。懷哉懷哉，曷月予還歸哉！揚之水，不流束蒲。彼其之子，不與我戍許。懷哉懷哉，曷月予還歸哉！」

言者是同一人。餘如〈漢廣〉、〈鵲巢〉、〈新臺〉、〈兔爰〉、〈采葛〉、〈叔于田〉、
〈褰裳〉、〈子衿〉、〈蒹葭〉、〈匪風〉、〈破斧〉、〈伐柯〉、〈九罭〉、〈天保〉、〈湛
露〉、〈大東〉、〈菀柳〉、〈蕩〉、〈維天之命〉、〈敬之〉等詩，歐氏亦以爲該詩
詩人與詩中主角爲同一人。歐氏認爲，以上這些詩歌純係敍述詩人自身的所
見所感，詩人便是該詩的寫作者，同時也是詩中的主角。

　　歐氏論詩有時則會區分詩人及詩中主角，認爲該詩是詩人代述他人事蹟
之作，他人才是該詩中的主角。如《詩本義》之言：

> 詩人言后妃爲女時勤於女事。(卷一〈葛覃本義〉)

> 詩人述后妃此意以爲言，以見周南君后皆賢，其宮中相語者如是而
> 已，非有私謁之言也。(卷一〈卷耳本義〉)

> 詩人刺衛君暴虐，衛人逃散之事，述其百姓相招而去之辭。(卷二〈北
> 風本義〉)

> 詩人刺時好色而不說德，乃陳古賢夫婦相警勵以勤生之語。(卷四〈女
> 曰雞鳴本義〉)

歐氏不知以上諸詩寫作者的個別身分，一律名之爲詩人，以區別於詩中的主角。
關於以上諸詩的主角，歐氏指出其分別爲后妃、百姓、夫婦等，身分與時代都
較爲明確。餘如〈草蟲〉、〈行露〉、〈摽有梅〉、〈柏舟〉、〈氓〉、〈東方之日〉、〈東
門之枌〉、〈皇皇者華〉、〈節南山〉等詩，也是詩人假託他人口吻所寫成的。

　　除上述兩種情形外，還有少數的詩歌，歐氏認爲其係由詩人之語和他人
之語相雜而成。如〈周頌‧敬之〉，歐氏便認爲詩中前後主詞有異。歐氏云：

> 群臣之戒成王曰：「敬之哉！……」成王乃荅群臣見戒之意，爲謙恭
> 之辭曰：「維予小子。」(《詩本義》卷十四〈敬之本義〉)

若群臣與成王中某一方爲詩人，則另一方所道之語，自然是詩人代爲敍述的。

　　對於詩人與詩中主角間的關係，歐氏有一段歸納的話：

> 《詩》三百篇，大率作者之體不過三、四爾：有作詩者自述其言以
> 爲美刺，如〈關雎〉、〈相鼠〉之類是也：有作者錄當時人之言以見
> 其事，如〈谷風〉錄其夫婦之言，〈北風其涼〉錄去衛之人之語之類
> 是也：有作者先自述其事，次錄其人之言以終之者，如〈溱洧〉之
> 類是也：有作者述事與錄當時人語雜以成篇，如〈出車〉之類是也。
> (《詩本義》卷二〈野有死麕論〉)

歐氏說「大率作者之體不過三、四爾」、「有作詩者自述其言以爲美刺」、「有作者錄當時人之言以見其事」、「有作者先自述其事」、「有作者述事與錄當時人語雜以成篇」，由此可見，歐氏認爲作者即是寫作詩歌的人，亦即是詩人。關於詩中的主角，歐氏認爲，他們可以是詩人自己，也可以是詩人選定而在作品中出現的第一人稱，就如引文中所說的「當時人」、「去衛之人」、「其人」等。歸納而言，歐氏認爲，一詩的作者是指寫作該詩的人，又可稱之爲詩人；一詩的主角則指詩中的第一人稱，有時爲詩人自身，有時爲詩人選定的其他人物。在歐氏的觀念裡，一詩的作者只有一人，但是主角可以同時有許多位，如〈野有死麕論〉所說的：「有作者先自述其事，次錄其人之言以終之者」、「有作者述事與錄當時人語雜以成篇」，這時主角便有兩位以上。

在此產生一個問題：既然詩人身分往往不可知，那麼歐氏據何斷言一詩爲詩人自述或記錄當時人之言？換句話說，歐氏據何區分一詩之作者與主角？問題的答案，部分原因於歐氏採用《詩序》之說，部分則關乎歐氏對本義的認識。上述問題之分析與解答，留待探討作者與本義的關係時再詳細討論。

（二）本　義

歐陽修認爲，一詩有一本義。本義，歐氏又稱之爲「詩義」、「詩本義」、「詩之本義」、「詩人之意」或「詩人本義」。在歐氏的使用下，上列辭語屬於同義複語，指涉相同的對象。由《詩本義》之行文用語便能察覺這點，例如：

> 詩人之意明白，固不使後人須轉釋而後知也。……（詩）義止如是而已。（卷四〈采苓本義〉）

> （《鄭箋》）皆非詩人之本義也。……蓋鄭氏不得詩人本義，故其爲說汙漫而無指歸，……然不繫詩義之得失，學者自求之可見矣。（卷八〈大東論〉）

> （《鄭箋》）亦非詩人本意也……又以「雖無德」三句斷爲一句 [註16]，

[註16] 〈小雅・車舝〉第三章詩云：「雖無德與女，式歌且舞。」
《鄭箋》云：「雖無其德，我與女用是歌舞相樂，喜之至也。」
歐陽修《詩本義》卷八〈車舝本義〉云：「思賢女而不可得之辭也。……賢女雖無德及汝，可配王，則當共歌舞而樂之爾。」
對於此句，《鄭箋》之句讀爲：「雖無德，與女式歌且舞。」歐氏《詩本義》之句讀爲：「雖無德與女，式歌且舞」關於此句句讀，朱熹《詩集傳》、姚際恆《詩經通論》、方玉潤《詩經原始》、竹添光鴻《毛詩會箋》、屈萬里《詩經詮釋》等，皆同歐氏《詩本義》。

皆文義乖離，害詩本義，不可不論正也。(卷八〈車舝論〉)

然皆（指《毛傳》、《鄭箋》）不得詩之本義，……此（指《毛傳》）
非詩人意也。……考詩之意。(卷五〈候人論〉)

由第一、二則可知，詩人之意、詩人本義即為詩義；由第三則可知，詩人本
義即為詩本義；由第四則可知，詩之本義即為詩人意、詩之義。總而言之，
詩人之意、詩人本義即為詩義、詩本義，而詩本義即為詩人之意。在《詩本
義》一書中，本義、詩義、詩意、詩之意、詩本義、詩人之意、詩人本意等
辭，只是字面上略有出入，意義並無不同。

那麼，歐氏認為何謂一詩之本義？歐氏云：

作此詩，述此事，善則美，惡則刺，所謂詩人之意者，本也。(《詩
本義》卷十四〈本末論〉)

歐氏所謂的詩人之意有兩項要點：一、詩人之意指詩人寫作一詩的原意初衷，
二、詩人之意富有美刺的意旨；「詩人作詩的原意初衷」為詩人之意的形式定
義，「富有美刺意旨」為詩人之意的實質定義。由於歐氏以詩人之意為本義，
因此，所謂本義即指詩人心中富有美刺意旨的創作原意。

文意、文理，也是《詩本義》的常用語，例如：

然皆文意相屬以成章，未有如毛、鄭解〈野有死麕〉，文意散離，不
相終始者……上下文義各自為說，不相結以成章。……其次章三句
（鄭）言，……尤不成文理，是以失其義也。(卷二〈野有死麕論〉)

以詩三章考之，如毛、鄭之說，則文意乖離而不相屬。(卷一〈卷耳
論〉)

上下文不相須，豈成文理？鄭於三章所解皆然，則一篇之義皆失也。
(卷六〈鴻雁論〉)

毛以思齊為思莊〔註17〕，以文理推之，當讀如見賢思齊之齊也。(卷
十〈思齊論〉)

第一則引言中歐氏說「文意相屬以成章」、「(毛、鄭解)上下文義各自為說，
不相結以成章」，可見歐氏所謂的文意是指作品語文的意思。連屬文意，集結
成一個完整的意義單位，便是詩的一章。由此可見，文意有兩項特點：一、
文意指作品語文的意思，二、一詩的前後文意必須連貫。歐氏認為，《毛傳》、

〔註17〕〈大雅・思齊〉詩云：「思齊大任，文王之母。」《毛傳》云：「齊，莊。」

《鄭箋》說《詩》未能使文意連貫，因而有「文意散離，不相終始」、「文意乖離而不相屬」、「不相結以成章」的弊病。至於「文理」，引文第三則中歐氏說：「上下文不相須，豈成文理」，可見文理由上下詩文連屬而成。歐氏所謂的文理，並非僅指一堆相繼堆棧的文字，而是指作品前後文意所形成的意義脈胳。文理由上下文意發展所形成，故而文意也可由文理中推求。第四則引文中歐氏說：「以文理推之，（思齊）當讀如見賢思齊之齊」，便是以文理衡定文意的作法。歐氏認為，全詩文理必須連貫，否則將無由獲得該詩的詩義，第三則引文中歐氏說：「上下文不相須，豈成文理？……則一篇之義皆失」，正是這個道理。總之，在歐氏的觀念中，文意指作品語文的意思，文理指聯結文意而形成的意義脈胳。文意和文理僅止於作品語文意義的範圍，著重的是自身的連貫性及忠於作品原文，至於美刺意旨，則不是文意、文理成立的必要條件。因此，詩人美刺的本意，雖然必須由文意與文理中去探知，但卻並不一定需要展現在文意或文理裡。

綜合上述討論可知，歐氏認為，就一首作品的意義來說，可以分為文意文理與本義兩層意義；前者指作品的語文意義，後者指作者美刺的創作原意。不過，歐氏並不認為《詩經》每首作品都可區別文意與本義兩層意義；唯部分本義隱微且寄寓於文意文理外的作品，才能分辨其文意文理及本義的意涵。例如〈邶風·靜女〉，歐氏言其文意文理云：

> 據此乃是述衛風俗男女淫奔之詩爾。以此求詩，則本義得矣。（《詩本義》卷三〈靜女論〉）

歐氏認為，根據〈靜女〉語文的意思，應為「述衛風俗男女淫奔之詩」；不過這只能稱為此詩的文意文理，〈靜女〉的本義則非是。歐氏說：「以此求詩，則本義得矣」，意謂「述衛風俗男女淫奔」並非本義，但是本義卻必須由此推求。至於〈靜女〉的本義，歐氏云：

> 衛宣公既與二夫人烝淫，為鳥獸之行。衛俗化之，禮義壞而淫風大行，男女務以色相誘悅，務誇自道而不知為惡，雖幽靜難誘之女亦然。舉靜女猶如此，則其他可知。（《詩本義》卷三〈靜女本義〉）

歐氏指出，〈靜女〉本義是諷刺衛地淫風大行，並歸罪於衛宣公及其二夫人，因為他們是淫風惡行的始作者。在歐氏的解釋下，〈靜女〉的本義比其文意文理多出了諷刺的意旨。另如〈小雅·湛露〉一詩，歐氏論其文意文理云：

> 王子夜燕諸侯。（《詩本義》卷六〈湛露論〉）

至於〈湛露〉本義，歐氏云：

> 此詩但言夜飲者，燕禮有宵在設燭之禮。是古雖以禮飲酒，有至夜者，所以申燕私之恩，盡慇懃之意。蓋畫燕常禮不足道，而舉其燕私慇懃之意，以見天子恩禮諸侯之厚。此詩人所以爲美也。(《詩本義》卷六〈湛露本義〉)

歐氏指出，〈湛露〉的文意文理爲敍述「天子夜燕諸侯」的一場飲宴；而該詩本義則爲「申燕私之恩，盡慇懃之意」、「以見天子恩禮諸侯之厚，此詩人所以爲美也」，簡言之，此詩本義含有詩人對天子的頌美之意。

由上述二例看來，在歐氏的觀念裡，一詩如果可分爲文意文理與本義兩重意義時，文意文理可以不含任何美刺意旨或價值判斷，但是本義則必寓有詩人美刺之意。在此產生一個問題：歐陽修何以有時認爲一詩之文意文理不同於本義，判斷的根據何在？關於這個問題，將於下一小節討論。

（三）作者與本義

以下將逐一探討在前兩小節討論中引發的問題，並且藉著問題的討論，分析作者與本義間的關聯。

稍前討論作者和本義時分別遭遇的問題爲：

第一、歐陽修何以有時認爲一詩之詩人不同於詩中主角？

第二、歐陽修何以有時認爲一詩之本義不同於該詩的文意文理？

這兩個問題的答案相同，共分爲三點論述如下：

一、孔子刪詩說之影響。歐氏認爲，《詩經》乃孔子刪錄而成，孔子刪詩，除了保證詩人崇高的人格之外，同時也規定了《詩》道德性的本質。歐氏相信，詩人必是頌善嫉惡的，故本義必然具有美刺意旨。因此，當一詩的主角或文意文理缺乏價值判斷、美刺意旨、甚或違背道德時，歐氏自必在主角或文意文理之外，另推尋該詩的詩人或本義，以求不辜負聖人刪詩的深心大願。例如〈齊風·東方之日〉一詩，歐氏論其詩文乃是一對男女：

> 相邀以奔之辭。(《詩本義》卷四〈東方之日本義〉)

這雙「相邀以奔」的男女是此詩的主角，「相邀以奔」是此詩的文意文理；然而，在孔子刪詩的前提下，歐氏不認爲〈東方之日〉的主角與文意文理即是此詩的詩人與本義。關於〈東方之日〉的詩人與本義，歐氏云：

> 此述男女淫風，但知稱其美色以相誇榮，而不顧禮義，所謂不能以禮化也。(《詩本義》卷四〈東方之日本義〉)

所謂「此述男女淫風」，文中含有貶意，自然爲詩人旁觀敍述之語，否則也無法產生諷刺男女主角「稱其美色以相誇榮」、「不能以禮化」的意思。歐氏藉著詩歌的反諷功能，將〈東方之日〉的詩人、本義定位於道德美刺的層次，使〈東方之日〉除正面記述戀情的文意文理之外，也有反面譏諷淫風的本義；有相偕以奔的男女主角，也有旁觀作詩以刺淫的詩人。

次如〈陳風‧東門之枌〉一詩，歐氏論其主角與文意文理云：

> 子仲之子常婆娑於國中樹下以相誘說，因道其相誘之語，當以善旦期
> 於國南之原野。而其婦女亦不務績麻而婆娑於市中。又述其相約以往
> 而悅慕其容色，贈物以爲好之意。（《詩本義》卷五〈東門之枌本義〉）

歐氏解釋此詩之詩人與本義，則云：

> 陳俗男喜淫風，而詩人斥其尤者。（《詩本義》卷五〈東門之枌本義〉）

歐氏認爲，〈東門之枌〉有相誘悅的「子仲之子」、「婦女」爲主角，也有作詩以斥責的詩人；有述男女種種相誘之行的文意文理，也有譏刺陳俗淫風的本義。總之，如果一詩之主角或文意文理不能符合美刺的條件，歐氏便將在這兩者之外，另求合乎美刺要求的詩人和本義。「反諷」就是歐氏維護美刺說所提出的一種解釋。

事實上，〈東方之日〉、〈東門之枌〉之《序》亦頗能符合美刺的要求。《詩序》云：

> 〈東方之日〉，刺衰也。君臣失道，男女淫荒，不能以禮化也。
>
> 〈東門之枌〉，疾亂也。幽公淫荒，風化之所行，男女棄其舊業，亟
> 會於道路，歌舞於市井爾。

《詩序》之說，除刺淫風之外，復疾在位者之失德。歐氏論此二詩之義，僅同意爲刺淫風，並未論及上位者的行爲。因此，歐氏對此二詩的解釋，無法併入以下第三點「《詩序》之影響」中，而應自爲一項。

二、時世觀念的作用。歐陽修說《詩》十分重視創作時世的問題，《詩本義》卷十四〈時世論〉即是一篇討論詩歌時世的專論。歐氏有言：

> 詩之作也，觸事感物，文之以言。（《詩本義》卷十四〈本末論〉）

歐氏認爲，《詩》爲反映現實之作，詩歌內容所表現的時間、空間應與該詩的創作時世一致。不過，《詩》中不乏作品內容與創作時世不符的例子，例如〈關雎〉一詩，歐氏云：

> 淑女謂太姒，君子謂文王。（《詩本義》卷一〈關雎本義〉）

歐氏認爲男女主角「淑女、君子」指的是「太姒、文王」。如此說來，〈關雎〉內容所述，其時世應在周初文王；然而歐氏卻不認爲「周初文王」是此詩的創作時世，而反以「周衰」爲〈關雎〉創作的時世。歐氏云：

> 〈關雎〉，周衰之作也。太史公曰：「周道缺而〈關雎〉作。」……蓋思古以刺今之詩也。謂此淑女配於君子，不淫其色，而能與其左右勤其職事，則可以琴瑟鍾鼓友樂之爾。皆所以刺時之不然。（《詩本義》卷一〈關雎本義〉）

由上可見，歐氏同意太史公之言，以〈關雎〉爲周衰之作。但是，歐氏如何彌補〈關雎〉內容時世（周初文王）與創作時世（周衰）間的差距？歐氏既認爲〈關雎〉乃述文王、太姒之事，同時不肯放棄〈關雎〉作於周衰之說，故只有提出所謂「蓋思古以刺今之詩也」、「皆所以刺時之不然」，將此詩解釋爲周衰詩人思古以刺今之詩，化解此詩文意文理與文義間時世上的矛盾。是以在歐氏的解釋下，〈關雎〉有周初的主角和周衰的詩人，思古的文意文理和刺今的本義。歐氏論〈周南·卷耳〉一詩，情形亦類似。歐氏云：

> 詩人述后妃此意以爲言，以見周南君后皆賢，其宮中相語者如是而已，非有私謁之言也。蓋疾時之不然。（《詩本義》卷一〈卷耳本義〉）

歐氏說「詩人述后妃此意以爲言，……蓋疾時之不然」，由此可見，歐氏認爲〈卷耳〉也是一首思古以刺今的詩；有主角后妃與作者詩人，也有思古的文意文理與刺今的本義。

　　歐氏認爲，思古以刺今是詩人創作時慣用的手法。〔註18〕詩人活用其心思，不僅使得詩可以不爲現存時空所限，同時也使一詩可能兼具美刺正反兩層意義。主角和詩人可以分別爲二人，文意文理與本義也可分呈兩種意涵，這皆是詩人運用思古刺今手法所達到的效果。

　　歐陽修說《詩》有一貫的時世觀念，斷定一詩的創作時世，也將連帶影響對作者及本義的解釋。若是一詩的內容時世與創作時世不合，歐氏往往會在主角和文意文理之外，另覓詩人與本義，以確保個人時世觀念的合理性。所謂思古以刺今，原爲《詩序》的一種說法，〔註19〕歐氏常借之以支持其時

〔註18〕《詩本義》卷七〈節南山論〉云：「追思前王之美以刺今詩多矣；若追刺前王之惡，則未之有也。」可知歐氏認爲思古刺今是詩人慣用手法，至於「追刺前王之惡」，詩人則不屑爲。

〔註19〕〈鄭風·女曰雞鳴〉《詩序》云：「〈女曰雞鳴〉，刺不說德也。陳古義以刺今不說德而好色也。」《詩序》「陳古義以刺今」之言，可視爲「思古刺今」說之始。

世觀念的種種論調。

　　三、《詩序》之影響。本書第三章中曾談到，《詩序》是《詩本義》詮釋《詩經》的次要標準，歐氏判定一詩的作者或解釋一詩的本義，常會受《詩序》所影響，有時甚且完全承襲《序》說。例如〈召南・行露〉一詩，歐氏論此詩為：

　　　　正女自訴之辭也。(《詩本義》卷二〈行露本義〉)

由此可知，所謂「正女」即是此詩的主角，「自訴」即是作品的文意文理。〈行露〉之《序》云：

　　　　〈行露〉，召伯聽訟也。衰亂之俗微，貞信之教興，彊暴之男不能侵
　　　　陵貞女也。

若〈行露〉僅為正女自製的訴辭，那麼如何能產生《詩序》所謂美召伯聽訟之意？鑑於《詩序》之言，於是歐氏認為〈行露〉另有作者詩人，而詩人是藉正女自訴一事頌美召伯聽訟。歐氏云：

　　　　詩人本述紂世禮俗大壞，及文王之化既行，而淫風漸止。然彊暴難
　　　　化之男猶思犯禮，將加侵陵，而女能守正不可犯，自訴其事，而召
　　　　伯又能聽決之爾。(《詩本義》卷二〈行露論〉)

《詩序》說「召伯聽訟也」、「彊暴之男不能侵陵貞女也」，歐氏說「彊暴難化之男猶思犯禮，將加侵陵，而女能守正不可犯」、「召伯又能聽決之爾」，兩段文字比對之下，明顯可見《詩本義》採用《序》說。歐氏解釋此詩由於受到《詩序》的影響，因此他區分了〈行露〉的主角（正女）與作者（詩人），使得〈行露〉可由兩種角度解釋，產生自訴之辭（文意文理）與召伯聽訟（本義）這兩種意義。

　　再以〈大雅・蕩〉一詩為例，歐氏認為，〈蕩〉詩的文意文理為言：

　　　　文王之興。(《詩本義》卷十一〈蕩論〉)

〈蕩〉之《序》云：

　　　　〈蕩〉，召穆公傷周室大壞也。厲王無道，天下蕩蕩，無綱紀文章，
　　　　故作是詩也。

歐氏所言之「文王之興」與《詩序》所謂的「厲王無道」，顯然是兩種不同的意思。面對《詩序》的解釋，歐氏處理的方式是採取《詩序》之說。《詩本義》卷十一〈蕩論〉云：

　　　　是穆公見厲王無道，知其必亡，而自傷周室爾。所以言不及厲王，

而遠思文王之興也，能事事以殷爲鑒。因歎人事常有初而無終，以
謂初以文王興，終以厲王壞也。

歐氏說「穆公見厲王無道，知其必亡，而自傷周室爾」，顯然是承《詩序》「召
穆公傷周室大壞」、「厲王無道」之說，自「所以言不及厲王，而遠思文王之
興也，能事事以殷爲鑒」以下，則是歐氏拉合《序》說與己論的說辭。歐氏
一方面遵信《詩序》之言，一方面不放棄己說，因此將〈蕩〉的文意文理與
本義區分爲二，前者爲思文王之興，後者爲傷周室大壞；如此歐氏既能自抒
己見，同時又不與《詩序》衝突。由歐氏的解釋及處理方式來看，正顯示蒙
受來自《詩序》極大的影響。不過，應該聲明一點的是，此類「《詩序》之影
響」的原因，必須在《詩序》已爲歐氏所採信的前提下才能成立；如果《詩
序》之說不被歐氏接受，這項原因即可無庸考慮。

　　以上三點是歐陽修說《詩》區分主角與詩人、文意文理與本義的原因。
經由以上的分析，除可知歐氏之所以作種種區分的原因外，同時也可看出作
者與本義間的關聯。在歐氏的觀念中，一詩主角和文意文理屬於同一層面，
係以一詩的語文爲存在基域；詩人和本義屬於另一層面，它們以詩的語文爲
存在基礎，但往往後來發展出超乎語文之上的內容。基本上，如果主角和文
意文理能夠符合美刺意旨、合乎歐氏創作時世的觀念、不與《詩序》的說法
衝突，歐氏可以無庸替此詩另尋詩人或本義；此時主角和詩人所代表的兩個
層面是疊合的。如果主角或文意文理不能符合以上三項條件時，歐氏會區分
主角與詩人爲兩層面，使得一詩的作者與意義兩方面呈現複雜的現象。總之，
詩歌的作者與本義間的關係，係建立於主角之於詩人、文意文理之於本義的
各自對應及互動影響上。

　　歐陽修說《詩》時運用了文意文理與本義兩種概念，這是歐氏詩義理論
中的特色。歐氏所重視的是與傳統《詩》說相承的本義，至於一詩的文意文
理，歐氏主要藉之以安頓與發展該詩之本義，並沒有給予太多的重視。不過，
就中國《詩》說的傳統來看，《詩本義》的價值與地位卻顯示在這不太爲歐氏
所看重的文意文理上。

二、詩義的層次與詩的旨歸

　　前面討論過，在歐陽修的觀念裡，一詩可有文意文理與本義兩層意義，
此小節將進一步分析此兩者。以下分兩部分討論：首先，探討文意文理和本

義分別具有什麼性質，兩者間關係如何。其次，探討文意文理和本義的重要性，以及何者方爲詩的旨歸。

（一）詩義的層次

歐氏認爲，文意文理是由詩歌語言文字的意義構築而成的，所以一詩之文意文理即指一詩詩文的意思，也就是一詩的語文意義。在《詩本義》的解釋下，雖然一詩之文意文理與本義的意涵有時是相同的，但是理論上文意文理與本義畢竟屬於兩種意義。歐氏云：

> 蘇、暴二公事迹前史不見〔註20〕，今直以詩言文義首卒參考以求古
> 人之意，於人情不遠，則得之矣。（《詩本義》卷八〈何人斯論〉）

〈何人斯〉的「詩言文義」，也就是此詩的文意文理；「古人之意」，意指詩人之意，也就是此詩的本義。歐氏在此既言「今直以詩言文義首卒參考以求古人之意」，可見他認爲應該參考詩言文義以推求古人之意；換言之，歐氏雖同意文意文理爲推求本義的基礎，但並未認爲文意文理即等於本義。歐氏指出，推究一詩本義，除以文意文理爲根據外，還需參酌人情等標準，才能獲知該詩的本義。

歐氏認爲，探求一詩本義，必須以該詩之文意文理爲基礎。對於《毛傳》、《鄭箋》不顧文意文理的解釋，歐氏提出了嚴正的指責。《詩本義》卷一〈卷耳論〉云：

> 如毛、鄭之説，則文意乖離而不相屬。……前後之意頓殊，如此豈
> 其本義哉？

歐氏說「前後之意頓殊，如此豈其本義」，可見他認爲文意乖離而不相屬的解釋，必非詩歌的本義。《詩本義》卷七〈正月論〉又云：

> 毛、鄭之説繁衍迂闊，而俾文義散斷，前後錯雜。今推著詩之本義，
> 則二家之失不論可知。

歐氏指出，毛、鄭〈正月〉之說文義散斷，前後錯雜，故只須申言此詩的本義，則其謬誤不攻可破。

歐氏認爲，一詩的文意文理是推求該詩本義的基礎；文意文理指詩歌的語文意義，本義指詩人的美刺之意。由《詩本義》說《詩》的種種現象看來，實際上一詩的文意文理與本義可以指涉同一種意義；但是理論上，《詩本義》

〔註20〕 〈小雅・何人斯〉之《序》云：「〈何人斯〉，蘇公刺暴公也。暴公爲卿士而譖
蘇公焉，故蘇公作是詩以絕之。」

說《詩》確已有文意文理與本義兩層意義之分。

（二）詩的旨歸

在歐陽修的觀念裡，文意文理與本義分別有什麼地位及重要性，何者方爲詩的旨歸？歐氏有言：

> （《鄭箋》）是以文意散離，前後錯亂，而失詩之旨歸矣。（《詩本義》卷七〈斯干論〉）

此處說「文意疏離，……而失詩之旨歸」，如果文意文理散離，將導致一詩旨歸失落，可見文意文理的重要性不可小覷。不過，問題在於所謂的「詩之旨歸」是指什麼？而所謂的「文意散離，……而失詩之旨歸」，意謂文意散離即失詩之旨歸，抑或文意散離將致失詩之旨歸？若爲前者，那麼，反過來說，詩之旨歸即指詩歌的文意文理；若爲後者，則文意文理只是獲得詩之旨歸的必要條件而非充分條件。歐氏之意如何？試觀歐氏之言：

> 鄭又以寢廟大猷、他人有心與毚兔共爲一章，言四事各有所能。〔註21〕乃以田犬之能，擬聖人之能。不惟四事不類，又殊無旨歸。蓋由誤分章句，失詩本義，故其說不通也。（《詩本義》卷八〈巧言論〉）

歐氏指出，《鄭箋》解釋〈巧言〉詩的缺失在於誤分章句，《鄭箋》分章不當，湊合四種不相干的事情爲一章，所以鄭氏之說不能使通篇貫暢。歐氏批評《鄭箋》所說「不惟四事不類，又殊無旨歸」，可見在歐氏的觀念裡，「四事不類」與「殊無旨歸」是兩回事，由此可知，文意文理離散與無旨歸是兩回事；這就表示，歐氏認爲文意文理與旨歸指的是兩項不同對象。此外，前段所引之〈斯干論〉有言：「文意散離，前後錯亂，而失詩之旨歸」，其中著一「而」字，表示前承因，後接果，因指文意散離，果則失詩之旨歸，由此亦可見文意文理和詩之旨歸的不同。總之，歐氏認爲，一詩之文意文理與一詩旨歸指涉兩個不同的對象。

既然歐氏並不以一詩的文意文理爲詩之旨歸，那麼，詩之旨歸是指什麼呢？歐氏云：

> 《鄭箋》文義乖離，害詩本義，不可不論正也。（《詩本義》卷八〈車

〔註21〕〈巧言〉詩此章原文及《鄭箋》所云，見本章第一節《詩本義》對《毛傳》、《鄭箋》以及《詩序》的批評〉「一、對《毛傳》、《鄭箋》的批評·（一）不明詩文」下之例二。

　　葦論〉〉

此處「文意乖離，害詩本義」與〈巧言論〉「誤分章句，失詩本義」，都是歐
氏慣用的語句，與〈斯干論〉中「文意散離，……失詩之旨歸」是相同的意
思。所謂「害詩本義」，也就等於失詩之旨歸；而所謂旨歸，即指詩之本義。

　　歐氏認為，一詩的旨歸在於該詩的本義。本義與文意文理並非毫不相干，
本義必須以文意文理為存在及發展的基礎，故一詩旨歸必須由文意文理上推
求，這便是文意文理的重要性及地位。不過，所謂的旨歸，終究有最高評價
的意味；詩之旨歸，代表著學詩、論詩的目標及理想。因此，歐氏雖承認文
意文理是本義存在的基礎，但是他認為本義才是詩之旨歸，才是所當一心嚮
往的目標。歐氏云：

　　　今夫學者知前事之善惡，知詩人之美刺，知聖人之勸戒，是謂知學之
　　　本而得其要，其學足矣，又何求焉？（《詩本義》卷十四〈本末論〉）

歐氏此語主為闡述學《詩》的本要，在此他明白地表示了自己的觀點。他認
為，寓有前事善惡之跡、詩人美刺之意、聖人勸戒之志的本義，方為學《詩》
者應當努力追求的目標。歐氏說「是謂知學之本而得其要，其學足矣，又何
求焉」，由此可知本義在歐氏心目中的重要性了。

　　歐陽修將一詩的意義區分為文意文理和本義兩個層次，這兩個意義層次分
別與詩中的主角、詩人呈對應關係，形成主角之於文意文理、詩人之於本義等
兩組關係。歐氏解釋一詩的意義時，便是運用這兩組概念建立個人的評釋事業。

第四節　結　語

　　由歐陽修對《毛傳》、《鄭箋》以及《詩序》的批評來看，歐氏雖然大致
信隨舊說，但已運用個人的觀點與方法反省傳統《詩》說，並且也初步動搖
了《詩序》、《毛傳》、《鄭箋》的權威性。在對詩歌的解釋上，歐氏沿襲成說
之際，也提出了個人新解。這兩點顯示出《詩本義》在中國說《詩》傳統上
重要的歷史地位。此外，歐氏注意到作品本身語文意義之存在，並且嘗試以
情理詮釋作品，不僅使《詩》獲得由傳統《詩》說中解放的機會，同時也為
後世就作品語文論詩之說鋪設了前路。儘管或許歐氏並未意識或重視到《詩
本義》在這些方面的貢獻，但不可否認的，這正是《詩本義》在《詩》說傳
統上所凸顯出的特殊價值。

　　在歐陽修《詩本義》的觀念理論中，詩義論是上述承《詩》觀、詮釋觀，而下接實際評釋活動的一個重要部分。歐氏說《詩》的過程中，在本身《詩》觀、詮釋觀的指導之下，形成詩義論的詮釋成果；而詩義論的批評、解釋與基礎理論，復爲圓成歐氏《詩》觀、詮釋觀的具體證據。本章討論之《詩本義》對《毛傳》、《鄭箋》、《詩序》的批評、對詩的解釋、詩義基礎理論，不僅可說明《詩本義》關於詩義論方面的批評、解釋與觀念，對於歐氏《詩》觀、詮釋觀，亦有印證發明之效。

第五章　結　論

　　經過以上幾章的討論，本章將就歐陽修《詩本義》各方面之觀念或特色，作一總覽回顧；進而由各項討論的結果，抉發《詩本義》在說《詩》傳統中的歷史地位及其觀念理論的價值。

第一節　《詩本義》的觀念與特色

　　本文對歐陽修《詩本義》之探究，以第二章「《詩本義》的《詩》觀」、第三章「《詩本義》的詮釋觀」、第四章「《詩本義》的詩義論」為三個重點；由這三章的討論中，可以全面地看出歐氏《詩》說觀念與其觀念特色。

　　第二章「《詩本義》的《詩》觀」，主要探討歐氏對《詩》之創作、根源、本質、功能等之看法，以及對《詩經》的評價。此章除探討歐氏對《詩》的認識之外，同時也分析了他對一般詩歌的理解。比照歐氏對《詩經》以及一般詩歌所分持的看法，益可凸顯歐氏《詩》觀基本上是繼承《禮記・樂記》、《詩序》、《毛傳》、《鄭箋》等傳統的說法，並沒有甚麼獨特創見。

　　關於《詩》之創作，歐氏曾就創作背景、創作緣起、表現過程等方面提出看法。《詩》之創作背景方面，歐氏提出了時世之說。歐氏認為，詩是反映現實之作，詩的內容與外在環境有必然的關聯，因此，《詩經》具有合理性與現實意義。《詩》的創作緣起方面，歐氏提出感物之說。感物的「物」，指的是人所接觸的外界對象。歐氏認為，詩之創作緣自人心感物而生的情，感物的一刹那，便是詩產生的端始。歐氏感物之說基本上與其時世觀念一致。對於《詩》的表現過程，歐氏則以自然呈現作為解釋；他認為，詩之產生完全

是詩人內心情感的自然湧現，其間不假刻意經營與雕飾。歐氏以上種種觀念，基本上承襲《禮記‧樂記》、《詩序》、《鄭箋》等傳統說法。雖然歐氏對一般詩歌持有另一種截然不同的見解，但是在《詩》之創作上，《詩本義》中未見突破前人的新說。

其次，關於《詩》的根源與本質，歐氏指出，不論《詩》或者一般詩歌，均以情為創作之根源。情非善非感，也沒有檢別善惡的能力，所有的只是能感、能動的特性。外物的善惡，將使情感染上善惡的色彩，而以情為創作根源的詩歌，隨之也有正邪可能。正由於這個原因，所以歐氏以孔子刪詩為《詩經》本質的形式定義，以道德性為其實質定義；既可確保《詩經》之作為「經」的地位，同時也為《詩》教之說奠定了根基。至於一般詩歌，歐氏認為其本質在於音律與感染力，所以不能也不必負擔垂訓的教育責任。此外，《詩本義》中也涉及對《詩經》的評價問題。歐氏認為，《詩》中能以委婉方式表達出深廣思想之作，即為上選；尖刻而意義直淺之作，即為下駟。基本上，歐氏以情為《詩》的創作根源，是沿襲《詩大序》的觀點；在對《詩》的根源與本質的解釋上，歐氏也大致遵循傳統《詩》說。至於對情的定義及其能感特性之說明，雖可見歐氏個人的論點，但是由種種解說看來，不難發現《詩本義》表現出來的是維護傳統《詩》觀的努力。

再次，關於《詩經》的功能，歐氏談到，《詩經》有諷諭以及增加知識的功能。諷諭功能方面，歐氏意識到，對於不同的主體，《詩經》的諷諭功能便有不同的發揮。例如：作詩者以詩的諷諭功能美刺當時社會，觀詩者以詩的諷諭功能觀察時代與民風的盛衰，錄詩者藉詩的諷諭功能寄寓垂訓後世的理想，讀詩者藉詩的諷諭功能以達到敦勵德行的目的等等。至於《詩》的增加知識的功能，歐氏認為，此功能主要針對觀詩者、讀詩者而產生。在《禮記‧經解》和《論語‧陽貨》的記載中，便已提到《詩經》有諷諭與增加知識這兩項功能，因此就《詩經》的功能方面而論，歐氏並未提出新說，大致上依循傳統的說法。

歐陽修對《詩經》與一般詩歌所採取的是兩種不同的觀點和評價。整體而言，歐氏論《詩》重視道德性、諷諭性，論一般詩歌則重視藝術的感染力。歐氏認為，若由創作根源上來說，《詩》與一般詩歌並無不同；不過，由於《詩》的本質是由孔子刪（錄）詩所規定，因此在表現過程上，《詩》重在詩人情感的自然呈現，不同於一般詩歌的刻意經營，而在功能上，《詩》的諷諭功能與

一般詩歌非實用性功能間更有顯著的差異。

第三章「《詩本義》的詮釋觀」，探討的是歐氏對於詩人、詩與詮釋間關聯的看法，以及歐氏對讀詩者詮釋態度所提出的建議。本章更重要的討論課題是：歐氏詮釋《詩經》所設定的詮釋標準——詩文、情理、聖人之志、《詩序》，以及《詩本義》運用諸詮釋標準所建立的詮釋方法。

關於詩人與詮釋，歐氏指出，詩人兼具賢者的操守和文學家的造詣。歐氏相信，在創作本意上，詩人本諸道德；在創作技巧上，詩人有優秀的能力。詮釋《詩經》時應該重視詩人這兩方面的特點，才能對詩義有正確的掌握。

關於詩與詮釋，歐氏談到了作品之表現方式與語言風格的問題。歐氏認為，《詩》有賦和比興兩種表現方法，賦為平鋪直敘法，比興則為譬喻法。由於詩的表現方法可以分為兩種，因此，詮釋一詩時必須明瞭該詩的表現方法，才能提出正確的解釋。歐氏亦論及《詩經》的語言風格，並將之區分為言緩（言切）與文簡兩方面；言緩指詩歌語言之風貌、格調；文簡則指詩歌語言之表達方式。歐氏認為，對詩歌語言之風貌格調與表達方式有根本認識，方能作出正確的詮釋。

關於讀詩者應有的詮釋態度，歐氏提出幾點建議，如：不應曲成己說而汩亂經義、不應穿鑿附會、不應好奇喜怪等，所談的主要是讀詩者詮釋心態上的問題。歐氏認為，詮釋者應有正確的心態、客觀的態度，才能掌握詩歌的本義。

《詩本義》的詮釋觀中，以詮釋標準及詮釋方法的提出最具重要性。詮釋標準方面，歐氏提出了詩文、情理、聖人之志、《詩序》等四項標準。在歐氏的觀念中，詩文、情理、聖人之志是詮釋時必須絕對遵守的，其中聖人之志尤為衡定本義的最高準繩。至於《詩序》，歐氏認為不可一味盲從，應仔細考察後再引為詮釋時的參考；不過，一旦歐氏肯定《詩序》之說，往往會全盤接受《序》說，而以《序》言為詩之本義，因此從某種意義上說，《詩序》也是《詩本義》的詮釋標準之一。正由於歐氏接受《詩序》作為一項詮釋標準，並且以聖人之志作為最高的標準，故而歐氏對許多詩的解釋仍遵守傳統《詩》說；但是，歐氏提出的詩文、情理這兩項標準，卻提供了後世新義發展全新的起點。

詮釋標準之外，歐氏還建立了一套與詮釋標準相輔相成的詮釋方法；由瞭解詩文開始，掌握作品的語文意義；繼而以常情常理權衡詩文，確定對文

意理解的正確性；更進一步，由文意中抉發出合乎道德美刺的本義，以求符合於聖人勸戒之志，此時所得美刺意旨的本義，即爲詩之旨歸。至此原已完成詮釋的工作，但是由於《詩序》代表傳統《詩》說，且爲《詩本義》詮釋的次要標準，因此歐氏往往會以《序》言爲參考，審視自己詮釋所得。如果《詩序》所言符合詩文、情理、聖人之志，歐氏便會接受《詩序》；如果《序》說違背了這三項詮釋標準，歐氏便會棄之不取。歐氏的詮釋方法，簡言之爲：瞭解詩文，以情理爲權衡，歸止於聖人之志，參酌以《詩序》之說。歐氏以聖人之志爲詮釋最高準繩，以《詩序》之說爲參考的對象，因此在詮釋方法上，歐氏與傳統說《詩》方法相去不遠。不過，歐氏以理解作品的語文意義爲詮釋的起點，以情理爲確實掌握文意的根據，卻是擺脫傳統的創見。

　　平心而論，歐氏對於詩人、讀詩者與詮釋間關聯的看法，大多爲一般性的見解。歐氏論詩與詮釋之關聯，雖曾就詩的表現方法（賦、比、興）、語言風格（言緩、文簡）兩方面加以討論，但是，歐氏對賦比興的區分並不明確，且大致承襲自《毛傳》與《鄭箋》之說，而對於《詩》之語言風格的描述，也未見深入分析與說明。就以上幾方面而言，歐氏並未提出嶄新獨特的見解。若由《詩本義》的詮釋標準與詮釋方法來看，大致上也不脫傳統說《詩》的觀念與作法；以此看來，《詩本義》的詮釋觀似乎只是傳統《詩》說的重複。不過，必須注意的是，歐氏說《詩》已經根據詩文，並以人情常理爲詮釋的線索，這實在具有突破傳統而爲《詩》說開創新局的重要意義。

　　第四章「《詩本義》的詩義論」所討論的三個課題是：歐氏對《毛傳》、《鄭箋》、《詩序》的批評，《詩本義》說《詩》的成果及其詩義論的基礎理論。《詩本義》最著稱的成就，在於對傳統《詩》說（如《詩序》、《毛傳》、《鄭箋》等）的批評。歐氏大致採納《詩序》之言，但是對少部分《序》說表示懷疑。關於《毛傳》、《鄭箋》的缺失，歐氏舉出了不明詩文、不合情理、不符史實、違背聖人之志、不知參酌《詩序》等五項批評的理由。《詩本義》反省傳統《詩》說，初步動搖了傳統的解釋，在說《詩》歷史上實有重要的地位。

　　批評舊說之外，《詩本義》也提出解釋。在歐陽修的解釋下，詩義內容多與政治或道德有關，只有近三成的詩跟政治道德沒有直接關聯，並且絕大部分的詩有明顯的美刺意旨，只有一成不到的詩其美刺意旨不彰；由此可見，歐氏對《詩》的解釋仍與傳統《詩》說的精神一致。不過，《詩本義》眞正開後世《詩》說先聲的，似乎並不是在於那些政教美刺的詩，反而是這些非關

政治、道德，美刺意旨微淡的詩歌；這一點，恐怕不是歐氏始料所及的。

從《詩本義》對詩義的解說中可以發現，歐氏對作者與本義兩方面抱有基本觀念，對詩義的層次與詩之旨歸亦有個人的看法；這部分可視為歐氏詩義論中的基礎理論。歐氏指出，一詩的作者指寫作該詩的人，亦即遠古的詩人，而非詩中的主角；一詩的本義則指美善刺惡的詩人本意，亦即寫作者的原意，而非該詩的文意文理、語文意義。歐氏認為，一詩可有以主角為中心的文意文理、以詩人為中心的本義等兩層意義；不過，前者只是後者的存在基域或發展基礎，本義才是學詩者所當重視的對象，才是詩之旨歸。歐氏論《詩》旨在重現詩人美刺的初衷，還原詩歌本義，故仍不過是傳統《詩》說的續音。至於歐氏所不重視的文意文理，反為《詩本義》詩義基礎理論中一項創新的概念，在中國《詩》說傳統上有不平凡的價值。

總而言之，歐氏雖然對《詩序》、《毛傳》、《鄭箋》有所批評，但是基本上他對《詩》的解釋與傳統《詩》說並沒有太大的差異。歐氏說《詩》重視詩之本義，因為知本義即知詩人之意，才可能達到知聖人之志的理想。歐氏不太推重一詩的文意文理，他認為文意文理本身沒有絕對的價值，它們的重要性只在於為本義存在的基礎。儘管歐氏並不看重文意文理本身的價值，甚至不曾覺察到文意文理之發現所代表的意義；不過，他提出了文意文理與本義間的區分，的確為之後說《詩》活動敞開新的視界。

由《詩本義》的《詩》觀、詮釋觀、詩義觀三部分，可以勾勒出歐陽修對《詩經》的整體性見解。《詩》觀的部分，代表著歐氏對《詩》的認識；這部分歐氏大多追隨舊說，並未提出相異於傳統的見解。詮釋觀部分，代表著歐氏說《詩》的詮釋方法論；這部分歐氏雖仍依循傳統說《詩》的方式，但是他以詩文、情理為詮釋標準，初步認識到作品之語言文字所應有的地位。詩義論部分，代表著歐氏對傳統《詩》說的批評、對《詩》的解釋及對詩義的基本認識；這部分歐氏批評毛、鄭的說法，闡述己見，並且在本義之外，提出了文意文理這項概念，意識到語文意義之存在，此舉實有重大的意義。

第二節　《詩本義》的地位與價值

第一章導論中曾提及，紀昀《四庫全書總目提要》中指出，《詩本義》的地位在於首議舊說，倡發新義。關於首議舊說一項，之前談歐氏對《毛傳》、

《鄭箋》、《詩序》的批評時已論及，這點的確是《詩本義》在《詩經》詮釋史上佔有重要地位的主因。至於倡發新義這點，究竟歐氏《詩》說的價值何在？是在於歐氏首開批評傳統《詩》說的風氣，刺激了後世新義的出現，還是在於歐氏《詩》說提供了後世新義產生的基礎？以下引錄宋以後最著稱之朱熹《詩集傳》的說法，作為歐氏之後的《詩》說的代表，從而觀察及分析《詩本義》倡發新義的具體情形。

歐陽修論《詩》的創作背景，十分重視時世的問題。所謂時世，就是當時的時空背景。朱子也談到這方面的問題，《詩集傳・序》云：

> 惟〈周南〉、〈召南〉親被文王之化以成德，而人皆有以得其性情之正，故其發於言者，樂而不過於淫，哀而不及於傷，是以二篇獨為〈風〉詩之正經。自〈邶〉而下，則其國之治亂不同，人之賢否亦異，其所感而發者，有邪正是非之不齊，而所謂先王之風者，於此為變矣。若夫〈雅〉、〈頌〉之篇，則皆成周之世朝廷郊廟樂歌之詞。

朱子說「自〈邶〉而下，則其國之治亂不同，人之賢否亦異，其所感而發者，有邪正是非之不齊」，可見他認為《詩》是反映現實之作，所以詩會因時代治亂，主治者賢愚而有正邪之分。朱子說「〈周南〉、〈召南〉親被文王之化以成德」、「〈雅〉、〈頌〉之篇，則皆成周之世朝廷郊廟樂歌之詞」，都是受詩歌反映現實觀念影響之下的說法。由此可見，對於《詩》的創作背景，《詩序》、鄭玄、歐陽修以及朱子，基本上都抱持相同的看法。

歐陽修論《詩》的創作緣起，持「感物」之說，論寫作過程，持「自然呈現」之說。朱子也表示相同的看法，《詩集傳・序》云：

> 人生而靜，天之性也；感於物而動，性之欲也。夫既有欲矣，則不能無思；既有思矣，則不能無言；既有言矣，則言之所不能盡而發於咨嗟詠歎之餘者，必有自然之音響節奏而不能已焉。此詩之所以作也。

且不論朱子「感於物而動，性之欲也」的主張，基本上，朱子不反對詩乃感物而後作。朱子還說「夫既有欲矣，則不能無思」、「則不能無言」、「言之所不能盡而發於咨嗟詠歎之餘者，必有自然之音響節奏而不能已焉。此詩之所以作也」，可見朱子也同意詩的產生是一種自然呈現的過程。所謂感物與自然呈現之說事實上始自《禮記・樂記》與《詩序》。

《詩》教是歐氏《詩》觀中的核心觀念，朱子也倡導《詩》教之說，《詩

集傳·序》云：

> 是以其（孔子）政不足以行於一時，而其教實被於萬世，是則《詩》
> 之所以爲教者然也。

朱子認爲，《詩》可以在人生日用上發揮極大的功效，《詩集傳》卷二十〈魯
頌·駉〉云：

> 孔子曰：「《詩》三百，一言以蔽之，曰思無邪。」蓋《詩》之言美
> 惡不同，或勸或懲，皆有以使人得其情性之正。學者誠能深味其言，
> 而審於念慮之間，必使無所思而不出於正，則日用云爲，莫非天理
> 之流行矣。

朱子指出，《詩》之美惡勸戒，可以引導人之性情趨向正途，學者如能瞭解《詩》
思無邪之旨，必能深獲《詩》教之益，以致於「日用云爲，莫非天理之流行」。
朱子重視《詩》教，基本上與《禮記·經解》、《詩序》、《毛傳》、《鄭箋》、孔
穎達《正義》以及歐陽修《詩本義》等的觀點一致，認爲《詩》的諷諭功能
對人類生活產生積極正面的助益。

　　綜觀以上分析，就《詩》觀、詮釋觀、詩義論各方面而言，歐陽修《詩
本義》並未提出超越傳統《詩》說的見解，事實上，就連後來朱子《詩集傳》，
也仍然循著自《禮記》、《詩序》一脈而下的觀念。因此，歐氏如有倡發新義
的功勞，貢獻也不在於提出新的《詩》論。《詩本義》的眞正價值，係在於舊
有的《詩》說觀點與理論上，發展出新的解釋。討論《詩本義》的詮釋觀與
詩義論時曾談到，就方法上而言，歐氏大致不脫傳統說《詩》的路徑。不過，
歐氏提出詩文作爲詮釋的依據，將部分注意力轉移到作品語文上，並以人情、
常理作爲解詩的一項標準，使得詩義可由生活經驗中找到印證。正由於歐氏
說《詩》注意到詩文與情理，因此在詩義解釋上，歐氏發現了在所謂本義之
外，詩歌還有另一個由語文意義所結合成的面貌。雖然歐氏論《詩》重視的
仍是本義與聖人之志，不曾眞正覺察到詩歌語文意義的重要性，然而，歐氏
卻是說《詩》傳統中首先注意到語文意義之存在的說《詩》者。歐氏在傳統
的觀念理論與方法之下，發掘了《詩》的新意義，並爲後世說《詩》開展了
一條新道路，其倡發新義的貢獻，即在於此。歐氏《詩》說可視爲傳統與創
新間的轉折，在中國說《詩》傳統上有重要的歷史地位。後世各家說《詩》
能由傳統中逐漸解放出來，開創另一番新局面，歐氏《詩本義》實有積極的
貢獻。

參考書目

（排列順序依成書年代先後，性質接近者相從。以與《詩經》相關書籍為先，其他類書籍居次，論文與期刊類居三；譯著與選集居各類書籍之末。）

一、《詩經》類書籍

1. 《十三經注疏》（台北：藝文印書館）：

   《詩經》

   《禮記》

   《左傳》

   《論語》

   《孟子》

2. 鄭玄：《毛詩譜》，《黃氏逸書考》第 271 種（台北：藝文印書館，1971 年）

3. 陸璣：《毛詩草木鳥獸蟲魚疏（台北：新文豐出版社，1985 年）

4. 成伯璵：《毛詩指說》，《通志堂經解》（台北：大通書局）

5. 歐陽修：《詩本義》

   《通志堂經解》本（台北：大通書局）

   《四庫全書》本（台北：臺灣商務印書館）

   《四部叢刊》本（台北：臺灣商務印書館）

6. 蘇轍：《詩集傳》，《四庫全書》珍本 6 集第 10-11 冊（影本）（台北：臺灣商務印書館，1976 年）

7. 朱熹：《詩集傳》（香港：中華書局，1987 年）

8. 朱熹：《詩序辨說》，《四庫全書》第 69 冊（台北：臺灣商務印書館）

9. 王柏：《詩疑》（台北：開明書店，1969 年）

10. 程大昌：《詩論》（台北：新文豐出版社，1985 年）

11. 呂柟：《毛詩說序（台北：新文豐出版社，1985 年）

12. 王夫之：《詩廣傳》（台北：河洛出版社，1974 年）

13. 姚際恆：《詩經通論》（台北：廣文書局，1988 年）

14. 崔述：《讀風偶識》（台北：學海出版社，1979 年）

15. 戴震：《毛鄭詩考正》，《安徽叢書》第 47 種（台北：藝文印書館，1971 年）

16. 段玉裁：《詩經小學》（台北：大化書局，1977 年）

17. 馬瑞辰：《毛詩傳箋通釋》（台北：廣文書局，1980 年）

18. 魏源：《詩古微》，《皇清經解續編》（台北：藝文印書館）

19. 王先謙：《詩三家義集疏》（台北：鼎文書局，1973 年）

20. 丁晏：《毛鄭詩釋》，《頤志齋叢書》第 6 種（台北：藝文印書館，1971 年）

21. 陳奐：《詩毛氏傳疏》（台北：世界書局，1957 年）

22. 方玉潤：《詩經原始》（台北：藝文印書館）

23. 竹添光鴻：《毛詩會箋》（台北：大通書局，1975 年）

24. 馬其昶：《毛詩學》（台北：鼎文書局，1972 年）

25. 馬其昶：《詩毛氏學》（台北：廣文書局，1982 年）

26. 胡樸安：《詩經學》（台北：臺灣商務印書館，1964 年）

27. 高葆光：《毛詩論文集》（台中：東海大學，1965 年）

28. 靡文開、裴普賢：《詩經欣賞與研究》（台北：三民書局，1972 年）

29. 靡文開、裴普賢：《詩經欣賞與研究續集》（台北：三民書局，1979 年）

30. 趙制陽：《詩經賦比興綜論》（新竹：楓城出版社，1974 年）

31. 張學波：《詩經篇旨通考》（台北：廣東出版社，1976 年）

32. 屈萬里、劉兆祐：《詩毛傳鄭箋古義》（台北：聯經出版社，1976 年）

33. 王靜芝：《詩經通釋》（台北：輔仁大學文學院，1978 年）

34. 金公亮：《詩經學導讀》（台北：河洛出版社，1978 年）

35. 張元夫：《詩經述聞》（台北：臺灣商務印書館，1980 年）

36. 中華民國孔孟學會：《詩經論文集》（台北：黎明出版社，1981 年）

37. 裴普賢：《歐陽修詩本義研究》（台北：東大圖書有限公司，1981 年）

38. 李辰冬：《詩經研究》（台北：水牛出版社，1982 年）

39. 李辰冬：《詩經通釋》（台北：水牛出版社，1988 年）

40. 朱自清：《詩言志辨》（台北：漢京出版社，1983 年）

41. 裴普賢：《詩經比較研究與欣賞》（台北：臺灣學生書局，1983 年）

42. 屈萬里：《詩經詮釋》（台北：聯經出版社，1984 年）

43. 趙沛霖：《興的源起》（北平：新華書店，1987 年）

44. 陸侃如：《中國詩史》（台北：明倫出版社，1969 年）

45. 鈴木虎雄著，洪順隆譯：《中國詩論史》（台北：臺灣商務印書館，1972 年）

46. 白川靜著，杜正勝譯：《詩經研究》（台北：幼獅出版社，1974 年）

47. 吉川幸次郎著，劉向仁譯：《中國詩史》（台北：明文書局，1983 年）

二、其他類書籍

1. 歐陽修：《歐陽修全集》（台北：華正書局，1976 年）

2. 歐陽修：《歐陽修全集》（台北：河洛出版社，1976 年）

3. 歐陽修：《歐陽修全集》（台北：世界書局，1988 年）

4. 皮錫瑞：《經學通論》（台北：河洛出版社，1974 年）

5. 皮錫瑞：《經學歷史》（台北：漢京文化事業有限公司，1983 年）

6. 甘鵬雲：《經學源流考》（台北：學海出版社，1986 年）

7. 蔣伯潛：《經學纂要》（台北：正中書局，1969 年）

8. 裴普賢：《經學概述》（台北：開明書店，1969 年）

9. 王靜芝：《經學通論》（台北：環球書局，1972 年）

10. 馮沅君：《中國文學史》（台北：啓明書局，1958 年）

11. 楊蔭深：《中國文學史大綱》（台北：華正書局，1976 年）

12. 王夢鷗：《中國文學的發展概述》（台北：中央文物供應社，1982 年）

13. 葉慶炳：《中國文學史》（台北：臺灣學生書局，1984 年）

14. 劉大杰：《中國文學發展史》（台北：華正書局，1984 年）

15. 李日剛：《中國文學流變史》（台北：文津出版社，1987 年）

16. 郭紹虞：《中國文學批評史》（台北：明倫出版社，1969 年）

17. 陳鍾凡：《中國文學批評史》（台北：鳴宇出版社，1979 年）

18. 張健：《中國文學批評論集》（台北：天華出版社，1979 年）

19. 羅根澤：《中國文學批評史》（台北：學海出版社，1980 年）

20. 方孝岳：《中國文學批評》（台北：莊嚴出版社，1981 年）

21. 徐復觀：《中國文學論集》（台北：臺灣學生書局，1974 年）

22. 徐復觀：《中國文學論集續編》（台北：臺灣學生書局，1981 年）

23. 蔡正華、梁啓超《中國文學的特質》（台北：華嚴出版社，1981 年）

24. 《中國歷代文論選》（台北：木鐸出版社，1981 年）

25. 中華文化復興運動推行委員會、國家文藝基金管理委員會：《中國文學講話》（台北：巨流圖書公司，1983 年）

26. 曾祖蔭：《中國古代文藝美學範疇》（台北：文津出版社，1987 年）

27. 張汝倫：《意義的探究》（台北：谷風出版社，1988 年）

28. 劉子健：《歐陽修的治學與從政》（香港：新亞研究所，1963 年）

29. 王靜芝：《歐陽修》（台北：河洛出版社，1978 年）

30. 蔡世明：《歐陽修的生平與學術》（台北：文史哲出版社，1980 年）

31. 瀧川龜太郎：《史記會注考證》（台北：洪氏出版社，1982 年）

32. 顧頡剛：《古史辨》（台北：藍燈出版社，1987 年）

33. 李滌生：《荀子集釋》（台北：臺灣學生書局，1979 年）

34. 周振甫：《文心雕龍注釋》（台北：里仁書局，1984 年）

35. 本田成之著，江俠菴譯：《經學史論》（上海：上海商務印書館，1935 年）

36. 克羅齊著，朱光潛譯：《美學原理》（台北：正中書局，1962 年）

37. 兒島獻吉郎著，胡行之譯：《中國文學研究》（台北：新文豐出版社，1982 年）

38. 劉若愚著，杜國清譯：《中國文學理論》（台北：聯經出版社，1985 年）

39. 韋勒克·華倫著，王夢歐、許國衡譯：《文學論》（台北：志文出版社，1987 年）

40. M.H. Abrams, *The Mirror and Lamp   Romantic Theory and Critical Tradition*（Oxford University Press, 1981）

三、論文、期刊

1. 葉達雄：《詩經史料分析》（台北：臺灣大學歷史研究所碩士論文，1972 年）

2. 何澤恆：《歐陽修之經史學》（台北：臺灣大學中文研究所碩士論文，1976 年）

3. 許秋碧：《歐陽修著述考》（台北：政治大學中文研究所碩士論文，1976 年）

4. 江正誠：《歐陽修的生平及其文學》（台北：臺灣大學中文研究所博士論文，1978 年）

5. 鍾洪武《詩經中有關男女情感問題之探討與分析》（台北：政治大學中文研究所碩士論文，1978 年）

6. 葉國良：《宋人疑經改經考》（台北：臺灣大學中文研究所碩士論文，1978 年）

7. 黃忠慎：《宋代之詩經學》（台北：政治大學中文研究所博士論文，1984

年）

8. 溫莉芳：《中國文學批評史上的歷史批評法》（台北：臺灣大學中文研究所
   碩士論文，1984 年）

9. 趙制陽：〈歐陽修詩本義評介〉，《中華文化復興月刊》第 13 卷第 9 期。

王船山《詩廣傳》義理疏解

陳章錫　著

作者簡介

陳章錫，1958 年生於台北縣板橋市。學歷：台灣師範大學國文系學士、國文研究所碩士。中國文化大學哲學研究所博士。現任南華大學文學系副教授。曾任南華大學文學系、所主任，德霖技術學院專任講師。著有：王船山《詩廣傳》義理疏解（碩士論文），王船山禮學研究（博士論文），藝海吟風（陳章錫五十詩書創作展集）。榮獲：行政院國科會研究計畫補助——王船山美學思想研究（2004），《禮記》思想之哲學釐析及系統建構（2007）。近年發表〈王船山音樂美學析論〉,〈王船山人格美學探究〉,〈王船山美育思想評析〉,〈從王船山「兩端一致論」考察《小戴禮記》教育觀〉,〈論《禮記・禮運》的政教文化觀〉,〈《禮記・王制》政教思想探究〉等系列期刊論文。

提　　要

　　本篇論文係針對王船山《詩廣傳》一書作專精深入之研究。選錄其中重要篇章，加以歸納整編，進一步詮釋疏通其中之義蘊奧旨。並斟酌以近人研究成績為輔，冀能撐開為一條理井然，自成體系之思想架構，作為窺見船山思想全貌之一始基，庶幾有助於後人對船山思想之進一步了解、研究。

　　第一章，「緒論」，一在追述前人研究情形，一在說明本文之研究動機、態度與方法，最後說明《詩廣傳》一書之版本、體例，及行文特色。

　　第二章，「《詩廣傳》論性與情之通貫」，首在說明「情」在船山整體思想中之關係、地位，及其如何進論治情之道，次在澄清船山「命日受，性日生」之人性論與道德實踐之關連。

　　第三章，「《詩廣傳》論道德倫理」，根據船山對人性獨特之見解，闡明其如何界定道德倫理之內涵，與如何應用之於立身處世及應物之際。

　　第四章，「《詩廣傳》論歷史文化與政治」，一在論述船山以倫理人文貞定歷史進程之看法，次在論述船山之政治理想，最後述及船山對現實政治興衰之評論。

　　第五章，「《詩廣傳》論禮詩樂」，首先論述祭祀之宗教意義與應有之誠敬態度，並經由禮詩樂三者之關係、性質，以闡明詩樂之形上內涵與功能。

　　第六章，「結論」，總結前文內容之由內而外，由人至天，見出船山內聖外王之一貫精神，點出其思想之深度，及其經世致用之特色與價值所在。

目

次

第一章　緒　論

第一節　論《詩廣傳》已有之研究概況

　　船山于《詩經》，著有《詩經稗疏》四卷，《詩經考異》一卷，《詩經叶韻辨》一卷及《詩廣傳》五卷，前三種皆屬小學，唯《詩廣傳》「敷宣精義，羽翼微言」，[註1]為引申義理之作也。其內容涵蓋甚廣，且析理細密深入，精義紛呈，尤值得吾人重視研究。然而民國以來研究船山學術者，雖蔚然成風，多知其書之可寶，卻鮮有針對此書作獨立專精之研究者。推其根由，蓋由於時勢學風之限，學者鮮能得窺船山全體學術之精蘊，但嘗其一臠，即爭相誇引稱道，而其時顯於世人之目者，則不在《詩廣傳》也。例如民國初年迫於革命時勢，多注目於其民族思想，其後學者又多震於西學東漸，而多注目于其重實存、重客觀知識之一面，其中甚且不乏有誣蔑船山為唯物論者矣。於此學風下，《詩廣傳》之為學者所忽，亦無遑多怪。此其一。復次，則以船山著作卷帙浩繁，其義理龐雜豐富，文字復繳繞奇奧，欲對其學術得一全盤之了解，明其思想之系統綱維者，亦實難為。面臨此重重難關而作研究，亦必明其輕重緩急，而有所斟酌取舍。以故學者多即其學術之一端重點，或史學、或易學、或老莊學，或就某一主要思想觀念等等，戮力以赴，作專精研究。即或有對船山學術作整體研究者，又因著眼點及取材偏重不同，而致有見解上之互相出入，或詳略不一之情形。在

〔註 1〕　王敔〈薑齋公行述〉云：「至於敷宣精義，羽翼微言，《四書》則有讀大全説，
　　　　詳解授義，《周易》則有內傳外傳大象解，《詩》則有廣傳，《尚書》則有引
　　　　義，……」

此客觀限制下，《詩廣傳》乃無緣成為學者專心研究之對象，而斷章取義，輕相比附者，遂亦難免。此其二。此外，以今日學術分工精細之故，學者多專於一隅而難有兼通，以哲學學者言，則雖長於義理，而困於對《詩經》理解之闕如，以國學學者而言，則雖長於名物訓詁，然亦以此拙於義理之思辨。至於今之文藝之士，其解《詩經》只從文學著眼，或不免趨新驚奇，作無根之探求，終亦無暇游心於此義理性之專著。此其三。履此三不能之勢，《詩廣傳》之價值遂久未能為人所正視，而亟待吾人專力開發研究。所幸唐君毅先生與曾昭旭先生以其洞見睿識，於《詩廣傳》一書之研究已導夫先路，發其端緒，吾人今日之研究乃復有本可尋，不致茫然失歸。

蓋唐先生與曾先生為截至目前止曾對船山著作作過全盤研究，且掌握船山義理最為深刻之學者，是以獨能洞識《詩廣傳》一書之地位價值，其中唐先生於其大作《中國哲學原論原教篇》第二十三章「王船山之人文化成論」之第四節「禮詩樂」部分，曾以四千言專討論《詩廣傳》之內容，雖多在徵引原文，然已標示出《詩廣傳》在船山著作中重「才情」之特色，並闡明船山必肯定詩樂在文化中之地位之緣由，其言曰：

> 曷言乎船山之重氣而表現才情之詩樂，在文化中之地位確定也。蓋詩之意義與韻律，與樂之節奏，固皆表現吾心之理。然徒有理在心而欲顯之，不足以成詩而成樂。于此，須顯理、兼達情方有詩樂。蓋情原于心有所期，有所志，而又與具象會。心之有所期、有所志，原于性，而性即心之理，故詩樂兼達情與顯理。然此非詩樂之成，即自覺以顯理為目的之謂。詩樂初惟自覺在達情、自覺在借形色之具象之境，以表現內在之情志。能將情志表現于形色，使之相融而不二者，才也。才情運而詩樂成，而性或心之理，乃自然顯于形色。然此理之顯于形色，乃才情先動之結果。而形色固氣，才情亦皆由氣生。則言詩言樂，自始須扣住氣，而始能言，明矣。〔註2〕

由以上一段文字已可概知唐先生之基本見解，其後文並徵引《詩廣傳》中七篇文字以為說明。至於曾先生則於《王船山哲學》一書中闢有「王船山之詩經學」專章，〔註3〕曾對《詩廣傳》作義理撮要為以下五分目：（1）王船山之

〔註2〕《中國哲學原論原教篇下冊》，頁637～638，民國66年5月台初版，學生書局。
〔註3〕《王船山哲學》頁88～114，民國72年2月出版，遠景出版事業公司。

詩論，（2）以義理釋詩義，（3）藉詩以觀風，（4）情之性質，（5）論治情之道。其序文中嘗自述內容撮要曰：

> 首在述船山之論詩，必上通於天地鬼神，而下必以生命之情，通於人情治道之意。故其釋詩常不離義理，又常藉詩以覘各國之風也。
>
> 次述船山對情之見地，略以情爲性之端，而自具舒暢性、當幾性、及特殊性。並因以論情之流蕩之故，及治情之道焉。

由上述介紹已可知其所闡發之義理架構與內容，均較諸前人尤爲細膩詳密，全章共約一萬七千言，凡徵引《詩廣傳》三十篇，取材則偏於國風與小雅之一部分。而總結唐先生與曾先生之研究成果，皆能貼切船山之義理立場，掌握「詩達情」之特點，以凸顯船山思想重「情」之特色與價值，並進論文學作品所以貞定導引人生之意義所在。由是可謂明燈在前，衢路俱照，眞足以啓導吾人之迷津，以進入研究《詩廣傳》之堂奧也。

第二節　本文研究之動機、態度與方法

原夫本論文之所以作，固因有感於上述船山學術研究之蓽路藍縷，亟待開發，與夫《詩廣傳》重「情」之特色，頗值得深入研究；復因有鑑於《詩廣傳》所據以論述之《詩經》實爲一豐富之素材。蓋其所述之歷史背景，上自后稷創業之艱辛，下迄陳靈公之荒淫，而作品之來源或釆自閭巷謳歌，或取之廟堂獻作，故不徒有包羅萬象之內容，亦且有多釆多姿之風貌，尤其船山以其深刻圓融之思想見地，隨文申述引論，處處曲盡其致，而使精蘊畢呈，予心愛其美，不忍遽釋，由是願盡綿力，爲之疏理。

然研究《詩廣傳》一書本即頗爲困難，此因全書之編次係依《詩經》原編順序隨文申論，雖其中精義絡繹，俯拾即是，然亦散漫無統，若非已對船山思想有大略理解，則逕讀《詩廣傳》原文，必致憒然難窺船山思想之底蘊，亦無法理解不同篇章間思想之相關性。以是於研究方法上，必當先將《詩廣傳》全書重新予以歸納整編，並進而詮釋疏通之，始能昭然若見其中實有條理井然之思想架構支撐於後，而迴非泛泛之論也。

又本論文於醞釀之過程，雖亦汎覽船山其他著作，並詳究近人之研究成果，然於撰述上則唯就《詩廣傳》本文爲立論根據，而不博引船山其他著作。此就進窺船山全體思想而言，是否有掛漏之虞？則亦有所說。蓋船山之著作

大率爲注疏體，往往隨文引義，因事顯理，並無系統嚴整、內容單純之代表性著作，可爲全體著作之重心。故其思想中之重要觀念，往往散見群書，而各有精采，學者若無巨眼深識以博觀約取，而徒事旁徵博引，終流於蕪雜失統，則反不如專就一書以研究之，既可具體而微，概見其思想之輪廓精蘊，復可對此專精之一書，有較詳盡之爬梳，而反少掛一漏萬之失。以故本論文即配合作者學養，而專以《詩廣傳》爲研究對象，取其文字相互參證比較，以凸顯《詩廣傳》之思想特色與論述之重點所在，而於他書則僅供參考之資，並不直接引用，以免於漫衍蕪亂。此或亦今日研究船山學術之一合理途向也。

　　至本文撰述之內容，除前有緒論，後有結論外，重點唯在本論之四章，約可分爲二重點，首在述船山於《詩廣傳》一書所特別彰顯之思想架構，一爲性情通貫之旨，一爲「命日受、性日生」之論，以爲後文之理論基礎，次三章則述此基本思想架構於人情治道之實際運用，而區分爲倫理、歷史文化、政治、禮詩樂諸大主題以分別抉發其蘊。復次，就每段每節之處理而言，首先節引船山原論，再加疏解，而疏解之重點，則以顯發文中相關之義理爲主，而不歧出旁雜。冀讀者即從原文之摘引、貫串、疏釋中，自見船山義理之井然有序。而其每節重心則點明於每節前之小標題中。最後，有關船山之生平、身世、時代背景、學術特點、版本著述諸端，有近人之豐富研究成績在，恕不復贅。茲請於下節先行介紹《詩廣傳》之內容概略，然後即於下章進入主題。

第三節　《詩廣傳》之內容概要

一、版本與著作年代

　　《詩廣傳》之版本原有舊刻本、曾刻本、排印本之別，而皆不能免脫落刪改之弊，〔註4〕下新校本遠甚。今台灣印行之版本有二，見于《船山遺書全集》之《詩廣傳》，乃據太平洋書店之排印本而來，故不取。而本論文所徵引之《詩廣傳》原文，乃一以新校本爲準，案新校本於民國六十三年九月由河

〔註4〕參見張西堂著《王船山學譜》頁175、176、180，民國67年7月初版，商務印書館。又版本之介紹最爲精詳者爲周調陽〈王船山著述考略〉一文，收于《王船山學術討論集》頁490～537，惟資料不易觀獲。

洛圖書出版社影印出版，其來源因資料所限，無法詳考。新校本之優點除有標點分段及詳細目錄外，原文皆經校改，文義自較貫串，全書又多出〈論黍離〉、〈論大東〉、〈論鼓鐘〉、〈論楚茨〉四篇，其詳略優劣較諸舊本，自可概見。復次，多出之四篇，各篇之後均有注語云「此論係未刊稿，據抄本補入。」而校改處之注語大多云「依周校改」。據此，吾人當可考定此新校本，主要係根據周調陽「王船山遺著校勘記」而作成。按周調陽〈王船山著述考略〉一文曾引作者自著〈船山餘稿校閱記〉云：「民國二十八年十一月，湖南省政府轉發南嶽圖書館保管之船山餘稿十二本，均係抄本。內容為：《詩廣傳》二本……《詩廣傳》分五卷，與刻本核對，發現抄本多四篇，其中有一篇抄本在文後有這樣一個批注：『原本有此，改本不錄』，可見《詩廣傳》這一抄本，已是根據改本繕寫的，由于抄本者不忍割愛，又將改本刪去之文字，依照原本抄錄下來。……」又云：「抄本儘管是刊過的，依然有它的價值，因為它能將著者的行文屬意忠實地保存下來，使讀者得從字裡行間了解著者原來的用意。尤其是船山的著述，它充滿著民族精神和愛國思想，極度遭受到清王朝的猜忌，刻刊遺著的人，遇到書中有這類思想的字眼，不是竄改、刪掉，便是作□□，開天窗，使讀者無法了解原意。筆者曾將以上所舉的十多種抄本，與曾刻本和太平洋書店兩種『船山遺著』逐字勘對，發現刊本刪改之處頗多，刊作□□的地方，抄本都原本具在。隨校隨記，編成〈王船山遺著校勘記〉四萬餘字……」〔註5〕由以上之敘述，吾人已可辨知新校本優於舊有三種版本之處何在。本論文雖重在闡明船山義理，然于此文字關節之處，仍須明辨。故論文中凡所徵引，一以新校本為準，不另註明。

至於《詩廣傳》之確切著作年月，今已不能詳考，舊說均推斷其當成於《書經》諸著之後。蓋《詩廣傳・論小雅節南山》云：「故曰：性日定，心日生，命日受。」又〈論大雅既醉〉云：「此之謂命日受性日生也。」迹其語氣，乃援引《尚書引義》之成說甚明。〔註6〕又抄本此書末頁有「癸亥閏月重定」字句，考癸亥為康熙二十二年（1683），船山年六十五歲，吾人據此可知此書當著於前此之時，而曾於是年重訂者也。〔註7〕

〔註5〕參見〈王船山著述考略〉一文，收于《王船山學術討論集》，頁532，533。
〔註6〕參見張西堂《王船山學譜》頁180，與曾昭旭《王船山哲學》頁89。
〔註7〕同註5，頁530。

二、篇目次第與行文特色

《詩廣傳》一書共分五卷，二百三十七篇，篇目及次序如左：

卷一：

〈周南〉九論，依次為：論關雎（二篇），論葛覃、論卷耳、論樛木、論茉莒（二篇）、論漢廣、論麟趾。

〈召南〉十論，依次為：論鵲巢、論采蘩、論草蟲、論采蘋、論行露、論摽有梅、論小星、論野有死麕、論何彼襛矣（二篇）。

〈邶風〉十論，依次為：論柏舟、論綠衣、論燕燕（二篇）、論擊鼓、論雄雉、論匏有苦葉、論谷風、論北門、論靜女。

〈鄘風〉六論，依次為：論柏舟、論牆有茨、論君子偕老、論定之方中、論相鼠、論載馳。

〈衛風〉五論，依次為：論淇奧、論考槃、論碩人與氓、論竹竿、論木瓜。

〈王風〉七論，依次為：論黍離（據抄本補入）、論君子于役、論揚之水、論兔爰、論葛藟、論采葛（二篇）。

〈鄭風〉七論，依次為：論緇衣、論將仲子、論女曰雞鳴、論山有扶蘇、論褰裳、論風雨、論揚之水、野有蔓草、溱洧（本篇係三詩合論）。

卷二：

〈齊風〉七論，依次為：論雞鳴、論還、論東方未明（三篇）、論甫田、論齊詩多刺（本篇泛論齊風諸詩）。

〈魏風〉六論，依次為：論葛屨、論汾沮洳、論園有桃、論陟岵（二篇）、論碩鼠。

〈唐風〉十論，依次為：論蟋蟀（二篇）、論山有樞（二篇）、論揚之水、論綢繆、論鴇羽與無衣、論葛生（二篇）、論采苓。

〈秦風〉五論，依次為：論車轔與駟鐵、論蒹葭（二篇）、論晨風、論權輿。

〈陳風〉四論，依次為：論衡門（二篇）、論東門之池、論月出與株林。

〈檜風〉三論，依次為：論羔裘、論素冠、論匪風。

〈曹風〉三論，依次為：論侯人、論鳲鳩、論下泉。

〈豳風〉六論，依次為：論七月、論東山與七月、論東山（二篇）、論九罭、論狼跋。

卷三：

　　〈小雅〉六十一論，依次為：論鹿鳴、論四牡、論皇皇者華、論常棣、論伐木、論天保、論采薇（二篇）、論出車、論魚麗、論南有嘉魚、論蓼蕭、論湛露、論菁菁者莪、論六月、論采芑（二篇）、論鴻雁、論庭燎、論沔水、論鶴鳴、論祈父、論白駒、論黃鳥、論節南山、論正月（二篇）、論十月之交、論雨無正（三篇）、論小旻、論小宛（二篇）、論小弁、論巧言、論谷風（二篇）、論蓼莪（二篇）、論大東（抄本補入）、論北山、論鼓鐘（補）、論楚茨（二篇、前一篇為抄本補入）、論甫田、論大田、論鴛鴦、論頍弁與車舝、論賓之初筵、論魚藻、論采菽、論角弓、論菀柳、論都人士、論采綠、論黍苗、論緜蠻、論瓠葉、論漸漸之石。

卷四：

　　〈大雅〉四十八論，依次為：論文王（四篇）、論大明（二篇）、論緜（二篇）、論棫樸、論旱麓（二篇）、論思齊、論皇矣（四篇）、論靈台、論文王有聲、論生民、論行葦、論既醉（三篇）、論假樂、論泂酌、論卷阿、論民勞（三篇）、論板（一篇）、論蕩、論抑（七篇）、論桑柔（二篇）、論崧高與烝民一、論崧高、論崧高與韓奕、論崧高與烝民（二、三）、論瞻卬（二篇）。

卷五：

　　〈周頌〉二十二論，依次為：論清廟、論維天之命、論維清（二篇）、論烈文、論昊天有成命、論我將、論我將與維清、論時邁、論執競、論思文、論臣工與噫嘻、論有瞽、論雝（二篇）、論有客、論訪落、論敬之、論載芟、論絲衣、論桓、論賚。

　　〈魯頌〉三論，依次為：論駉、論有駜、論閟宮。

　　〈商頌〉五論，依次為：論那（二篇）、論烈祖、論長發、論殷武與長發。

　　《詩廣傳》之寫作方式大抵係隨文引義，借題發揮。蓋船山以其哲學思想之根本見地，常通過《詩經》中二三文句以顯發，此外亦有就一詩之旨或多詩之共旨立言者，或一詩論之於一篇未足暢懷而漫衍多篇者，觀前文所列篇目次第當可知其大較，要亦繼承孟子以意逆志之態度，不復拘守後儒門戶家說，而別開一解經之生面。曾昭旭先生嘗評論其立言方式曰：

> 船山之釋各篇詩義，大率著眼於詩中可包涵、可引申而有之義理。
> 若從嚴格之訓詁或考據立場觀之，自不免失諸穿鑿，然若自義理立
> 場觀之，則天下事物原皆可藉道以通之，故種種引申，只須於義理
> 上能自圓，即應被容許。此所以宋明儒多引申經義，而陸象山謂「學
> 苟知本，六經皆我註腳」也。船山之《易外傳》、《尚書引義》如此，
> 《詩廣傳》亦然。〔註8〕

文中已對船山詮釋《詩經》之方法提供極圓滿之說明，茲不復贅。復次，船
山對傳統儒家詩論諸批評觀點（即自先秦以迄《詩大序》之總結止），例如孔
子思無邪、孟子知言、詩之風化作用、觀風、美刺、變風變雅等說，大皆原
則上包容肯認而用之若無疑問，蓋皆無不可借之以妙達一己胸中之奧旨者。
是故即《詩小序》之不免於穿鑿拘蔽者，仍可斟酌選取，而不必一概抹殺。
此外，恪就《詩經》之不同體裁，論列之內容亦各有所偏，比如論二南、正
雅、周頌部分，類皆能顯發道德理想之高卓，論諸國風又常以藉詩觀風之觀
點，觀不同國家民情淫變之緣由與關鍵所在，論小雅常及倫理關係，論大雅
常及政治興衰，論周頌常及禮詩樂之形上內涵，然亦未可一概而論。

　　以上僅粗略提舉其行文特色，至於其詳則請通觀後文所論列。

〔註8〕同註3，頁94。

第二章 《詩廣傳》論性與情之通貫

第一節 論「情」在船山思想中之份位

　　船山重「情」，可謂其思想之一大特色，其前儒者多忽而未言，或言而未能精當，此係因船山哲學思想之根本見地已與往昔儒者大為不同所致。茲即就「情」與其相關觀念一併探討，以明「情」在船山思想中之份位。

一、論性情才與本末一貫

　　船山〈論關雎〉，即首發重情之義，其言云：

> 夏尚忠，忠以用性；殷尚質，質以用才；周尚文，文以用情。質文者忠之用，情才者性之撰也。夫無忠而以起文，猶夫無文而以將忠，聖人之所不用也。是故文者白也，聖人之以自白而白天下也。匿天下之情，則將勸天下以匿情矣。

> 忠有實，情有止，文有函，然而非其匿之謂也。「悠哉悠哉，輾轉反側」，不匿其哀也。「琴瑟友之」，「鐘鼓樂之」，不匿其樂也。非其情之不止而文之不函也。匿其哀，哀隱而結；匿其樂，樂幽而耽。耽樂結哀，勢不能久而必於旁流。旁流之哀，慘慄慘澹以終乎怨；怨之不恤，以旁流於樂，遷心移性而不自知。……（引自：《詩廣傳》，頁1。台北，河洛圖書出版社，民國63年，台影印出版。後文凡所引用，僅標明頁次。）

按「夏尙忠，殷尙質，周尙文」原係漢人之說，[註1] 船山藉此言歷史上人性
之發展係由原始質樸之凝歛，走向文飾外露之表現。然無論質文，皆屬人性
所本有。故曰：「質文者忠之用，情才者性之撰。」於此船山以「忠、質、文」
分別與「性、才、情」相配，二者實相對應而同義。而船山不但視情才爲性
之內容，且視之爲性之表現，此中可見船山言性，實連合人之存在一體而言，
不必單指形上之性。又恪就性、情二者之關係言，性爲本、情爲末，性爲體、
情爲用，性必落實於形下之情始得充分呈現，情亦必以性爲準而後得其節，
故船山曰：「夫無忠而以起文，猶夫無文而以將忠。」又曰：「忠有實、情有
止。」可知性情有其本末必相一貫之關係，情雖爲末，於人生亦實屬不可或
缺者。至于情、才之別，由質、文之對比可知「才」當係指靜而凝定之體，
爲情發用時之根據，「情」則單指動而爲喜怒哀樂之用。

　　復次，情感既是人生必有之表現，則必須加以導引貞定，而不可強爲壓
抑窒礙，否則耽樂結哀，終必逾份變質，旁流以出，而致遷心移性，迴非正
本清源之道。船山藉周代政治加以反省，知其即以詩禮治民，而嘗達到疏導
情感、貞定生命之功能者。而詩禮即「文」，乃使情感得以舒暢表白之通道，
故曰：「文者白也，聖人之以自白而白天下也。匿天下之情，則將勸天下以匿
情矣……文有函，然而非其匿之謂也。」由是文即是表白，即是含容，而非
壓抑，亦是使性情本末一貫之道。

二、論形色天性與情才無不善

　　船山〈論君子偕老〉曰：

　　姿容非妨貞之具，文詞非獎佞之資。子曰：「以貌取人，吾失之子羽」，

〔註1〕《禮記・表記》云：「虞夏之質，殷周之文，至矣。虞夏之文不勝其質，殷周
之質，不勝其文。」《說苑・修文篇》云：「夏后氏教以忠，而君子忠矣。小
人之失野，救野莫如敬，故殷人教以敬，而君子敬矣。小人之失鬼，救鬼莫
如文，故周人教以文，而君子文矣。小人之失薄，救薄莫如忠。」又《白虎
通義》與董仲舒《對策》皆有類似說法。以上俱據柳詒徵著《中國文化史》
上冊頁110所引，正中書局。
　　錢穆先生亦云：「漢人傳說夏尙忠，商尙鬼，周尙文，此論三代文化特點，雖
屬想像之說，然以古人言古史，畢竟有幾分依據。大抵尙忠尙文，全是就政
治社會實際事務方面言之，所謂忠信爲質而文之以禮樂，周人之文，只就夏
人之忠加上一些禮樂文飾，爲歷史文化演進應有之步驟。……」見《國史大
綱》，頁20，商務。

非子羽，未嘗失也；「以言取人，吾失之宰予」，非宰予，未嘗失也。
舍是而椎魯、朱離，魃頭、鴃舌，耳不可喻，目不欲觀，將與之謀
貞而訂直，亦難矣哉！

「象服之宜」，德之助也；「鬒髮如雲，揚且之皙」，亦載福宜人之徵
也。「邦之媛兮」，洵哉其媛也。所責備者，以其有可責者在也。故
責直者，尤責之文士；責貞者，尤責之姣人。天授之而天不任咎，
人任之矣。然則天之寵人，既寵之以性，抑寵之以情才以爲天下榮，
奚可廢哉！……

姿容之盛，文詞之美，皆禽與狄之所不得而與者也。故唯一善者性
也，可以爲善者情也，不任爲不善者才也，天性者形色也。棄天之
美，以求陋澆樗櫟之木石，君子悲其無生之氣矣。（頁34）

此段復強調形色天性之義。船山以爲人之情才形色皆天所賦予吾人之資具，
無有不善，亦無不可即之以成就道德事業之豐美富厚。反之，若視氣質形色
爲行道之障礙，或視之爲罪惡之工具，而單單彰顯一心之主體自由，則於道
德實踐之功績結果，乃不能免於虛歉單薄之弊者，以此觀佛老莊，及宋明儒
尤其陸王一系，實皆不能免于此病。再者，姿容之盛與文詞之美，皆因于人
性所具之「情、才」之善；且因歷史文化世世代代之積累日新，與夫由此而
生之對人性情之不斷熏炙陶冶，始使人日遠於禽獸，日遠於夷狄。此即船山
所言性日生日成之義。證之於他文如〈論節南山〉云：「性日定，心日生，命
日受」（頁 88），〈論既醉〉曰：「命日受、性日生」（頁 124），皆可知性有其
內容義、累積義、必連人文德業之充實增益而言，而有其日生日成之義。唯
此義尚非本節重點所在，請俟於本章第二節與第四章第一節再予詳論。

又本段亦言及性、情、才之區分，可與上篇〈論關雎〉之文相印證。船
山言性雖重內容義，必兼形色情才一體而言，然亦常單指形上之性而言，故
本文曰：「唯一善者性也，可以爲善者情也，不任爲不善者才也。」〈論谷風〉
亦曰：「我性自天，不能自虧，我才自命，不能自逸，我情自性，不能自薄。」
（頁 21）由是稍予區分，則性係指人獨得於天之形上之性，性有其內在之目
的，必貫於情，情即是性在存在面之發端，而才則是天之所命于人，而爲情
發用時之根據。〔註2〕

〔註2〕　《詩廣傳》之特色之一，係船山對其自家哲學作一極爲圓熟之應用，故談及
「性、情、才」三者區分之理論文字反較少，而多見於《讀四書大全說》一

三、論情上受性、下授欲

理想上，情必由性發，然而現實上卻不盡如是，此時便須分辨情之貞淫，船山〈論靜女〉曰：

> 獎情者曰：「以思士思妻之情、舉而致之君父，亡憂其不忠孝矣」，君子甚惡其言。非惡其崇情以亢性，惡其遷性以就情也。情之貞淫，同行而異發久矣。殆猶水也：漾沔相近以出而殊流，殊流而同歸，其終可合也；湘灕桓洮相近以出而殊流，殊流而異歸，其終不可合也。情之終合與終不合也，奚以辨哉？以迹求之不得，喻諸心而已矣。

> 貞亦情也，淫亦情也。情受於性，性其藏也，乃迨其為情、而情亦自為藏矣。藏者必性生，而情乃生欲，故情上受性，下授欲。受有所依，授有所放，上下背行而各親其生，東西流之勢也。喻諸心者，可一一數矣。均之為愛，而動之惻然，將之肅然，斂之愈久而愈不容已，則以用之君父、昆友，可生、可死，而不可忘以叛。均之為愛，而動之泆然，思之泆然，斂之則隱，逐之則盛，則以用之思士、思妻，忘生、忘死，而終不能自名其故。夫其終也，可生可死而灼然不叛，忘生忘死而莫能自名，則心亦傳於迹而皆不可揜矣。（頁23）

情由性發，此是情之貞者，實則與性無異，例如忠孝之情，係出自人之天性。然而情發於性之後，即為另一物事，情亦自成一有慣性機能之系統，此一動一靜之機括離性之後仍盲目地必應必動，如此則生欲，而為情之淫者，此不同於由性所發之情，復須另以性為準則以節之。由是則情或由性出，或由情自出，故曰：「情之貞淫，同行而異發久矣」，曰：「情上受性，下授欲。」前者例如忠孝之情，後者例如思士思妻之情，因忠孝係人之天性，乃不學而知，不慮而能者，當其生知安行，發端於存在面而為情時，本必由形上之性所貫下，乃有本有源，而自不容已者。至於思士思妻之情，則常是私己情欲之盲動，無以自名其故，並非由性所直接貫下。由是獎情者之弊，即因混淆二者之區分，而有「遷性以就情」之言論，而令君子深為戒懼。然而以上二情皆是人生之實然，同為存在上所必有之表現，故欲（即情之淫者）應無劣

書之孟子部分。錢穆先生〈王船山孟子性善義闡釋〉一文（收於《中國學術思想史論叢‧第八冊》，頁74～103，東大圖書公司）嘗撮要列舉相關文字，足資參考。又曾昭旭於《王船山哲學》一作中「船山之人道論」一章，嘗有極為精詳之理論分析。

義，唯視其能否有所導引貞定而已。

四、論詩達情、非達欲

此義船山又〈論北門〉曰：

> 詩言志，非言意也。詩達情，非達欲也。心之所期為者志也，念之所覬得者意也，發乎其不自已者情也，動焉而不自待者欲也。意有公，欲有大，大欲通乎志，公意準乎情。但言意、則私而已，但言欲、則小而已。人即無以自貞，意封於私，欲限於小，厭然不敢自暴，猶有媿怍存焉，則奈之何長言嗟歎，以緣飾而文章之乎？
>
> 意之妄，忮懟為尤，幾倖次之。欲之迷，貨利為尤，聲色次之。貨利以為心，不得而忮，忮而懟，長言嗟歎，緣飾之為文章而無怍，而後人理亡也。故曰：「宮室之美，妻妾之奉，窮乏之得我，惡之甚於死者，失其本心也。」由此言之，恤妻子之飢寒，悲居食之儉陋，憤交游之炎涼，呼天責鬼，如銜父母之恤，昌言而無忌，非殫失其本心者、孰忍為此哉！（頁22）

詩應是能宣人之志，導人之情者，而不應流於止是浮面情緒之盲動，若此方是上通於形上之性者。文中「志、意」之別，實同於「情、欲」之別，前一組偏於自心之動機看，後一組偏於自情所及之對象看。若「志」係出於道德本心之無邪之思，則「情」亦必是當幾合於形上之性者。又情係一機括，可依慣性盲動以生「欲」，此時相對於心言，即是私念之執著而為「意」。欲、意若得其導引貞定，亦莫不可為善，故曰：「意有公，欲有大，大欲通乎志，公意準乎情。」否則若外迷於貨利聲色，內執於私意小欲，即成忮懟幾倖之情。藉此考察北門一詩之作者，實亦屬迷亂其本心而逃於此病者。按《毛詩序》曰：「北門，刺仕不得志也，言衛之忠臣不得其志爾。」實未足語於真知。

五、論舒氣以治情

船山〈論小弁〉曰：

> 治不道之情，莫必其疾遷於道，能舒焉其幾矣。「君子不惠，不舒究之」，不舒而能惠者尟也。奚以明其然也？情附氣，氣成動，動而後

善惡馳焉。馳而之善，曰惠者也。馳而之不善，曰逆者也。故待其
動而不可挽。動不可挽，調之於早者，其惟氣乎！

氣之動也，從血則狂，從神則理。故曰「君子有三戒」，戒從血之氣
也。六腑之氣，剽疾之質，速化而成血，挾其至濁而未得清微者以
乘化，而疾行於官竅之中。濁、故不能久居而疾，未能清微、故有
力而剽。是故陰柔也，而其用常很。很非能剛也，迫而已矣。⋯⋯
欲治不道之情者，莫若以舒也。舒者、所以沮其血之躁化，而俾氣
暢其清微，以與神相邂逅者也。

古之君子，食不極味，目不極色，耳不極聲，居不極安，大陰之產、
不盡其用，六府之調、不登其剽疾，弱其形，微其氣，迃其神，勿
益其陰，所以豫養其舒也。聖狂之效，早決於此矣。不道者之故未
有此也，逮乎其方很而姑舒之，猶有瘥焉。其亦端本清源之治與！
巫而以道爭之，抑末矣。（頁93）

治不道之情，原則上仍須端本清源，可舒之而不可疾抑之。前曾云情若離性
而盲動，則必下授欲而情亦因之有貞淫之別，因情僅係一動一靜之幾，必不
能離其所根據之存在之「氣」而發，故本文復另從「氣」之角度加以說明，
其意實仍相若。茲說明如下：情若由性發，則氣亦必是清微通暢者，故云：「氣
之動也，⋯⋯從神則理」（「神」即天地之心，純指示一道德方向），然而現實
上人生命形骸中之六腑之氣，係一機括，當耳目口體與外物相接之際，若不
能適度調節，則必成機械性之迫促盲動而不可止，故云「氣之動也，從血則
狂」，此猶如上節「情下授欲」之意。此是現實人生不可免者，根本無可壓抑。
故古之君子調養之道，即不外是不極其聲色口體之娛，以求「弱其形，微其
氣，迃其神，勿益其陰，所以豫養其舒也。」然此並非弱其體貌形骸之謂，
而是使之從容而用，使其不顯陰剛之謂也。而此亦是唯一端本清源之治，若
強以力壓服之以期其從道，迫求實效以治不道之情，乃根本不可能治理者，
由本段吾人亦可見船山必照應人之生命實情而有其合情達理之看法。

六、論道生於餘情

船山〈論葛覃〉曰：

道生於餘心，心生於餘力，力生於餘情。故於道而求有餘，不如其

有餘情也。古之知道者，涵天下而餘於己，乃以樂天下而不匱於道；
奚事一束其心力，盡於所事之中，敝敝以昕夕哉？盡焉則無餘情矣，
無餘者恧滯之情也。恧滯之情，生夫愁苦；愁苦之情，生夫劬倦；
劬倦者不自理者也，生夫惕佚；乍惕佚而甘之，生夫傲侈。力趨以
供傲侈之為，心注之，力營之，弗恤道矣。故安而行焉之謂聖，非
必聖也，天下未有不安而能行者也。安於所事之中，則餘於所事之
外；餘於所事之外，則益安於所事之中。見其有餘，知其能安。人
不必有聖人之才，而有聖人之情。恧滯以無餘者，莫之能得焉耳。
葛覃，勞事也。黃鳥之飛鳴集止，初終寓目而不遺，俯仰以樂天物，
無恧滯焉，則刈濩絺綌之勞，亦天物也，無殊乎黃鳥之寓目也。以
絺以綌而有餘力，「害澣害否」而有餘心，「歸寧父母」而有餘道。
故詩者所以盪滌恧滯而安天下於有餘者也。「正牆面而立」者，其無
餘之謂乎！（頁 3）

由開首五句，可見道必由餘情所生，正可印證前文之意。蓋「餘情」者，謂
情不限於一事之中，而可有隨機之彈性。「餘力」者，謂力在此一秒中，只做
此一秒中之事而不憂萬事之不及做，則力舒而有餘。「餘心」者，謂心在此一
空間中，只關心此空間中之事物，而不憂天下之不及愛，則心寬而有餘。於
是古之知道者，即因知於一己之外，尚有餘情以涵天下，乃能知天下萬事各
有造化，非必待己之安頓然後至於道，故道本殊徑而同歸，非必此道始為道，
則道亦大而有餘。由是人亦不必有聖人之才，真能服千百人之務，而卻可有
聖人之情，知分而安。反之，若情一有恧滯，則必生愁苦而自持，再而放縱
越份，終至無所不為，故曰：「心注之，力營之，弗恤道矣。」由以上之比較，
吾人可知餘情之重要。藉此以觀葛覃一詩之女子，即因專於眼前之勞事，故
有餘情以生道，此猶如黃鳥之飛鳴集止，當幾與天物相接，寓目無遺，二者
同樣是能知分而安者。故詩亦應有如此「盪滌恧滯而安天下於有餘」之功能，
而船山《詩廣傳》一書即以此為評量詩作之標準。〔註 3〕

　　綜合上述六段文字之論述，吾人當可概知情在船山思想中之份位，並知
船山將持何種態度通過詩作以進論人情治化之方。

〔註 3〕 本節所闡述之義旨，參考曾昭旭《船山論道生於餘情》一文，載於《鵝湖月
　　　　刊》第 27 期頁 46～47，民國 66 年 9 月。

第二節　論「命日受、性日生」與其相關觀念之澄清

　　既言道德實踐，首須明船山性日生日成之義。按天化無心以成物，人則繼天而有功，人物皆自天而來，然唯人有天道乾德之貫注內在，可承天命以立人性。物但以其初命安於表現，順任自然本能而俯仰於天地之間；人則率性修道而有日新之命，以裁成輔相天地萬物而有人文化成之功。此中若無人道之積極主動實踐，天地亙古自然循環，即或有其日新之化，而實無道德文化意義可言，此則必待人點化自然秩序為道德秩序，明其意義價值，而後反證天實有此日新不易之德，茲先論「誠之者，人之道」。

一、論誠之者人之道

　　船山〈論蕩〉曰：

> 「天生烝民，其命匪諶」，人弗諶之乎？曰天固不可諶也，故曰：「天難諶斯。」天也，非徒人也。「誠之者人之道也」，猶言「誠者天之道也」，道則然而非可必也。然則言天之無不諶者，猶言人之無不可諶也。人無不可諶之、而既有不能終之，則天無不可諶、而固有其不可終矣。天不恃克終以為德，則是天固不可諶也。……
>
> 故諶天命者，不畏天命者也。禽獸終其身以用天而自無功，人則有人之道矣。禽獸終其身以用其初命，人則有日新之命矣。有人之道，不諶乎天；命之日新，不諶其初。俄頃之化不停也，祇受之牖不盈也。一食一飲，一作一止，一言一動，昨不為今功，而後人與天之相受如呼吸之相應而不息。息之也其唯死呼！然後君子無乎而不諶乎命也，始終富有而純乎一致也。仁義禮智參互以成德信，以其大同而協於克一，然後君子之於命、無乎不諶之有實矣，舉一統百而百皆不廢也。嗚呼！知不諶之以諶者，知終者與！終之以人而不恃天之初，人無不可誠之，而後知天之無不誠也。（頁132）

此藉天命政權之轉移言性命之理，兼言人禽之別。尤其肯定人道德實踐之主動積極義。蓋天是渾全無限者，其終固是向圓滿而趨，然過程實有一時一地偶然之偏舛，人若執著於眼前事象之變動無常與駁雜繁富，而不知此乃天當幾呈顯之偶然現象，則不易見其背後實有不變之健動誠純、日新不已之天道乾德為之推動。人所應接面對者既永是暫現無常之事變，乃不可妄邀天幸，

冀圖結果之必合乎人意。譬如民心之歸向、政權之轉移即是無可預期者，就此一面看，可謂「天難諶斯」，又可謂「天生烝民，其命匪諶。」（毛注：諶，誠也），而人所當效法致力者，乃毋寧是天德之乾健不息，日新不已。由是道德實踐之重點乃不應向外徇求，而尤須收斂向內，由自己生命著眼，法天道乾健之德，自強不息，以致誠盡性。此之謂「誠之者人之道。」

又禽獸亦有生命，其所以會與人同中有別者，係因人與禽獸雖同為天之所命，然此同處僅指坤德地道，亦即天道乾德當行其道德創造時所需之形體資具是人與禽獸所同有者。至于其相異之處，則在禽獸無天德下貫之心，只能用天所賦予之初命而終身安于天化之表現，即只能順本能而行動，不能自行其創造。而人卻有天道乾德之貫注內在，乃不再止於初命，其乾陽創造性之心乃必主動持權，秉天賦予人之仁義禮智之理，貫於其形質生命，又即眼前之天地形色、凡百器物，而裁成輔相之，賦予其道德意義、文化內涵，于是人日受天之命，乃不限於初生時所受之一定之型，而是能不斷擴充開發其所受之命者。此即船山所謂「禽獸終其身以用天而自無功，人則有人之道矣。禽獸終其身以用其初命，人則有日新之命矣。」

然則知德之君子乃必知「天固不可諶」，而不畏天命之變動無常，又不畏事象之駁雜繁富，而知「人無不可諶（誠）之」，善繼天生生不已之一致不易之德，積極自主地裁成輔相天地萬物，善成其人文化成之功，以成其命之日新富有，此之謂「知不諶之以諶者，知終者與！」此之謂：「始終富有而純乎一致也。」至若小人見不及此，悖用天命，不能主動致其誠，而妄邀天幸，終必惑眩陷溺而無成。譬如暴君不能修德而政權以奪者即是其例。

此人道實踐之主動積極義，船山又嘗暢論之于〈論皇矣〉曰：

> 眾人欲而不給，賢人為而有窮，聖人化而有待。人之不能必得於天者多矣，夫孰知天之有不能必得於人者哉？「監觀四方，求民之莫：維此二國，其政不獲」：天之有求於人而不能必得者也。先天而天或不應，後天而天或不終，吾於是而知天道。天欲靜，必人安之；天欲動，必人興之；吾於是而知人道。大哉人道乎！作對於天而有功矣。

> 夫莫大匪天，而奚以然邪？人者兩間之精氣也，取精於天，翕陰陽而發其同明。故天廣大而人之力精微，天神化而人之識專壹，天不與聖人同憂；而人得以其憂相天之不及。故曰：「誠之者人之道也。」天授精於人，而亦唯人之自至矣。維人有道，人自至焉。天惡得而

> 弗求,求惡得而必獲哉?知天之道則可與安土,安土則盡人而不妄。
> 知人之道則可與立命,立命則得天而作配。嗚呼!知人之道,其參
> 天矣夫!(頁118)

人道之實踐不能必得於天,而有其客觀限制,此處人須「安命」,然反觀天之德雖日新不已,卻同樣不能必得于人,而有待人之主動持權以印證之。例如暴政之待革其命,人間之必求其寧定,正是天理人心之自然必有之要求,然而非待人以成其功不可,此即見出天道無憂,而人道有憂,此時人不能僅安於順任現實,而須「立命」,主動持權,改造環境,而顯出人道實踐之自主尊嚴。

又天之道廣大神妙,而人力有限,人唯盡其專一精微之識力相天之不及,終其身無可間斷,此即取精用宏,使天之命不斷凝於人身而日新富有之道。此可參證前文而見出「人與天之相受如呼吸之相應而不息」之義蘊。以下復詳為論列「命日受、性日生」之義。

二、論「人之天、天之天」與「命日受、性日生」之義

船山於是即上文之義言天之天與人之天之異同,其〈論板〉曰:

> 人所有者人之天也,晶然之清,晶然之虛,淪然之一,穹然之大,人不得而用之也。雖然,果且有異乎哉?昔之為天之天者,今之為人之天也。他日之為人之天者,今尚為天之天也。出王而及之,昊天之明;游衍而及之,昊天之旦。入乎人者出乎天,天謂之往者人謂之來。然則全而生之,全而歸之,日日而新之,念念而報之,氣不足以為之捍,形不足以為之域,惡在其弗有事於昊天乎?
>
> 不達乎此者曰:「氣以成形,理寓其中、而主以終世,其始無不足,其後無可增。」然則其與皇天果相捍於其域,兩弗相得而固不相逮矣;而又欲有事焉,是握拳以擊空,炙手而欲瘳父之足瘍也,不亦妄乎!
>
> 故君子之言事天也,寧小其心,勿張其志:不敢曰吾身之固有天也,知其日益,不懼其日遠:不敢曰吾事固有之天而已足也,知其理,迎其幾,觀其通,敬其介,則見天地之心者乎!(頁131)

此文對舉出人之天與天之天之不同,以見人道之功,兼評不達此說者之缺陷。又言人事天必有其分寸,不可妄向虛空渺冥者強為探索。茲先論前者:人既

須行道德實踐以日新其命，而人文化成又終不能離此眼前世界之天地形色、凡百器物而另有其對象及所用之資具。如此人文化成及道德心量所涵蓋所點化者之總和，方係屬諸人，爲人所有而可謂之「人之天」，而此「人之天」當其未被人文化成涵攝前，固原屬諸「天之天」，而非人之所有。又因人必在不容已之道德實踐中不斷點化「天之天」爲「人之天」，故「人之天」乃是不斷開發擴展者。〔註4〕如此，人與天之間似有相出入往來之關係，而有命之日新之過程可言。

　　船山乃藉此批評「不達乎此者」之弊，蓋因忽略人之行道德創造，實不可離其資具形色而有。茲再引船山〈論既醉〉之文以合釋此義：

> 昭明天體也：昭物而物昭之，明物而物明之，天用也。維天之體即以用，凡天之用皆其體，富有而不吝於施，日新而不用其故，容光而不窮於所受，命者命此焉耳，性者性此焉耳。

> 不達其說者曰：「天唯以其靈授之有生之初而不再者也」，是異端「迥脫根塵、靈光獨露」之說也，是抑異端「如影赴鐙、奪舍而栖」之說也。夫苟受之有生而不再矣，充之不廣，引之不長，澄之不清，增之不富，人之於天，終無與焉已矣，是豈善言性者哉？

> 古者之善言性者，取之有生之後，閱歷萬變之知能，而豈其然哉？故詩之言天，善言命也，尤善言性也。「君子萬年，介爾昭明」，有萬年之生、則有萬年之昭明，有萬年之昭明、則必有續相介爾於萬年者也。此之謂命日受、性日生也。（頁124）

船山認爲就天道之生化言，天是富有日新而不用其故者。天化生萬物使物有昭明之表現，即此可見天之用，而此昭明之用，究其實則無非是天之體之自用而已，因此天之體用是渾全無限者，其理氣實凝合爲一體而不分，由是天化之往來施受之際乃是不吝不窮、不用其故而富有日新者。至於人，船山則就人之存在以說「性」，亦即天渾全之理氣降而暫凝於人之存在，此天之所「命」內在于人即謂之「性」。故「性」乃不能僅看成是形體資具之氣質生命，亦不能看成純指天德良知之內在，而是指心與身凝合而成之具體存在之「性」，此性實自天之所命而來，而爲一原始自然之凝合，〔註5〕其理氣不分，形上形下

〔註4〕有關「天之天」與「人之天」之詳細分辨，參見曾昭旭著《王船山哲學》頁354～361。

〔註5〕參曾昭旭〈性之說統新探〉一文，收於《道德與道德實踐》一書，頁45～76，

兼有，故船山云「命者命此焉耳，性者性此焉耳」。

性既是心與身之原始自然之凝合，人乃可即據此性中乾陽創造之心能以日開發其形質生命，且進一步及物潤物。此不同於天化之廣大神妙，而是人用其精微之力、專一之誠，取天之精，用物之宏，以參贊化育，由是人乃不限於初生所受命于天之一定之型，而可言命之日受日新、性之日生日成。吾人藉此可知船山批評「不達此說者」之缺陷，係因其人光著眼於人之有靈明之良知，以此爲人受於天之初命，終身而用之，無容增減，其人蓋無見於道德創造不能離生命形質之資具，又不能外於眼前天地形色凡百器物而有其他對象，故其人雖即天德良知說性，卻不能正視耳目形骸爲天理良知發竅之事實。其流弊反易導致人與天全不相干，「人之天」既無以擴充增長，富有日新，則對歷史文化，客觀知識之外王德業亦全不能予以應有之重視矣。

三、論知常立命與紹繼之義

雖說天人有出入往來之關係，人須致其誠充其性，然君子之事天，又須明辨人之份位及限制。因天地之奧秘，宇宙之全體，本非有限之人所可盡知其底蘊者，人須即天之所可知者知之，至於天之所不可知者，人固須嚴守其分際，無容越位而相求，故船山于前〈論板〉之文曰：「人之所可知者人之天也，晶然之清，晶然之虛，淪然之一，穹然之大，人不得而用之也。」天之虛空渺冥，奧秘難測，乃是與人無直接相干者，故人亦不可妄臆擬測。人但須秉其道德創造之心，「知其理、迎其幾，觀其通、敬其介」，日開發「天之天」，使「人之天」之內涵更充實富厚，船山於是又言君子事天當知常立命，其義見于〈論麟趾〉：

> 天之所不可知，人與知之，妄也。天之所可知，人與知之，非妄也。天之所授，人知宜之，天之可事者也。天之所授，人不知所宜，天之無可事者也。事天於其可事，順而吉，應天也。事天於其無可事，凶而不咎，立命也。王者之民，足以知天；王者之道，足以立命：麟趾之詩備之矣。
>
> 「麟之趾，振振公子。」麟而宜有振振之子，可知者也。公子之有管鮮、蔡度，不可知者也。「麟之定，振振公姓。」（姓，孫也。）

漢光文化事業公司。

麟而宜有振振之公姓，可知者也。公姓而有射肩之鄭，請隧之晉，
不可知者也。譽宜有者、歸德於麟，而非妄矣。慮不可知者、以俟
之命，而亦非妄矣。身有儀，家有教，侯有度，王有章，天下有以
對，而後振振者異乎夫人之子姓，人之所與知，麟之所以為麟也。……
（頁7）

吾人只當詳究天之常，不須妄逐天之變。天之常為人所能知者，係指天有圓
滿、無限、永恆、清虛一大等性質，人但須知其終必為合理，而可以人道繼
之而有功，復次，天之常為人所已有者，係指因人文化成而日新富有之歷史
之知識，此則人可與知之。上述二者人皆可應天而事之。蓋天之常示現吾人
以客觀之道德標準義，而人之事天則凸顯其主觀之道德實踐義。

至于天之當幾顯發於吾人而為變動無常之事象者，人但須當事變之生，
即安於其事以立命，而不敢當其未生，而妄測其生，當其已生，則妄怨其生。
譬如公子之有管叔、蔡叔，公姓之有射肩之鄭、請隧之晉，皆天之變，而屬
天之奧秘，固人所不敢與知者。蓋天之所以生如此非常之事，必自有其道理，
人雖以有限之眼暫見之為妄，而實不妄也，此須吾人對天有一大信，而知不
道者之必早已，總之，君子事天之分際限度，唯在知天之大常，以應天而吉，
安天之事變，以立命而不咎。而人之道德實踐唯須應天之常，紹繼不已以見
功，以成其命日受、性日生之義，此即船山於前〈論既醉〉所云：「『君子萬
年，介爾昭明』，有萬年之生，則有萬年之昭明，有萬年之昭明，則必有續相
介爾於萬年者。」茲論此紹繼之義。船山〈論長發〉曰：

故高者不遺卑也，大者不遺小也，至於虛不遺實也。「聖敬日躋，昭
格遲遲，上帝是祗」，此之謂也。躋云者歷也，遲遲者歷之無遺也。
故君子不舍事而親人，不忘人而珍身，不外身而觀天。趾之步之，
泰華陟之；絪之縕之，層雲升之；銖之絫之，萬有周之。故曰：高
以下為基，鴻以纖為積，君以民為依，理以事為麗。君子之言天，
如是其有據也。君子之事天，如是其有漸也。漸以不遺，有據以登
而不隕，斯上帝可得而祗矣。……故言躋者，勿憚其遲遲焉，幾乎
道也不遠矣。（頁172）

前段既論人當究天之常，此處復即「躋」之義，以言事天有其漸進之道，時
間上須啟後承先，空間上尤須周備萬有。此即肯定命日受性日生之義，非可
僅限于個體生命而言。君子事天須提挈天地形色凡百器物為一體，即其高卑，

大小、虛實而無所不包，徧歷上下內外彼我理事而無有所遺，如是方有所謂人文化成之可言。又因知事不成於一人，其功非摶合群力承先啓後而不得，故其過程乃須不疾不徐，而有其漸進之序，雖遲遲之久，卻因有誠敬生中而終無懈怠，如此其功日益，而終不遠于道，故曰：「躋云者歷也，遲遲者歷之無遺也。」此紹繼之義固相應於天德之乾健不息而有其深刻內涵，船山於是〈論抑〉曰：

> 大哉，紹乎！千里之可以跬步臻也，千祀之可以寸心藏也，白刃之可以清晏承也，床第之可以堂皇治也，無形之可以有形接也。天以之繼而生人，人以之繼而成性，故曰：「繼之者善也。」匪繼弗善，曷紹之可弗念哉？……

> 夫君子於洒掃無小也，於訏謨無大也，於夙夜無短也，於遠猶無長也，於戎作蠻方無危也，於庶民小子無安也，於屋漏無靜也，於不虞無動也，於神格無幽也，於手攜面命無明也，於先王無順也，於迷亂無逆也；一日之始，百年之終，既耄之知，小子之戒，險而易，阻而簡，獨而畏，遠而涵，豈有他哉？念厥紹而已矣。（頁136）

天道生生不已，有其日新之化，以此繼而生人。人若善貫其乾陽創造之心於形質生命、天地形色，則亦有其日新之命、日成之性。紹繼之義實至嚴肅而可貴。就個體之道德實踐言，人每易見其現前境遇之艱難險阻，其資具才智之勢單力薄，其當下成就之渺小無形，而不易見其實有豐厚深遠之可能性。究其實則歷史知識之積累，德業之富有，人文之美備，乃至通連天之顯隱幽明無形有形之全體言，莫非是由此最渺微之個體各行其道德實踐，繼踵相承與凝合累積而後可知可有。若此，其過程雖險阻，而究其責只是乾坤易簡之道之貫徹而已，茲再續論個體生命之如何參贊天地化育。

四、論「聖人無我」之非，與大體小體、道心人心、天理人欲之一貫

道德行為既有其自主尊嚴義，使人繼天而有功，於是船山乃即此言我之「耳目心思」與我之「性情」實為人文化成之始基，且須嚴辦「聖人無我」一說之謬誤無實。其〈論皇矣〉曰：

> 或曰聖人無我，吾不知其奚以云無也？我者德之主，性情之所持也。必狹其有我之區，超然上之而用天，夷然忘之而用物，則是有道而

無德，有功效而無性情矣。苟無德，不必聖人而道固不喪於天下也。
苟無性情，循物以爲功效、而其於物亦猶飄風凍雨之相加也。嗚呼！
言聖人而亡實，則且以聖人爲天地之應迹，而人道廢矣。

自我言之：聖人者，唯其壹至之性情，用獨而不憂其孤者也；壹至孤
行，而不待天物之助。道無倚也，故曰「無然畔援」。不以道爲畔援，
而後舉無可爲之畔援矣。非無功效而不欲多得之也，故曰「無然歆
羨」。不以功效爲歆羨，而後舉無可爲之歆羨矣。有天地而不敢效法，
有鬼神而不求往來，有前王而不必與之合，有後聖而不必其相知，明
夷而正其志，大有而積中以不敗。故聖人者，匹夫匹婦之誠相爲終始
者也。宅仁而安，信而不渝，神化無畛而逢其原，耳目心思參天地而
成位乎其中。孟子曰：「萬物皆備於我矣」，此之謂也。（頁120）

天地無心以成化，人則不能安於現狀而有其憂，亦以是必須力行道德實踐以
求心之所安。而人之所以能行道德實踐，則係因「德」與「性情」皆爲人所
獨有，而能據此以爲及物潤物之始基，蓋就船山言，天命之凝於人身者即可
謂之「性」，性之必有所表現，即謂之「情」，耳目心思皆統屬於人之「性」，
而爲我所持。「心思」有其創造本能，能秉仁義禮智信之「德」，即此「耳目」
形軀之資具，發而爲道德行爲。故曰：「我者德之王，性情之所持也。」若心
思不能貞定耳目，則耳目形軀之活動或不能如理，反之，若無耳目形軀，則
心思徒有創造之能而不能落實。而我之存在實即耳目形軀與心思之凝合爲一
者，吾人於此可見道德行爲之自主無待，實無庸向外援取貪羨，而唯一一收
歸於主體生命，用其耳目心思，用其壹至之性情，以及物潤物，以參贊天地
化育，舍此別無他途，故曰：「耳目心思參天地而成位乎其中」。

藉此以考察「聖人無我」之說，乃知其謬誤在不能落實而言道德實踐，
馴至有本無末而本亦失，且混人天爲一而反喪失人之分位。蓋天原有其運行
之道，與化生萬物之功效，然天終是全體無限者，一時一地之偶化或有舛駁，
而就天理全體而言，仍於理無妨，即飄風凍雨，萬物摧折，仍屬自然之化，
人則不能安於如是之無常，而必思據我之常，以顯發道德秩序而貞定之，而
此即人道自主之尊貴所在。設若無「我」，則將何所據以參贊化育乎？

至于耳目心思如何調諧以成道德行爲，船山〈論載芟〉曰：

實、充也，函、量也，充其量斯活矣，故曰：「實函斯活。」……昔
者函於心，可以實而未實也。今茲猶是函於心，而胡以實也？學以

聚之，思以通之，智以達之，禮以榮之，集義以昌其氣，居敬以保其神，備物以通其理，天下皆仁、而吾心皆天下矣。夫然後實於其函，而活弗待於崇朝也。實者誠也，「誠之者人之道也。」擇而守，學焉而不曠，盡其實有而不歉者，誠之者也。然則天其可怙乎哉！

天能使函而不能使實也，乃其必函之者何也？曰：此貞之起元也。不貞則不幹，不函則無以爲我體。我體不立、則穀之仁猶空之仁，我之仁猶空之仁，蕩然不成乎我，而亦無以成乎仁矣。故曰：「形色天性也。」形色者我之函也，而或曰：「聖人無我」，不亦疑於鬼而齊於木石禽蟲之化哉！

故知：仁、有函者也，聖人、有我者也。有我以函，而後可實。欲其理乎！小體其大體乎！人心其道心乎！活其活而天下之活歸焉。知此者，乃可與言復體。（頁 161）

此文以「實」訓「誠」之義，又對舉「函」與「實」以爲說明，猶如「耳目、心思」或「身、心」之對列，人之感官形軀爲道德實踐所依據之資具，其中有無限可能之發展性，而謂之「函」，此須人以創造性之心能貫注之、貞定之，使其成爲天理良知之發竅處、落實處，此工夫即謂之「實」。「函」固爲天之所命，然天既命之後，創造之權即持於人之主體，故天不能使之「實」，而有待於人以後天之工夫涵養「實」之，而謂之「誠之者人之道」。總此，「誠」或「實」即人善秉其創造之心能落實於耳目形軀資具之「函」，而使人性之無窮可能一一化爲眞實之道德事業之謂也。復次，此所謂「函」，又不可拘於行文所顯之義，以爲此乃限於一己之身而有定量者，蓋人之道德實踐之實以整個天地形色爲資具，亦即有「天之天」，或說「宇宙全體」之對象以備用，而皆可經由「實」之作用而備于我之「函」，此猶前所述人可不斷吸納天命以日生日成其性之義。「實」象徵乾之創造原則，「函」象徵坤之終成原則，二者得其調諧，乃能並進而有功，則道德行爲有其心能之創造爲源頭活水以定方向，復有其感官形軀爲落實之資具，乃能不偏狹，不虛歉，而有其光輝篤實之義，雖然本必貫于末，然末亦不小，不可忽視其滋養之功。故形上之理與形下之欲非相對待者，小體之耳目感官與大體之心官非相衝突者，而人心之喜怒哀樂皆中道而發，莫不可合乎道心之仁義禮智之理。然則所謂道德實踐其圓滿之義可概知矣。

第三章 《詩廣傳》論道德倫理

第一節 通論君子立身處世之道

一、論君子以貞一之道體隨時應變

船山言君子立身處世之原則，主眼唯在以道爲權衡，以隨時應變，作出主動自由之道德行爲。〈論鶴鳴〉曰：

> 「魚潛在淵，或在于渚」，時也。「魚在于渚，或潛在淵」，亦時也。夫天下之萬變，時而已矣。君子之貞一，時而已矣。變以萬，與變俱萬而要之以時，故曰「隨時之義大矣哉」，大無不括，斯一也。
>
> 時之變，不可知也。欲知其不可知，意者其游情以測之乎？君子所惡於測道者，無有甚於游者也。老子曰：「反者道之動」，游也。於其在淵、而測其于渚，於其于渚、而測其在淵也。莊周曰：「緣督以爲經」，游也。不迎之淵、則不失之渚，不隨之渚、則不失之淵也。嗚呼！與道俱動，則豈有能及道者哉！逐道俱動，而恆躡其末塵，亦窮年而未窺道之際矣。（頁85）

其意言君子當以貞一之道體以應萬變而皆得。蓋天所當幾呈顯於吾人者雖是變動無常之事象，然天下之萬變並非眞是無恆，而是可繫於「時」之義而以主動創造之心以貞定之者。此因君子之貞一並非死守教條，而是秉天道之常，其用則隨時以出，當幾相應於萬變之事物，亦化身爲萬，使道之全體內在於每一事相中，因無所不滲透、不內在，故曰「大無不括」。

如若不然，欲逐萬變以窺測之，全以順物爲標準，而中無標準，則一切均在猶疑中，而俱不得所貞定，蓋當人在窺測之時，其心思之重點必俱在下一刻，而當前現在遂成空洞。觀諸老、莊皆屬其類。《老子》言「反者道之動」（四十章）係方在正而預測其反，則此正即不被肯定而成幻，《莊子》言「緣督以爲經」（養生主），係取消一切期望以任其不敗，則是以不窺爲窺，仍同於老子之窺機以逞。以故船山謂之「游情」，即因其不能以性貫於情，則情皆浮游無根，不能落實而成虛幻矣。船山又續論曰：

> 故君子之時，君子之一也。「學以聚之，問以辨之，寬以居之，仁以行之」，括天下之變而一之以時，則時乎淵而我得之淵，時乎渚而我得之渚矣。惡乎游而不歸，惡乎動而不靜哉？是故君子之與道相及也：一者全而萬者不迷也，其次、專一而已矣。期之於淵，雖或於渚而不恤也；然而又已潛於淵，則得之也。期之於渚，雖或在淵而不慮也；然而又已在于渚，則得之也。

> 故伯夷以清爲淵，伊尹以任爲渚；曾子以忠爲渚，仲弓以敬爲淵，胥得也。善學孔子者，學四子而已。揚雄、王通游於淵渚之間，沒世而不得也，宜矣夫！嘗見求魚之子，旦于淵，夕于渚，方于渚，旋于淵，惑於其所偶在而與之相逐，有不爲天下笑者哉？何居乎！聃、周、雄、通之不寤也！（頁85）

故君子之時，即以貞一之價值標準連繫萬變之事相，當下得其貫澈與貞定，此中復有聖賢之別，然皆同有所得，聖人能具全德，標準具在，一無所逃，遂使一切皆得以貞定，而有價值。此如孔子爲「聖之時者」，故能「從心所欲而不踰矩」。其次，賢人雖未具一切德，卻能即其氣質之偏，就其易致效之德，專一以致之，而仍皆有所得。〔註1〕此如伯夷之清、伊尹之任、曾子之忠、仲弓之敬，皆其所專一之德，其過程唯須學問思辨以輔佐之，由仁義行，無論用「全」或用「專」，皆是能自安其份，而不憂不慮者，故曰：「學以聚之，問以辨之，寬以居之，仁以行之。」反觀揚雄、王通仍不免以游情測道，遂亦終沒世而不得矣。

〔註1〕《中庸》云：「唯天下至誠，爲能盡其性。」（二十二章）又云：「其次致曲，曲能有誠。」（二十三章）可與本節船山所云：「一者全而萬者不迷也，其次、專一而已矣。」相參證。又本文之疏解嘗參考楊祖漢先生著《中庸義理疏解》頁129～130，鵝湖月刊雜誌社，民國72年10月初版。

復次，此隨時應變之義，又係源於崇道而非倚術者，船山〈論淇奧〉曰：

> 「如金如錫」，剛柔際也。「如圭如璧」，方圓契也。明乎剛柔方圓之
> 分合者，崇道而不倚於術者也。不知其分，恆用其半而各不成。不
> 知其合，兩端分用而不相通。孫思邈曰：「膽欲大、心欲小，智欲圓、
> 行欲方」，心膽不相謀，而知行不相揀。以思邈爲知道者，殆乎崇術
> 以妨道者與！
>
> 夫君子之膽，以從心也；君子之知，以審行也。故剛無所屈，柔無
> 所忤，方無所枉，圓無所困，苟用必極，無用半而止之術也。乃君
> 子之柔，所以剛也；君子之圓，所以方也；柔之而益剛，圓之而益
> 方，變化屈伸以期行其志，膽不狂，心不葸，智不流，行不滯，隨
> 時消息以保其貞，無分用而屢遷之術也。
>
> 故君子者，知剛而已矣，不知柔也；知方而已矣，不知圓也；時在
> 柔而柔以爲剛，時在圓而圓以爲方，志定久矣。志定則貞勝，貞勝
> 則貞觀，貞觀則大，大則久，久而不渝，雖以之處衰世，保令名，
> 亦道而已矣，奚術之尚哉！此衛武之所以審而不失其正也。（頁30）

君子以道爲權衡，故能總持全體，靈活運用剛柔方圓之分合，又能隨機應變，
變化屈伸以期行其志，此猶前文之以貞一之道體隨時應變之原則。此中又須
明辨本末大小之序，如「膽」之勇敢決斷，本須聽從「心」之知幾裁奪，而
「行」如未經「知」之審核權衡，或不免流於盲動。若以道爲權衡，固能二
者並進而有功，若倚於術，則必分行而相妨矣。至此，吾人可以概知以道爲
權衡，當可無入而不自得矣。

二、論道德行爲之唯一性與君子仕隱進退之道

由君子隨時應變之義，吾人可知道德行爲之本質，實是主動自由者，船
山復即此言君子出處進退之道，其〈論摽有梅〉曰：

> 女有不擇禮，士有不擇仕。嗚呼！非精誠內專、而揀美無疑者，孰
> 能與於斯乎？殷俗之未革也，凶年之殺禮也，摽有梅之女所以求於
> 士也。伯夷不立於飛廉惡來之廷，雖欲爲殷之遺臣而不可得，采薇
> 之怨，其尚有求心而未慊者與！殆夫揀美已疏，增疑而未專者與！
> 陶潛司空圖之早遯，吾未能信之以誠也。

> 女有不擇色，斯無擇禮；士有不擇死，斯無擇仕。有道則仕，無道
> 則隱；合則從，離則去。道隆而志隆，彼之所得於天者順也。舍巷
> 而無主，舍管而無天，舍一旦而成千秋之憾，是其於夫婦之義、君
> 臣之交、天且損之矣。天損之，無爲而更薄之。「知進而不知退，知
> 存而不知亡，知得而不知喪」。「有悔」焉，不可得而无悔，斯其所
> 以爲龍與！（頁11）

道德行爲當由內在良知發出，而非死守外在之教條，故若內在良知刻刻呈露，
則見揀皆美，無可猶疑。而此即何以船山仍贊美「摽有梅」之女，其求士仍
是當求而可求而無害其爲合義之舉，此因其時殷俗未善，禮已殺，男女不能
備禮以相交，故當主動以示意，且男女本有可相悅之道，若因禮不備而不求，
則反因小貞而傷大信矣。此猶如士之有道而見，無道而隱，須由良知自作主
宰，以作出合宜之判斷，而居之無疑，故船山反批評伯夷之怨爲非義，即因
其於不當求者，仍不免有求之心，其精誠未專，揀美不能無疑。而陶潛、司
空圖之遯逃，則是當求而早棄其義以不求，乃可知其心之未誠未敬也。

又「女有不擇色，斯無擇禮」所以爲道德之行，係因其無私意，故可直
道而行，而無疑於心，無擇於禮。此無私意即可見其爲順天矣。而士之出處
進退何獨不當直道而行？後世許多所謂忠臣烈士，無視朝廷之昏暗，時勢之
不可挽而仍輕妄犧牲，蓋不知退者也，其弊同于陶潛、司空圖之爲不知進者，
而爲船山所不取。總此吾人乃可見道德行爲一方面是主動自由者，然一方面
亦是良知當下唯一之抉擇，而有其即自由即命定之義。

船山又言若不能以良知自主，而有私心之夾雜，則無論進或退，皆必兩
失其道，此由義利之辨以觀之，其理甚爲曉然。其〈論抑〉曰：

> 魏無忌之飲酒近內也，阮嗣宗之驅車慟哭也，王孝伯之痛飲讀離騷
> 也，桓子野之聞清歌喚奈何也，無可如何而姑遣之，履迷亂淪胥之
> 世，抑將以是而免於咎矣。夫無可如何而姑遣之，則豈非智之窮也
> 乎？智窮於窮塗，而旁出於歌哭醉吟以自遂，雖欲自謂其智之給也
> 而不得。然則雖欲謂之不愚也，而抑不得矣。

> 夫智者進而用天下，如用其身焉耳；退而理其身，如理天下焉矣；
> 恢恢乎其有餘也，便便乎其不見難也。天下不見難，則智不窮於進；
> 身有餘，則智不窮於退。夫數子者，皆思進而有爲於天下矣，履迷
> 亂淪胥之世，塗窮而不遑，一往之意折而困於反，唯其不知反也，

是以窮也。夫反而有耳目官骸、氣體語默之無窮者，雷雨滿盈，容光必照，是豈非天地日月之藏乎？而一以憪然用之，「哲人之愚」，洵哉其愚矣。「亦職維疾」，其疾也誰與瘳之哉？

麟可獲，不可得而醢之麆之也。鳳可衰，不可使弗雕雕、弗翯翯也。天下悲其窮而麟鳳裕，裕者哲人之量也。故處迷亂淪胥之天下，惟衛武公之獨為君子，而令終報焉。雖然，衛武公之得為君子，唯不期乎令終之福而已矣。彼數子者，全軀保妻子之心有以亂之也。（頁134）

智者之行止出處，皆由良知抉擇，以安於進退之間，居之無疑。愚者因私情私慾，夾雜於心，乃不能安於其份。觀數子「履迷亂淪胥之世」，仍思全軀保妻子，可知其理。而其人雖無可奈何而姑遣之，卻不掩其仍有非份妄求之心，一往不平之氣，故出諸歌哭醉吟之狂態，若置身窮塗末路，此皆昧於私心而不知反者。智者必不如此，因其無私意，進而用天下如用其身，乃能細密周到，退而理其身如理天下，乃不致滯礙拘執，故必有從容寬裕之象。此即因良知與耳目形骸之調諧無間，故有容光威儀，而進止有節。船山又於〈論抑〉曰：

得志於時而謀天下，則好管商；失志於時而謀其身，則好莊列。志雖詖，智雖僻，操行雖矯，未有通而尚清狂，窮而尚名法者也。管商之察，莊列之放，自哲而天下且哲之矣。時以推之，勢以移之，智不逾於莊列管商之兩端，過此而往，而如聵者之雷霆，瞽者之泰華，謂之不愚也而奚能！故曰：「哲人之愚」，愚人之哲也。

然則推而移嵇康阮籍於兵農之地，我知其必管商矣；推而移張湯劉晏於林泉之下，我知其必莊列矣。王介甫之一身而前後互移，故管商莊列，道歧而趨一也。一者何也？趨所便也，便斯利也。「小人喻於利」，此之謂也。（頁135）

管、商、莊、列同不能以道義作長遠之權衡，而好以精察之智考量現實，可行則迫促急遽，無所不用其極，不可行則無奈而抽身，故示狂放清高，皆非使天下長治久安之道，根源皆同為一趨便向利之心理，如此則其出處進退，實易地而皆然，觀王安石推移於進退之間，可知其理，總此，吾人可知船山所言善擇之義，關鍵實只在辨義利而已。

三、論君子以常道處變與盡性立命之義

前既明道德行為須知時善擇，而有其唯一性，則以常道處變，亦即君子之義，船山〈論小宛〉曰：

> 欲寡其過，則唯恐日月之不遷也；欲集其善，則唯恐日月之不延也。為小宛者，悼岸獄之不免，庶幾寡過而以令終乎！「我日斯邁，而月斯征」，胡為乎若將挽衰亂而留之與？竹柏不怨凜冬而欲其徂，君子不戚賤貧而冀以死謝之，道存焉耳。人之迫我以險阻也，可以貞勝者也。天之俾我以日月也，不以險阻而賤者也。天自有其實命，吾自有其恒化，無可為而無不可為，所愛非死，而不以死為息肩之日；道無所不盈，耳目心思無乎其不可用。故曰「君子愛日」。岸獄之日、而不喪其可愛，況其他乎？如小宛者，而後君子作聖之功得矣，不僅以寡過而免於禍也。（頁92）

人之常情，欲寡其過，總唯恐其過不能隨日月迅速消逝，欲集其善，卻又唯恐不能日起有功，收立竿見影之成效，殊不知其「唯恐」之心仍是私意。反觀小宛詩人，知岸獄之不免，希冀寡過，卻恐日月之逝，豈不與人性之常相反乎！即此可知君子若以道存心，則固可不憂境遇之困阨。蓋險阻在外，而我可貞勝在心，功業雖無可為，自有命在，而我心之德仍有可為，故無論境遇如何，我之耳目心思皆無不可行其道德實踐，以見道之無所不在。如此則每一日皆值得珍惜，而甚至連岸獄之日皆可有其意義而不失其可信，何況其他？總上所述，吾人可知君子行道德實踐之極致，固不止於寡過以免禍而已，亦即不止是樂天安命，而是更有盡性立命之積極意義也。

於是船山復批評為存身而枉道之君子，不免是出於私意，其〈論雨無正〉曰：

> 不善有自積也，非必疾棄其君親而樂捐其廉恥也。難亦嘗有所不避，「孔棘且殆」，亦其果無所容也。私亦嘗有所不恤，「曰子未有室家」，前此所為，固不為室家營也。安其身而後動，定其交而後求，抑豈非敬身之道哉？然而君子甚疾夫有道之可託而遽託之也。託於道以為名，避難恤私以為實。避難恤私以為名，而醉飽柔曼、寸絲粒米之保以為實。逮乎此，則雖畋爾田，宅爾宅，安寢行遊，不逢惡怒，而亦難挽其棄君親、捐廉恥之心。
>
> 然則「鼠思泣血」以往，揶揄姍笑以歸，亦末如之何也已矣。彼將曰

　　吾以敬吾身也，敬吾身、不容不畏也。嗚呼！「鼠思泣血」者，可揶
　　揄姍笑以捫其口，天之鑒觀，其可捫乎？則可謂知畏者乎？蔑論敬
　　矣。君非其君，親非其親，廉刌恥蕩，天不爲捫，而後不善之行以成。
　　雨無正之詩人所爲釋小人、而疾夫自詡敬身之君子也。（頁91）

人之不善，實有其長遠之因積漸而成，並非人性之始，即是傾向於棄君親，
無廉恥者。試看本詩所針砭之士，其初之出任，即是非爲己謀者，故云「孔
棘且殆」，即示其早知仕途中並無容身之善地。又云「曰予未有室家」，亦知
其出仕之初，原非爲己經營者。然何以昔日之芳草直爲今日之蕭艾，則其來
有自矣，蓋其人不知原初即當爲道以遯世存身，因其實安其身而後動，定其
交而後求，亦是愛惜一身之道。不然，若以道爲藉口，不知珍重而輕託其身，
則實爲避難恤私之目的而出仕，如此則係爲存身而枉道，其不善之因既與時
積漸而增，則不保其後不棄君親而無廉恥矣。故其後雖自詡敬身而實遯逃君
臣之義，而猶仍是爲保身而枉道，而深可罪責矣。

　　此以常道處變之義，船山又認爲當大亂之世，而使人廢其憂之時，當使
此廢憂亦出於義，而非出於人心之麻木，〈論無將大車〉曰：

　　天下治、使人樂，天下大治、使人忘其樂。天下亂、使人憂，天下
　　大亂、使人廢其憂。廢其憂，則其君如已亡之君，其國如已亡之國，
　　而無與救矣。

　　嗚呼！有大車之可將，未有不畏其塵者也。逮乎無大車之可將，求
　　塵之離而不得也。夫豈人情之無恆哉？廢其憂者命也，求憂而不得
　　者義也。安其命，不渝其義，道一而已矣。廢其憂於必亡之日，抑
　　不已其悲於已亡之後。不已其悲於已亡之後者，固嘗廢其憂於將亡
　　之日也。命也，如之何哉！

　　雖然，文信公有云：「父母病，知不可瘳，無不藥之理」，弗恤塵之
　　離而必將之，其情有盡焉者乎！（頁99）

有國可治之時，是必有事可憂者，及至大亂，無國可治之時，則雖欲憂而無
事可憂矣。因事不當前，本不當憂，否則反是私情之流蕩。故處亂世而不憂，
並非人情之無恆，其中所當分辨者唯是心不當麻木而已，蓋一般人傷於亂離
之慣見，乃爲保命而麻木封閉其心，若君子則不可，而仍當自強，以持其人
道之憂，若此則其時之求憂而不得，方可謂之爲義，而義與命乃是道之兩面，
不渝其爲一。

申論至此，吾人當可知君子以常道處變之原則何在，茲再敘論君子敬以立己之修身之道。

第二節　論在倫理架構中人之相處之道

一、論通連父母天地文化爲一體以言孝

船山論孝必通連父母天地文化爲一體而言。言孝心是人性之先天本有，無待於學，又進一步辨別孝不可僅囿於私情之報恩，而實有其積極深遠之意義，若此而論君臣父子夫婦之相待之道，方有其獨特之見解。船山〈論蓼莪〉曰：

> 瓶罍一酒也，挹注焉爾。父子一生也，繼成焉爾。善言父母之德者，不敢侈而他言之，生而已矣。「天地之大德曰生」，凡爲德者，莫匹其大。故曰：「昊天罔極」，生之謂也。是故知其道而後可行，知其義而後可盡，非事親之謂也。知事親之道而後不匱，知事親之義而後不愚，「節文斯」之謂也。學知之事不給而困勉之路絕。故曰：「欲報之德，昊天罔極」，言無所容其勉也。

> 乃或曰：「學而後知父母之與我爲一身」，非知孝者之言也。誠學而後知父母之與我爲一身，終漠然其不相爲一也。矧此之一者，不假學而固知之？孰能爲瓶之所挹、非罍之所注哉？故學者，學其節文而已。若夫子之心，事其親：無當然也，無道也，無所以然也，無義也，理行焉而非道，性安焉而非義。傳曰：「未有學養子而後嫁者也」，而況於父母乎？（頁96）

祖孫世代之可繩繩不絕，人文德業之可因繼志述事，以成其淵遠流長，美備富厚；無不是基于「生」之一事實。故曰：「父子一生也，繼成焉爾。」再往上溯，「天地之大德曰生。」如此父母天地文化莫不是因「生」之相繼相續而可通連爲一體。故言父母之德，不可侈而言他。而言「孝」亦必自此層次以言，始有其深刻之意義，否則即是不知本者。

人生而有報本返始之天性，孝心是一先天之實然，生而知之、安而行之，而非由學知困勉而來。然何以又須學？此係因現實上孝行之終成，必有待「學」之功以助成之，學而可知孝之深刻內涵，知其施行之方法權衡，知所節制文飾，庶幾行孝之時乃能不匱乏、不愚昧。而就文化立場言，人道天理無不是

立本於乾陽創生之德者，若不崇「生」德，而只重言母之「養」德，則無以別乎禽獸夷狄之無文化，故船山又詳論其義於〈論蓼莪〉曰：

> 父生之，母鞠之，拊之、畜之、長之、育之、顧之、復之，出入腹之，「地道無成而代有終」，亦尤勤矣。夫人尺寸之膚，皆吾身也，而厚以愛之，則成乎其細人矣，壹致於性而已矣。天施之，地生之，地竭其力以爲之造勤以承天、而以奉天之性，地無成於性也。故曰：「天地絪縕，萬物化醇，男女搆精，萬物化生」，言致一也。致一者爲天，不以勤於生物爲德也。

> 故母之德罔極也，父之德尤罔極也，道莫貴於一，德莫大於生，生莫尊於性。養不可以亢性，誠不可亢生，用勤不可以亢致一。古之知禮者，父在而母之服期，崇性以卑養，專生以統成，主一以御眾之義也。父之德罔極也，母之德亦罔極也。罔極云者，非懷惠之謂也。父施之，母承之，「無成而代有終」，勤勤乎承陽之施而不息，是固大有功於父，而德亦與之配矣。

> 故知禮者，知此而已矣。知禮者知生者也，知生者知人道者也，知人道者知天者也。故曰：「思事親不可以不知人，思知人不可以不知天。」「欲報之德，昊天罔極」，詳言母恩；而重「父兮生我」以加乎其上，其殆知天者與！（頁96）

此文復對列「天」、「地」之別以說明父之「生」德與母之「養」德有別。天象徵「陽」，係「道德性」之創生原則，自主、定方向，而爲純一之質，地象徵「陰」，係「自然性」之終成原則，順從、顯力量，而爲雜多之量；其中天之純一又必通過地之雜多而復成其純一。例如天之道雖順生萬物，然非舍其本而徒成萬末之散列，而是必即此自然萬物以見其「道德」意義，而地雖竭力造勤，卻非可自主，而必歸宿於終成天之創造，如此可見即順生即反本之義，故言「致一者爲天」。文中析論甚明，茲不復贅。而船山言父母之德有別，由此對照可知。復次，古之知禮者從文化立場「崇性以卑養，專生以統成。」無不是因人道天理之必尊陽，始可言道德文化之創造之義。吾人由此更可知其中分辨甚爲嚴格。

船山又續以此義言夷狄與佛教之或無文化之統，或忽視人文化成之功，即因不能尊陽而不知尊父德。船山曰：

> 不知此者，懷呴呴之恩以爲孝，夷而已矣。夷之爲道，甘食悅色而

止。悅色而不知裁，故昏姻之不正，而知有母不知有父。不知有父者，不知誰何而爲之父也。甘食而唯養之懷，故專乳哺之恩，而推以厚慈其子。厚慈其子者，寶己之委形而歆其養也。嗚呼！君子之道，易知簡行，而天下莫能知，人之不禽也無幾矣。羯胡主中國而政毀，浮屠流東土而教亂。地天之通、不絕於郊壇，父母之差、弗別於喪祭，陰亢陽窮，養亢性窮，人道之憂，其奚有瘳乎！（頁97）

夷狄重男女飲食，純順本能而徒養形軀，並不知以人文之度裁之，可見其無文化之意識，故入主中國時常斷絕破壞中國文化之統，而爲船山所深責，此從其「唯養之懷」可知其理。佛教祈天賜福之舉常屬一己之私利，信之者必將不能辨義利，忽視人文化成之功，此從其弗別父母之差于喪祭之禮，可知其理。至此吾人可知船山立言之重點所在，唯在保文化以存華夏，而其關鍵則實在於是否能尊父以尊天而已。

　　由前知孝既重返本崇德，則人子不可囿於私情之立場，僅以需養之心事親。船山論此義于〈論四牡〉曰：

> 曰資君之祿以養其親，故致親之身以事其君，孰爲此言？殆非知道者與！夫養者子事也，非事親之事也。以養爲親之事，則將以養爲親所待於我之事，是謂其親以需養爲心而以事之也。君子事道，小人事養。故爲人子者，苟以養爲己之事，而不敢謂親之我需。惟然，則亦惡敢以親之身致之以報養乎？致其身以報養，抑將貿其身以求養。爲人親者，抑將貿其子以資養乎？

> 身者，親之身也。守親之身者，事親之事而已矣。親與我胥生於天地之閒，無所逃於君臣之義，一也。故曰：「事君不忠非孝也，戰陳無勇非孝也。」親事其事而有餘，於我成之；親事其事而不足，於我補之。成其有餘，故曰「爾尚式時周公之猷訓」；補其不足，故曰「爾尚蓋前人之愆」。嗚呼！「我日斯邁，而月斯征，夙興夜寐，無忝爾所生」，亦惟艱哉！詎曰以其鼎食、易其菽水，親心慰而我事畢邪？

> 「王事靡盬，不遑將父」；「王事靡盬，不遑將母」；四牡之以勸忠也，即以爲勸孝也。先王不忍以需養之心勞人之子，人子而以需養之心上承其親，亦異乎先王之所求矣。（頁71）

養父母只是人子之責任，而非孝德，若徒以利祿之故而事君，誤以親有求報之心而養之，乃是小人之利害計較，不足以言孝德。即或親有求報之意，吾人之

養父母仍不當據此以行。前既知孝原應通連父母天地文化爲一體而言，則事君事父皆不能違此義，故人子於事君及戰陣之際未盡其力，即爲非孝。不僅如此，人復有繼志述事，光大先人德業之責。例如成王命君陳繼周公鑒殷曰：「爾尚式時周公之猷訓」，周公令成王復封蔡叔之子於蔡曰：「爾尚蓋前人之愆」，〔註2〕皆是從繼成或補救前人之功罪著眼以言孝道。由是吾人可知以需養事親之不足，而孝唯應是人之自行其義。以下再以此義續論人子上事君父之道。

二、論上事君父之道

船山〈論靜女〉曰：

> 孝子之於親，忠臣之於君，其愛沈潛，其敬怵惕，迫之而安，致命而己有餘，歷亂離而無不詧，情之性也。故曰：「召之則在側，求而殺之則不可得」；又曰：「執贄而後見，三讓而後登」：言其俟之有擇地也。故曰：「人臣不以非所得而奉之君，人子不以非所得而奉之父」，言其貽之有擇物也。故曰：「叔齊不以得國爲非常之慈，周公不以郊禘爲非常之福」，言其見異而弗之異也。情迫而有不迫，道有常而施受各如其分，是故命有所不徇，召有所不往，受祿而不諓，隆禮篤愛而不驚，然乃終以可生可死而不可貳。若此者，借以靜女之情當之，未見其相濟而成用者也。（頁24）

此藉〈靜女〉一詩之不能擇地以見，擇物以貽，申論忠臣孝子之亦須進退有節，自有其常道以事君父。「命有所不徇，召有所不往」即言須潔身自愛，而不枉道以從或無故屈死。「受祿而不諓」即言不以非所得陷君父於不義。必如是方可謂是知所權衡。復次，其人愛敬之情必是由形上之性所直貫而下，而爲有本有源者，故其愛恆深沈篤厚，其敬恆憂危悚懼，而皆從容有餘，一無驚迫之相。船山又於〈小雅・采菽〉「彼交匪紓」之句論事君須無憺忘之心。〈論采菽〉曰：

> 君子之事君也，鴻豫以爲志，危怵以爲情。鴻豫以爲志，故世雖降，主德雖衰，上下之交雖未孚，而無枉道之從。危怵以爲情，故世雖盛，主德雖賢，上下之交雖密以逕，而無憺忘之心也。
>
> 「彼交匪紓」，無憺忘之謂也。無憺忘者，非僅其憂時，而戒君矣。

〔註2〕語出《尚書・君陳》，〈蔡仲之命〉二篇。

有憂時戒君之心而君不予，無實以將之也。將之以實者若之何？其氣惕然，其志怊然，合而若離，親而若不給，進前而不舍，退食而若不得復見。有如此者，乃以信其無儋忘之實也。故君子之事君，殆猶夫事親。敬者非直敬也，愛而不忍不敬也。故曰：「資於事父以事君而敬同。」夫事父之敬，則固異於鬼神賓長之賓賓者矣。

嗚呼！以屈原之騷，事有爲之主，則無患楚之不商周也。以文宋瑞之死，事圖存之主，則無患宋之不康宣也。鴟鴞之怨，其周公之騷乎！〔註3〕桐宮之弗獲已，伊尹之心，柴市之心也。〔註4〕下此者，時未棘，情亦未與之棘；勢未傾，心亦未與之傾。大命已圮，成乎終天之憾，乃始睨虞淵之日，悲號思挽而不得，不亦晚乎？故忠臣介士無疚於天下而自疚其心，惜往日之紓也。（頁105）

君子之事君若有鴻豫之志，即無枉道之從，若有危怵之情，則無儋忘之心，此意前已有所論列，本節復即後者強調事君有其平素不可怠忽之道。若必待國祚傾圮，無可挽救之際，方才呼天搶地，嘆息往日之紓緩懈怠，則爲時已晚。其人雖平時或有憂時戒君之心，然情未能深篤，固不能得君之信任而無濟於事，歷史上亡國之際，鮮有不出此者。蓋無儋忘之心非僅憂懼而已，而實是由於有內心所生發之不容已之愛慕而不忍不敬，此猶如事父之敬非僅是對客觀賓長之敬而已。君子必有此愛慕之情生於中，而後或可實際得到君之信任重視。其情狀實是驚憂悲愴，依戀無已，看似約束隱微，而實鍾注難舍，若此方眞是無儋忘之心，此理想之典範歷史上唯屈原、文天祥、周公、伊尹等，寥寥可數之數人而已。

船山復自人情上言，君臣既非天生之親，其間原可有相當距離，若引嫌而不輸其情，則將更無當於君臣之義，亦可與上文相補充印證。其〈論綠衣〉曰：

不以臣之事君、婦之從夫者事父，非子也，以臣之事君、婦之從夫者事父，猶非子也。臣事君而不得於君，曰「驕人好好，勞人草草」，以之事父，則舜將忌象之逸而怨己勞也。婦從夫而不得於夫，曰「綠兮衣兮，綠衣黃裳」，以之事父，則伯夷將怨叔齊之爲衣而己裳也。

〔註3〕《毛詩序》云：「鴟鴞，周公救亂也。成王未知周公之志，公乃爲詩以遺王，名之曰鴟鴞。」《毛傳》云：「未知周公之志者，未知其欲攝政之意。」
〔註4〕桐宮爲湯葬地，伊尹放太甲於此，依近先王以自省，事見《史記·殷本記》。柴市爲文天祥殉難處，「伊尹之心，柴市之心」係云伊尹存必死之心。

若夫臣之於君，婦之於夫，惟其志而莫違，嫌於賴寵、而讓所當得
於嬖倖，則張禹之下權姦為忠，趙后之進妖妹為順矣。

道在安身以衛主，身不安而怨，雖怨利祿之失可矣。道在固好以宜家，
好不固而懟，雖懷牀第之歡可矣。何也？臣之於君，婦之於夫，非天
親也，則既有間；又從而引嫌以不輸其情，則以致其忠順者不愈薄乎？

屈子菉葹之憾，班姬紈扇之悲，夫亦猶行綠衣之志也與！（頁16）

首段義甚繳繞，姑試析之：自常情言，臣之事君主於「敬」，婦之從夫主於「愛」，
事父則須「愛」「敬」兼有；故徒以二者（愛、敬）之一事父則非子；兼二者
以事君或從夫亦非子。又父子為天生之親，有命焉，子惟愛敬其父，原不得
有所怨懟。反之，君臣夫婦非天親，臣不得於君，或婦不得於夫，若真有怨
懟之情，而非無根而來者，即屬合理而應表達。

因此，就臣或婦言，若其目的在「安身以衛主」，或「固好以結家」，其
怨懟即屬合理而可表，即或在「怨利祿之失」，或在「懷牀第之歡」亦皆無不
可。如若不然，既非天親而已有距離，又耡於表達私情，反更有違君臣夫婦
之義。此衛莊姜、屈原、班婕妤之怨懟仍所以為合道之行也。

三、論人際溝通之原則

基於道德實踐之必出於主動自由之心靈，船山尤注重不言之教，而無取
於督責窮詰之末道，其〈論關雎〉曰：

聖人有獨至，不言而化成天下，聖人之獨至也。聖人之於天下，視
如其家，家未有可以言言者也。化成家者，家如其身，身未有待於
言言者也。督目以明，視眩而得不明。督耳以聰，聽熒而得不聰。
善聰明者，養其耳目，魂充魄定，居然而受成於心，有養而無督矣。
督子以孝，不如其安子；督弟以友，不如其裕弟；督婦以順，不如
其綏婦。魄定魂通，而神順於性，則莫之或言而若或言之，君子所
為以天道養人也。

若夫既養而猶弗若也，聖人之於天道命也，道且弗如天何也。雖然，
則必不為很子傲弟煽妻之尤，而抑可抑其銳以徐警之，君子猶不謂命
也。人而令與，未有不以名高者矣。人而不令與，未有不以實望者矣。
若夫言者，相窮於名而無實者也。故易曰「咸其輔頰舌」，感之末矣。

榮之以名以暢其魂，惠之以實以厚其魄，而後夫人自愛之心起。德教
者行乎自愛者也，親之而人不容疏，尊之而人不容慢。……（頁2）

與人相勸勉之道，首須尊重他人之自由意願而不強之，故不可訴諸言語之督
責無實，蓋但逞口舌者，實無濟於事也。然又不可委諸於命，僅止於對很子
傲弟煽妻暫抑其銳以徐警之，君子猶可進一步榮之以名，惠之以實，以禮樂
德教通暢其魂魄，使其存在上之精神血氣皆得調養安順，如此視人如己，而
致其敬意，或能使人生起自愛之心，若能自愛以愛人敬人，則與人融爲一體，
而人不容疏慢矣。

以上船山藉聖人視家如身之原則以說明其意，蓋吾人若耳目官骸得養，
則可魂定魄通，其後心神之發用乃愈能和順中節。則以之推求與人相勸勉之
道，其要不過是有養無督而已。於此吾人可知德教之可貴。

此尊重他人之道，船山又於〈論常棣〉曰：

> 能爲兄弟之閒者，非友生也。實沈、臺駘之變，袁譚、袁尚、蕭繹、
> 蕭紀之搆，貞人摯士固嘗涕洟道之而不可挽矣。釁隙之成，妻子惑
> 之、僕妾挑之者，不可勝道。棠棣之詩，頡頑於兄弟友生之閒、而
> 酌其豐殺，不以妬妻、逆子、黠僕、煽妾之讒毀爲憂，而歸咎於友
> 生，何也？弗豫擬於不肖之途、而授以可任之咎，君子詞也。
>
> 申生曰：「君非姬氏，居不安，食不飽。我辭，姬必有罪」，然且僅
> 爲共世子而不足以孝，奚況斥其私昵之蠱，遂過以自旌，而激其不
> 相下之勢哉？故曰「詩可以群、可以怨」，唯其爲君子詞也。（頁73）

兄弟之間若有釁隙，未必皆出於朋友之介入，其中妬妻、逆子、黠僕、煽妾
之讒毀挑撥，實不可勝道，然所以終歸咎於朋友者，乃因君子之存心忠厚，
仍尊重周遭之人，冀其自愛自重。蓋人之所以日陷於不善，常因早已被人預
判爲不善所致，故君子必留人餘地，使之有向善之心，此亦與上文所論「有
養無督」之義蘊相通。

船山又言朋友當以威儀相佐，而不可冀望於攝心。其〈論假樂〉曰：

> 劉子曰：「威儀以定命也。」形函氣，氣御神，神受命，命集於形，
> 而表裏主輔之權迭相爲主。是故氣曼者其義刓，度溢者其禮蕩，色
> 遷者其信違，形鈍者其知促，容汰者其廉伐。義刓、禮蕩、信違、
> 知促、廉伐，則心不足以存而其仁仆。曾子曰：「以友輔仁」，輔之
> 威儀也。

雖然，友之所輔，止此而已矣。進朋友而攝心，吾莫之能保也。何
也？心非攝之所能及也。獨至則安，倚以至則危；動於譽問、依於
形模，以效其至，則固迷而未得。迷而未得，則不旋踵而失其欲攝
之初心，而又奚以相攝邪？故曰：「爲仁由己而由人乎哉？」

蘇武不望攝於李陵，心異而情無猜，故朋友之道可不絕也。二唐待
攝於兩龔，心似而失之於旋踵，無以相報而益以相忮，而朋友之義
絕矣。故朋友者，恆道也。深求之威儀之餘而攝以心，是「浚恆」
也，「浚恆之凶」，必矣。（頁125）

雖說友可輔仁，然道德行爲本質上仍係主動自由者，故朋友之交只須常示以
外在之威儀，便可於無言之中啓導其人內在仁心之自覺。若妄圖以言語之窮
點，督責其仁發露，乃無益之舉，蓋傷人自尊，將反使人不樂從也。故必曰
「以文會友」，舍「文」必無其他溝通管道可言。

　　然威儀何以可輔仁？此因人之命係天地中和之氣降而暫凝於人身者，
〔註5〕其中創造之心能（神）與形軀生命（氣）原本即凝合於人之存在，爲
一體而不可分，故人外在之舉止容貌與內在之心神實有相對應、相輔成之關
係，而威儀即是尊嚴之舉止容貌，若外在威儀愈能中節合禮，則內在仁心呈
露之勢乃愈順易而可能者，此即以友輔仁之效所在。由上所述，吾人可知船
山重道德行爲之主動自由，而必予人尊重，留人餘地，希冀人間是一親和之
相往來，於是船山又即此義言人與人間之報施，乃人道之常，其〈論樛木〉
曰：

樛木，報上之情也。葛藟不得而縈，福履不爲之祝矣。然則樛者以收
責，而縈者固無適情與？夫高明者，易簡之積也。高而不易，鑒岑者
與！明而不簡，訾訾者與！遽欲胥天下於大同，不情其情，而澹忘之
於報施，泮散者與！鑒岑者絕人，訾訾者自絕，泮散者欲同而得異。
故聖人不絕報施之情，維天下於弗弛也。姊姑之親，后妃之尊，胡求
弗得，而不諱用其相報之私，斯不亦易而可親，簡而可知已乎！始之
以惓惓之心，永之以休休之色，下曰我以爲報也，上不嫌奄有之，曰
以報我也。受者安，報者不倦，咸恆之理得，上下之情交，高明者以
何求而不獲邪？是故甚危夫鑒岑，而甚惡夫訾訾也。

〔註5〕參見《左傳》成公十三年劉康公所云：「民受天地之中以生，所謂命也，是以
　　　有動作禮義威儀之則，以定命也。」

> 訾訾者曰：「借我無以樛之，彼終不我縈之，今之勸我福者，惡在其不幸我禍也？人無適好，而奚此貿貿爲！勿寧崟岑而蘄絕於恩怨之外，莫如老死不相往來，無或同而亦莫之或異，庶有瘥與！」洵然，則亦殆乎汀禽原獸之相遇矣。子曰：「鳥獸不可與同群」，免於禽獸之群爲已足矣。報施者人道之常也，奚爲其不可哉！（頁 4）

人情之常相報施往來，係因人我原爲一體而不可分，故常須有所溝通。其相往來之過程自亦不當一方視同償債之當然，一方則只因利之所在而討好，而毋寧當看成是人原能自覺地去維繫人與人間之交通，所必有之行爲。若因自處孤高而拒人千里，或因嫌於煩瑣而斬絕不顧，皆是誤認一己可以獨立於人群之外，如禽獸般之陌然相遇於野，此實一大妄見。故必報恩之雙方相安不倦，使人與人間皆有所交通維繫，方可謂是親和之大群體，然則人間之報施亦高明易簡之常道歟！

總上所述，吾人亦可知船山論諸倫理觀念之深宏通達，委曲細密矣。

第三節　論用物之道

一、論反己盡性以用物之道

道德實踐不能離天地形色凡百器物以見，而君子亦無不可即物以見其道德意義，以證成道德之主動自由。船山〈論賓之初筵〉，即盛發此義曰：

> 內生而外成者性也，流於情而猶性也。外生而內受者命也，性非有而莫非命也。盡其性，行乎情而貞，以性正情也。盡其性，安其命而不亂，以性順命也。命則有不齊矣，命則有不令矣。君子之道，齊之以禮、而不齊之以天，令之於己、而不令之於物。以爲期物之令、而絕其所不令，則是舍己而求之於物，非反己盡性之道也。納之於賓祭而約之以禮，齊天物之不齊矣。誓而儆之，行乎不令之塗而令之矣。正其性而無憂於命，繼天有功而險非其險，阻非其阻矣。故天無擇施，君子無擇受，莫非命而檠之於正，君子之以事天至矣。（頁 104）

物或純或駁，不全爲人生所必須，然君子無不可使之有其價值，唯其方式又可以性、命之理區別之。蓋「性」本有其內在之目的性，其表現爲「情」亦

有其本質之意義。故必藉外在之物以順成道德事業，而表彰物之積極之道德
價值，此方式即「以性正情」。至於其他雖事實上存在，卻非性所必須有而有
之物，即歸之「命」；此時仍可以之逆證道德主體，表彰道德之消極價值，例
如酒非性所必須有，然而將酒「納之賓祭而約之以禮」，即可點化之，使之亦
具消極之道德價值。此方式即「以性順命」。前者有為，而見事業之功，後者
有守，而見人心之德。如此天雖無擇而施，人亦可無擇而受，莫非命而繫之
於正，此正是君子反己盡性之道。

　　君子若能如此善貫其心以用物；則薄可以為厚，君子乃無入而不自得。
船山〈論瓠葉〉曰：

> 用物之薄，身安之而不恥，奉之所敬愛而不嫌，其惟廣心以用物者
> 乎！名不可歆，用之以實；實不可茹，用之以名。名實兩不可得，
> 則旁求其美而用之，於是而天下之物無不可用也。以斯而或用其薄，
> 於己何恥，於人何嫌哉？故瓠葉之幡幡，采之而非幡幡矣，烹之而
> 益非幡幡矣。其名菲，其實涼，猶無已而旁求之未采之前，若幡幡
> 者之迎吾目而欲茹之也，亦善用此瓠葉矣。……（頁109）

瓠葉見風則翻，其薄可知，然可賞心悅目，若采之烹之，則可以食，又若用之
醋酢間以奉所敬愛，則可與之習禮儀講道藝矣，〔註6〕此即其所可以有之道德
價值，故物雖薄而無不可用，且其用亦如斯之厚，皆因君子善貫其心以用物所
致，吾人於此推見君子既能廣心自安，不失敬愛，則當可無入而不自得矣。

　　船山又言君子當以合道德之利用以連物。〈論正月〉曰：

> 旨酒醽之，嘉穀將之，遂可以洽鄰而云昏姻乎？然而鄰洽矣，昏姻
> 云矣，淑人貞士惡得而不獨也！夫以飲食燕樂之給而合，以飲食燕
> 樂之不給而離，此瑣瑣之姻亞離之以居、而未嘗不適，淑人貞士胡
> 為其憂邪？
>
> 君子之自重而量物宏也：以利連物，物因其利，則君子懼矣；無利
> 以連物，物睽其情，則君子戚矣。彼非必有瓦解之勢，猶是可連而
> 合也。失之於乾餱，而虧替其情，如之何其弗戚也！此之弗戚，則
> 於陵仲子之餒、陳師道之凍也，君子不忍為矣。（頁89）

小人之相飲食燕樂，徒以私欲連物，乃成對物之糟蹋，故君子深為戒懼。因

〔註6〕「習禮講道藝」為「幡幡瓠葉」句《鄭箋》之注語，其義當本于《毛詩序》
　　　　所云「思古之人不以微薄廢禮焉。」

物雖本以利用爲其性，然不當徒以利連之，亦不當不以利連之，而是當以合道德之利用連之，故君子必以成禮自重，而以禮物視物，此所以陳仲子、陳師道爲守道自重，寧凍餒以死而不輕受一物之所由也。

二、論肯定事物客觀之道德意義

　　吾人於物，必即其客觀之道德意義而始可予以肯定，非可隨人心而變也，船山〈論鼓鐘〉曰：

> 「欽欽」，肅也；「同音」，雍也；「不僭」，平也。肅雍以平，和樂之都也，而聞之者憂悲以妯。故嵇康曰：「聲無哀樂，哀者哀其樂，樂者樂其哀也。哀樂中出，而音不生其心，奚貴音哉？」然而非也。當饗而歎，非謂歎者之亦歡也；臨喪而歌，非謂歌者之亦戚也。施衰冕於輿台之身，不能謂衰冕之不足榮也；王公而執鐵莝之役，不能謂鐵莝之不足辱也。事與物不相稱，物與情不相準者多矣，末能如之何，而彼固不爲之損。然則「淮水」之樂，其音自樂，聽其聲者自悲，兩無相與，而樂不見功。樂奚害于其心之憂，憂奚害于其樂之和哉？故「欽欽」者自肅，「同音」者自雍，「不僭」者自平。雲移日蔽，而疑日之無固明也，非至愚者不能。故君子之貴夫樂也，非貴其中出也，貴其外動而生中也。彼嵇康者，坦任其情，而忽於物理之貞勝，惡足以與於斯！（頁100）

原本是肅雍和諧之樂，卻因周幽王奏之不以其所，反令賢者聞之悲憂而不得靜寧，[註7]此時人內在之情不與音樂所含之客觀意義相應，船山以爲並無損音樂本有之客觀含義，只是於此時未能發用而已，此猶如衰冕施之輿台（賤役），鐵莝之役執於王公，仍無損衰冕與鐵莝本具之或榮或辱之固定含義。蓋就理想之世界言，原當內外合一，如有德則有位，有實則有名之類，然一遇亂世，則「事與物不相稱，物與情不相準者多矣」，而客觀意義既潛藏，則吾心唯有暫守孤明而已，由是吾人知鼓鐘之樂若在平世奏以其所，則賢者內心之情意必當爲與其（音樂）肅雍和平之含義恰當相應者，故船山云「君子……貴其外動而生中」。又事物之客觀意義多爲一般人所忽，船山〈論都人士〉曰：

[註7]《毛詩序》云：「鼓鐘，刺幽王也。」又「鼓鐘欽欽，淮水湯湯，憂心且傷」之句，《毛傳》云：「幽王用樂，不與德比，會諸侯於淮上，鼓其淫樂，以示諸侯，賢者爲之憂傷。」

心恆持者也。耳目，取新者也。以其心貞其耳目，以其耳目生其心。生心而不忘，於是而不失其恆。得則慰，失則悲，斯亦不必有高世絕俗之志者而能之，凡有心者之所同觸而生其悲愉也。有恆視，無恆美色。有恆聽，無恆和聲。取新而忘其故，而人道絕矣。天下有若無繫於得失利害之數，而耳目之不容自昧者，無恆之民忽之矣。得之無所增，失之無所損，故不必利，新不必害，宜乎其為無恆之民之所忽也，則衣服族姓是已。何取乎衣服？暄清而已矣。何取乎族姓？充位有人，昏姻有耦而已矣。裘奚必其黃黃？笠奚必臺？緇奚必撮也？色足愉，富貴足居，奚必尹吉也？夫誰知人道之所絕續在此矣乎？

以實治者，仁義是已，非便利也。以名治者，綱維於心，莫之易而人紀定，非徇豔稱於口耳之謂也。因其利，徇其豔稱，耳目取新而今昨不保。魚無擇於沼，禽無擇於林，但無擇焉，去禽魚幾何哉！取新之久，習新以為故，角可加於額，尾可曳於尻，淫人賤族可以為姻親，禽容獸態可以為風俗，行且非是而莫之貴。悲夫！欲歌都人士之詩以延人紀於潁光，不可得已。（頁107）

心是耳目之主，耳目是良知之發竅，耳目取新以為「用」，然不可失心所應恆持之「體」，都人士一詩即在針砭昧於此義者。案《毛詩序》曰：「周人刺衣服無常也。古者長民，衣服不貳，從容有常，以齊其民，則民德歸一，傷今不復見古人也。」即一義上認為官服不貳有人文化成之道德功能，此時衣服即有其文化意義，可謂「用之中有體，物之中有文」。船山亦即用此觀點為權衡。衣服非不可取新，然故新相承，貫於其中之文化意義仍不可變。若一味取新，即是蒙蔽於耳目之官，而不知作為「體」之文化意義，方是永恆而不隨感官以動者，則人道絕矣。蓋因其人之心不能持恆，無仁義以為綱維，乃認為衣服之新故無關利害，於現象亦無所增減，於是為求便利而放任耳目取新，殊不知當由道德心以貞定其發用。然世人既積習深固，已難感格，毋怪乎船山深致慨歎，而痛責其昧於人禽之別也。

由上引二則，吾人可知船山於事物之有其客觀道德意義者，皆必予以肯定之義。

第四章 《詩廣傳》論歷史文化與政治

第一節 論華夷文野之辨與古今因革損益之道

　　船山論性之日生日成不僅就個體而言，且更就歷史文化而言。蓋個體道德生命之所以能持續創造開發，固得力于道德理性與生命形質二者之相資相養，相輔相成。而推原本始，則個體生命之長養實與民族生命、歷史文化生命有密切之關係，個體生命淵源於斯，滋長於斯，乃至亦還潤回饋於斯。合如此無數個體之凝結戮力，民族生命乃得以源遠流長，子孫繼世不絕，而歷史文化生命乃愈益創闢凝成，日新富有；其中歷史文化貞定民族生命之方向，而民族生命持載歷史文化以行，以是民族歷史文化之大生命亦同有日生日成之性可言，以故船山必原則上肯定華夏文明實有一進程，且其中不但有因革損益，其每一階段之橫截面亦必有其客觀之成就與貢獻。

一、論歷史進程已有之客觀成就

　　吾族自榛莽初闢以迄於今日，其間實已有許多階段之轉折，各各遭遇無數問題之挑戰。而幸賴無數聖賢英雄與先民之努力合作，盡其時其人當下應盡之職責，始有今日之文明規模。而每一階段不同問題之克服，皆各有其至爲艱難而嚴肅之意義，而當爲吾人所認識與紀念者，蓋歷史如環扣相連，缺此一步，後即無以爲繼也。雖後世或可因時制宜，因革損益，前之所重，後或輕之，而固無傷其爲客觀成就之意義。茲即以后稷「播時百穀」爲例。船山固嘗論「食」爲華夏文明之始基，然其後文明發皇，歷史發展之途向，轉以藉人文貞定形色

末用爲主，食之問題乃非終極關切所在。船山〈論思文〉云：

> 從後世而言之，衣食足而後禮義興。從前古而言之，匪但此也。「人之所以異於禽獸者幾希。」無不幾希矣，況食也者所以資生而化光者乎？

> 燧農以前，我不敢知也，君無適主，婦無適匹，父子兄弟朋友不必相信而親，意者其僅顆光之察乎？昏墊以前，我不敢知也，鮮食艱食相雜矣，九州之野有不粒不火者矣，毛血之氣燥、而性爲之不平。軒轅之治，其猶未宣乎？《易》曰：「黃帝堯舜垂衣裳而天下治。」食之氣靜，衣之用乃可以文。烝民之聽治，后稷立之也。無此疆爾介，皆陳常焉，后稷一之也。故帝貽來牟，豐飽貽矣，性情貽矣，天下可垂裳而治，性情足用也。（頁 154）

船山首先即肯定今古異道，就前古言，「食」固對人有特殊貢獻。蓋人之所以漸別於禽獸，食實居于關鍵之地位。若人能衣食，即與禽獸不同。人類未有文化前，靈蠢動植共偃仰游息於自然天地間，原始人類與禽獸爭競於野，彼此實無大別，此即所謂「天地無心以成化」也，若亙古如斯，純任自然，則自人文觀點視之，實可謂之「萬古如長夜」，因其中並價值意義可言也。此必待人文興起，點化此自然秩序爲道德秩序，天地方始有價值意義之呈現。此中關鍵尤在「食」之問題之解決，蓋人不必汲汲於營生，而後有餘力以行禮樂政教，而後得以去其原始生命之粗野浮躁，而獲致道德心靈之安寧穩定。此即船山所謂：「食也者所以資生而化光者乎？」「食之氣靜，衣之用乃可以文。」

茲印證於史實，則燧人氏之熟食時期，神農氏之耕稼時期，可謂吾族遠於禽獸之初階，然其時政治結構之基礎尚未形成，先民囿於謀生之艱苦與人群結構之薄弱，尚不暇言人文教化，及至黃帝堯舜之時，乃可稍言治道。錢穆先生嘗據《尚書‧舜典》云：「虞廷九官，禹爲司空（主治水而司內政），棄后稷（司農政），契司徒（司教化），皋陶爲士（主司法與軍事），垂共工，⋯⋯」〔註1〕其時政制，雖後人追述，容或誇大，然其美盛亦可概見，其中后稷之貢獻乃在使農政徧行於其時之中國。庶民生命既得其安寧穩定，禮樂刑政，人文教化始得藉此資具，循其軌道，以行「裁成輔正」之功用，如此「棄后稷」對華夏文明之奠基，實有不凡之貢獻。故〈思文〉原詩頌美云：「思文后稷，

〔註 1〕錢穆，《國史大綱》上冊頁 7，商務印書館，67 年 11 月修訂 5 版。

克配彼天，立我烝民，莫匪爾極。貽我來牟，帝命率育，無此疆爾界，陳常于時夏。」應非溢美之辭。船山此段藉歷史進程析論前因後果，與夫后稷之功，可謂言簡而意賅。其於下文續云：

> 食也者氣之充也，氣也者神之緒也，神也者性之函也。榮秀之成，膏液之美，芬菲之發，是清明之所引也，柔懿之所醖也，蠲潔之所凝也。甘不迷，苦不煩，燥不悍，淫不淖；獷無所生，淫無所蕩，慘無所激，滯無所菀，狂無所助；充生人之氣而和之，理生人之神而正之，然後函生人之性而中之。故曰：「莫匪爾極」，極者性之中也。（頁155）

其意蓋謂「食」滋養人之生命形質，凝合充實而爲人行道德創造之依據，而理性之神發用，即藉此豐潤之形體資具順行其道德創造之實，且還以貞定導引此形體資具，使之不僅不墮落，二者甚且迴環互抱，乃是相資相益，相輔相成者。案個體生命無論是質之靜處而爲端體，或神之發用而成德業，皆自天而來，乃天之理氣下降暫凝於人而名之爲「性」者，理氣原爲一體而不可分，特自兩不同觀點視之而暫名爲理或氣耳。〔註2〕船山此文析論甚精，除推原「食」之效用外，更盛發「命日降，心日生，性日成」之義。後文續云：

> 於是而人之異於禽獸者，粲然有紀於形色之日生而不紊。故曰：「思文后稷，克配彼天。」天成性也，文昭質也，來牟率育而大文發焉，后稷之所以爲文而文相天矣。
>
> 嗚呼！天育之，聖粒之，凡民樂利之，不粒不火之禽心其免矣夫！
>
> 天運替，人紀亂，射生飲血之習、且有開之先者，吾不忍知其終也！

人既日發其靈明以遠于禽獸，人益以此靈明貫注於個我生命，貫注於形色百物，合無數世代個我之努力，乃使眼前成爲粲然美備之人文世界。若此，「食」既是一切文明之基礎，后稷粒民陳常之功乃如參贊化育而功侔於天。其後歷史進程日趨文明之勢亦因此而如是順易，後世有欲逆反此文明程序而返人於禽獸者，固不知其可也。至于其後歷史途向因革損益，乃轉以禮樂人文貞定衣食之用，待論之於後。

二、論因革損益以倫理人文爲本

由前文吾人已知后稷立民對歷史文明之客觀貢獻，然復須知歷史進程乃

〔註2〕參見曾昭旭《王船山哲學》頁512～516，遠景出版事業公司。

今古異道，而有因時制宜，因革損益之舉。而人既遠於禽獸，固當順趨此歷史大流，致美于人文化成。故對於歷史上不明分際者，吾人固須有所彈正，對於華夷文野之辨，亦當再三致意。而對於知所損益而嚮此人文摶造之正路而趨者，更宜正面襃獎。茲先論因革損益之道。船山〈論臣工與噫嘻〉云：

> 子曰：「其或繼周者，雖百世可知也」，謂知其損益也。然則立仲尼於嬴項之餘，通周之變，必有損周之道者矣。……損者，非緣前王之溢量，已蕪而待芟也。益者，非緣前王之闕失，有卻而待補也。凡前王順天之德，極人之情，行之而王業成、頌聲作，天下利賴之無窮矣。乃聖人通變以心知其美，又知其損益，……樊遲請學稼，子曰：「吾不如老農」，……許行爲竝耕之言，孟子曰：「堯舜之治天下、不用於耕」，……君子之道：窮之所守者，達之所施；甚賤其流者，不獎其源。故孔子不學稼，而孟子以耕爲小人之事。三代以下，粒食具而可憂者不在此，君子之志見矣。周頌存者三十一篇，而農家之言四。由仲尼孟子小樊遲、斥許行之旨而通之，損周禮者其在斯乎！（頁155）

文中舉孔子因革損益之旨及孔孟不獎農事之言行爲據，申說極明白，後世之可憂者遂不在粒食，而當轉致力於人文世界之摶造，厥爲君子之志，故所當損益者即此可知。船山又云：

> 六國疆秦，惟不損周而且益之也。鞅之耕戰，悝之盡力，汲汲然以爲君國子民之術，無以逾此，上下交獎以謀食，而民之害氣以昌。子曰：「我觀周道，幽厲傷之。」桑柔之亂極矣，而其詩曰：「好是稼穡，力民代食」，（從鄭箋。）則是臣工「噫嘻」之道，幽厲未之傷也，然而道已傷矣。後聖之所必損，奚疑哉？
>
> 無已，其楚茨乎！意在祀，不在食也。無已，其思文乎！道在陳常，不在育也。雖然，衣食足而後禮義興，管仲之言也，而仲尼固曰：管仲之器小也。（頁157）

粒食既具，後世若政教上不得已而有頌揚農事之言，則當如〈楚茨〉之意在祭祀，或如〈思文〉之意在陳常道而後可。若爲政者悖亂此原則，或如幽厲二王之務民稼穡，或如強權政治與法家耕戰之術相結合等。皆是傷民氣，害人紀之舉。而法家獎勵農事耕戰之理論依據，即「衣食足而後廉恥興，財物阜而後禮樂作」之說辭，船山復予以辯破申斥，其〈論魚麗〉云：

> 曰衣食足而後廉恥興，財物阜而後禮樂作，是執末以求其本也。執
> 末以求其本，非即忘本也，而遺本趨末者託焉。故曰：衣食足而後
> 廉恥興，財物阜而後禮樂作，管商之託辭也。
>
> 夫末者、以資本之用者也，而非待末而後有本也。待其足而後有廉
> 恥，待其阜而後有禮樂，則先乎此者無有矣。無有之始且置之，可
> 以得利者無不爲也，於是廉恥刓而禮樂之實喪。迨乎財利溢其心、
> 滔淫驕辟，乃欲反之於道，猶解巨艦之維於三峽，資一楫以持之而
> 使上，末由得已。（頁77）

人文政教之措施原在立一綱維以維繫人間秩序，俾人日遠於禽獸以致力於人
文世界之創造，此須以禮樂人文之大「本」貞定導引衣食之末「用」，使人不
僅不囿於營生活動，且復使此末用還以充實資益大本，以使此大本更有以下
貫於末。此即船山「本末一貫」且「本必貫末」之旨，若「執末以求其本」，
則易爲「遺本而趨末者」執爲託辭，如法家者流，其弊端即在拘執於衣食之
末用，船山復從「人之常情」上分辨說明之。其〈論魚麗〉及〈論臣工與噫
嘻〉曰：

> 且夫廉恥刓而欲知足，禮樂之實喪而欲知阜，天地之大、山海之富，
> 未有能厭鞠人之欲者矣。故有餘不足、無一成之準，而其數亦因之。
> 見爲餘、未有餘也，然而用之而果有餘矣。見其不足、則不足矣，
> 及其用之而果不足矣。官天地府山海，而以天下爲家者，固異於持
> 贏之賈、積粟之農，愈見不足而後足者也。通四海以爲計，一公私
> 以爲藏，徹彼此以爲會。消息之者道也，勸天下以豐者和也，養衣
> 食之源者義也，司財物之生者仁也。仁不至，義不立，和不浹，道
> 不備，操足之心而不足，操不足之心而愈不足矣。奚以知其然也？
> 競天下以漁獵之情，而物無以長也。（頁77）
>
> 故曰：「自古皆有死，民無信不立」，食可去矣。且夫興之而不興、
> 速之而不速、威之而不威、嚮之而不嚮者，民之廉恥與其行誼也。
> 若夫不待興而生心、不待速而趨時、不待威而恐後，不待嚮而爭先，
> 民之於農事也、則固然矣。抑從而鄭重之，「嗟嗟」「噫嘻」以淫泆
> 之乎？（頁156）

此即一義上認爲人若不能自持其心，中無標準（道、和、仁、義）以節之，
則是無論如何皆不可能自足，而必不免往外徇求者，商賈即其一例。又謂依

人之常情，於營生活動乃是不待獎勵，必爭先而惟恐不及者，至於禮樂刑政，則必反視之爲不急之務。故爲政者固當致力于禮樂刑政之施設，以導民共與於人文之化成。此有待於爲政者作全盤之統籌計劃，以調和會通盈虛多寡於公私彼此，又須從根本上消解人民爭競不已之心情。此義船山于〈論魚麗〉總結云：

> 由此言之：先王以裕民之衣食，必以廉恥之心裕之；以調國之財用，必以禮樂之情調之；其異於管商之末說，亦辨矣。故舜之歌曰：「南風之時分，可以阜吾民之財分。」暄豫春容而節之以其候，人相天以動而不自知，斯南風之所以阜也。故魚麗之多也、嘉焉耳，其旨也、偕焉耳，其有也、時焉耳。嗚呼！此先王之以廉恥禮樂之情、爲生物理財之本也。奚待物之盛多、而後有備禮之心哉？（頁77）

其意即在從根本上使人之情寬裕從容，雖勞動而若行所無事，調和悅易，消其鬱躁爭競之心，此方是長治久安，化成人文之大道，故曰「以廉恥禮樂之情，爲生物理財之本也。」管商之爲末說，幽厲之爲害道，六國彊秦之所以不永，蓋皆昧於此本末之分，而自取於窮途者，則無庸多辯矣。

總此可知船山喜以古今對比，就歷史事實之原委曲折，權衡其事是否合于古今因革損益之道，於不當者申斥之，而於增進人倫教化之舉則再三致美，茲再舉「君臣夫婦之倫至秦而定」一事說明之。船山〈論大田〉云：

> 古者無少寡之婦，夫死而田歸，無以養之也。老而無夫曰寡，遺秉滯穗以爲利，抑無以養之也。柏舟之「靡他」，數千年之間見之詩書者，一人而已，而固諸侯世子之妃也。故曰：君臣夫婦之倫，至秦而定，先王亦有所俟也。夫死而無適，族無與收之，官無與獎之，僕僕然拾穗於南畝，非氂以贏，亦無辨矣；浸氂以贏，亦孔悼矣。然則苟有可適者，無有不移志者也。「心之憂矣，之子無裳」，亦不足爲之責矣。
>
> 故子曰：「其或繼周者，雖百世可知也」，知其損益也。登貧寒志義之士女，得與共世子之妃絜其榮光，秦之斁彝倫者四，而敘彝倫者一，以此損益周禮其可矣。懷清之臺築，夫婦之倫定，廉恥行於閨門。讀大田之詩，未有不惄然者也。（頁102）

春秋戰國時男女民風之開放，朝廷上下人倫綱紀之悖亂，乃無庸多言者，按《鄘風・柏舟・序》云：「共姜自誓也，衛世子共伯蚤死，其妻守義，父母欲

奪而嫁之，誓而弗許，故作是詩以絕之。」船山謂秦以前數千年，《詩》、《書》僅見共姜「之死矢靡它」一例為不變節而合乎夫婦倫常之義者。船山藉〈大田〉詩「彼有遺秉，此有滯穗，伊寡婦之利」一句引發其怵然憂思，蓋秦以前尚無貞定夫婦倫常之法紀，一般人若阨於矜寡無依之困窘境遇，難獲外來之保護育養，則遲速間鮮有不移其志者，乃出入數千年歷史實事詳為剖析，秦雖斁壞彝倫者四，然即此敘夫婦彝倫一事，即當予以稱許。船山論歷史進程之因革損益須以倫理人文為本之意，亦於此可得一證。

三、論華夷文野與君子小人之辨

前文既明船山論歷史進展之因革損益與夫以禮文常道主導政治之義，茲復論船山華夷文野、君子小人之辨。蓋船山鑑於制度外，人多昧於人文本質，乃復強調人禽之別，華夷文野之異，君子小人之辨，以期勉人日進於君子，日趨向人文化成之理想目標，因每斥夷狄之茫昧無統，以冀保華夏生機不絕。其〈論天保〉云：

> 聖人之於物也，登其材，不獎其質，是故人紀立焉；於人也，用其質、必益以文，是故皇極建焉。材者非可以為質也，質者非可以為文也。「民之質矣，日用飲食」，苟異於物而人紀立矣。君子以之審人道而建極者，不在是也。（頁74）

其意蓋謂政教上首須「立人紀」，以期從基本上別人於禽獸萬物，此可從人日用飲食之生活中見。然彬彬君子復須「建皇極」，即建立文化之統，以期更進一步將人之獨特性表顯出來，此則更須藉創闢文化以有別於夷狄野人。下文續云：

> 草木禽獸之有材，疑足以為質矣、而未足以為質者，資於天而不能自用也。故天均之以生，而殊之以用。野人之有質，疑亦有其文、而未足以為文者，安於用而不足與幾也。故聖人善成其用，而不因其幾。生、天也，質、人也，文、所以聖者也。禁於未發之謂豫，節於欲流之謂和，審微以定命之謂神，變化以保和之謂化，即事而精義之謂聖。故聖人之道，因民之質而益焉者，莫大乎文。文者，聖人之所有為也。天無為，物無為，野人安於為而不能為。高之不敢妄躋於天，卑之不欲取法於野人，下之不忍並生於草木，而後皇極建焉。皇極建於上，而後人紀修於下，物莫能干焉。至哉其為文乎！
>
> 故曰：日用飲食、民之質也，君子之所善成，不因焉者也。因其自

然之幾而無爲焉，則將以運水搬柴之質、爲神通妙用之幾，禽其人、
聖其草木，而人紀滅矣。是以君子慎言質，而重言文也。（頁74）

材、質有別，係因禽獸萬物之「材」只是待用之物，不同於人有日用飲食之
「質」，乃可以用物者。質、文有別，係因日用飲食之「質」僅是人存在之基
礎，卻非一定之侀，人可以藉此資具推而擴充之，然人若不能發心行道以擴
充之，則亦只是一侀而已。於此復須有「文」，作爲人推擴其「質」之管道。
而野人之有質雖已別於物之僅有材，卻因只有自然之幾而無創造之幾，僅能
順任自然，安於表現，而不能發其創造性之心能以知幾而化。故船山乃必曰：
「故聖人之道因民之質而益焉者，莫大乎文。文者，聖人之所有爲也。」

前由「民之質矣，日用飲食」之詩句，船山申論材、質、文之別，肯定
「修人紀」、「建皇極」之重要，然此二者之本末輕重仍在先「皇極建於上」
而後「人紀修於下」，必先樹立文化之統始能貞定人紀。至於老莊著重順任人
之質，不能正面積極肯定人文，或佛家反人文教化，或陽明末流之但重良知
頓悟，而忽略歷史文化之統，皆船山所極力申斥，類似言論全書隨處可見，
蓋恐異端「禽其人、聖其草木，而人紀滅矣。」而必強調道統綱維之建立，
故曰「君子慎言質，而重言文也。」船山於〈論月出與株林〉，復明辨禽狄、
小人、君子三等級之異：

奚以知人之終爲禽狄也？遽而已矣。飲食男女之欲，人之大共也。
共而別者，別之以度乎！君子舒焉，小人劬焉，禽狄驅焉；君子寧
焉，小人營焉，禽狄奔焉。……

月出之汋瀰而促即也，株林之迫迮而子竭也，箕子立其側，比干死
其旁，無能已其奔心，況泄冶乎？（頁61）

即陳風之遽於男女飲食，判其人終不免於禽狄。因飲食男女乃人共有之質，
然同中有別，復須以人文之「度」別之，否則上下推移，上焉者固可上躋於
天，下焉者或不免與禽狄同流，其辨固甚嚴也。

蓋就華夷文野之別而言，在船山眼中，夷狄無文化之統，實與禽獸無異，
乃因在歷史上夷狄常無明蠢動，侵犯華夏、塗炭生靈，其害至於破壞斬絕文
化之統，故船山〈論有瞽〉云：

彼夫必疑必閡、而恩禮不及者，嘉禾不與燕麥同隴，仁禽不與妖鳥
同巢，辨其異，慎其同，大統以正，大義以明，從其類而不可亂，
久矣。（頁158）

其持論之嚴，實因歷史上眾多慘痛經驗使然。至于華夏之民久受歷史文化風俗習慣之累積薰陶，本質上已不同於夷狄，其所當辨者乃在君子小人。唯小人生活於文化之母體之中，雖但順自然生命而趨，汲汲於營生，而無道德意識之自覺，然若不拒斥仁義，仍可藉母體之人文化成以貞定之導引之，以共同參與於民族歷史文化之日生日成，然而道家對人文不能正面積極肯定，但望人復歸於嬰兒，其流弊將使人閉塞仁心，毀棄教化。則船山就人文化成之立場視之，乃視其為純粹之小人，而甚責其罪。其〈論節南山〉云：

> 《老子》云：「赤子終日號而不嗄，和之至也。」夫誠其不嗄也，則何如其無號也？若夫既已號也，則如何其不嗄也？不禁其無故之號，而姑已其嗄，無足以嗄、而號若其未號，觸物必感，無心以任喜怒，斯其為道，小人恆用之。

> 《孟子》曰：「大人者，不失其赤子之心者也」，非謂恃其赤子之心而為大人也。故君子之於小人，皆可使也，皆可化也。有僻才者任其才、而才足用矣。有固惡者革其惡、而善亦固矣。然則孰為不可使而不可化者乎？則惟無心而無恆者乎！彼為嬰兒，吾亦與之為嬰兒，非老氏之徒不能。故君子無不可任，無不可教，而特無如嬰兒何也。

> 「方茂爾惡，相爾矛矣；既夷既懌，如相疇矣」：是嬰兒之喜怒也，是無心之感也，是號而不嗄之情也，而惡乎使之？使之以善，亦且善矣，其善不能自保也。則又惡乎化之？方相爾矛，化之以相疇，而彼固無難相疇也。雖以堯為父，舜為兄，末能如之何矣。故曰：「苟無恆心，放僻邪侈無不為已。」善且無不為，而況於惡乎？將欲使之，必為其所惑；將欲化之，必為其所欺。進不可使，退不可化，小人之惡，於斯極矣。乃且曰「和之至也」，老氏之以愚天下而俾失其心，亦酷矣哉！（頁88）

此由儒道對比，說明純粹小人如道家者流之可罪。蓋儒家不作無故之號以珍視凡百事物之積極價值，道家則視萬物為芻狗而任之。小人之「有僻才者」或「有固惡者」之所以「可使」「可化」，乃以其雖無道德自覺，而其仁心或道德感固在，故能受感化。而無心無恆之小人，則連起碼之道德感亦無，雖貌似嬰兒之純真無邪，然人文教化卻無從施諸其身，然則其存在乃毫無價值意義之可言，船山因此結論曰：

故曰：「性日定、心日生，命日受」，非赤子之任也。赤子者，性含
於希微之體，心乘於食色之動，命未凝於物則之充；有喜怒哀樂之
發、而無惻隱羞惡辭讓是非之定體，蓋不保其為矛為矱也，奚其和？
（頁89）

人道實踐，日生日成其性之功夫乃非赤子（小人）所得擔負者，蓋其性體潛
伏無朕，其心體若存若亡，生命全不落實，徒任情緒而流，而中無仁義禮智
之標準以貞定眼前凡百事物之意義價值。故凡純任偶然，毫無憑依者，皆不
可稱之為「和」也。

四、論士農兵之有序與兵農之不可合

前既由文化立場別人禽華夷之異，復嚴君子小人之辨，則相應於社會上
士農兵工商等之不同分位，人之生命乃亦有不同之特質，為政者之行人文化
成，乃至士人之行道德實踐，皆須明其分際差異。船山於〈論甫田〉曰：

正風美俗，定民志，導民性，期於進退而已。進者非彊進之也，可
進者弗與止之也。可進者止之，既進者退之，民性之泯無餘矣。「攸
介攸止，烝我髦士」，進也。請學為稼，請學為圃，退也。求士於農
而不求士以農，君子之道也。

故農之或可為士，猶兵之或可為農也。兵無節則農之，農有餘則士之，
導其性也。士之不可為農，猶農之不可為兵也。農其士則無士，兵其
農則無農，定其性也。農之可為士，視諸工賈之可為士，其數多也。
朴一變而秀，黠一變而後朴。進之難易，風之順逆也。士之不可為賈，
視諸士之不可為農，其辨尤嚴也。秀遷而朴、其失也固；再遷而黠，
其失也狂。退之遠近，俗之貞淫也。嗚呼！民兵之敝，酷於軍屯，許
衡勸士大夫為賈之邪說，烈於許行，可弗辨與？（頁101）

人性由粗野以至文明之程序乃是不可逆反者，故從事於人文化成以「正風美
俗，定民志，導民性」者，首須知此關鍵，而依其序進農為士或進兵為農而
不可逆反，故孔子不獎弟子學農，斯為知序。蓋所謂「兵」，乃象徵人類粒食
未具前，自然生命之粗野不安，故導之於「農」，則可靜其躁動，使其有節。
而「農」則象徵自然生命之安寧穩定者，然而質而未文。故若於飲食生息外
尚有從容有餘之力，則可施以教化，而進之為士。士則象徵能行道德創造之
文化生命也。即此見生命由「粗野」而「安寧」而「文明」，乃順理而趨者，

其勢如此。至於工賈，則較農多一份機巧之心，故欲進工賈爲士，較諸進農爲士，其勢亦較難，與進兵爲士相若，故船山云：「朴一變而秀，黠一變而後朴。進之難易，風之順逆也。」從事於人文教化者，所宜知也。

至於「士人」行道德實踐則其辨尤嚴，蓋其生命既已有仁心之啓發而可從事於文化之搏造，則本質上不能再退墮爲「農」爲「賈」。除非其爲農爲賈，只屬表相形迹，而其心則爲士，亦即可即於農賈之事中，當幾賦予其行爲以道德意義者，否則即必不免有自傷其志之委屈感，甚難如原爲農或爲賈時之單純安於營生活動，而易致私欲夾雜，其流弊乃至於干擾社會風俗原有之穩定秩序。故船山云：「秀遷而朴，其失也固；再遷而黠，其失也狂。退之遠近，俗之貞淫也。」此逆反之弊，士尤當自覺其身分，明其原委曲折以立身行道。〔註3〕船山所以對此一問題數致其關切，蓋鑑于歷史上實有許多如許悖反之人，故極致其慨歎，而謂：「鳴呼！民兵之蔽，酷于軍屯，許衡勸大夫爲賈之邪說，烈於許行，可弗辨與？」又兵農合一之弊，船山於〈論東山與七月〉，復有所論曰：

> 古者兵農合一，謂即農簡兵、而無世籍之兵也。昧者勿瞀，疑古人之兵其農、而農其兵。兵其農、則無農，農其兵，則無兵，亂天下之道也。
>
> 夫兵農之不可合，豈人爲哉？天秩之矣。秩之云者，殊之以其才也，殊之以其情也。才不堪則敗，情不洽則潰。才不堪而情洽之，猶可勉也。情不洽，雖才之堪，弗能爲用也。故欲知兵農之不可合，觀其情而已矣。欲知古人之不合兵於農，觀其求天下之情者而已矣。（頁67）

此以古今異道說明古時純樸簡單之世，若有爭鬥，則即農簡兵，並無須有專職之「兵」，後世因應政治結構戰爭規模，乃有「兵」之專職於戰事者，而兵、農實有天賦不同之才情生命，不可混淆。船山即其生命情才之不同，復有所論，可與上篇〈論甫田〉者相發明，其言曰：

> 七月，以勞農也。東山，以勞兵也。悅而作之，達其情而通之以所必感，一也，然而已異矣。飲食、男女，人之大欲共焉者也，而樸者多得之於飲食，佻者多得之於男女。農樸而兵佻，故勞農以食，而勞兵以色。非勞者之殊之也，欲得其情，不容不殊也。假令以東

〔註3〕 此段文字所疏解之義參考曾昭旭〈知識分子的處境〉一文，刊於《鵝湖月刊》第39期，頁41～45，民國67年9月。

山而勞其農，是泆農而狂之矣，有勤農焉、必不受也。假令以七月而勞其兵，是窘兵而疲之矣，有悍兵焉、必不受也。如其受與，則必其惰農與其偷兵乎！

故曰情之不洽，雖其才之堪而弗能為用。是故聖人勞之，必異其情，惟其情之異而不可強也。情異而才遷，才異而功不相謀。古之人因情以用才，因才以起功。農專而勤，兵專而精，無事富彊而天下自競，道之不易也。故七月、東山有異情，而知兵農之分；鹿鳴、四牡有異道，而知文武之分。豈可強哉！豈可強哉！（頁67）

以情、才分則農「樸」而多得之飲食，兵「佻」而多得之男女，為政者明此分際，因其情之不同以各用其才，因其才之不同而各用于事功，乃國家富強之道，不明其分際，則上下皆不得以安矣。

至此，船山由歷史進程有古今異道之觀點，明辨人文化成為歷史上因革損益之主導方向，更由此論及以禮文大本貞定形色末用，以道德文化立場別人禽華夷，別君子小人，別正道異端，乃至即人性由粗野至文明之發展程序，及生命情才之不同功用，論及士人行文化創造與政教措施，其序乃不可倒置紊亂者，其精意大抵如上所述。

第二節　論理想政治典範之揭示

前既明船山言民族歷史文化之日生日成，即文化乃是逐漸創闢凝成而日新富有者，此即肯定文明有其實際進程，必屬後勝于先。然于政治上何以仍多推崇三代文武之盛，而於後代政治反多致貶抑？推其根由，蓋為懸立一政治之理想境界。即以民為政治主體，以道德貞定政治，以人文化成為主導歷史之趨向。而由此懸立，乃恆對比出現實政治之缺憾無本而時加針砭，此猶繼承先儒以道德與政治結合之理想。而此理想之典型即常寄於周文以言。唯船山雖常有美化周文封建仁覆天下之言論，然船山所美言者，則非封建體制，而為寓於封建體制中之仁義常道、倫理特質。至於前者，則後世時移勢異，自無必要亦不可能恢復者。其亘萬世而永不可反對者唯常道理想之內涵精神而已。復次，人文化成不離形色世間，二者乃相資相益，相輔相成者，雖一面須從內聖學之道德觀點人文立場以作權衡，然而從外王面考察現實政治之進展，仍不得不重視客觀建構與運作方法，即一面須自常理常道上貞定，一

面復須自現實之事上考察是否妥善周備,此所以船山復重視客觀知識之功,而於現實政治之合乎天理民心者,乃不吝致其褒詞,而必予以肯定。此則前賢所較易忽略,而為船山之勝場所在。明乎此,則船山之政治見解乃可得而確論。茲先論其政治理想之揭示,再續以現實政治之評論。

一、論以民爲主之政治意識與憂患意識

就船山而言,歷史文化之進展並無可能離民族生命而孤行,然民族整體之生存實踐殆必至相當穩固之程度,乃可進一步言歷史文化之創闢凝成。如此則郁郁周文粲然明備以前,民族整體實有長遠以來至爲艱難之奮鬪過程,全民族上下殆共同爲生存延續而齊心戮力,就禪讓之轉移政權方式言,應仍出自爲穩定全民族生存之公心,逮及生存基礎稍能穩固,文明方得順勢發展,浸假日進而有周文之美備。後世政治傾軋奪權漸出於私,甚且悖離人文進展之應有趨向,船山對此古今明顯之對比,乃明白標示理想之從政者,當有天下大公之胸襟,而藉三代歷史之連串實事加以反省,以下即試加分析。船山〈論文王有聲〉曰:

> 「後其身而身先,外其身而身存」,則是後之乃以先之,外之乃以存之,計不越乎尋尺之私,逆用其衡以利賴其所欲爲。爲此說者,不謂之小人而不能。

> 堯舜之不授天下於子,非以全其子也。三代之家天下,則以利天下也。家天下以利天下,則欲固天下者先固其家,視其子孫之承景命、席尊位、奠磐石以爲天下效;故謀之愍,持之固,防之密,而乃以不爽乎唐虞公天下之心。故曰:「天險不可升也,地險山川丘陵也,王公設險以守其國,險之時用大矣哉!」大云者,時通於千祀、而義浹於四海之謂也。苟視其子孫長保威靈、以爲天下治安之效,則「貽厥孫謀,以燕翼子」,奚爲不昭昭乎揭日月以行之哉?(頁122)

船山首先藉批判利害計較之小人心理,而從「存心」之公私二端反省三代之政權轉移。唐虞禪讓天下之存心係爲謀民族生存之穩固,其爲出於大公固不待論。即三代家天下之謀一姓鞏固,亦屬因順時勢而有方法之不同而已,此因其設險守國實係對應現前全民之憂危,故有「時通於千祀,義浹於四海」之大用,基本上仍是以天下之大公大利爲重也。船山續云:

> 周四遷而定位,五營而定鼎,合數十世之君子、謀一姓之鞏固,而

天下之免於水火者數百年。不知者猶爲之說曰：「建都於無險之地，使有德易以興，無德易以亡，周之所以公天下也。」之說也，視天下之興亡、生民之生死、如弈者不定之碁也，亦愚甚矣！（頁122）

就周代建國之歷史加以反省，其間實有重要之憂患，其遷徙經營之過程至爲艱難曲折，而經如此長期奮鬪始有其後天下數百年之安定，可見設險守國亦非可全視之爲謀一姓之鞏固，一般論史者多忽略此艱危奮鬪過程之必要與意義，而視天下事如弈碁，亦可謂不切實際矣。復次，即於政權掌握時，就其封侯建國之分封原則而論，仍可是出諸謀求天下安寧穩定之公心，而非可輕以私情授受訾之者。船山說此義于〈論崧高與韓奕〉云：

尊其尊，親其親，必將愜其願而歆之以爲厚也。嗚呼！是不察之論也。誠爲其所當尊而親之，必天性之戚，非其私暱矣。豈繫私願之得愜，而以歆者爲厚矣？周公之封於魯，太公之封於齊，非擇而與之，因五十國之墟、即其疆而國之爾。召公之賢、召公之功、召公之親、不下於太公，而封於燕矣。沙磧苦寒，幽迢磽瘠，人民獷悍，而密邇北逖，殆將非人之所處也。先王不以利報親賢，而體親賢之情於利之外，以此爲厚、而親賢亦安之矣。惡有封國建侯、使之牧民，而必圖度肥瘠、授之樂土哉？

爲地擇人，未聞爲人而擇地也。君以利導臣，而臣不趨於利者蔑有矣。……故賢者不以利爲厚，君子不以利厚人，所以植之不仆也。

（頁141）

周武王持貧瘠荒遠之地封諸親賢，其原則係爲地擇人，而非出于私情私欲之授受由此可知。此情理兼顧之作法雖或有疑之爲出自謀一姓鞏固之私心，則其人蓋無感於文武周召之憂患意識，亦不知重全民福祉而謀大公大利，正是立國規模宏遠而得以植立不仆之保證。後世分封多違此原則，故國祚不永，即此已可概知。船山即此公心又言之於〈論敬之〉曰：

堯釋天下而授之舜，舜釋天下而授之禹。天命難諶，而諶其匪諶、以釋位而遷之，非徒堯舜之有是心也，抑湯武之有是心也。奚以知其然邪？湯武而無是心，則醢信菹越之禍、發於伊呂矣；即不然，而盃酒釋兵之謀進，而賜履專征之命不行矣。湯武之有是心，則成康之不可無是心。成康之亦有是心，故莫大諸侯建於東國，而必不爲晁錯之謀制之早也。命之不易，天之顯道也。嗣天下者盡道而無

憂，事天之理得，而他豈恤哉！（頁160）

後代建國者利欲薰心，澆薄寡恩，或有「狡兔死，走狗烹」之舉，或竟至疑忌交加，對棟梁之臣掣肘迫害，此皆出於窮達相棄之私心權謀，反觀堯舜湯武成康深知天命不易，敬德以護持，一以謀天下大公大利，以保全民族生計之安寧穩定，其存心之忠厚公誠，誠非後世可得而見。船山於此又言天下非報償功德之酬庸，天子唯當憂患以盡道。〈論賚〉云：

> 曰：天下者，非天之以報功者也。是故大德不報，大位非報。斯二者與天同體，天抑不得以之而報人也。以舜之孝報以天子，則曾閔應有國矣。以田千秋之言報以宰相，則貫董宜爲天子矣。是故大德不待報，大位者非以報也。「文王既勤止，我應受之」，受之云者任之也。勤其勤，數其數，定其定，遺大投艱於武王之躬，受之云者無容辭焉爾。
>
> 「天下不可爲」、李耳尚知之，況君子乎？撫則后，虐則讎，后則親以九州，讎則覆以九族。匹夫之纖惡，天子之重負，許由所爲避其難，成湯所爲不釋其慄也。……武王雖聖，何必履岌岌以爲榮哉？文王勤而不敢不受以勤，文王數繹而不敢不受以數繹，文王求定而不敢不受以定，武王之於此惴惴爾。惴惴爾，而又奚其懟？（頁165）

此復從歷史上道家隱者之全身自保，及在位者恆憂懼勞苦以考察天下實不易爲。天下乃「撫則后，親則讎」者，爲政者恆須敬慎勤勞，承繼天下者亦須以無窮之憂患意識承擔艱鉅，此中明白顯示民心向背有左右政權穩定之絕對力量。船山又論「合天下而有君」之義于〈論黃鳥〉云：

> 合天下而有君，天下離、則可以無君矣。何也？聚散之勢然也。聚故合同而自求其所宗，如枝葉條莖之共爲一本也。一池之萍，密茂如一，然而無所奉以宗焉者，生死去留之不相繫焉耳。故王者弗急天下之親己，而急使天下之相親，君道存也。（頁87）

人與人間能相感通親和，天下方是聚合而非離散之天下，船山以恰當之比喻說明「君」只是天下相親之象徵，天下若不相親，則君可謂雖存而若亡，故理想之爲君之道，必盡力使天下相親，而後君始有存在之意義可言。船山此論直與孟子「民貴君輕」，「聞誅一夫紂，未聞弒君」〔註4〕等重民思想遙相呼應。吾人亦於是知天命乃視天下之親和與否而定，得民之道唯敬德不懈以存

〔註4〕分別見於《孟子・盡心下・十四章》，與《孟子・梁惠王下・八章》。

活民命而使天下相親，而不可荒惰其職，以妄邀天幸也。船山〈論桓〉云：

> 周克殷而年豐，秦有天下而年豐，湯興而七年旱，周宗將滅而飢饉
> 交斬於四國，君子之知天、知此者也。周克殷而年豐，佑有道也。
> 秦有天下而年豐，存餘民也。湯興而七年旱，警聖修也。周宗將滅
> 而飢饉交斬於四國，窮凶德也。故無所不可為道者理也，無所不可
> 為理者天也。……故曰：維天至矣，不可以情情、不可以識識者也。
> 「綏萬邦，屢豐年」，亦一理而已矣，非天之必可邀也。（頁164）

天之全體圓滿無限，非人有限之眼所可臆測，其當幾呈顯於人者只是不同之
事變，如年之或豐或旱，民之或飽或饑，人雖或不知其理，而實皆有理可說，
窺測天機，妄賴天助乃是無必然保證者。故為政者但當一以天下之大公大利
為權衡而求心之所安可矣，無謂妄測一己之吉凶禍福也。〔註5〕析論至此，吾
人于船山以民為主之政治意識，當可知其大較。

二、論道德倫理與政治建構之凝合

就政治言，儒者向以周文封建為典範，船山乃藉此言理想之政治型態，
當是以倫理情感維繫客觀政治結構，使天下成為一親和凝聚之大團體，船山
即申此義于〈論何彼襛矣〉云：

> 太學廢而世子無親臣，封建廢而帝女無婦禮，君臣夫婦之道苦矣。
> 天子者、操天下之貴者也，操天下之貴、以與天下交，雖弗之挾，
> 而人疑其挾；抑已操之，而奚以保其不挾邪？操貴以臨士而士疑，
> 士報以亢而不親；操貴以臨夫家而夫家疑，疑弗敢責以禮而禮廢。
> 故夫古之王者，及乎未能操貴之時，而俾與他日之臣友，友之夙而
> 後臣之，迨其臣而已親矣，此大學齒冑之效也。（頁14）

船山首先就太學、封建之制度肯定其有貞定君臣夫婦倫常之功效，亦即有其
道德倫理之特質。船山認為就客觀情勢言，權位之高下必有自然之尊卑之秩，
若待上下形勢已成才欲洽浹情感，其間之客觀距離乃不免令人猶疑猜忌，而
難以平等自然之契合無間。因此大學齒冑之效，乃欲在君臣尊卑之客觀情勢
形成前，及早使君臣情感自小即親和融洽，相友無間，再佐以學問匡正扶持
之功，就政治結構之成員言，可於此得到倫理道德之連繫與政治能力之訓練，

〔註 5〕 本節文字常言及天命政權轉移之理與天人之辨，其間義理大皆已詳論於第二
　　　　章第二節，故不復贅。

而有強化政治運作之效能，自不待言。船山續云：

> 帝女貴而夫之貴無待焉，故爲元侯之胤，國其國、侯其侯也。無待
> 於帝女而不加詘，有待於帝女而不加崇，交相爲貴，弗相爲待，則
> 雖有不率之婦，無所操、而抑不能挾矣。無挾者，亦無疑其挾者，
> 然後坦然豔稱之以爲榮。洽於情，恬於勢，婦之所由順，封建素定
> 之效也。（頁14）

夫婦倫常之貞定須雙方情感融洽固不待言，然因應客觀形勢亦當有門當戶對
之考慮。因若雙方地位相當，則當對對方無所求時，固不致輕慢之，反之當
對對方有所求時，亦無須卑身諂媚以求。如此雙方無所期待、無所挾持，坦
然相處而無疑忌，實亦有助于夫婦倫常之貞定，避免許多無端之釁隙。王侯
之婚姻乃成天下夫婦之典範，其門當戶對之婚姻之合於客觀情勢，有貞定天
下夫婦之倫理功能，于此乃甚有理可說。船山乃結論云：

> 故其詩曰：「平王之孫，齊侯之子」，無嫌乎其以貴序也。又曰：「齊
> 侯之子，平王之孫」，無違乎其以夫婦序也。嗚呼！君臣親於廷，夫
> 婦讓於室，天地交，品物咸亨，先王之節宣行、而福祉之降亦大矣。
> 太學以教也，非斬以親其臣，而親臣效之。封建以治也，非斬以成
> 婦禮，而婦禮效之。大哉，洋洋乎！先王之道同歸而殊塗，一致而
> 百慮，有如此夫！
>
> 道之替也，太學圮，封建裂，元子早貴，帝女降於寒門，未嘗操貴，
> 不知有友；既已爲夫，乃操其貴；雖有賢者刻志降心以「鳴謙」，其
> 鳴也即其不謙者矣。矧夫倨然以「鳴豫」者乎？故曰：「正其本，萬
> 事理」，言循末之不足以救也。（頁15）

如上所言，太學之教不期而然自有親和群臣之效，封建之治不期而然自有責
成婦禮之效。如此則自朝廷可言倫理情感與政治之凝合，自朝野可言教化之
上行下效。船山即此認爲理想政治應以倫理道德凝合家國天下爲一體。後來
周文之僵化崩解，或可言係此一大倫理架構之破壞、喪失其功能所致，而不
復能從道德倫理之本以貞定政治。然何以封建制度言倫理政治之推廣必由上
而下，自內而外之循其秩序，船山詳論其義蘊於〈論祈父〉云：

> 王者以天下爲家。能舉天下而張之乎？不能也。能昵天下而恩之乎？
> 不能也。苟其不能，則雖至仁神武而固不能也。故渙者，無私之卦
> 也，而曰「渙王居，无咎」。張之、弛之、恩之、威之，先行自近，

渙乎王居、而固非私也。若夫天下，則推焉而已矣。

是故天子爪牙之士，張之以張天下者也。有道之天下，必親其爪牙
之士，恩之威之咸使無怨，而天下之怨消。爪牙之士呼祈父而怨之，
周之不足張而爲天下怨，奚辭哉？（頁86）

所謂家天下，非以天下爲一家，而是推其一家之恩，以使天下之家皆各得所
安。此係從人本質上之有限性著眼，蓋其縱使聰明才力至高，亦不能舉天下
人一一以愛之。故王者只能藉張、弛、恩、威之用，使其愛由內而拓外，由
近而及遠。此非出於私意，乃正視個人能力限制，因應現實條件，以勉合於
分寸之應有作法。至于天下之人有感於此王者親其股肱之道，乃各親其親，
各消其怨，此即所謂上行下效、推恩天下。船山於是又舉史實以說明之，並
致其評論，其〈論祈父〉云：

《書》曰：「迪惟有夏，乃有室、大競。」夏以文德受天下於揖讓，
必競其室而後大競於五服，況商周之以武興者乎？又奚況夫郡縣以
還之一人，孤治萬方者乎？唐悉天下以爲彍騎，而唐乃無彍騎。宋
悉天下以爲禁軍，而宋乃無禁軍。恩不能接，威不能罩，萬方無所
比附，因累而相親。其無事也如忘，其有事也如驚。即有退取疏分
之忠臣，方意天子之自有其羽翼、而不須己也。而孰知其孑然以居
者，星旐豹尾之下，率悠悠名姓不通之傭保乎？故曰王者家天下，
有家也、而後天下家焉，非無家之謂也。

若就客觀形勢言君主治天下之難易，則以武力崛起之商、周應難於以文德受禪
之夏，郡縣制之君主孤治萬方應難於封建倫理結構下之君主。以此觀唐宋之君
主，卻正是昧於此推恩之道，與其群臣恩威不相及，而僅能有間接之相親，則
其情勢之危岌可知。于此船山對唐代彍騎與宋代禁軍制度之不合情理亦併有所
論，而藉此強調寓于家天下制度中之倫理本質，實未可輕予揚棄。即此吾人復
可知船山何以常喜稱述古代君臣洽浹相處之情狀，如〈論蓼蕭〉云：

諸侯之於其國，自君其人，自有其土矣：非甚有罪、天子不得而奪
之，非大有功、天子不得而進之。不得而奪之、則忘乎畏，不得而
進之、則忘乎求。進無所求，退無所畏，道不待之以行，功不待之
以立，位不待之以崇，行其所無事，而笑語相存、燕樂相友，宣以
適其相交之情。故曰：「既見君子，我心寫兮。」夫孰不有笑語燕樂
之情而思寫，而先王之於其臣、僅用此焉，則和樂之無畛亦固然矣。

故以分義言君臣者，未足與言仁也。古之君臣如父子焉，如朋友焉，如思婦之於其君子焉，無求焉耳。誠無求也，何所望而不慰，何所挾而相疑？則又惡論其可逃與否哉？嗚呼！羈士孤臣七尺之身，樂與草木同腐，而欲與刀鋸相親，彌年殫世而不釋君於懷者，其即此蓼蕭之情乎！非有所求而非有所畏也。

觀乎此，則船山稱美封建制度，乃恪就其以倫理情感凝合君臣上下，以充分發揮政治結構之運作功能言，而以如此方式凝合天下，乃必如風行草偃而使教化易行。後世雖不復行封建制，然變者形貌，究其實亦不能悖離倫理道德之大本，此當爲船山主意所在。人與人間之相處本須有最起碼之關愛作基礎，即今日言仍須以道德倫理權衡客觀政治架構法律制度之是否合乎情理，即無論現實政治係行何種型態，實皆不能外於道德倫理之考慮也。

三、論「情爲至、文次之、法爲下」之治道原則

前文既論封建制係倫理與政治之凝合，其理想功能雖經船山美化，然即此亦可知船山乃不主張純用法治者，其〈論鵲巢〉云：

> 聖人達情以生文，君子修文以函情。琴瑟之友，鐘鼓之樂，情之至也。百兩之御（御，迎也；將亦迎也。）文之備也。善學關雎者，唯鵲巢乎！學以其文而不以情也。故情爲至，文次之，法爲下。（頁8）

唯聖人能由眞性情順生理性，從心所欲而不踰矩，賢人君子則必須由理性疏導性情以返其眞，此即所謂克己復禮也。蓋恪就現實世界言，人格完美之聖人乃不可能者，吾人所可能者，唯勉力向最高之道德理想逼近而已，何況爲政者根器不一，有德者又未必在位，故實際爲政之道，自當建立一套客觀之禮樂文制，以爲維繫人間秩序之管道，而不可妄學聖人之純用眞性情以感召臣民。此即儒者雖推崇三代聖王之盛治，然於粲然明備之周文仍予以正視肯定之故。〔註6〕蓋前者爲寄託理想之所在，後者則爲因應現實之實際作法。故後世儒者反省周文，主眼必不在制度結構之本身，而在其內在精神（仁）之喪失以導致制度（禮）之僵化。〔註7〕而後儒所提出之解決之道亦以此必在重建其價值根源，疏瀹其源頭活水。蓋客觀之政治建構、法律制度等本質上即

〔註6〕《論語・八佾・十四章》云：「周監於二代，郁郁乎文哉！吾從周。」
〔註7〕參《論語・陽貨・十一章》：「禮云禮云，玉帛云乎哉？樂云樂云，鐘鼓云乎哉？」又《論語・八佾・三章》云：「人而不仁，如禮何？人而不仁，如樂何？」

是可「變」者，自可因應實際情況，隨機作適度之調整。而內在之仁義精神則屬不可變之「常」道，必知常然後能處變之故也。例如後世法家徒知因應現實形勢以作變革，而未能兼顧常道，遂不免扶得東來西又倒。此即所以爲「遺本而趨末」也。船山於此以「情」、「文」、「法」判分三等施政方式，而以聖人之治之本末相貫爲最理想之境界。以下船山復詳爲論列曰：

> 何言乎法爲下？文以自盡而尊天下，法以自高而卑天下。卑天下而欲天下之尊己，賢者慭，不肖者靡矣，故下也。何言乎情爲至？至者，非夫人之所易至也。聖人能即其情、肇天下之禮而不蕩，天下因聖人之情、成天下之章而不綮。情與文、無畛者也，非君子之故醫合之也。故君子嗣聖人以文，而不憂情之漓。使君子嗣聖人以情，則且憂情之詘矣。情以親天下者也，文以尊天下者也。尊之而人自貴，親之而不必人之不自賤也。何也？天下之憂其不足者文也，非情也。情，非聖人弗能調以中和者也。唯勉於文而情得所正，奚患乎貌豐中嗇之不足以聯天下乎？

> 故聖人盡心，而君子盡情。心統性情，而性爲情節。自非聖人，不求盡於性且或憂其蕩，而況其盡情乎？雖然，君子以節情者文焉而已。文不足而後有法。《易》曰：「家人嗃嗃，悔厲吉」，悔厲而吉，賢於嘻嘻之咎無幾也。故善學關雎者，唯鵲巢乎！文以節情，而終不倚於法也。（頁8）

就「文」、「法」二者區別言，客觀之禮文所以能爲維繫人間秩序之恰當管道，乃因禮文之要義，唯在反求諸己，循禮以待他人之來相交往，而並不強求，基本上仍尊重他人。而「法」則有其高高在上之客觀尊嚴，亦以此必具有強制性而不容人之自由，如此則易導致賢者之怨，而不肖者益靡弱不振。「文」因「導之以德，齊之以禮」，乃使人「有恥有格」，「法」則因「導之以政，齊之以刑」，而使「民免而無恥」，[註8]此即何以言「法爲下」之故。原船山之意，重點應唯在分本末，亦即以禮文之「本」貞定法治之「末」，而非否定「法」，法之可議；唯在失其本耳，此即後文所謂「文不足而後有法」也。

再就「情」「文」之別而言，生命之「情」乃先天而來，理性之「文」則須經後天學習始能彰顯，情固可親和天下，然「情，非聖人弗能調之以中和」，

〔註8〕《論語・爲政・三章》。

至於凡人則不能如聖人生命之清暢活潑，若任情而流，終不免踰份變質。而文則有理性以相扶持，而可節情於不蕩，使情如分以出。簡言之，雖說「情為至」，然此境界乃屬不可學者，可學者唯客觀之「文」耳。故理想之政治固當「文以節情，而終不倚於法也」。

然則船山如此稱揚「聖人達情以生文」之治，推求其心，蓋欲立一最理想之境界，確立一歷史人文進展之趨向，以為為政者終身奔赴之目標。《尚書》所謂「取法乎上，僅得乎中」，《詩廣傳》一書中乃極力頌揚古之王者治天下之境界，總能與天下人和諧相處，情感融洽無間，且進一步即此言道德文化之創造以為引導。因人民於其營生活動乃不待獎勵而必全力以赴者，須使其不迫促于謀生，生活安和而有餘情，政教措施之推展乃能如水到渠成，不致滯礙難行。其中於王者與民之悅樂融洽一點，船山蓋論之於〈論縣〉云：

> 詔以道之所當然而率人為之，雖有欲從之心立乎事始、而當事則忘也。計其所以為功而率人成之，雖有他日之效不顯於未然之心目、而先事不歉也。故善勸民者不以道，不以功，而勸以即物之景、即事之情。《易》曰：「說以使民，民忘其勞」，此之謂也。

> 綿之詩善狀古公之使民也：「捄之陾陾，度之薨薨，築之登登，削屢馮馮，百堵皆興，鼛鼓弗勝。」當斯時也，知其道之奚以當然乎，弗知也；知其他日之有迄而將將者可以為功乎，弗知也。然而瘖者若欲為之歌相杵，盲者若欲為之視繩直，躄者若欲為之巡基址，孿者若欲為之舉畚築，而況夫力能從心之丁壯哉？此夫善用民氣者乎！善用其氣，善用其情之動者也。以之勸忠、而臣樂其刀鋸，以之勸廉、而士安其溝壑，築室之下而民氣生焉，周之王自斯始矣。（頁115）

勸民之道不先以理性之規劃詳細說明，亦不以未來事功作揀擇預期，唯順應民性，即當前情景使之樂易而動，使之安和從容，生氣勃發，若使民力得于適當方向發揮而其效如此，而君臣有感於此歆動之氣，復凝合戮力以理天下。此猶前所云「聖人達情以生文」之謂。（按，此乃即「古公亶父」而言者，船山〈論縣〉之後文復即「予曰有疏附，予曰有先後，予曰有奔奏，予曰有禦侮」之句，論「文王」之善用民情之動，其意相若，不復贅述。）船山又即此言人文化成之順易之方，〈論黍苗〉云：

> 古之營國者，非但城郭溝池、封畛阡陌而已也。城郭溝池以為固，守國之資、而未及於民也。封畛阡陌因天地之產，為民之利、而未

及爲功於天地也。鎮其虛、損其盈，流其惡，取其新，裁成天壤以
相民，而後爲人君者之道盡。

「原隰既平，泉流既清」，召伯之營謝，夫亦猶行古之道也。故其民
肢體得安焉，耳目得曠焉，臭味得和焉，疾眚得遠焉。治地以受天
之和，迓天以集民之祉。其餘者，猶使登高臨遠之士啓其遐心，摯
憂拘迮之夫平其悁志。鄙吝袪，怨惡忘，而人安其土。（頁108）

治國之道，不僅當求城池穩固，尤須謀人民生活樂利，以從容導引而更有「裁
成輔相」之文化創造，例如治理土地時，于不能生產之地，亦可使之有登臨
之用，此即能使其民目超心曠，得其精神涵養，而漸以此上達於道也。總上
所言，一從情之順理悅易而發以及置民田產，以言親和天下，存活百姓，一
從人文內涵之陶養以言化成天下之道，而自有不待言之事功寓於其中；後世
昧於此由本貫末之道，反徒從事功著眼，宜其民疲國亂也。船山〈論黍苗〉
乃結論云：

是故古之王者，非遽致民也，暢民之鬱，靜民之躁，調其血氣以善其
心思，故民歸之而不離。周衰道弛，風煩韻促，督天下於耕戰，而人
無以受江山雲物之和，抱遐心者，宜其去朝市而若驚矣。（頁109）

至此，船山乃嚴辨「情」「文」「法」之本末道理，言古之王者以「情」與民
洽浹無間，使其民生命舒暢無滯礙，又以「文」導民於善，使民心思不浮躁，
後世不此之圖，反徒以「法」督民於耕戰，使民疲弊煩躁，其昧於本末先後
之理，非治國之正途，即此可知。

如上所言，於是船山復論爲政者行治道之修養，乃須寬裕從容，〈論漸漸
之石〉云：

訖百年之日，就群處之人，天下之事自有以相逮而有餘用，其無棄
人矣乎！其無棄日矣乎！是亦足以成天下之務矣。天下之務成，而
百年之日有餘也，群處之人吾徒也，裕於用天下而天下裕，事亦惡
乎多阻，人亦惡乎多怨哉？（頁110）

天下之事不成於一人，而是須承先啓後，共力以赴者，故不必心急，心不急
則人生百年自有餘裕，而可從從容容，如其素志而行，如此則現實上之阻礙
勞怨又何從發生？然此僅得一端，船山于是又主張人臣之須「裕」「密」兼有，
其〈論考槃〉云：

唯裕也是以可久，唯密也是以自得。自得以行其志而久不逮，可以

　　爲天子之大臣矣，考槃之「碩人」所以爲碩也。

　　諸葛亮密矣，其未裕乎？裴度裕矣，其未密乎？夫裕以密，則用而
　　天下世受其福，不用而天下不激其禍。……

　　「碩人之寬」，規之遠也；「永矢勿告」，懷道必行而不爲之名也。不
　　肖者消，賢者安之也。三代而降，其唯李沆乎！函天下而不寵其智
　　勇，聽天下而不喪其樞機，宋乃以之蒙數世之安。故碩人者，正己
　　而有光輝者也。（頁30）

密者，「纖細不遺，委曲而緻。」（引自〈論七月〉，頁 67）船山眼中理想之大
臣復須知治民須周備洽浹而切近人情，如此始能從容自得，以久行其志，以此
視諸葛亮，乃惜其從容不足，視裴度，則惜其細密不足，皆僅各得一端，唯李
沆規模宏遠，不急功近利，因其寬宏簡重，宋乃以之蒙數世之安。就實際功績
而言，船山乃極力推崇之，而李沆以「柔道」行政，疑或得于黃老之術，然吾
人復須知，船山原亦不贊成老子之視民如仇敵。其中分辨嘗于〈論泂酌〉云：

　　善用人者無棄人，善用物者無棄物，老氏之言，何其似泂酌之詩也！
　　雖然，其用心之厚薄遠矣。君子不忍棄人、故善用人，不忍棄物、
　　故善用物。以功效勸天下於善之塗、而不役天下以收其功效，故豈
　　弟之德流焉，父母之道也。然後知彼之用人物者，權虜之術也。行
　　潦之水而納之於禋祀，則天下之不勸者鮮矣，非爲餴饎故而泂酌之
　　也。爲餴饎故而酌之，則既無憚於泂，而何有於潦乎？泂酌之，又
　　泲注之，非餴饎之必待此而勤勤焉，及乎行潦之化爲清泉、而君子
　　之勞已久矣。使移其勞以求澂澈之流泉，於得之也不更多乎？以術
　　言之，謂之不善用人物也奚辭？

　　故老氏曰：「不善人、善人之資。」資失以得，資毀以譽，資敗以興，
　　其用天下也猶仇敵然。不以民爲子女而以爲仇敵，民惡得而勿仇敵
　　之哉？吳王不庭，賜以几杖，漢所以忍吳怨而禍發必尠也。老氏之
　　術自以爲工於逃禍，而適深其禍，君子視之，祇愚而已矣。（頁126）

老子之言易被疑爲權謀運用，蓋因其冷眼旁觀，就現實事物發展之順逆兩端，
權衡去取，視萬物爲與己無關之客觀對象，若仇敵然而役用之，其心涼薄，
乃不似君子之宅心仁厚，不忍棄人物不顧而反勸勉之有加。似此權謀術數之
運用乃易流于法家之慘覈者，故爲船山所不取也。

總之，船山論「情爲至，文次之，法爲下」之治道原則，及君臣之治道修養，其精蘊大致述之如上。

四、論學道相資與文章並用以治天下

人文化成不離形色世間，就外王事業之推擴言，實不能捨客觀之知識建構而不論，船山於〈論皇矣〉，即有所分辨澄清曰：

> 帝之則不可以識知順與？蟲其肝，鼠其臂，柳生其肘，鵲巢其顚，與天下爲嬰兒而食菽如人，然後可以順帝之則乎，不善說詩而率天下之禍人道也有餘。故知帝則之順，舍識知而蔑以順也。……
>
> 夫物者則之物，則者物之則，其不相違忤也久矣。然則帝則奚麗哉？麗乎識知而已矣。人視禽有則矣，唯人之識知不禽若也。君子之視庶民則已順矣，唯君子之識知不庶民若也。識者恆也，知者察也。恆者道之綱紀，察者道之昭著也。綱紀斯而不迷，昭著斯而不昧。舍此，帝奚則哉？君子亦將安順哉？雖聖人未有能違者也。
>
> 然則詩之言「不識不知」者何也？曰：爲伐崇言也。〔註 9〕先其事而無覬，當其事而無欲，時至事起，毋貳爾心，而不以勝敗疑，然而大功集、天命至矣。「不識不知」，爲吉凶興喪言也。「正其誼不謀其利，明其道不計其功」，聖人之所不屑用其識知者、此而已矣，非以語於天德之達也。（頁 120）

船山首先批判道家之純任自然，忽略客觀識知之功，實不足語於人道實踐。蓋人繼天而有功，須即形色世間，凡百事物之客觀建構有所識知，然後足以言外王事業之創造開發。船山於此肯定事物有其客觀結構，須藉識知以綱紀之明察之，庶幾不陷於茫昧，而可言進一步之用物。船山又分辨禽獸雖有識知，卻僅以之生存繁衍，庶民雖有識知，或僅以之汲汲營生，而人若無道德理性以貞定生命方向，則異於禽獸者實無幾何，故須有君子以引導之，使之向人文化成之大道而趨。唯於客觀識知之應用，君子則必須明辨其存心非出

〔註 9〕 朱熹注本詩「以伐崇墉」之句云：「崇、國名，在今京兆府鄠縣。墉、城也。史記、崇侯虎譖西伯於紂，紂因囚西伯於羑里。西伯之臣，閎天之徒，求美女奇物善馬以獻紂。紂乃赦西伯，賜之弓矢鈇鉞，得專征伐。曰、譖西周者，崇侯虎也。西伯歸，三年，伐崇侯虎而作豐邑。」見《詩集傳》頁 186，台北，中華書局。

於私己利欲，以免流為權謀之詭用。由此觀道家法家之論，蓋皆不能免于此嫌者也。若然，則「正其誼不謀其利，明其道不計其功」，而後識知對人道實踐乃大有輔助之功，而固不可棄矣。船山〈論大明〉云：

> 由不疑至於疑，為學日長；由疑至於不疑，為道日固。疑者，非疑道也，疑言道者之不與道相當也。不疑者，非聞道在是而堅持之也，審之微、履之安，至於臨事而勿容再疑也。故知道者：勿固信之，勿固從之，參伍而錯綜之，幾未至、德未及、而猶俟之，其時可矣、而後以為可也。故唯能疑者無臨事之疑也。臨事疑，而上帝不再之命去之矣。
>
> 武王之觀兵也，國人曰可矣，諸侯曰可矣，可者道也。聞道而不遽信，乃以一信勿疑，而「矢于牧野」，而「勿貳爾心」，上帝之命疑於武王之心矣。奚以知上帝之臨女哉？知之以能疑而已矣。故、參伍之而不雜，錯綜之而不窒，幾相逮而志氣興，德相符而精神固，是殆非人矣乎！天也。君子之所以歷乎險阻而終於易簡也。（頁114）

此藉武王觀兵一事之始末論「學」「道」相資之原則，肯定人道實踐不能外於客觀識知之「學」而孤行。就人道之實踐言，其動機純正固須出於道德良知之不容已，然此僅屬人道實踐之一端，至於就良知之必發用以及于客觀事業而言，則復須佐以客觀識知格物之功，以博學審問慎思之，始能明辨在客觀形勢上當如何履行此道德實踐也。

而其中過程則常藉「疑」以發端，此之謂「為學日長」，然結果則反促成對道之堅信「不疑」，此之謂「為道日固」。故道德實踐，亦須倍嘗險阻曲折，以不斷博學審問明辨，然後於此易簡之常道，方能篤行無疑也。

於是船山乃即此言聖人治天下之原則，復須如天之無私高明，地之廣生博厚。其〈論七月〉曰：

> 聖人之於其家也，以天下治之，故其道高明；於天下也，以家治之，故其德敦厚。高明者天之體也，敦厚者地之用也。故曰：聖人配天地，無私配天，廣生配地，聖人之所以為天下王也。故曰：「七月陳王業也。」
>
> 何言乎以天下治其家？不滯其家之謂也。……
>
> 何言乎以家治天下？不略乎天下之謂也。……

> 仁覆天下，而為天下之父母者，其唯密乎！故易曰：「聖人以此洗心，
> 退藏於密。」吉凶與民同患，去其矜高之志，洗心也。尊而謀卑，
> 賢而謀不肖，藏也。纖細不遺，委曲而緻，密也。知密之用者，乃
> 可與民同患而為天下王，故曰：「七月陳王業也。」（頁66）

聖人之高明無私，唯其不「志幽窮困，瑣瑣以營其家」，如孔子絕糧於道，禹
過門而不入者是。聖人之博厚廣生，則見諸「制數立度，賦財以安民，無往
而非功」，而不致「高明而簡略，翔天際而不近人情」。〔註10〕此即謂王者須
洗心藏密，與民同患，以上皆極言客觀事業建構之重要。船山又于〈論棫樸〉
言「文」「章」異用而並進之旨曰：

> 一色純著之謂章，眾色成采之謂文。章以同別，文以別同，道盡矣。
> 同以昭別者，紀人治者也。人與人為類，君子與君子為類，選於群
> 類而得其類，始之以不雜，終之以不聞，九官百尹三百六十之屬，
> 純乎一治也。天子之胄子，逮凡民之俊秀，純乎一學也。納之庠序，
> 升之國學，試之士，命之大夫，建之公卿，純乎一禮也。接之以威
> 儀，獎之以語言，穆之心以相決、純乎一情也。故曰：「倬彼雲漢，
> 為章于天，周王壽考，遐不作人」，以言章也，以為任賢之弗貳，無
> 別不同也。

> 別以成同者，兼物治者也。人物兼治而事起，事起而時異，時異而
> 道不可執。已精之而唯恐執精者之或牿也，已美之而唯恐執美者之
> 或惡也。因其物、治其物，取物之精，積精而物登其用。因其人、
> 治其人，盡人之美，備美而人得其情。因其事、治其事，一損一益，
> 一張一弛，一順一逆，簡其精，擇其美，無所固執以滯其經緯。故
> 曰：「追琢其章，金玉其相，勉勉我王，綱紀四方」，廣言文也，以
> 為用物之宏，盡四方之綱紀，該別以大同也。

> 故君子以一色之章、待天下之人，以眾色之同、治天下，文章之用，
> 各致而不靳，保其一端，明矣。（頁116）

就政治效益言，執行機構貴能協和齊一，發揮功能，其原則即「章」。而因應
現實狀況運作時，貴能詳博精密，泛應曲當，其原則即「文」。船山藉〈棫樸〉
一詩，即理想封建制度之優點加以闡揚發揮，文中之「章」係純就封建政治

〔註10〕上引數語皆出自《詩廣傳・論七月》。

執行階層之成員而言，首先當選拔俊秀之才，然後以「學」培育之，以「禮」晉用之，以「情」浹洽之，而冶倫理、政治、知識於一爐，最後乃能凝合爲一運作功能極強而有力之執政團體。而「文」則係就實際執行時言，即應對于現實狀況之複雜性，乃因人因物因事因時之不同，而隨機有「因革損益，張弛順逆」之不同之作法。順此原則，始能取精用宏，綱紀四方。其中就「章」而言，船山尤重視「學」之居于樞紐地位，其〈論伐木〉云：

> 古之爲道也，有恆貴。有恆貴，斯有恆尊矣。有恆尊，斯有恆親矣。有恆親，斯有恆學矣。有恆學，斯有恆友矣。類之以爲尊也，尊之以爲親也，合之以爲學也，學焉以爲友也，故友而三善備焉。學以尚賢，尊以尚秩，親以尚愛，講習居遊之中、人紀備矣。尊所不足，以學匡之。親所不足，以學惇之。學所不足，以尊親勸之。國無異教，士無曠心，熹求師而榮友善者，不舍其族姓姻黨而得之學，不勞而教一。嗚呼，盛矣！故封建者井田之推也，學校者封建之緒也。道參三而致一，故曰「一以貫之也」。（頁73）

前曾明封建政治係倫理與政治之凝合，蓋偏重于就政治結構之親和凝聚，不相制肘而言。（見本節「二」部分）至於此處重「學」之意，則更從知識之角度，言執行階層之行政能力與對應現實了解能力之增進。如此學道相資，並進有功之義乃益爲豁顯。然吾人於此仍須留意者，在船山僅係藉此以明其理想政治之境界，並非贊成今日復行封建制度。如此相應于執行階層之士或天下受治之人，乃有「文」之「作人」與「章」之「紀事」之不同方法與效用，而二者乃不致相紊。然後代施政或論政之士，其不合此道者多矣，船山乃評之于〈論棫樸〉云：

> 道之降也，或從其章、則失其文，或從其文、則失其章，得之於作人、則失之於紀事，得之於紀事、則失之於作人，無有能理者也。況其下者，朝暮其術、參差其教、以顛倒天下之士而矜其權，立一切之法、崇豆區之效、以從事於苟簡而矜其斷，別其同、同其別，駁其章、削其文，欲天下之弗亂，其可得哉！故知蘇洵之權書，亂之首，亡之圖，俾得志而讎其說，禍且甚於王安石，君子拒之，不惜餘力焉可矣。（頁116）

當整全之道術分裂之後，人遂或得其一端之術，以淆亂天下。如王安石雖名爲儒而實行申韓之術，嚴刑峻法，備極慘毒，粗看似大快人心，而不知適以

賊仁，而導天下於殘忍，則反不如行黃老之術，尚可以勝殘去殺，以養天下於小康矣。〔註11〕又如蘇洵之流，好爲史論，多講孫吳之術，與王安石之重申韓，蓋同屬有害無疑。甚者，因其善爲文以相獎，而和者甚眾，故若得志於天下，其害固烈於王安石，此船山所以深惡痛絕之也。

五、論賦稅之重理勢順逆與平均之道

民既爲政治之主體，而爲政又當親和天下，復須重文章異用之道，然則當如何取民賦稅，而後不致殘民害道？船山於此乃重因應理勢之順逆可否，其〈論大東〉云：

> 善取民者，視民之豐，勿視國之急。民之所豐，國雖弗急，取也；雖國之急，民之弗豐，勿取也。不善取民者反是，情奔其所急，而不恤民之非豐：苟非所急，雖民可取，緩也；苟其所急，雖無可取，急也。故知取勿取之數者，乃可與慮民，乃可與慮國，不窮於取矣。
> 順逆者理也，理所制者道也；可否者事也，事所成者勢也。以其順、成其可，以其逆、成其否，理成勢者也。循其可則順，用其否則逆，勢成理者也。故善取者之慮民，通乎理矣；其慮國，通乎勢矣。
> 「有饛簋飧，有捄棘匕」，知勢之謂也。下之既有餘，而以奉上，情之所安，義之所正，順矣。唯下之有餘，而上乃可取，求之而得，得之而盈，可矣。如是則雖非國用之所急，儲之于緩以待之，將終身而無急之日也。無急之日，乃可不于其空簋而施之以長匕。故善取者無貧國，其慮國者已久矣。如其饛簋而匕不用，唯其所急，則不饛之簋而急試之匕，求之而不得，得之而不盈，勢愈迫，情愈躁，將一舉以空其簋，而簋空矣。簋空而國固未盈，雖欲勿以其長匕用之空簋之中而不得，是終年獵而終年無禽也。雖有鷙吏以其繁刑驅民而之死，民死亡而國入益困。上狠下怨，成乎交逆，此謂以勢之否、成理之逆，理勢交違，而國無與立也。……（頁97）

取民賦稅之道，貴能居安思危，故應於寬裕之日，趁早爲謀，及時而取，而不應待急需之時，始迫於勢而強取。如此以理性作全面之權衡，方能取之不窮，而爲慮國養民應有之態度。蓋理由道出，事由勢起，於平世時自當用常

〔註11〕此段批評王安石之文字，嘗參酌嵇文甫先生〈王船山的史學方法論〉一文之義。見於《王船山學術論叢》頁19。

道，以順理而行，當民之豐，爲順理可取時，則取之，反之則不取，此之謂「理成勢」。而當亂世之時，則用變道，須順情勢之可否而取，此時無論情勢如何變化，「理」皆隨勢而移易，即理是可變者，此之謂「勢成理」。故取民賦稅須通觀理之常變與勢之順逆，作全面之權衡爲是。

船山由此考察「有饛簋飧，有捄棘匕」，其既合于「情之所安，義之所正」，乃是知勢順理之作法。而法家終至施匕于空簋，其「繁刑驅民」之作法，則是「以勢之否成理之逆，理勢交違」，其結果則徒使上狠下怨，國困民亡而已。總此，吾人可得結論云：取民賦稅之道，須出諸理性衡量，而不出以情緒強取，以民生爲考慮重點，而不以府庫爲考慮重點。違此原則，則必自取滅亡。

船山又認爲「役」劣于「賦」，其〈論君子于役〉曰：

> 賦與役孰病？民之有財，非天畀之，地貢之，力得之也。故多求民之財而紓其力，雖多輸焉，可以復殖。已急民之力，雖量求其財焉，並其量求者無自得矣。是以役之病民，視賦而劇。且夫多求之賦，亦必有則矣。上爲則以徵下，如則而獲，雖有中飽者，猶不能十之一二也。上如則而獲，則上亦可以已矣。多求之役，役不可爲則也。如其所役者以爲則，則道里之往還，老羸之道殣，孱弱之不勤，逃亡之中逸，固期十而僅五矣。於是上不能不浮其數以召之，有司又浮其數以集之，吏胥之猾，閭鄰之督率、抑浮其數以會之。三浮而上之，役一者民不啻於役二也。……
>
> 「君子于役，不知其期」，非不爲之期也，雖欲期之而不得也。東周之失民，宜其亡矣。秦隋蒙古之瓦解，賦未嘗增，天下毒悶，胥此也夫！（頁 34）

民之有財係因勤力耕作而來，若不得已而多求賦稅，只要力氣能得其紓緩而不窮盡，即可因有力耕作，而漸漸復有其財。至于勞役則不然，力用盡于勞役之後，當下即無餘力可以耕作，財物即無可能恢復或增加，再加上中間貪官污吏之層層剝削，浮報徵召數目，其負擔更將無形加重，乃至形成惡性循環，事愈倍而功愈半，東周、秦、隋、蒙古，雖賦未增，而皆以此而亡，船山痛惡賦役之心，其理於此可見。此中貪人敗類聚歛以腐敗國家一點，船山復於〈論桑柔〉曰：

> 兩間之氣常均，均故無不盈也。風者呼吸者也，呼以出、則内之盈者損矣，吸以入、則外之盈者損矣。風聚而大，尤聚而大於隧。聚

者有餘，有餘者不均也。聚以之於彼則此不足，不足者不均也。至
於大聚，奚但不均哉？所聚者盈溢，而所損者空矣。「有空大谷」，
此之謂也。

空而俟其復生，則未生方生之頃、有腐空焉，故山下有風爲蠱，腐
空之所釀也。土滿而荒，人滿而餒，枵虛而怨，得方生之氣而搖。
是以一夫揭竿而天下響應，貪人敗類聚斂以敗國、而國爲之腐，蠱
乃生焉。雖欲弭之，其能將乎？故平天下者均天下而已。均物之理、
所以敘天之氣也。（頁 139）

藉自然現象之風說明有餘即是不均，須眞能平均，方能眞正有餘，蓋聚之於
此者有餘，則於彼必不足也，貪人敗類聚斂有餘，則民益枵虛不足，民雖或
有生氣勃興，而頃刻復搖散無餘，終至一夫揭竿而國亦必腐敗而不可救，可
見天下不得均，則天下亦不得平，由前文所云貪官污吏剝削之弊害可以證知，
因此平均之道乃相應於天地間現象之自然秩序，而不可忽略者，勞役之流弊
無窮，其不合平均之道，於此可知其理。船山又於〈論鳲鳩〉曰：

老聃、術而已矣，奚知道哉？其言曰：「天道如張弓然，高者抑之，
下者亢之」，是以知其以術與天下相持而非道也。君子均其心以均天
下，而不憂天下之不均，況天道乎？

鳲鳩之七子，有長者焉，有稚者焉，有壯者焉，有羸者焉，有貪者
焉，有儉者焉，有競者焉，有柔者焉。我知朝從上下而暮從下上，
是以其儀一也。我不知彊以多求者之抑而嗇之，弱以寡求者之亢而
豐之也，是以其儀一也。故曰：天無憂，聖人無爲，君子無爭。屑
屑然取百物之高下而軒輊之，而天困矣。營營然取百官之敏鈍而寬
嚴之，而王者憊矣。銖銖然取百姓之有餘不足而予奪之，而君子倦
矣。抑者日下，亢者日高，而又不能不易其道，是天下且均，而開
之以不均也。

故哀多益寡者謙也，「謙者德之柄也」。德之柄雖猶德與，其去術不
遠矣。操柄以持天下，謙雖吉，君子以爲憂患之卦也。（頁 64）

平均之道既須重視，然又須檢別此「平均」非出之于權術謀略之考慮，眞正
平均非指表面齊頭之平等，蓋人之資質才具不同，百官能服眾人之務者，有
敏鈍之別，百姓之所得復因勤惰而有異，若屑屑然寬嚴之、予奪之，雖平均

于一時，終不得平均于永久，現實亦無可能眞正平均，如此則不僅爲政者疲于奔命，民之勞怨亦交加矣。故君子治天下唯均其心，使天下各盡其才，各用其力，即是平均之道，否則徒從現象相持其高下，終不得語于本質之平均。總上所述，船山論賦稅須重理勢相合，重平均之道，而復嚴辨勞役之弊，乃較然可明。

六、論軍事之知時知序與獨立自主性

理想政治既重安和天下，而針對現實政治之特殊情況，仍應幾而有或文或武，或恩或威之不同表現。若然，則軍事行動亦爲不可避免者也。船山首先言軍事須爲獨立自主之道德行爲〈論采芑〉曰：

> 傳曰：「兵不戢，將自焚。」戢者，有戰事、無戰勢也。量其不可勝、無如姑俟之，量其不必勝、無如姑已之，戢也。弗俟，弗已，不可勝、然後憚以沮，不必勝、然後無據以返，非戢也。

> 飛隼戾天，而天終不可戾，然後「亦集爰止」焉，何止之晚也！方進而退，其退必驚；挾退心以進，其進必疑。故曰：「置之死地而後生，置之亡地而後存。」豫立一可生可存之地、而姑試之死亡之中，其得死亡者什八九矣。故君子之於兵，甚惡其爲隼也。

> 其靜也如山，其動也如川。當其如山而天下畏，當其如川而天下蘇。畏之者義也，藏義於仁也。蘇之者仁也，成仁於義也。故曰仁義之師也。欻然而飛，無所獲而止，周爲飛隼，楚且爲罻羅以待其窮，何怪乎熊通之王也？（頁81）

戰爭若不能作自主之判斷，則必將順習氣盲目以行，而必陷於輪迴之窠臼，終致自取滅亡。戢者，謂聚而藏之，[註12] 無論戰與不戰皆須順乎事之勢，於心念幾微之際及早考量，靜以待動。若勉強以進，待形勢已成爲不可勝或不必勝之局面才不得不退反，皆有違戢兵之道，而終必傷生害理。蓋游移於進退之間，必有驚疑之心；預留退路，即不可能以生命投入；其結果之凶險可知。〈采芑〉詩云：「鴥彼飛隼，其飛戾天，亦集爰止。」此猶如飛隼戾天不得，而後不得不棲止于樹，乃迫于形勢而然，不可名之爲自主判斷。而此自主判斷以用兵之道，

[註12] 《左傳》襄公二十四年「兵不戢必取其族」杜注云：「戢，藏也。」又《詩·周頌·時邁》「載戢干戈」，毛傳云：「戢，聚也。」

復須由內在之道德仁義以貞定之，而後此仁義之師，當其靜而如山，則天下畏，乃不只是怖慄而已；當其動而如川，則安天下，乃不只是婦人之仁而已。此仁義恩威並用之義蘊，船山又詳言之于〈論采芑〉曰：

> 恩天下者先近，而遠者待之，知其力有餘而且見逮也。威天下者先遠，而近者憚之，知其力非不足而姑矜我也。故雖有寇賊，不先夷狄；雖有叛臣，不先寇賊；征夷之兵、先北後南，討寇之師、先四方後畿輔，序也。劉裕終廣固之役，建業雖虛，甫旋兵而盧循即潰，知序故爾。況其中之未虛者乎？故仁者親內者也，內親而外望恩，外親而內先怨矣。義者震外者也，外震而內知威，內震而外猶億其中之未寧也。故伐玁狁而蠻荊威。藉伐蠻荊、蹙蠻荊、覆蠻荊，玁狁視之，猶劍首之一吷耳。

> 且夫叛臣之叛、恆因乎寇賊，寇賊之起，恆因乎夷狄。為所因者，肺腑之積炅也。因之者，膚肉之暴瘍也。奪其本，坐消其末，兵刑加於異類，而宇內弭其逆心，人紀順、王道立矣。為所因者、情無可原，眾亂皆其亂也。因之者、惡有自陷，亂弭則自弭者也。不先以威，君子之所以自反也。君子之自反，施之叛臣，施之寇賊，而不施之夷狄。施自反於夷狄，而深求之內寇，殆夫！……漢武帝之德也，挾南粵王首以驕匈奴，匈奴何知有南粵哉？浸令知之，愈知漢之所威者、止此而已。故曰：「薄伐玁狁，蠻荊來威」，庶幾知序者與！……

> 南北殊地，文武殊用，夷夏殊倫，張弛殊權，仁義殊施。有天下者，斂民之粟，疲民之力，貿民之死，亦致之塞北，以為民爭人禽之界而可矣。猶夫仁人之恩致厚於九族，而天下不得議其私也。（頁82）

仁者親內而推恩天下，由近及遠，由內而外，乃因應人之情感與有限性，而必有之自然表現，前已詳論于本節「二」部。義者謂震外而內知威，天下禍患依強弱順序分別為北狄、南蠻、寇賊、叛臣，征伐之序乃須先北而南，先四方而後畿輔。理由係因諸禍患又有本末之分，其所以發生之最根本禍患乃是夷狄，其他皆因此而有，則征伐順序，固可奪本以坐消其末患。再依文化立場論，船山眼中夷狄實與禽獸無異，立人紀首須別人禽二路，有天下者，應不計一切代價滅絕夷狄，蓋有感于歷史中夷狄不斷喪亂華夏文化之統，故言論不免激烈。至于宇內之為患者，乃共為久被華夏文化之同類，且非禍患

本源，故冀其自弭逆心，同趨人文創造一途，言論自較緩和。知此本末先後之序，歷代禦夷之得失乃可得而評騭。船山又於〈論采薇〉云：

> 論禦夷者曰：「周得中策，漢得下策」，是周漢各有一成之策也，我有以知其未知策也。「我戍未定，靡使歸聘」，守也。「豈敢定居，一月三捷」，戰也。夫禦夷者：誠不可挑之以戰，而葸於戰以言守，則守之心先胆矣；誠不可葸焉以守，而略於守以言戰，則戰之力先枵矣；抑以戰爲守，以守爲戰，而無固情也。
>
> 故善禦夷者，知時而已矣。時戰則戰，時守則守。時戰，則欺之而不爲不信，殄之而不爲不仁，奪之而不爲不義。時守，則幾若可乘，不乘、而不爲不智；力若可用，不用、而不爲不勇。采薇之詩，迭言戰守而無成命，斯可以爲禦夷之上策矣。責漢武之亟戰，猶夫責漢高之不戰。殆夫！救焚拯溺，而爲之章程也與！（頁75）

首先批評一般論史者大抵皆無根之浮談，前既云戰爭應屬獨立自主之道德行爲，則此獨立自主之判斷自非死板之策劃規條，而無寧是隨順現實當前面臨之獨特情境，所作總持全體而當幾合宜之判斷，當戰則戰，當守則守，此蓋出諸一創造之心，應幾而動，乘萬變而不失其貞。若僅知按既定之程序或已成之策劃而執行，乃不合「知時」原則，其非出於創造之心，而爲危殆不智之尤，已無庸多辯。文中言及「欺」「殄」夷狄仍合於仁義之道，蓋其背後有一文化統緒之更高權衡在之故。此義已說明於前。如上所述，吾人可得知船山論軍事乃原則上仍須與道德文化凝合，且必須是出於創造之心，而爲知時知序之獨立自主之判斷。

第三節　論周代政治興衰之由

　　船山心目中，理想之政治須以民爲重，以人文主導，以道德倫理凝合政治結構，又須不舍識知之功，佐以客觀事業之建構，使家國天下成爲一大有機體，已言之於上節，然而爲政者若不能以憂患意識，敬謹德行以護持之，君臣上下不由常道而怠慢無紀，則浸假固將國弱民疲，終至崩潰瓦解。在歷史過程中，船山雖主張後勝于昔之進化觀，但就人存在之有限性言，欲國家長治久安亦爲不可能者，於此唯賴人有超拔現狀之心願，亂極亦必求治，如此則歷史之治亂相循似成必然之規律，茲先言治亂之理，再言周之興衰。

一、論治亂相循、觀風知幾

船山〈論瞻卬〉曰：

何以謂之陵夷？陵之夷而原，漸迤而下也。故陵之與原、無畛者也。亂極而治，非一旦之治也。治極而亂，非一旦之亂也。方亂之終，治之幾動而響隨之，爲暄風之試於霜午，憂亂已亟者、莫之覯焉耳。方治之盛，亂之幾動而響隨之，爲涼颸之颺於暑晝，怙治而驕者、莫之覺焉耳。

夫覯其所不可見，覺其所不及喻者，其惟幾與響乎！而幾與響，亦非乍變者也。詩之情、幾也，詩之才、響也。因詩以知升降，則其知亂治也早矣，而更有早焉者，故曰雅降而風，〈黍離〉降而衰周道之不復振。然則〈黍離〉者風雅之畛與？閱〈黍離〉而後知〈黍離〉，是何知之晚也！風與雅，其相爲畛大矣，而〈黍離〉非其畛也。

〈菀柳〉而下，幾險而響孤；〈瞻卬〉而降，幾危而響促。取而置之〈黍離〉之間，未有辨也。故〈瞻卬〉之詩曰：「心之憂矣，寧自今矣。」生於心，動於氣，淒清拘急，先此而若告之，早成乎風以離乎雅，迤以漸夷，而無一旦之區分。〈黍離〉之爲〈黍離〉，寧自今哉？〈節南山〉雖激而不隘，〈板〉、〈蕩〉雖危而不褊，立乎〈菀柳〉、〈瞻卬〉之世，泝而望之，不可逮矣。

雖然，更有早於〈菀柳〉〈瞻卬〉者，密而察之，漸迤之勢，幾愈微，響愈幽，非夔曠之識，誰從而審之哉？（頁144）

由治而亂或由亂而治，是一陵夷漸變之過程，無論治或亂皆非突然而至，其間似無任一劃然之界線可資尋繹。然而「方治之盛，亂之幾動而響隨之」，此治亂變動之幾，必起自幽微而後漸至于顯明，而識者固可藉詩早察亂幾於幽微之際，兼其不可見不及喻者而知之，獨驕夸者無以自覺耳。蓋詩人各即其當前情境，因時、地、人、物之不同，應幾抒發其情志，吾人乃可即詩以審知其時政教興衰，王道升降。例如〈黍離〉作于平王東遷後，其時周政早已衰微，然較早時之〈菀柳〉、〈瞻卬〉，或更前之〈板〉、〈蕩〉、〈節南山〉諸詩，實若已先告此淒清拘急之氣，善讀詩者必可由之預見周之衰微不振。若必待觀〈黍離〉始見周衰，是何知之晚。然則此治亂之幾究於何時可見？船山乃詳申之于〈論民勞〉曰：

《易》有變，《春秋》有時，《詩》有際。善言《詩》者，言其際也。
寒暑之際，風以候之。治亂之際，詩以占之。極寒且燠、而暄風相
迎，盛暑且清、而肅風相報。迎之也必以幾，報之也必以反。知幾
知反，可與觀化矣。

〈柏舟〉者，《二南》之報也。〈六月〉者，菁莪之報也。〈民勞〉者，
〈卷阿〉之報也。風起於微而報必大反，非其大反、天下亦惡從而
亂哉？……

嗚呼！〈六月〉之無君也，文不足而求功於武也。〈民勞〉之無臣也，
無能為益、而待益於上也。〈柏舟〉之無民也，薄其所厚，則雖欲弗
淫蕩而不得也。故觀乎〈民勞〉而國無不亡之勢，觀乎〈柏舟〉而
民無不散之情。兆其亂者，其〈六月〉乎！〈六月〉未有亂，而正
與〈菁莪〉相反，則其為亂可知已。一治一亂之際，如掌反覆，故
曰：「道二，仁與不仁已矣。」生殺之幾，無漸迤之勢，無疑似之嫌
也。（頁127）

治亂相循之陵夷過程雖云漸變，但以「道」觀其本原，實只因「仁」或「不
仁」二者之別所引起，此無疑似之嫌，亦無僥倖之理可說。詩既能占治亂之
際，則治之所由亂，推至最早，固可觀其幾於風雅正變之間，按〈柏舟〉、〈六
月〉、〈民勞〉，分別為變風、變雅之始，其所以為變之始，蓋因君臣上下反其
先人所以治國之理，不由常道而行，綱紀既亂之於始，則國亡民散於後，已
可推知，其間關鍵尤在〈六月〉之兆始，宣王既「文不足而求功於武」，君無
能以君道主導政教，其後臣民之失道，其勢乃益不可挽，而終致國亡民散。
又〈六月〉雖未有亂，然陳述武功，與前一詩〈菁菁者莪〉之言長育人材者
正相反，〔註13〕則亂之幾固已發於此，不待多言可知，若能觀此幾微，明其
所以為亂之理，則固可以觀風化。至此吾人乃知船山何以屢言宣王中興之不
永，蓋因藉詩觀風以知其君臣上下之失道也。

二、論宣王中興之不永

　　船山〈論崧高與烝民〉曰：

〔註13〕按《毛詩序》云：「菁菁者莪，樂育才也，君子能長育人才，則天下喜樂之矣。」
　　　　又云：「六月，宣王北伐也，……菁菁者莪廢，則無禮儀矣。」

夷屬以上，君子遵其禮，小人遵其制，雖有暴君侈相，天下猶以寡過，文武之澤永矣。周之淩遲而東，其肇於宣王之世乎！王風之淩遲而〈黍離〉，其肇於宣王之雅乎！

崇舅之封，飾甥之嫁，娶於齊而爲之城，徐儼然稱王而征之不下，其恩已微，其威已熸，然且震而矜之，以與文武之豐功相伉，宣王之爲王亦末矣。末王而尸制作之功，何其不知慙也！不知慙而言之無慙，是故其稱引也曼，其條理也龐，煩而不飾，鉅而不經，豐如饌籩大臠而不擇其精，沓如扣土鼓以束茅而不宜人之聽。《易》曰：「中心疑者其辭枝」，無德而以僭作，未有不蕪以游者也。申伯之功，吉甫之德，韓侯之受命，召虎皇父之帥師，以姻亞而貴，以尊高而賢，以私寵而榮，以天子戰諸侯而紀其績，而揆以此出入於大明皇矣之聞，誇賓客而動鬼神，而後文武之澤斬矣。

故善誦詩者，誦〈吉日〉、〈車攻〉之篇、如〈南山〉、〈正月〉也，誦〈崧高〉、〈烝民〉之篇、如〈民勞〉、〈板〉、〈蕩〉也。即其詞、審其風，核其政、知其世，彼善於此而蔑以大愈，可以意得之矣。（頁140）

船山首先肯定唯體制有安定天下之實功，而此即爲文武之德澤所在，至于宣王逆反常道，文武德澤因之以斬絕。此實因宣王雖稱中興，然不能以人文主導政教，而專事征伐，禮制全然不論，天下乃失其共循之軌道，其內政則重姻亞私寵，不能推恩天下，見諸〈崧高〉、〈烝民〉二詩，〔註14〕其征伐多無實功，卻好矜高稱引，妄躋己之功德與文武同列，見諸〈吉日〉、〈車攻〉二詩，〔註15〕如此則恩威皆已散滅無餘，謂之末王可矣。此末王所陳述矜夸之制作之功，被諸絃管，其詞蕪游，船山因之乃復強調即詞審風，核世知政之義，自不爲無由。《毛詩序》多美宣王之功，遂爲船山所不取。船山又即歷史實事論其私寵姻亞之弊，於〈論崧高〉曰：

非庸人之喜，不足以亡。申伯之南，王寵其舅，何所禪於宗周，而曰「戎有良翰」哉？一傳而戎周之社稷者申也，再傳而折入於楚者申也。斯其以爲良翰而周人喜之矣。周不建申，楚不窺謝；周不戍

〔註14〕按《毛詩序》云：「〈崧高〉，尹吉甫美宣王也，天下復平，能建國親諸侯，褒賞申伯焉。《毛傳》云：「申伯，宣王之舅也。」

〔註15〕按《毛詩序》云：「〈車攻〉，宣王復古也，宣王能內脩政事，外攘夷狄，復文王之竟土，脩車馬，備器械，復會諸侯於東都，因田獵而選車徒焉。」

中，楚不有申。舉先王眾建之諸侯，無能撫之以爲屏翼，而託肺附
於私親，弱植其新造之邦而厚憑之，盈廷之士所怙以翰南國者，心
力盡於此乎！如其心力而盡之則喜，盡心力以孤注於斯、而惡得不
亡邪？……（頁 141）

此即批評盈廷君臣之平庸無識，舍先王眾建之諸侯不撫，卻托付前途於不可
信賴之弱植新邦「申」，其後申侯反聯合犬戎殺幽王，平王時雖盡全力戍守，
然申地仍不免爲楚所窺奪，其不足信賴與衰弱不振，皆非始料所及，推其因
乃係君臣之識見不能宏遠，動皆出於私情，復相標榜附翼，宜其終不免滅亡。
船山又論廷臣迫于功名之弊於〈論六月〉曰：

嗚呼！收疆場之功者，而必欲致獨行之譽望以爲名，知其必薄於功
矣，抑知其未有得於名矣。是故王者以功使功，以名使名，養功於
篤厚、而植名於清素，亦各從其類也已。吉甫振旅，而借譽望於獨
行之張仲，舉名實而兩獲之以爲榮，後世功士以浮名隕獲也，自此
始矣。祭遵之以雅歌殖也，沈攸之以長吟覆也，岳飛之交游題咏以
益姦臣之忌也。移閒武之志於素流，惡足以終其事哉！

君子立公論於廷、而武人參之，大臣捍社稷於外、而一介之士持之，
元老載震主之威、而借清流之重以攬大名而收之，皆非國之福也。
爲人臣者弗戒，而歌咏以助其聲光，宣王中興之不永，概可知已。

（頁 81）

廷臣之相標榜附翼，實因迫於功名所致，推其緣由或不免是出於私人利欲之
夾雜，其流弊則至朋黨營私，戕害異己。即非出於私情，然或不免畫限於所
事之中，而無餘情以應事，此皆不免憤激其心，徒然招惹疑忌禍害，於政務
反易致滯礙掣肘。又文武之官各有所職，王者必各依其類辨用裁成之，以協
同發揮政治運作之功能，爲人臣者無鑒於此，欲歌咏聲光以隕獲浮名，必至
亂政害國。船山又論臣之無節于〈論崧高與烝民〉曰：

嗚呼！宣王之所以治內者、山甫焉爾，所與治外者、申伯焉爾。誦
申伯曰「柔惠」，惠以柔也。誦山甫曰「柔嘉」，嘉以柔也。之二子
者，既以其暖姝媚妩、矯榮夷之徒虐屬之習，以要一時之譽，尹吉
甫又從而獎之，則當其拱手哆顏，彼笑此頷，三揖百拜，延犬戎而
進之，微幽王其能以再世哉？（頁 144）

屬王卿士榮夷公爲政猛屬苛急，宣王之臣山甫、申伯欲矯其弊，卻一味柔順

討好，徒邀令譽，不能從政教上救本，而尹吉甫又一味歌功頌德，由此見宣王所恃棟梁之臣無能以真心治國，其後申伯反因私情延犬戎而滅幽王，此船山認為宣王中興之不永，蓋由廷臣之作為已可概知矣。

三、論幽王朝廷之無道

前既云周之凌遲而東肇于宣王之世，蓋因宣王之輕禮制尚武功，私寵姻亞，而群臣復歌詠聲光以弋獲功名，寖假推移，至後世朝廷則道喪禮廢，概可推知。船山由此言君之無道于〈論巧言〉云：

> 持威福之柄而淫用之，抑豈其心之所欲哉？無故而爵人，賄也。無故而刑人，妒也。至於天子崇高富貴，無可妒而賄不能歆，則亦無所利而淫用其威福。故使天子而能自操其威福，雖幽厲、不當者尟矣。「君子如怒，亂庶遄沮」，不憂其淫於威也。「君子如祉，亂庶遄已」，不憂其淫於福也。
>
> 無道之君為天下毒，以其威福從人而已矣。媚之以小，竊之以大，捐己而殉匪人之欲，撫心而未有據，舉祖宗熏沐之禮、償貪人衣履豆觴之資，非其祉也；剖賢士之心，椓貞人之體，為譖人專威竊柄之謀，非其怒也。嗚呼！生不道之世，欲以其生死貴賤、聽幽厲乍然之喜怒而不得，僅寄命於微尰之鄙夫，斯有心者所為牢愁而不釋也，而周之亡速矣。（頁94）

就封建制度言理想之君臣關係，如上節所云，應自小即以學洽浹相友，而其後乃有理性之相勉在，當客觀禮制破壞，則君無禮，下無學，其流弊則君毒悶天下，而臣言無忌憚，皆不能以正理治國。因君無禮以涵養其心，乃不能自知己之高貴，反因自卑而受制于左右小人，貪圖諂媚巧言，而拒斥逆耳忠言，其人既無良知以自作主宰，乃無真正之喜怒可言，而致淫用威福之柄，當其妄怒則剖椓賢人貞士，妄喜則濫賞貪鄙小人，有心之人欲聽命于君，而實間接受制於淫媚小人，此所以廷臣終不免牢愁難解，國亦因之速亡。其實若君能以良知自作主宰，而有真喜真怒，即使身當幽厲之世仍屬大有可為之主。然而禮制既已破壞，君無從得其應有之修養，不能自信以立人，而此問題正亦是古來君主專制政治永無法解決之懸案。茲再言臣之失道，及忠不可激之理，船山於〈論十月之交〉云：

> 有道之廷不諱過，過則相懲，相懲以相勸，不以言為恥也。無道之

廷不諱惡，暴而不恥，舉而委之於口耳，不以恥爲恥也。幽王之詩，
不諱甚矣：天子之嬖御、斥其姓字，而縣指宗周之滅，號舉六卿、
目言其豔媚。父不能施之於子者、而臣極道之宮闈而無所避忌，亦
絞矣哉！懲之弗懲焉，恥之弗恥焉，進不以其言爲改，退不以其言
爲罪，貞人愈激，淫人愈怙，而生人不昧之心其餘無幾矣。

嗚呼！貞淫者，非相對治者也。烈膏火而投之以水，益其燄而已。然
則爲繁霜、十月之詩者，其爲忠也，不亦過乎！屈原之獧，亟不忍以
鄭袖子蘭出諸口，君子猶曰原忠而過，矧原之所不忍者哉！（頁90）

「過」與「惡」不同，前者留有餘地，言之而人樂以聽，後者則全無餘地，
故言之而人必反激自衛。即此考察本詩作者，斥指他人罪惡，直言無禮，似
欲滅之而後快，結果只會愈激愈烈，使人心更加昏昧，不僅無當於正理，亦
無補於人事。反之，若於有道之廷，人之間既有起碼之尊重，乃能相砥礪勸
勉，至于罪惡吾人只當以正理照射之，冀其自清而不可消滅，然此幽王之廷，
君既不能自操威福之柄，臣亦不能以道勸諫，故或憤激攻訐，或自衛狡賴，
而人心徒增昏昧暗晦，則朝廷之敗亂無道，終導致國家之必亡可知。船山又
言此義于〈論瞻卬〉曰：

治世之諫、切而以道，衰世之諫、切而以事，亂世之諫、切而以訟。
公議繁，民心搖，訐訟行，風俗壞，陰私貨賄、券契證佐之言、君
子不諱，而天下之死亡積矣。訐訟者，小人之以陷君子者也。小人
以此吹求於君子，君子引嫌而不勝。不勝則君子之禍不息，引嫌而
君子之體猶未裂也。君子弗獲已而不堪於不勝，無所引嫌，而以其
訐訟者報小人，則君子之體裂，而人道之存、其幾哉？

「人有土田，女反有之；人有民人，女覆奪之；此宜無罪，女反收
之；彼宜有罪，女覆說之。」斯言也、訐訟之言也，胡爲其出於君
子之口也？婷婷之民、快其直暢，大雅之士、悼其遷流。孰令君子
之至於斯邪？其上無禮，其下無學，忠厚凋，廉恥微，非一朝一夕
之故矣。……（頁145）

由「諫」之方式已可看出整個時世之治亂，治世或衰世尚可透過適當管道以
針砭國政興衰，只是難易有別，至于亂世以訐訟諫上，只爲逞一時之快，乃
不復有理可說，徒然照見人心之昏昧，而於事無補，因整個朝野上下原應爲
一大有機體，當禮文無法主導政教，而忠厚日凋，廉恥日微之時，上下交互

影響，假以時日之推移，必致百病叢生，疲民商賈訟獄訐攻之風尚固已充斥流行於朝廷，而廷臣之不學無術即此已可概知。船山更論臣之誣上行私于〈論北山〉曰：

> 奚以言其詞誣而情私邪？詞苟誣而情或私，反詰之而不窮者尟也。「溥天之下，莫非王土」，則彼猶是踐王之土也。「率土之濱，莫非王臣」，則彼猶是爲王之臣也。「大夫不均，我從事獨賢」，以爾爲賢而爾不受，假以溥天率土之臣庶，更取一人而賢之，而又孰受也？可謂端居者之風議無當於國也，不可謂但端居風議而即無當於國也。夫惡知「燕燕居息」者之必有寧寢處乎？故曰：「不有居者，誰守社稷？不有行者，誰扞牧圉？」然則將分爾鞅掌以均敷之在廷與？行百里者，未聞使百人而各一里之能至也。抑將使斗粟而百人舂之，必且爲塵，而得有全粟乎？

> 故夫爲〈北山〉之詩者：知己之勞，而不恤人之情；知人之安而妒之，而不顧事之可；誣上行私而不可止，西周之亡不可挽矣。……
> （頁99）

爲〈北山〉詩者看似忠臣而其實不然，其所以語涉誇張以自辨自衛而誣人失理，主要是因私情從中作祟，蓋心若不平則內蘊之怨必俟機以發洩，以致誣人失理。實則反求諸心，誠未必有當。蓋世事本由分工合作而成，朝廷之中，人人各有職司，或忙或閒，皆有其分。原不可以一己之地位，妄議他人，而或誤解其端居風議，爲無所事事。故爲臣之道，但當各守其職分，盡其道而無憂。今詩之作者卻因私己之妄，徒然妒恨抱怨以致誣人失理。有臣如此，朝廷風紀可知，而西周不可挽救之命亦從可推知矣。

總結前意，無道之廷，其君不能自操威福而受挾持於小人，其臣則或訐訟無禮，或誣上行私。君臣失其應有之往來之道，國政乃益無藥可瘳。唯周民之潰散亂亡，其幾微又有可覘之於更早者。以下即試加陳述此義。

四、論周衰於無道失民

船山以民爲主之政治意識，前已詳論，就周代政治言，尤認爲西周厲王與東周桓王爲失民亡國之關鍵，蓋爲政者失道，則君民上下唯有相化相激二途，因政治常軌原當以道德人文主導政教，貞定人民之生活方向，使之有精神內涵之充實。又其先尤當以民爲主而重親和天下，使其民得以存活。此而

不然，若在上者淫靡固陋，則在下者雖有餘力，唯與上相效於奢淫鄙陋，更無當於人文化成，此謂之相化。若上不恤下，政務苛急，民已無餘力以存活，則唯與其上相激盪相仇怨，此謂之相激。如此國亡民散乃為必然之結果，周厲王時即因失道而失民，埋下西周敗亡之種子。船山〈論崧高與烝民〉曰：

> 關故弓而張之，未遽絕也，因而弛之，往體既戾，來體因之以皱，然後不待再張而毀矣。漢元、唐懿、宋理之所以亡、繼張以弛而不施之筋漆也。有周之弓，天下之至調者也，厲王蹶而張之，筋麋漆解，不絕者無幾，宣王起、以柔道承之，庶幾釋天下於束溼乎！苟明于上下張弛之幾，固不於宣王之世而勸以柔也。

> 奚以然邪？上下之際，有相化者焉，有相激者焉，明於數者、明此而已矣。上淫則下靡，上固則下陋，此相化者也，以其有餘力而與上相師者也。上暴斂則民不奉公，上淫刑則民不畏死，此相激者也。民困於力之無餘、而敢於逃法，吏緣於上之已甚、而乘閒以饎其姦，而天下之綱維紊散而不復收矣。

> 然則宣承厲後，繼之以張而民益怨，繼之以弛而民益姦，危亡之勢、其數正均。故漢元、唐懿、宋理之覆敗，差緩於胡亥，而其必亡均也。故懲蹶張而改轍者，必濫於暖姝，疾呼不聞，抵擲不怒，以成乎從容坐嘯之朝廷，而天下已解之紐益叛散而無倫。不幸而以此為尚，未有能延之再世者也。（頁143）

厲王暴虐傲侈，與民相化相激，導致民變，〔註16〕然而宣王鑒戒于厲王政務苛急，改以暖姝柔順之道治民，何以反致民性益姦，而仍無濟於事？此宣王朝政無當失道固是一因，而承厲王之政而求治，亦本自不易也。因厲王暴斂淫刑之後，民已潰散不復相親，天下之綱維已紊散難收，對民而言，君雖存而若亡，即政策之或張或弛，對疲民而言，唯導致或怨或姦之結果，歷史上漢元、唐懿、宋理數帝，雖國未遽亡，然早已種下敗亡之種子，正與周厲時情況相同，至于周仍因未失士而能不遽亡，待詳論于後一小節。船山又嘗論東周之失民，其於〈論揚之水〉曰：

〔註16〕據《史記‧周本紀》云：「王行暴虐侈傲，國人謗王，召公諫曰：『民不堪命矣。』王怒，得衛巫，使監謗者，以告則殺之。其謗鮮矣，諸侯不朝。三十四年，王益嚴，國人莫敢言，道路以目。……於是國不敢出言，三年，乃相與畔，襲厲王。厲王出奔於彘。」

> 周之戍申許，何戍乎？憂危亡耳。熊通王漢上，割濮地，宣王征而
> 不服，平王遷而益偪，微申許之戍，則楚臂加於王城、屈伸閒耳矣。
> 周不振，諸侯不勤，息鄧不固，申許之戍、未可以日月計，而其詩
> 曰：「曷月予還歸哉」：然則撤戍卒，啓荊尸，觀兵三川而遷九鼎，
> 但得偷安一日之歸也，周之民所弗恤矣。敵加於枕席，王危如晨露，
> 民已漠然不相知，顧以懷歸之情、遷怨為名，而誹之曰念母。夫平
> 王亦不幸而甥於申耳，如其不然，而抑又何以為之名邪？
>
> 乃民之偷也，苟欲為之名，何患其無名也？故民之死，非民自死，
> 上死之也：君之亡，非君自亡，民亡之也。……有〈君子于役〉之
> 勞，則有〈揚之水〉之怨：有〈揚之水〉之怨，則有〈兔爰〉之怒。
> 下叛而無心，上刑而無紀，流散不止，夫婦道苦，父母無恆，交謗
> 以成乎衰周。（頁35）

周既凌遲而東，其勢已溺，其戍申許，久役其民，實亦迫于情勢而不得不然，
否則苟且偷安，必招致危亡，而民漠然不知其中之利害關係，即此可知其民
之偷薄苟且，船山因謂之「下叛而無心」。又「役」之弊害無窮，中間層層剝
削，戕害民力，役一不啻於役二（已詳論於本章第二節五），此可謂之「上刑
而無紀」。如此惡性循環，上下交謗，怨怒無已，卻又因情勢所迫，不得不愈
演愈烈，至此周之衰亡乃不可救。此船山言之于〈論兔爰〉曰：

> 「我生之初」，不問而知非幽王之世也。平王立國於東，晉鄭輔之，
> 齊宋不敢逆，民雖勞怨，猶有繾綣之情焉。迄乎桓王，而後忠厚之
> 澤斬矣。故隱公之三年，平王崩，桓王立，春秋於是乎託始。《孟子》
> 曰：「王者之迹熄而詩亡，詩亡然後春秋作」，謂桓王也。
>
> 嗚呼！弱而自彊者興，弱而自靖者存，其亡也、弱而詐者也。……
> 平王弱而情見，桓王弱而情隱。「我生之初尚無為」，周之遺民思平
> 王而歌之，而桓王甚矣！（頁36）

國弱而能自彊自靖，則必興必存，然此不適用于東周平桓二王之民。由〈君
子于役〉、〈揚之水〉二詩已見平王之民偷薄叛逆，固已無心於君國，然比較
之下，桓王之民對平王尚有繾綣不離之情，則桓王之失民更甚于昔，船山因
此認為春秋託始于桓王時，正與孟子之言相印證，不為無由。而文中所云「迄
乎桓王，而後忠厚之澤斬矣。」係因桓王無恆于上，有以化其下為疲民所致。
船山於〈論葛藟〉曰：

無事謂他人而父之，無事謂他人而母之，無事謂他人而昆之，疲民
之淫也。迫則謂他人而父之，迫則謂他人而母之，迫則謂他人而昆
之，疲民之窮也。兄弟不力而親他人，他人不情而思兄弟，疲民之
變也。淫必窮，窮必變，變而不出於淫，疲民之變也。淫必窮，窮
必變，變而不出於淫，疲民可哀而君子弗哀，惡其淫也。

嗚呼！桓王唱，國人和，舍翼而親曲沃，曲沃傲之；舍鄭而親虢，
虢公攜之。君子無恆於上，小人無恆於下，情至則淫，情盡則變。
桓王之世，自天子迄庶人，無有一而非疲民，雖欲相顧以相聞，疲
民之不足以陰藉乎疲民，久矣。（頁36）

此即歷史實事言，東周桓王相去平王遠矣。平王立國於東，賴晉、鄭二諸侯輔
佐，〔註17〕其勢尚穩固，然迄桓王因背信無道，交惡於晉、鄭，不僅國勢益搖，
而民性亦與桓王相化而益疲，推究其中詳情，其一則桓王不能出以誠信，「舍鄭
而親虢」〔註18〕係對卿士無恆；其二則又不能嚴守道義立場，「舍翼而親曲沃，
而曲沃傲之」係對晉之內亂不能主持正義，又游移於兩造之間。〔註19〕此已可
見桓王之無常性，乃更化導其民之情于淫變之境，使民性益疲，如此上下相化
相激，國弱之勢益不可挽，因此桓王乃有如西周厲王為失民之關鍵所在，而船
山論周之無道失民，上下相化相激之弊，其意乃大略如上所述。

五、論周失民而猶未失士

前既言西周宣幽時君臣無道終至敗亡，然而周民之潰散不能相親早已始
于厲王時，何以周仍能不遽亡，其後平王東遷，復尚能苟延周祚一線？於此
船山復有所說，其〈論黃鳥〉云：

士相離、則廷無與協謀，民相離、則野無與協守。悲夫！〈黃鳥〉、
〈我行其野〉之離也。幸夫！〈白駒〉之猶合也。是以周未失士而
失民也。〈白駒〉之賢者，上無能庸之，抑無能留之。士失矣，而猶
未失者，何也？士猶相親也。此邦之人，不我穀焉；昏姻之黨，不
我畜焉；則不待叛離於上、而民已萍矣。已為萍而望其如葵之陰跂
也，雖有膠漆之術、繫而合之，而死生相迫、恩怨相尋，未有能合

〔註17〕《左傳》隱公六年：「我周之東遷，晉鄭焉依。」
〔註18〕詳《左傳》隱公三年、隱公六年與桓公五年所載。
〔註19〕詳《左傳》隱公五年與桓公二年所載。

之者矣。

故士惟相親，則彈冠躡履而親，桂冠纖絇而親，赭衣刑冠而親，無
之而不親。上不得有士、而士猶有君也。民惟不相親，則利害相奪
而不親，患難相共而不親，分誼吉凶相屬而不親，民不自有其親，
而固不知上之可親也。

失士者亡，失民者潰。〈黃鳥〉、〈我行〉之詩作，周之潰也、不可止
矣；而靳之乎亡者，士留之也。世臣杶，處士橫，楊、墨、莊、惠、
申、慎之流，鑿智以爲道，儀、秦、衍、茂、睢、澤之徒，含盭以
爭利，而後其亡爲不可瘳。王澤之斬，以失士爲極矣。（頁87）

觀宣王時之〈黃鳥〉、〈我行其野〉二詩，已知民不能共患難，乃至相侵奪，
全無情誼以相屬。民不相親既如一池之浮萍潰散相離，無根蒂以連結之，則
固不能相合以知君之存在，則國之不免於毀滅可知，然周猶能不亡者，係因
士仍相親不離。蓋封建制度本質上重凝合君臣上下結構爲一體以推恩天下，
其道則藉「太學」以培育全國精英，然後以禮晉用，以情洽浹。（參本章第二
節四）故建基於人文素養之士君子集團遂成爲周文封建之根柢。宣幽時雖或
不得民以相協守於野，然封建制之客觀建構尚在，臣尚能據此協謀于廷以共
守其國。其後朝廷雖無道，君或不得有士，亦不知用士；然士或出仕于庭，
或致仕于野，或被罪服刑，而仍無礙于士之相親。士既相親，則尚有道在而
不忍遽棄其君，「君」即宛然而在，周文封建既能暫維持于不墜，宣幽王乃能
不遽亡，平王且尚能苟延東遷。此必待道術分裂，周文僵化後，老成凋謝，
處士橫議，崇法重術之徒恣行權謀無已，而後周之亡始不可復救。船山此意
似可與《莊子·天下篇》論道術分裂之說相印證。然吾人既知天下非一姓之
私，天子既失道而不能蔭藉下民，而疲民又不能不有所安頓，則五霸諸侯安
寧華夏，存活百姓之客觀成就，亦不得不予以正視肯認也。以下即論述此義。

六、論肯定諸侯之客觀地位與成就

周政既衰，天子失道，禮樂征伐不行，士民流離顛沛，然天下士民終不
得不有所依恃安定，則其時有安定天下之實功者，雖名分不正，船山仍必予
以稱許肯定。至于王暴虐無親，諸侯皆不欲親暱，並無可怪責，船山言此義
于〈論菀柳〉曰：

〈菀柳〉之詩，奚以辭夫不忠之尤邪？古之諸侯，臣乎天子而不純乎臣，夫各有所受命矣。五帝以天下讓賢者，而諸侯不可以國讓，是國重於天下。五帝以來，世爲君長者，五帝以來之所啓宇也。君薨子嗣，天子改命，侯國無改封，宗廟所託，先祖之所授也。天子者，諸侯之長爾。〈菀柳〉無可息，而「居以凶矜」，危國家，亡社稷，毀宗祐，墮世守，不容已於惴惴，「無自暱焉」可矣。其在於周，所必暱者，其魯、晉、鄭乎！故三國之不王，而後王迹熄，春秋作。〈菀柳〉之怨，固無大害於人紀也。三代之季世，皆此道也。

嗚呼！六合一王，九州一主，當吾世而遇主、以榮身而施及其親，生之者此君也，成之者此君也，極吾福也，邁吾安也，凶矜吾義也，柳凋於林而就陰於棘，非彼心之無不臻，而事君者之無所不至矣。

俾陶潛、司空圖無悲閔之心，蕭然自適於栗里王官之下，則其去傅亮、張文蔚之苟容者，能幾何哉！（頁106）

封建政治中，天子原不可能一人獨力治天下，其下實有層層政治結構之各盡其職分以共謀天下之安定，故天子雖才德有厚薄高下之分，而天下如常道尚在固無害其安定。天子只是名義上之大家長，諸侯原本有其相承受命之封國宗廟而各治其國，此所以古之天下或可禪讓，而諸侯之國實不可讓，此之謂「國重於天下」。因此天子無道，諸侯因各有守國安民之職責，不可以愚忠輕言犧牲，故此時諸侯之不親暱天子，本無罪可責也。

　　誠然，名義上天子猶爲天下之大家長，諸侯卿大夫等大臣有無可逃於天地之道義者在，然此道義所投射之對象，原本意指繼世不絕之歷史人文之常道，而天子則此文化統緒之象徵耳。王既無道，便屬名不副實，則臣唯有悲閔哀矜，退身以守道全義，而不可妄自菲薄，輕言犧牲，俾能自守其國，自安其民，此所以船山言「菀柳之怨，固無大害於人紀也，三代之季世，皆此道也。」逮及周政衰微，諸侯全無親暱天子者之時，則禮樂征伐不行，乃有所謂「王迹熄，春秋作」之事。至於五霸之有安定天下之客觀成就者，固不得予以抹殺。船山論此義于〈論緜蠻〉曰：

天子失道，以諸侯授大國；諸侯失道，以士授大家。大國有諸侯，而盟會征伐亂矣。大家有士，而政教風俗亂矣。然則君子許之乎？曰：雖欲勿許而不得也。飲食與生也，教誨與成也，舍徒而載之車，盡其才也。苟其生之，則有父母之道焉。苟其成之，則有師之道焉。

苟盡其才,則有君之道焉。君子弗能使之終於陷溺而無與依也,授之可矣。天子授之,惡得不授之?春秋所以登五霸之功。諸侯授之,惡得不授之?小雅所以采〈緜蠻〉之詩。原人之情而弗獲已,雖大亂承之而不能恤矣。五霸衰而七雄併,世卿降而游俠之死交成,亦末如之何也矣。(頁109)

天子失道,不能行盟會征伐時,五霸等大國若能領導諸侯,主持正義,即有安定天下之實功,其名分雖或不正,動機雖或不純,而猶愈於天下大亂,群龍無首也。此所以諸侯願得大國以馬首是瞻,而春秋仍必稱許五霸之貢獻。同理,當諸侯失道,不能導正政教風俗之時,雖卿大夫專政,若能領導士,亦同樣須予以肯定稱許,畢竟士之常情,須能得其飲食教誨,盡其才用。故當天子諸侯失道,不能盡君、親、師之道時,必當有人起而代盡其責,以維護群士,免其陷溺無依,則卿大夫是也。總此,可得結論云:凡能安定天下,存活百姓者,其人即有客觀貢獻,而須予以正視稱許。吾人亦從而知純從動機名分以判定價值僅屬一端,此外,吾人亦應正視時勢之變異,而從實際結果稱許能安頓天下士民者,肯定其亦是有價值之客觀貢獻也。

第五章 《詩廣傳》論禮詩樂

第一節 論祭祀之宗教意義與誠敬之態度

　　船山論祭祀之義，重在崇天報本，以言天人之交相感通爲一體，此猶通於前第三章第二節中所謂「通連父母天地文化爲一體以言孝」之義。蓋人所祀之天地、祖先、聖賢，分別爲吾人宇宙生命、自然生命與文化生命之本始，而人之生命乃不可看成徒是上不在天，下不在田之孤零零之存在者。復次，人亦無法自安於有限，而莫不有報本返始之天性，莫不有超越現實、祈嚮無限之宗教情懷，而祭祀之禮正能使吾人之精神當下得其安頓歸依，並有所提攜振拔，而人乃不可如世俗小人或民間信仰之流於求私媚鬼。茲即引船山之言，詳爲論述其中深刻之宗教意義。船山〈論維清〉曰：

> 崇德、報功、祈福，三者祭之秩也，非祭之義也。舉是三心、致之社稷山川而弗忍，況孝子之享其親乎？陰陽之良能，人之性也；吉蠲之精意，神之著也。用神之著者，有事於己之性已。以崇、以祈、以報，則二之矣，故曰弗忍也。奚況孝子之享其親乎？

> 孝子之享其親，知其親而享之焉耳。「天地之大德曰生」，舍此而有他德，弗忍崇也；則舍此而有不德，弗忍替也。周公之事文王，壹以舜之事瞽瞍、禹之事鯀事之而已。故周頌至矣，文武之德豐矣，而儉於言，弗忍以德故而崇其先，詡揚之而恐其蕩乎心，然後情至而無餘志，奚況祈報之私哉？

> 人子之於親，無擇也，無感也，無求也，傳之而已矣。有傳心焉，

> 有傳性焉,有傳命焉。閔予小子之警於廟,傳心者也。文王大明之播於廷,傳性者也。清廟維清之承於祀,傳命者也。傳之以命而心性絀矣。道義者命之委緒,吉凶者命之樓苴,迎精合漠以反其所自生,維清之所以益簡也。知「文王之典」,庶幾其成而已矣。故以知閟宮之祈昌熾,長發之稱聖敬,不足以與於周公之享其先也。(頁148)

人得於天地陰陽之良能,而爲萬物之靈,尤因天地之心或曰自由無限心之內在,而使人有道德生命之呈現與歷史文化之日新。復從歷史上先後之人可有精神志意之相紹繼無已,更可見出人之生命雖有限而可及於無限之莊嚴意義。而祭祀之義,即在體察此純粹之天地之心,此無限之創造精神;並對祖先聖賢天地致其感恩敬慕之忱,而使人之精神情懷,當下得其印證安頓;使天人交相感通爲一體,而人亦因之真可得一安身立命之道。此即祭祀之宗教意義所在。至於祭祀前之善潔(吉蠲)吾身,則唯在使吾人容光充盈,使純粹之精神易於凝結發露以迎精合漠,此時人亦唯發其誠敬惻怛之心而已,本不可夾帶絲毫現實上之私情妄念,故若移注其心於崇德報功祈福之事,反無以體察先人純粹之精神志意,更無以與天通誠。故吾人尤須分辨崇德報功祈福僅屬祭之常序,而非祭之本義所在,以免天人相隔爲二。此可比較有關「文王」諸詩之有傳心、傳性、傳命之異,以見出何者最能表達出純粹之宗教精神。

　　其中〈閔予小子〉一詩爲悼傷警惕之言,乃成王免喪,將始朝政,朝于先王之廟所作,[註1]屬「傳心」者。〈文王〉、〈大明〉二詩言文王武王敬天修德及其立國之功業,[註2]屬「傳性」者。前言者人生一時之吉凶,而吉凶實天命一時之閃現而已;後者言道德仁義之功業,而功業實仍不過是天命之下委而已。(故〈文王〉、〈大明〉列於雅而不列於頌)。二者皆不免是現實人生有限之迹,故曰「道義者命之委緒,吉凶者命之樓苴。」而〈維清〉一詩則不然,此純屬祀文王之詩,「傳之以命,而心性絀」,故文辭簡略,不言及現實諸事,而使人唯凝結其誠敬惻怛之心,以與祖先及天地之神相遇,故最能表現祭祀之宗教意義。至於《魯頌‧閟宮》與《商頌‧長發》二詩,則流

〔註1〕按《毛詩序》云:「閔予小子,嗣王朝於廟也。」傳云:「嗣王者,謂成王也。除武王之喪,將始即政,朝於廟也。」

〔註2〕按《毛詩序》云:「文王,文王受命作周也。」「大明,文王有明德,故天復命武王也。」詳細內容則參見原詩。

於一味歌功頌德，而反於孝祭之崇高精神一無所會矣。

此義船山又於〈論我將與維清〉曰：

> 子曰：「祭則受福」，奚福乎？福莫大於祭，故「迄用有成」，周之禎
> 也；「既右享之」，子孫之保也。
>
> 天物之豐，疾眚之不作，侯氏之寧，兵戈之偃，康萬民，綏四海，
> 榮以其仁，安以其義，可以為福矣；未底于祀事之成，而弗敢福之
> 也，故曰：樂不如性，性不如命。天之命我者親也，親之命我者心
> 也。煮蒿悽愴，昭明者往而不可復，而復之一日矣。有事於其所不
> 能事，莫之致而致之，適然得之心而不違，君子之至於命、至此也。
> 樂莫樂於復所自生，性莫真於藏之不顯。至於命，而樂所自生者復
> 其始也，藏之不顯者不罄之福也，故福莫福於祭之成也。
>
> 舍祭之為福以求多福，更皇皇其奚求哉？日月方明而吹其爝火，時
> 雨方灌而不釋其抱甕，或曰誕也，愚而已矣。（頁151）

人自天而來，其心性之本質，本是同於天之超越無限者，至於現實上之種種道
德事業，則只屬天命之下委，其本身終將成有限之往跡，故人應善知繼志述事，
以秉承先人之精神志意，更擴充發展先人之未竟德業。此則唯視人是否能自秉
其可無限創造之心靈以繼成之。故祭祀之時乃貴能發其誠敬惻怛、善體先人之
心，真見到其煮蒿悽愴之精神而與其通誠。必如此然後可證人在現實上為真能
繼志述事，而將有德業之日新者，此之謂「福莫福於祭之成」也。

船山又區別祭祀時求長壽多福之語句，主意應唯在榮其所自生，而非為
求遂一己之私與，其〈論雝〉曰：

> 榮吾生，榮其所自生也。引吾年，引吾心也。所自生者不榮，而榮
> 其生，辱莫大焉。心之不引、而年引焉，凡生之日皆死之夜也。引
> 其既死之生而永之，是名樂生而實樂死也。所自生不榮、而但生之
> 榮，是凡榮而皆辱也。以死為生，以辱為榮，哀哉！且以之自願，
> 而或為人願之。鱄鰿甘濁水以相呴，夫誰為詔之乎？
>
> 「綏我眉壽」，奚綏邪？「介以繁祉」，奚介邪？引其孝思，則父母
> 憑之以存，右我考妣而所榮不昧也，然後非死而實生，非辱而實榮
> 矣。故曰：為人子者樂為人兄，以事親之日長也。
>
> 事親之日徂，耳目口體之尚生，而儲為鬼以待死，無已而致之於祭

乎，吾猶人也。悲夫！犧牲不成，粢盛不備，衣食不章，浮游以食
於萬物，舉無可安而未即於死，如之何其勿悲！（頁158）

其意蓋云人必須眞有其深情厚意以繼志述事，人之生命方能與祖先與文化通
連，因先人之形體雖已隳壞，其精神志意則仍冥冥若存，常待吾人以精誠惻怛
之心意與之相遇合，如此始眞能見生命之綿延無限。若不此之圖，而徒求一己
耳目口體之生養，則人徒具有限之自然生命，而只是一斷層之存在；實無異於
禽獸之止於無明蠢動，又將何以紹繼無窮之文化生命？如此則人雖生而若死，
而其所欲榮之生亦適爲辱之所在而已。故求生祈福等語句，其主意應是人爲能
更發其心力以繼志述事，而非爲一己之私而有者。此外在祭祀之態度上，人復
須豐備其犧牲粢盛，整飭其身容以致其誠敬，故船山〈論烈祖〉曰：

「約軝錯衡，八鸞瑲瑲」，助祭之飾也。乘大輅，載弧韔旐，十有二
旒，主祭之飾也。殫敬於神，勿自貶約，而盛致其飾，於義何居？
嗚呼！斯君子之交於神明，所由異於非君子者與！

是故大裘衮冕、玉輅六馬、以養其容，日享太牢、共其玉食、以養
其體，喪不弔、疾不問、刑獄不省、以養其神。凡君子之交於神明
者身焉耳。身以答神，蔑敢不敬也。身以綏神，蔑敢不養也。享帝
者、享其對越之帝也，享親者、享其思成之親也。體怳惚幽微於其
魂魄，非其盛不足以凝之矣，故不敢不敬也。敬矣，故不敢不養也。

天地之生，莫貴於人矣。人之生也，莫貴於神矣。神者何也？天之所
致美者也。百物之精，文章之色，休嘉之氣，兩閒之美也。函美以生，
天地之美藏焉。天致美於百物而爲精，致美於人而爲神，一而已矣。
求之者以其類，發之者以其物。是故精生神、而神盛焉，神盛於躬、
而神明通焉，神明通而鬼神交焉。匪養弗盛也，匪盛弗交也。君子所
以多取百物之精、以充其氣、發其盛、而不憖也。（頁171）

天有其生物不測，妙用無方之神體，致美於百物而爲精，致美於人而爲神。
人即因有此天地創造之心之貫注內在，而爲萬物之良，並有其永恒之文化生
命。故祭祖祀先之意，正在體察此無限之創造精神，發其敬慕感恩，而非眞
可致一活靈活現之鬼神也。而人藉齋戒保養形體與盛致其飾，正能以其充盈
之容氣，凝聚其誠敬之精神，而後方能發其精誠惻怛與鬼神幽微怳惚之魂魄
相遇合，而昭然若見其有一冥冥若存之精神志意，而此實即不外是天地之心。
又其中助祭主祭之飾所用皆爲百物之精，爲天地之心所致美者，亦有助於人

之凝聚其精神。故船山總結曰：「精生神、而神盛焉，神盛於躬、而神明通焉，神明通而鬼神交焉，匪養弗盛也，匪盛弗交也。」其言甚美，吾人亦可見出祭祀儀式之過程中，其每一步驟皆莫不有深刻之內涵。例如船山又從儀式過程見出祭祀之態度須以和生教，其〈論雝〉曰：

> 「有來雝雝」，則「至止肅肅」矣。「有來雝雝」，而後「至止肅肅」也。故敬者人之情也，緩之而隱，迫之而浮，待其生而盈。和者所以待之也，待之而後生，生而徐盈，藏於愛之宅。愛縈其外而不易出，是以迫之而浮。夫天下之不浮其敬者鮮矣。浮以爲敬，是中無敬也。以其中之無敬，億中之固無敬也，於是有敬自外生之嫌，而義外之說立矣。

> 雝雝者何期乎？肅肅者能勿生乎？君子謀其和、不謀其敬，知敬之固有而不待謀也。靜居之敬、以和其心，非以謀敬、以謀和也。執事之敬、以敬其氣，即以謀敬、唯謀和也。莫敬於氣，而天下之須敬者次之。斂而不束，舒而不忘，微之而使昌，居之而使行，然後有其雝雝，而肅肅者徐以盈矣。善敬者、反之於情，致之於氣，油然以生而不息。故曰：「君子大居敬」，言乎其居之也。（頁158）

祭祀之敬是人之道德心充內形外之表現。應由人心內在之情感自然生發無已，以充於其形骸生命之氣，始眞有表現於外之敬，故必由性貫情，以理生氣，而後始是有本有源，油然不竭者。若不明此理，一意從外迫求敬之呈現，是終不免浮動枯竭，而非人心眞誠之表現。故必先以靜居之敬謀其心之和，凝斂而非約束，寬舒而非澹忘，待其愛生而徐盈，而後始能充於內而形於外也。

　　總上所述，吾人可以概知船山如何凸顯祭祀之禮中深刻之宗教意義，而必期其眞足以成爲吾人安身立命之地也。

第二節　論詩樂之形上內涵與功能

　　前節偏重闡發祭祀之深刻內涵與應有之誠敬態度，然而就祭祀之儀式言，詩禮樂三者實密不可分，其間詩與樂之形上功能尤堪細加探討，船山〈論昊天有成命〉，嘗有極爲明白之提示，其言曰：

> 惟「昊天有成命」，可以事上帝，（據云「成王不敢康」，不敢者非頌德之詞，故知非祀成王之詩，從序爲允。）於戲！微矣！禮莫大於

> 天，天莫親於祭，祭莫效於樂，樂莫著於詩。詩以興樂，樂以徹幽，詩者幽明之際者也。
>
> 視而不可見之色，聽而不可聞之聲，摶而不可得之象，霏微蜿蜒，漠而靈，虛而實，天之命也，人之神也。命以心通，神以心棲，故詩者象其心而已矣。神非神，物非情，禮節文斯而非僅理，敬介紹斯而非僅誠。來者不可度，以既「有成」者驗之，知化以妙迹也。往者不可期，以「不敢康」者圖之，用密而召顯也。夫然，績不可見之色、如絺繡焉，播不可聞之聲、如鐘鼓焉，執不可執之象、如瓚斝焉；神皆神，物皆情，禮皆理，敬皆誠，故曰而後可以祀上帝也。
>
> 嗚呼！能知幽明之際，大樂盈而詩教顯者、鮮矣，況其能效者乎？效之於幽明之際，入幽而不慇，出明而不叛，幽其明而明不倚器，明其幽而幽不棲鬼，此詩與樂之無盡藏者也，而孰能知之！（頁150）

人為天地之心，故雖有限而可無限，唯須時時提攜振拔，不稍荒惰而後可。而祭天之禮即正在表達人有此超越有限以祈嚮無限之心願。此報本復始之心願表現於政治之上，即是敬慎其德，不敢安逸之憂患意識，觀〈昊天有成命〉一詩云：「成王不敢康，夙夜基命宥密」，即屬其例。故船山讚嘆曰：「惟昊天有成命，可以事上帝。」可見詩者言人之志、象人之心，乃所以通天之命，凝人之神，正有其形上之意義。然猶不僅於此也，在祭祀之禮儀中，詩必與樂相配合，始真能體顯隱之全，以出入於幽明，而為禮之大成。故船山曰：「詩以興樂，樂以徹幽，詩者幽明之際者也。」必如此，在詩樂烘托之情境下，人天始真感通為一，是以曾昭旭曰：「然後神不止是顯發為人之神而直是天地之神，物不止是顯發為眼前形色之情而直是宇宙全體之情，禮不止是現實形色之分別條理而直是太極之統體一理，敬亦不止是人心之誠而直是天心之誠矣。」〔註3〕其言甚美，且詮釋極為洽當，而其中關於「樂」所以有如此大用之緣由，船山又嘗明白分辨於〈論那〉曰：

> 樂為神之所依、人之所成。何以明其然也？交於天地之間者、事而已矣，動乎天地之間者、言而已矣。事者容之所出也，言者音之所成也。未有其事，先有其容，容有不必為事、而事無非容之出也。未之能言，先有其音，音有不必為言、而言無非音之成也。天之與

〔註3〕見《王船山哲學》頁91、92。

人、與其與萬物者，容而已矣，音而已矣。卉木相靡以有容，相切
以有音，況鳥獸乎？蟲之蝡有度，穀之鳴有音，況人乎？

是以知：言事人也，音容天也。……故音容者，人物之元也，鬼神
之紹也；幽而合於鬼神，明而感於性情，莫此爲合也。……

今夫鬼神，事之所不可接，言之所不可酬，髣髴之遇、遇之以容，
希微之通、通之以音，霏微蜿蜒，嗟吁唱歎，而與神通理，故曰：「殷
薦之上帝，以配祖考。」大哉聖人之道，治之於視聽之中、而得之
於形聲之外，以此而已矣。（頁171）

此文藉「言事」與「音容」之別以凸顯樂之地位價值。因祭祀之義原在使形
下復通於形上，有限復入於無限，故勢不能單依現實人間片段有限之言事，
即可達此目的；而須超越於言事之上，藉禮之「容」與樂之「音」爲出入顯
隱幽明之紹介。蓋「音容」者實爲天籟之渾全，而「言事」者則已是人爲之
偏限。「音」原唯有抑揚，「容」原唯有動止，必經人心以理冒之，對之有所
特指規限，方成爲「言事」。故言事之義含雖較精確而顯豁，然同時亦因此而
不免有其封限與隱蔽，而終不能如音容之雖混沌而卻蘊函無限豐富之意義
也。吾人觀天地自然之卉木鳥獸，皆莫不繁有其音容，以昭顯天籟之渾全，
即可知其理。故鬼神雖無存在之形體，而其髣髴希微之魂魄，人仍終可因於
禮樂儀式之「霏微蜿蜒，嗟吁唱歎」之音容，與之相通誠相遇合於形上之界
域。故船山極讚嘆樂之功能而曰：「大哉聖人之道，治之於視聽之中，而得之
於形聲之外。」皆莫非因有體於此音容之用所致。既明樂之大用，又知「詩
以興樂」，則祭祀之詩並無取於多言，而尤重在以無言之境蘊函無限之意義，
其理亦較然可知。船山〈論清廟〉曰：

延陵季子之何所靚邪，而謂韶曰「如天之無不幬也，如地之無不載
也？」故子曰：「知德者鮮矣。」今夫天之德、元亨利貞也，人之德、
仁義禮智也，可知而可言者也。雖然，言仁未足以發人之愛也，言
義未足以發人之廉也，言禮未足以發人之敬也，言智未足以發人之
辨也；非言之不足以發也，發之而無以函之也。故曰：知不言之言
者、可以言言，謂其函之也。妄者曰：「照之以天」，則抑不知天也。
不言以函言，而後仁義禮智無不函焉，斯則如天之幬、如地之載也。

「清廟之瑟，朱絃疏越，一唱三歎，有遺音也」，非其澹也，爲八音

> 函也。清廟之詩，盛德無所揚訥，至敬無所申警，壹人之志，平人
> 之氣，納之於靈承、而函德之量備矣。故以微函顯，不若以顯而函
> 微也；以理函事，不若以事而函理也。用俄頃之性情，而古今宙合，
> 四時百物、賅而存焉，非擬諸天，其何以俟之哉！張子之言天，曰
> 清也、虛也、一也、大也，知此、乃可以與知清廟矣。（頁147）

周頌之文句大皆簡略古奧，一般人多不能明言其故，而船山卻能針對言語之
有限性，與祭祀時所須之靜穆情境以闡明其理。蓋仁義禮智之德目，雖是客
觀之性理，然必待人心自覺主動地一一秉持之，而後可發用於日常生活之中，
而非可徒恃抽象之言語以強人感悟，蓋抽象之言語本身，實無以蘊函宇宙人
生豐富之底蘊。有時一件簡單明白之事例，反遠較複雜之口耳騰說更易發人
深省，此之謂「以理函事，不若以事而函理也。」據此以觀祀文王之〈清廟〉
一詩，欲人即於寥寥音聲之中，有感於文王之德業，而終不倚於炎炎多言，
蓋亦有得於此旨。再如清廟之禮儀唯以迹近無言之詩，配合疏越之樂音，以
烘托一肅敬雍和之情境，而當下即可蘊函宇宙全體之情境，亦足使人平心靜
氣，當下直截默識體會其中之無限意蘊，而感悟文王之盛德，其背後實與天
地冥冥若存之精神志意相通者也。反之，若一味歌功頌德，或不斷申說警惕，
又曷克臻此境地？船山甚至認為於此之時，或連「修辭立誠」之原則亦一概
用不上。其〈論維清〉曰：

> 言之不足，故長言之。君子之於言：祈乎足，勿辭其長也；幾乎足，
> 非樂其長也；故曰：「修辭立其誠。」誠者，足而無虛之謂也。雖然，
> 有發不及赴者焉，有含之已盈而終不得抒者焉，有廣大而無可殫及
> 者焉，有孤至而不知其餘者焉，有寢興食飲於斯而不假特舉者焉。
> 凡此者，皆終古而無足之心也，奚況終古而有足之言也？
>
> 其仁人之享帝，孝子之享親乎！以長言為足而長言窮，以嗟歎為足
> 而嗟歎窮，以詠歌為足而詠歌窮。無已而言之，櫽括歆動之情，約
> 略目前之事，惟恐其濫而有所失也，則〈維清〉是已。苟足矣，窮
> 矣，無以將其愛敬矣。無已，終不以言宣之，而資大樂之聲、昭宣
> 其幽滯，猶愈於言乎！〈維清〉者，待樂而成章者也。
>
> 故修辭者，不可於〈維清〉而學之也。非周公見文考之情，而靳於
> 一足，則是孝子事親之心、鑿鑿乎待言而喻之，不亦逆與！（頁149）

當仁人孝子祀天享親之時，其內心敬慕感恩之情懷實歆動無已，其精神一往

於無限超越之蘄嚮，此時任何嗟歎詠歌恐均無以充盡表達其內心愛敬思慕之情。則基於言語之有限性，其時「修辭立誠」「足而無虛」之原則乃全然不相應者，無已，則如前文所云，唯能以不言之言以蘊函無盡之情懷而已。此所謂資大樂之聲以昭宣幽滯也。（樂之大用，前已詳論，茲不復贅）觀〈維清〉全詩云：「維清緝熙，文王之典。肇禋。迄用有成，維周之禎。」僅約略目前情事之寥寥數語而已，蓋欲墮括其歆動之情，凝聚其愛敬之心，無使濫失也。

此外，船山又言祭祖祀先，既重在發其誠敬思慕以與先人冥冥若存之精神志意相感通，則於文辭上，須寫之以其神，蓋亦孔子所言祭如在之義也。其〈論執競〉曰：

> 優然必有見乎其位，肅然必有聞乎其聲，愾然必有聞乎其歎息之聲，然後可以得似乎其先矣。故功非其所揚也，揚其功是方社之祀；道非其所擬也，擬其道是瞽宗之奠也。

> 孝子之事其先，惟求諸其神乎！神則無所不決矣。虛無節者、神所流也，實有節者、神所竟也。……故祀文王之詩，以文王之神寫之，而文王之聲容察矣。祀武王之詩，以武王之神寫之，而武王之聲容察矣。言之所撰，歌之所永，聲之所宣，無非是也。文王之神：肅以清，如其學也；廣以遠，如其量也；舒以密，如其時也；故誦清廟我將而文王立於前矣。武王之神：昌以開，如其時也；果以成，如其衷也；惠以盛，如其猷也；故誦執競而武王立於前矣。

> 故曰：「神也者，妙萬物而爲言也。」鐘鼓載之喤喤焉，磬管載之將將焉，威儀載之簡簡反反焉，醉飽載之無不足焉。見其在位，聞其聲、聞歎息之聲，即其事、成其詩歌，亦既見之於斯，聞之於斯矣，此所謂傳先王於萬年而不沒者也。故曰：「唯孝子可以享親。」（頁153）

「神」即是天地之心，非另有其神秘之意味，故云「神也者，妙萬物而爲言也」，然此天地之心當表現於文王武王身上之時，即與其個人獨特之生命才情相結合，因而亦當有不同之風儀氣象。故云「文王之神：肅以清，……武王之神：昌以開，……」如此藉不同風格之詩樂禮儀以分別表達文王、武王之不同聲容，而如見其人之風儀氣象，實極有助於默識存想其人恍惚幽微之精神志意。觀執競詩有云：「鐘鼓喤喤，聲笙將將，降福穰穰。降福簡簡，威儀反反。」即以武王之神寫之，而如見其威儀聲容，可知其理。至於最能秉此

誠敬之心，如見其親，而徹通幽明，感格形上形下之域者，則唯孝子爲能也。

　　總上所述，吾人可見船山對禮詩樂之形上功能與孝祭之義，實有極其精到深刻之體悟，足以掃除凡說瑣論，以振拔吾人之心志也。

第六章　結　論

　　若愨就著作之內容義蘊而言，《詩廣傳》與船山其他著作相較，其特色蓋為盛發船山對情之見解。蓋詩之所主在情，人必先有才情當幾而發，而後以心思緣之，始有詩作之誕生也。故詩者，情之所鍾聚，而後人遂亦可藉前人詩作之豐富多姿以反求其情。船山之《詩廣傳》，蓋即就《詩經》之迹，通過自家獨特之見解，以廣論其中所表現之「情」者也。船山由是進論情之性質、其與性之關係及調養治理之道，復之通於人情治道，旁及家國天下之整體，並上通於天地鬼神，則尤能見出船山學術由內而外，由人至天，貫通內聖外王為一體之圓融博厚之精神。經由以上四章不同範圍不同層次之闡述，吾人已不難看出其中底蘊。再者，《詩廣傳》重「情」之特色，在思想史上更有特殊之意義。蓋宋明儒多強調逆覺體證之實踐工夫，不免視人之情欲為道德修養工夫之障礙，而不若船山秉其由本貫末之思想，能正視情欲為人性之必有表現，但須善加疏導、貞定，即可使其成為順成道德實踐之資具，以更助成人文化成之事業。至若其後之清儒，雖亦多有重「情」之論，然卻不能「由性貫情」。既無本以貞定之，則其流弊乃必至於放蕩失歸，故格局終不能如船山之正。由上所述，吾人乃可概知船山學術精神所以能圓融通貫，高明博厚之所在。而其重情之義蘊，大皆盛發於《詩廣傳》一書，則吾人惡得不加以重視乎？此即本論文之所由作也。至於據船山思想重「情」之特色，以與其前理學家對「情」之見解相較，以見出其異同與影響，蓋亦甚值得吾人比較研究、深入探討，唯因篇幅與學力所限，祇能俟諸他日。

　　船山言道德倫理，尤重在處變世而仍不失常道，必辨義利，且稱美良知之當下呈露、揀美無餘，蓋亦有感於明末亂亡之際，人多顛哭狂歌，或至麻

木不仁，故感慨獨深。又其言忠孝，必通連父母天地文化，即家國天下一體而言，不屈枉，不盲從，而仍不失其愛敬之心，可謂眞由形上之性直貫而下者，故讀之令人感發興起，而頑廉懦立也。又重視形色百物之客觀意義、道德價值，乃眞可言道德事業之豐美富厚，全無陽明單薄、朱子拘蔽之病，而況釋老之毀形骸、黜肢體者可比乎？此猶第二章所云形色天性、性統情才、情才無不善之意也。此外，人間溝通之重有養無督、重威儀相輔、重報施兩安、在在皆可見人情之美、風俗之善，而足以導人清貞、蠲人頑濁者也，予於船山之論倫理道德，實無閒然矣。

船山之言歷史文化與政治，重在以倫理人文爲主導，而遠人於禽獸夷狄小人，其論政治雖重道德倫理情感之親和，然亦不斥法治、不舍客觀識知之功，而重學道相資、文章並用，宜其言賦役、軍事之皆能通情達理也。由是周政興衰之由，在此理想境之對照下，乃昭然若揭矣。至於國風中各國民情之淫變蕩侈、競剛澹靡，皆無能上貞於形上之性者，其詩作雖多采多姿，而其則國皆遲速間不免於將亡，此由性情必相貫之旨以觀之，皆不知其可也。本文以篇幅所限，雖未能專門論及國風部分，然據理已可推知不謬，他日有緣，當再即諸國風之「不白之情」，更作深入之探討，則於船山論情之義蘊當可更闡發無餘也。

船山之言禮詩樂，尤重在徹通幽明，感通天人。其於詩，重由不言之言以蘊函無限之意境；其於禮樂，舍「言事」而重「音容」之以天籟紹介神人；其於祭祀之禮，重返本復始，壹致其性，皆期在使人平心靜氣，而得其精神之安頓歸依與提攜振拔。若子孫世代以此天地之心繼志述事，相紹無已，則人之生活，眞可謂能得其安身立命之地，而有無限之宗教意義，而此皆禮詩樂之形上內涵與功能也。

由是，總結前文之由內而外，由人至天，吾人乃可見出船山內聖外王之一貫精神。與夫其思想之深度與經世致用之特色、價值。雖在三百年後之今日，其光輝猶未易掩奪也。

參考書目

一、船山著述部分

（俱據太平洋本《船山遺書全集》，中國船山學會六十一年十一月重編初版）

（一）經　部

1. 《周易內傳》
2. 《周易內傳發例》
3. 《周易大象解》
4. 《周易稗疏》
5. 《周易考異》
6. 《周易外傳》
7. 《書經稗疏》
8. 《尚書引義》
9. 《詩經稗疏》
10. 《詩經考異》
11. 《詩經叶韻辨》
12. 《詩廣傳》
13. 《禮記章句》
14. 《春秋家說》
15. 《春秋世論》
16. 《春秋稗疏》
17. 《讀春秋左氏傳博議》

18. 《四書訓義》

19. 《讀四書大全說》

20. 《四書稗疏》

21. 《四書考異》

22. 《說文廣義》

（二）史　部

1. 《讀通鑑論》

2. 《宋論》

3. 《永曆實錄》

4. 《蓮峯志》

（三）子　部

1. 《張子正蒙注》

2. 《思問錄內外篇》

3. 《俟解》

4. 《噩夢》

5. 《黃書》

6. 《識小錄》

7. 《搔首問》

8. 《龍源夜話》

9. 《莊子解》

10. 《老子衍》

11. 《相宗絡索》

12. 《莊子通》

（四）集　部

1. 《楚辭通釋》

2. 《薑齋文集》

3. 《船山經義》

4. 《薑齋五十自定稿》

5. 《薑齋六十自定稿》

6. 《薑齋七十自定稿》

7. 《薑齋詩分體稿》

8. 《薑齋詩編年稿》

9. 《薑齋詩賸稿》

10. 《柳岸吟》

11. 《落花詩》

12. 《遣興詩》

13. 《和梅花百韻詩》

14. 《洞庭秋》

15. 《雁字詩》

16. 《仿體詩》

17. 《嶽餘集》

18. 《憶得》

19. 《船山鼓棹初集、二集》

20. 《瀟湘怨詞》

21. 《詩譯》

22. 《夕堂永日緒論內外篇》

23. 《南窗漫記》

24. 《龍舟會雜劇》

25. 《古詩評選》

26. 《唐詩評選》

27. 《明詩評選》

二、後人研究船山學術部分

1. 《船山學譜》，王孝魚，廣文書局。

2. 《王船山學譜》，張西堂，商務印書館。

3. 《船山論養浩然之氣新述》，張廷榮，商務印書館。

4. 《王船山學術論叢》，嵇文甫，翻印本。

5. 《船山學術研究集》，船山學會，自由出版社。

6. 《王船山史論選評》，嵇文甫，翻印本。

7. 《王船山孟子性善義闡釋》（收於「中國學術思想史論叢（八）」），錢穆，東大圖書公司。

8. 《王船山的致知論》，許冠三，香港中文大學出版社。

9. 《中國歷代思想家（三八）──王夫之》，黃懿梅，商務印書館。

10. 《王船山哲學》，曾昭旭，遠景出版事業公司。

11. 《王船山之天道論》，唐君毅。

12. 《王船山之性命天道關係論》，唐君毅。

13. 《王船山之人性論》，唐君毅。

14. 《王船山之人道論》，唐君毅。

15. 《王船山之人文化成論》，唐君毅。

以上五篇均收入「中國哲學原論、原教篇」，學生書局出版。

16. 《王船山以降之即「氣質」、「才」、「習」、「情」、「欲」以言性義》，（收入「中國哲學原論、原性篇」）。

17. 《王船山的歷史哲學》，杜英賢，文化大學哲學碩士論文。

18. 《王船山詩論探微》，郭鶴鳴，師範大學國文碩士論文。

19. 《論王船山哲學中「歷史中之天理」的問題》，劉紀璐，台灣大學哲學碩士論文。

20. 《王船山的倫理學》，黃懿梅，台灣大學哲學碩士論文。

21. 《王船山易學闡微》，曾春海，輔仁大學哲學碩士論文。

22. 《王船山之道器論》，戴景賢，台灣大學中文博士論文。

23. 《王船山研究》，陳忠成，台灣大學中文碩士論文。

24. 《王船山學術討論集》，周調陽等，翻印本。

25. 《王船山的社會思想》，汪毅，翻印本。

26. 《王船山認識論範疇研究》，陳遠寧等，翻印本。

27. 《船山學案》，侯外廬，翻印本。

28. 《王船山辯證法思想研究》，方克，翻印本。

※　※　※

1. 〈思問錄與王船山〉，甲凱，《中央月刊》六卷 10 期。

2. 〈讀王船山通鑑論〉，甲凱，《中央月刊》四卷 12 期。

3. 〈王船山的詩觀〉，丁履譔，《中外文學》九卷 12 期。

4. 〈薑齋詩話中之主賓說〉，姚一葦，《中外文學》十卷 6 期。

5. 〈王船山的易學〉，梁亦橋，《中國學人》3 期。

6. 〈方以智與王夫之〉，張永堂，《書目季刊》七卷 2 期。

7. 〈王船山詩觀略探〉，李正治，《師鐸》第 3 期。

8. 〈王船山之史學方法論〉，杜維運，《幼獅學誌》九卷 3 期。

9. 〈王夫之先生學術思想繫年〉，劉茂葦，《新亞學報》九卷 1 期。

10. 〈王船山學說〉，李國英，《孔孟學報》12 期。

11. 〈王船山論習與性〉，陳忠成，《孔孟學報》32 期。

12. 〈王船山的基元方法論〉，陳重文，《出版月刊》16、17 期。

13. 〈王船山的莊子通研究〉，陳重文，《國魂》267、268 期。

14. 〈王船山理勢思想申論〉，黃繼持，《壽羅香林教授論文集》。

15. 〈王夫之與中國史學〉，杜維運，《輔大人文學報創刊號》。

16. 〈從歷史觀點略論船山的學術思想〉，傅士眞，《臺北商專學報》2 期。

17. 〈王船山的知識論〉，黃懿梅，《幼獅學誌》十五卷 1 期。

18. 〈王船山之政法思想〉，束世澂，《史地學報》三卷 4 期。

19. 〈讀王船山先生讀通鑑論宋論〉，鄭鶴聲，《史地學報》三卷 4 期。

20. 〈王船山的宇宙觀〉，許冠三，《香港中文大學中國文化研究所學報》十卷上冊。

21. 〈王船山論佛老與申韓〉，牟宗三，《幼獅月刊》二卷 8 期。

22. 〈王船山的家學淵源〉，康侶叔，《民主評論》六卷 10 期。

23. 〈王船山之家學〉，陳忠成，《孔孟月刊》十四卷 4 期。

24. 〈王船山哲學思想述要〉，周世輔，《湖南文獻季刊》三卷 1 期。

25. 〈傳聖賢學脈的王船山〉，褚柏思，《湖南文獻季刊》8 期。

26. 〈王船山的知識論〉，胡鴻文，《湖南文獻季刊》五卷 2 期。

27. 〈能承能創的船山思想〉，蕭天石，《藝文志》91 期。

28. 〈可愛的王船山〉，蕭天石，《人文世界》三卷 3 期。

29. 〈黑格爾與王船山〉（收于《生命的學問》一書），牟宗三，三民書局。

30. 〈王船山的歷史哲學〉（收于《中國哲學思想論集》清代篇），賀麟，牧童出版社。

31. 〈讀船山論愼言〉，曾昭旭，《鵝湖月刊》24 期。

32. 〈讀船山論庶民之害〉，曾昭旭，《鵝湖月刊》25 期。

33. 〈讀船山論天理人欲〉，曾昭旭，《鵝湖月刊》26 期。

34. 〈船山論「道生於餘情」〉，曾昭旭，《鵝湖月刊》27 期。

35. 〈朱子、陽明與船山之格物義〉，曾昭旭，《鵝湖月刊》54 期。

36. 〈王船山的易學〉，羅光，《湖南文獻》5、6 期。

37. 〈王船山的歷史哲學思想〉，羅光，《哲學論集》1 期。

38. 〈王船山的實有歷史哲學〉，甲凱，《鵝湖月刊》5 期。

39. 〈船山生命哲學之研究〉，張廷榮，《湖南文獻》6～8 期。

40. 〈王船山之論「理與氣」「心與理」的探究〉，黃繼持，《大陸雜誌》卅五卷 12 期。

三、經 部

1. 《周易注疏》（十三經注疏），孔穎達，大化書局。
2. 《尚書注疏》（十三經注疏），孔穎達，大化書局。
3. 《尚書釋義》，屈萬里，華岡出版部。
4. 《毛詩鄭箋》，鄭玄，新興書局。
5. 《詩經注疏》（十三經注疏），孔穎達，大化書局。
6. 《詩集傳》，朱熹，中華書局。
7. 《毛詩會箋》，竹添光鴻，華國出版社。
8. 《詩毛氏傳疏》，陳奐，學生書局。
9. 《詩經研究》，謝無量，河洛出版社。
10. 《詩經詮釋》，屈萬里，聯經出版公司。
11. 《詩經學》，胡樸安，商務印書館。
12. 《詩經今論》，何定生，商務印書館。
13. 《三百篇演論》，蔣善國，商務印書館。
14. 《詩經研究》，白川靜著，杜正勝譯，幼獅文化事業公司。
15. 《詩經比較研究與欣賞》，斐普賢，學生書局。
16. 《詩經研究論集》，林慶彰編著，學生書局。
17. 《詩經名著評介》，趙制陽，學生書局。
18. 《詩經研究論集》，熊公哲等，黎明文化事業公司。
19. 《詩經講義稿》（收于傅斯年全集第一冊），傅斯年，聯經出版公司。
20. 《詩經關鍵問題異議的求徵》，朱子赤，文史哲出版社。
21. 《歐陽修詩本義研究》，斐普賢，東大圖書公司。
22. 《禮記注疏》（十三經注疏），孔穎達，大化書局。
23. 《禮記鄭注》，鄭玄，新興書局。
24. 《春秋左傳注疏》（十三經注疏），孔穎達，大化書局。
25. 《左傳會箋》，竹添光鴻，鳳凰出版社。
26. 《春秋左傳注》，楊伯峻，源流出版社。
27. 《四書集注》，朱熹，學海出版社。
28. 《論語義理疏解》，王邦雄等，鵝湖月刊雜誌社。
29. 《孟子義理疏解》，王邦雄等，鵝湖月刊雜誌社。
30. 《大學、中庸義理疏解》，岑溢成、楊祖漢，鵝湖月刊雜誌社。
31. 《四書讀本》，蔣伯潛，啓明書局。

32. 《四書釋義》，錢穆，學生書局。

四、史　部

1. 《國語》，左丘明，九思出版社。
2. 《史記》，司馬遷，鼎文書局。
3. 《西周史》，許倬雲，聯經出版事業公司。
4. 《國史大綱》，錢穆，商務印書館。
5. 《中國文化史》，柳詒徵，正中書局。
6. 《中國哲學史》，馮友蘭，翻印本。
7. 《中國哲學史》，勞思光，三民書局。
8. 《中國哲學思想史清代篇》，學生書局。
9. 《中國近三百年學術史》，梁啟超，中華書局。
10. 《中國近三百年學術史》，錢穆，商務印書館。
11. 《明代思想史》，容肇祖，開明書局。
12. 《中國人性論史先秦篇》，徐復觀，商務印書館。
13. 《歷史哲學》，牟宗三，商務印書館。
14. 《中國文化史導論》，錢穆，正中書局。
15. 《兩漢思想史》，徐復觀，學生書局。
16. 《中國經學史的基礎》，徐復觀，學生書局。
17. 《中國政治思想史》，蕭公權，聯經出版公司。
18. 《古史辨》，錢玄同等，翻印本。
19. 《新儒家思想史》，張君勱，張君勱先生獎學金基金會。
20. 《中國思想史論集》，徐復觀，學生書局。
21. 《中國思想史論集續編》，徐復觀，時報出版公司。
22. 《中國學術思想史論叢》，錢穆，東大圖書公司。
23. 《清代文學評論史》，青木正兒，開明書局。
24. 《中國文學思想史》，青木正兒，開明書店。
25. 《中國詩論史》，鈴木虎雄，商務印書館。
26. 《中國文學批評史上冊》，劉大杰等，翻印本。
27. 《中國文學史論文選集（一）》，羅聯添編，學生書局。
28. 《中國文學批評史》，郭紹虞，粹文堂書局。
29. 《中國文學批評史》，羅根澤，龍泉書屋。

30. 《春秋戰國秦漢音樂史料譯注》，吉聯抗，源流出版社。

五、子 部

1. 《老子王弼注》，王弼，河洛圖書出版社。
2. 《莊子集釋》，郭慶藩，河洛圖書出版社。
3. 《宋元學案》，黃宗羲，河洛圖書出版社。
4. 《明儒學案》，黃宗羲，河洛圖書出版社。
5. 《張載集》，張載，里仁書局。
6. 《二程集》，程顥、程頤，里仁書局。
7. 《近思錄》，朱熹，商務印書館。
8. 《王陽明全集》，王守仁，河洛圖書出版社。
9. 《朱子新學案》，錢穆，三民書局。
10. 《王陽明哲學》，蔡仁厚，三民書局。
11. 《中國哲學原論導論篇》，唐君毅，學生書局。
12. 《中國哲學原論原性篇》，唐君毅，學生書局。
13. 《中國哲學原論原道篇》，唐君毅，學生書局。
14. 《中國哲學原論原教篇》，唐君毅，學生書局。
15. 《中國哲學的特質》，牟宗三，學生書局。
16. 《中國哲學十九講》，牟宗三，學生書局。
17. 《心體與性體》，牟宗三，學生書局。
18. 《中國藝術精神》，徐復觀，學生書局。
19. 《病裏乾坤》，唐君毅，鵝湖出版社。
20. 《道德與道德實踐》，曾昭旭，漢光文化事業公司。
21. 《朱子及其哲學》，范壽康，開明書店。
22. 《理學的流變──從朱熹到王夫之戴震》，蒙培元，翻印本。
23. 《宋明理學》，吳康，華國出版社。
24. 《宋明理學北宋篇》，蔡仁厚，學生書局。
25. 《宋明理學南宋篇》，蔡仁厚，學生書局。
26. 《朱子哲學思想的發展與完成》，劉述先，學生書局。